Hubert de Maximy

Le destin d'Honorine

ÉDITIONS FRANCE LOISIRS

Édition du Club France Loisirs,
avec l'autorisation des Presses de la Cité

Éditions France Loisirs,
123, boulevard de Grenelle, Paris.
www.franceloisirs.com

ISBN 978-2-298-04917-6

Le destin d'Honorine

1

La « biate »

Avril 1831

Tout commença vraiment le jour où la jeune Honorine Feynerolles posséda un crayon. Du papier, elle en trouva : un almanach corné et dégrafé, une de ces publications à un sou distribuées par les colporteurs, terminait sa carrière au bord de l'âtre. La gamine l'accapara.

— Laisse ça, lui dit sa mère, une paysanne au visage coloré par la rugosité du vent.

Il fallait la convaincre rapidement, ou abandonner. Sinon, gare aux taloches. Elles pleuvaient dru à la ferme du Haut-Plat, hameau d'Aubissoux. Les mioches, les bêtes et le ménage occupaient sans répit « la » Rose Feynerolles. Tout ergotage, vorace de temps, était dangereux.

— Je vais dessiner dessus, dit-elle très vite, ensuite je froisserai les pages. Elles seront prêtes pour allumer le feu.

La Rose regarda sa fille, avança les lèvres en une moue dubitative puis reprit d'un ton sévère :

— En tout cas, il te faudra curer la soue du *caïou* avant que ton père rentre, sinon gare.

La gamine écarquilla les yeux d'horreur.

— Arrête tes simagrées, reprit l'adulte agacée en levant une main menaçante.

Déjà la fermière, ronde d'une nouvelle grossesse, sortait pour donner du grain aux poules. L'inquiétude de la petite ne justifiait pas tant de grimaces. Elle n'en était pas moins sincère. Johannes, son père, employé comme cantonnier à la ville voisine, exigeait le travail des petits, quel que soit leur âge. Il vérifiait l'ouvrage en rentrant le soir et sanctionnait les négligences par des gifles brutales.

D'un geste vif, Honorine arracha trois pages de l'almanach condamné et s'enfuit avec son butin. Dans la grange, elle se faufila vers son coin secret, soigneusement caché à ses aînés et inaccessible à ses cadets. Pour l'atteindre, il fallait se glisser derrière un bric-à-brac de roues de char cassées, de vieux piquets, de toiles déchirées puis grimper dans la soupente basse d'un appentis. Là, une vieille caisse garnie de paille servait de fauteuil et une planche à laver, lissée et fendue par un trop long usage, était devenue bureau.

Elle s'installa et, à la lumière du minuscule fenestron, entreprit de dessiner les superbes arabesques qu'elle voyait derrière ses yeux. Elle cassa sa mine. Ça commençait bien ! Elle sortit son cher « canif » de son jupon et tailla son crayon. Il coupait magnifiquement, cet étrange objet à lame courte. Ayant observé longuement son père quand il aiguisait le tranchant de ses outils, elle avait emprunté sa pierre à faux et affûté soigneusement un couteau à légumes à la lame brisée, récupéré dans les ordures. Elle était volontaire, Honorine. Quand elle avait décidé quelque chose, elle n'en démordait plus. Le matin même, la chance lui avait souri. Elle avait furtivement récupéré le crayon oublié par le propriétaire, venu piller les victuailles de ses métayers. Un trésor. Elle avait prémédité son geste. Tout ce qu'on pouvait prendre à cet homme, sans cesse maudit par ses parents, était pain bénit.

Tenant l'objet comme elle l'avait vu le faire, elle commença à tracer un cercle. C'était effroyablement difficile. Elle cassa une seconde fois sa mine et en fut désespérée. Alors elle réfléchit. A dix ans, elle avait appris à résoudre, seule, la plupart de ses problèmes : tout appel à l'aide à ses parents ou à ses aînés dérangeait, provoquant généralement des mornifles. Elle tailla encore le crayon, cette fois en un cône très plat. Ce fut sa première victoire. La courte mine ne cassait plus. Elle reprit son ouvrage, réduisit son ambition et se mit à tracer des bâtons.

Elle n'avait jamais fréquenté l'école et, à l'instar de ses aînés, était illettrée. Son père ânonnait et sa mère pouvait tracer les chiffres. On savait compter dans la famille, ça oui. On ne confondait pas un et cinq.

La fillette observait et écoutait. Un jour, elle avait compris le système des nombres. La découverte fortuite de cet empilement infini de quantités abstraites l'avait éblouie jusqu'au vertige. Compter les sous, évaluer les dépenses indispensables, était un sujet permanent d'inquiétude et de dispute dans la famille. Honorine s'était juré que, des sous, elle en aurait ! Et beaucoup !

Comment ?

La question l'avait longtemps préoccupée et puis un jour elle avait découvert la solution : la dentelle. A part les œufs, le lait et les bêtes, c'était la seule production de ce pays rude qu'on pouvait vendre.

En tout cas, en cette belle journée d'avril, son ambition, procédant de ce projet encore vague, était de dessiner et, dans la marge d'une page déchirée d'almanach, elle traçait des bâtons.

Elle les compta et estima qu'ils étaient beaucoup mieux à partir du trentième, presque satisfaisants à partir du cent vingt-deuxième. Ils suivaient cependant une ligne irrégulière. Elle fronça les sourcils et, s'aidant d'une esquille de bois menuisé, donc rectiligne sur deux côtés, elle tira un trait droit. Trop épais. Sa forte présence rendait ses bâtons misérables. Elle en traça un second en appuyant peu. Le résultat la satisfit.

Appliquée, opiniâtre, elle ne vit pas passer le temps. Quand soudain elle entendit un pas lourd sonnant sur la pierre du chemin, elle s'affola. La soue du *caïou* ! Elle rafla une brassée de paille en sortant de la grange, traversa furtivement la cour derrière le dos de son géniteur, pénétra dans l'antre du cochon et étala le chaume sur le fumier de la bête qu'ainsi elle cacha. S'il avait assez bu, son père ne verrait rien au cours de son inévitable inspection.

Elle arriva l'air angélique à table où ses deux frères aînés, Gaston et Firmin, quatorze et treize ans, la toisèrent avec méfiance. Méfiance qui luisait également dans l'œil sagace de sa mère. Johannes, la mine sombre et le menton mangé de barbe, avait le regard trouble. C'était rassurant sur sa capacité à juger le travail effectué, mais inquiétant quant à son humeur. Lorsqu'il était dans cet état, les gifles pleuvaient et ses mains dures laissaient des traces.

Jean et Pierre, quatre et cinq ans, le nez dans leur bol, buvaient hâtivement leur soupe. Honorine les observa. Sentant son regard, ils levèrent sur elle des yeux admiratifs. Elle leur sourit. Ils étaient mignons comme des chiots. Des chiots fleurant le pipi, mais ce n'était pas grave. Des odeurs de ce genre parfumaient la masure entière : relent de bouse venant de l'étable séparée de la salle de ferme par une simple cloison de bois, odeur aigrelette des poules qui picoraient les rares miettes perdues par les convives, fumet de fromage mis à sécher dans le placard et enfin vomi de lait caillé d'Elodie, dix mois, la dernière-née. La petite fille contempla ce paquet de langes serrés d'où sortait une tête chauve et rose. Elle tétait. Sa mère la tenait d'un bras et de l'autre servait son époux

Six enfants autour de la table, un septième bien au chaud, la tête en bas, dans le ventre épais de la Rose Feynerolles, tels étaient les fruits de dix grossesses. Trois bébés morts en bas âge. Les autres luttaient pour survivre, prêts à se battre pour un bout de pain plus gros ou l'avantage de racler la marmite.

En bout de table siégeait l'aïeule, Emilienne, la mère de Johannes, la seule qu'il ne battît pas. Percluse de rhumatismes, elle ne bougeait plus guère. Parfois, de plus en plus souvent, elle n'était plus là, comme si son corps était déserté. Pour l'instant, elle lapait voracement sa soupe, tandis que sa main décharnée couvrait sa tranche de pain pour la protéger. Les enfants la convoitaient, cette tranche de pain. Avant même que leur mère ne servît leur brouet, ils avaient dévoré la leur. Heureusement qu'elle ne mangeait pas grand-chose, l'ancêtre, car peu s'en fallait qu'on ne crevât de faim en ce printemps 1831.

L'été pourri et l'automne desséché avaient donné peu de seigle et encore moins de patates… que l'ivrogne, ce soir, dévorait d'appétit, sans souci de sa progéniture réduite à la portion congrue. Honorine se félicita d'avoir volé le matin même un gros croûton sec, larcin pour lequel Firmin, son frère, avait pris une raclée maternelle. Innocent occasionnel, il avait accusé, à tort, son aîné, réactivant un pugilat entre eux commencé dès qu'il avait su marcher. Sainte-nitouche avertie, Honorine avait regardé ailleurs de peur que son intérêt pour l'algarade n'engendrât une réconciliation des belligérants à son détriment.

Couchée dès la tombée de la nuit dans la chambre à l'étage, en compagnie des deux petits, Honorine, immobile sous ses couvertures, pensait à l'avenir. Elle serait riche. Mais pour y arriver il lui fallait apprendre à lire, à écrire, à dessiner et une foule d'autres choses. Elle ressentait la nécessité impérieuse de tout savoir. Mais comment faire ? A l'entour de ses six ans, longtemps auparavant, sa grand-mère Emilienne avait entrepris de l'initier à nombre de savoir-faire quotidiens puis elle avait commencé à s'éteindre. D'abord, la fillette avait guetté ses moments de vraie conscience ; alors, comme avant, elle lui demandait de lui apprendre les choses. Mais ses mains s'étaient mises à trembler. Sa cervelle aussi sans doute puisqu'elle avait commencé à chevroter avant que sa voix ne disparaisse. « Elle devient gâteuse », avait dit une voisine. La plupart du temps, elle était comme une bête endormie. Une bête pas trop propre. Elle sentait mauvais. Alors on l'installait dehors et tant pis si le soleil se voilait. La Rose, esclave permanente, l'aidait à sa toilette tous les jours, mais ça ne suffisait pas. La vieille se pissait dessus si sa bru ne l'emmenait pas assez vite dans l'étable où chacun, homme ou femme, garçon ou fille, « faisait son eau » tranquillement. La cahute de bois au coin du jardin était réservée aux exonérations plus matérielles.

Mémé Emilienne avait eu des « attaques ». Deux fois, Honorine avait observé le phénomène avec beaucoup d'intérêt : tout à coup la vieille se raidissait. Ses yeux se retournaient, tout blancs, et elle restait comme ça. On la couchait en attendant qu'elle se détende, qu'elle se réveille. Jusqu'à présent elle était toujours revenue, mais la Rose, sa belle-fille, la disait « diminuée », comme le bord d'un tricot qu'on resserre. Une fois, c'étaient ses jambes qui ne marchaient plus très bien, une autre, une main. Ça revenait au bout de quelques jours, ou bien ça ne revenait pas. La dernière fois, quand elle avait voulu parler, elle n'avait pu dire que « moumou » et on voyait dans ses yeux qu'elle était malheureuse. Le soir, en mangeant sa soupe, Johannes avait dit qu'un jour l'attaque l'emporterait et que ça débarrasserait. Elle avait tressailli, lui avait jeté un regard meurtrier, mais la brute s'en foutait.

En fait, à part Honorine, tout le monde souhaitait la mort de la vieillarde. Elle aussi sans doute. Mais elle survivait. En tout cas, elle trahissait sa petite-fille en perdant sa voix et souvent sa tête !

Etendue dans le noir, la gamine songeait. Elle deviendrait une reine de la dentelle. Quand les modèles faisaient des boucles et des petites fleurs avec des fils tout fins, un peu comme la nappe d'autel de la chapelle d'Aubissoux mais plus jolis encore, ça valait très cher. Pour ça, il fallait inventer des modèles sur carton, et pas n'importe lesquels. De ceux qu'on pouvait « piquer ». De là cette idée d'apprendre le dessin.

Honorine tenait sa science des conversations féminines, au lavoir.

Bien que surchargée, Rose Feynerolles lavait pour une rentière qui ne faisait rien de ses dix doigts. Elle gagnait ainsi de quoi acheter un peu de pain. Honorine avait reçu mission d'aller chercher l'ouvrage à l'autre bout du hameau. Pour y couper, elle avait argué du poids excessif de la corbeille, surtout au retour, avec le linge mouillé.

« Tu prendras la brouette », avait décrété sa mère.

Il y en avait deux à la ferme, une en bois épais qui servait à charrier le fumier et une légère, sans ridelles, avec un plancher ajouré pour porter le foin ou les gerbes lors des moissons. Chaque semaine, les jours de lessive, la petite fille filait chez la voisine prendre les affaires à laver, puis les lui rapportait propres : deux allers et retours avec, parfois, une charge aussi lourde qu'elle. Entre ses deux voyages, elle restait au milieu des femmes. Oh pas sans rien faire ! Elle savonnait elle aussi, les petites pièces comme les couches du bébé.

Alors, elle écoutait les lavandières.

Agenouillées chacune dans sa propre caisse de bois rembourrée, les mains rougies par l'eau froide, elles frottaient avec acharnement leur linge sur leurs planches à laver accrochées par une traverse au bord de la grande auge de pierre, puis le trempaient dans l'eau grise de savon pour recommencer encore et encore avant de le remettre dans leur corbeille. Ensuite, elles rinçaient le tout dans le trop-plein de la fontaine où courait l'eau claire. Leurs bras ne chômaient pas, leurs langues non plus. Elles passaient régulièrement en revue tous les gens et tous les événements du village.

Honorine apprit ainsi que la Marion Peyrat allait recevoir deux pièces d'or pour une pièce de guipure noire, plus large que la main et longue de dix aunes, en fil de soie si fin qu'on eût dit un cheveu.

« Deux louis, s'était exclamée la Rose. C'est pas Dieu possible ! J'voudrais bien voir ça. »

Les autres avaient approuvé. Vexée, ne supportant pas la mise en doute de son propos, la bavarde avait rétorqué :

« Eh bien on va aller la voir, la Marion, et elle vous montrera ! »

Elles y étaient allées de concert, Honorine était là quand la dentellière toute fière avait montré son ouvrage. Emerveillée par sa finesse, sa légèreté, la petite avait ressenti la magie de cette dentelle reine qui jouait du vide comme du dessin tissé et révélait sans montrer. L'enfant ne savait pas encore, pourtant, que la guipure, divine ou diabolique, parait aussi bien les aubes des évêques et les autels des cathédrales que la nudité des reines et des courtisanes.

Décidée à devenir dentellière, la petite observa les femmes travaillant à leur carreau et guetta le retour de la « leveuse » qui reviendrait pour chercher l'ouvrage fini et apporter le travail à faire. Avec un peu de chance, elle pourrait même voir briller les sous d'or.

Ses investigations lui apprirent qu'il n'existait pas de dentelle sans carton et qu'un bon carton atteignait cinq fois la valeur de la pièce de dentelle représentée car il pouvait resservir et on pouvait le copier.

Il lui fallait apprendre à la fois la dentelle et le dessin.

Elle se tourna dans son lit et au bord du sommeil conclut que la rapine du crayon était insuffisante. A Aubissoux, une seule personne pouvait lui enseigner ce qu'elle ambitionnait d'apprendre : la *biate*.

Les « demoiselles de l'instruction » ou « béates » existaient depuis 1660. Au Puy, à cette époque, la fille célibataire d'un avocat nommé Martel avait créé un corps d'institutrices pour donner une instruction religieuse aux filles des villages et leur apprendre à lire. Elles ne prononçaient pas de vœux et pouvaient se marier. Tout ça Honorine l'ignorait. Pour elle la *biate*, comme on disait en patois, existait, était respectée et s'occupait des enfants et des vieux.

Honorine soupira. Convaincre ses parents de la laisser passer des heures chez la sainte femme serait malaisé.

Ce soir-là, dans un de ces rêves doux qu'elle s'inventait en s'endormant, Honorine fut soudain une marcheuse. Très loin, très loin devant elle, une montagne grimpait jusqu'au ciel, un ciel resplendissant d'or. C'était là qu'elle allait.

Le lendemain, elle fut de corvée pour mener paître les trois vaches. Pas question de les mettre dans les prés dépendant de la ferme. On les réservait pour les foins. Restaient les communaux, les talus, les bords des chemins. La ferme Feynerolles se situait au-dessus du hameau. La petite suivit les bêtes placides attirées par la pente. Marquise, Mignonne et Charmante se délectaient de l'herbe verte du printemps qu'elles fauchaient d'un mouvement tournant de leur grande langue beige. Les surveillant vaguement, Honorine musardait.

Au cœur du minuscule village d'Aubissoux se dressait la chapelle, presque une petite église, très simple, au style vaguement jésuitique. Elle datait de la Contre-Réforme, mais, cela, la gamine n'en savait rien. La porte était ouverte. Elle passa son museau. Sur l'autel au fond, sous la fenêtre étroite, une statue de plâtre montrait une belle dame en longue robe blanche et bleue. Derrière sa tête couverte d'un foulard pâle était accrochée une grande assiette dorée. Ses yeux regardaient le plafond où nichaient des araignées. Justement, une femme sans âge, toute de noir vêtue, s'escrimait à détruire leur habitat avec une tête-de-loup trop courte. Même grimpée sur une chaise paillée, même en s'étirant, elle ne parvenait pas à atteindre, avec son espèce de cylindre poilu, tous les recoins de la voûte en bois.

Honorine reconnut Marie Mazel, la béate. Elle comprit alors qu'elle était venue pour la voir.

Sentant une présence, la femme se retourna et à son tour reconnut la petite.

Trois ans de noviciat chez les « religieuses de l'Enfant-Jésus » puis on avait « nommé » Marie Mazel à Aubissoux où elle vivait depuis une vingtaine d'années. Restée fille, elle appréciait qu'on reconnût sa vertu, symbolisée par sa robe de laine sombre et sa coiffe de soie noire à liseré blanc. Celle des autres femmes était écrue. « Béate » elle était considérée, et ça lui convenait. Outre le catéchisme et l'école aux gamines, elle s'occupait de quelques vieillards, réunissait villageoises et villageois pour le chapelet ou le salut, prières auxquelles ces mécréants de Feynerolles n'assistaient jamais. Il n'y avait guère que la messe qu'elle ne disait pas. Elle habitait un petit logement à l'étage de la « maison commune ». Lors de réunions tenues dans la salle du rez-de-chaussée, Marie Mazel maniait elle-même les fuseaux et apprenait la dentelle aux filles.

— *Adiu*, Honorine, dit-elle. Tu viens faire ta prière ?

— Oui, répondit la petite pour qui ce mot avait un sens aussi imprécis qu'inquiétant. Je garde les vaches aussi.

Ce rappel à son devoir troubla Honorine qui s'envola vers ses bêtes. La béate soupira. La gamine l'émouvait. Elle n'était pas bien grosse pour ses dix ans. Son père était un ivrogne et sa mère avait bien de la misère à élever une marmaille dont la moitié mourait en bas âge. Elle se remettait au ménage de sa chapelle quand la petite réapparut et entra d'un pas décidé.

— On fait son signe de croix en entrant, dit la sainte femme sévèrement.

En temps normal, Honorine, sur un tel accueil, aurait pris ses jambes à son cou. Elle resta. Pourrait-elle trouver ici ce qu'elle cherchait ? Elle s'approcha du bénitier, y trempa sa main entière, la secoua pour l'égoutter et fit une vague simagrée devant son interlocutrice, en l'espérant convaincante.

— Je vais te montrer, dit la béate compatissante.

Elle guida la petite dans son geste, hésita à lui en expliquer le sens.

— Tu diras à ta maman de t'envoyer au catéchisme, déclara-t-elle enfin.

La gamine n'écoutait pas. Ses yeux furetaient.

— Elle est belle, la dame, dit-elle en s'approchant de la statue.

— La dame, c'est la Sainte Vierge.

— Ha ! fit Honorine.

— La maman de tous les hommes et de toutes les femmes.

— Et même des enfants ?

— Même des enfants.

— Elle est pas enceinte ! s'exclama la petite. C'est pas possible !

Contrariée par ce commentaire, la dévote fronça les sourcils. Matoise, la fillette changea de sujet. C'était le moment d'aborder le vrai motif de sa visite.

— Que c'est joli ! dit-elle en touchant la nappe d'autel.

— Mets pas tes pattes sales là-dessus, gronda la béate, je viens de la laver.

Honorine retira ses mains comme si elle s'était brûlée. Elle déglutit, pensa se carapater. Elle se reprit, serra fort ses poings derrière son dos pour éviter tout nouvel impair et s'écria avec un enthousiasme forcé :

— C'est beau, la dentelle !

— Oui c'est beau !

Donc c'est bien de la dentelle, pas de l'aiguille ou du crochet, se dit la gamine. Elle devait pousser son avantage.

— Tu m'apprendras à en faire ?

— On ne tutoie pas les grandes personnes qu'on ne connaît pas, la réprimanda l'adulte, même en patois !

La petite la regarda d'un air implorant.

— Il faut un carreau pour faire de la dentelle, reprit la femme.

Honorine se jeta à l'eau.

— Y a celui de ma grand-mère. Elle peut plus en faire, ses mains tremblent trop, alors elle me l'a donné !

Ça n'était pas vrai.

Il faudrait que ça le devînt. Honorine se sentit soudain accablée par la tâche à accomplir. Lâchement, elle songea que si la béate refusait de lui apprendre, elle n'aurait pas à convaincre sa mère, ni à obtenir de sa grand-mère ses outils de dentellière.

— Si tu viens au catéchisme, je t'apprendrai la dentelle.

— A lire et à écrire aussi ? Je sais déjà compter.

— J'irai voir ta mère, dit la béate après réflexion.

Honorine lui dédia un sourire merveilleux et, sur un « *adiu* » claironnant, s'enfuit. Interloquée, la Marie Mazel hocha la tête, puis reprit son ouvrage en songeant que s'il était ingrat de faire le ménage de la chapelle, en revanche éveiller à Dieu l'âme d'un enfant était exaltant. Cette petite Honorine née dans la fange, elle en ferait une femme pieuse et pourquoi pas une *biate* comme elle.

Honorine ramena les vaches dès qu'elle entendit sonner l'angélus à Craponne, une demi-lieue plus loin, ou deux kilomètres selon les nouvelles mesures de longueur. Trois coups, trois fois répétés. Impossible de se tromper. Il était midi. Tout le monde rentrait pour la soupe. Ce n'est pas chez les Feynerolles qu'elle serait la plus grasse. La petite grimaça. Un brouet d'orties comme à chaque repas depuis un mois. C'était bon avec des petits navets ou des carottes nouvelles et une bonne cuillerée de saindoux. Elle se rembrunit. C'était trop tôt dans la saison pour les légumes de printemps, quant au gras, le cochon de l'année dernière avait été dévoré depuis longtemps.

Quand on ne mangeait pas assez, on y pensait tout le temps et on avait encore plus faim. Dès le milieu de la matinée, une grande heure après sa visite à la béate, elle avait senti son estomac gargouiller. Elle avait cherché dans l'herbe si, par hasard, elle ne voyait pas de la doucette, ou de l'oseille sauvage. La bourrache, inutile d'y penser avant juin. Dommage. En croquer les fleurs bleu vif l'enchantait, même si ça n'avait pas grand goût. Elle ne trouva que des *barabans*, des pissenlits. Elle en cueillit une douzaine qu'elle nettoya avec son couteau avant de les mâcher consciencieusement. Dire que c'était bon eût été excessif, mais ça trompait la faim. Peut-être même que ça nourrissait un peu. En tout cas c'était insuffisant. Elle eut une idée.

Les vaches de la ferme du Haut-Plat étaient maigres mais elles mangeaient bien au printemps. Ça se voyait à leurs os moins pointus. Marquise et Mignonne ne donnaient pas beaucoup de lait, un litre ou deux par jour. Elles travaillaient trop. On les attelait à la charrue ou au tombereau. Alors le lait ! On était bien contents qu'elles fassent quand même, à peu près, un petit par an. A peu près parce que l'hiver dernier Marquise avait avorté. Honorine avait trouvé dégoûtante cette réduction de veau à grosse tête, rose et glaireuse, qu'avaient bouffée les chiens. La Charmante, ayant le statut privilégié de vache au foyer, donnait beaucoup plus, mais on vendait sa production « livrée au litre, disait sa mère, mais payée à la pinte ». La phrase avait frappé la petite. Bref, elle envisageait de traire la bonne laitière et de boire en douce un bol de lait bourru. Ragaillardie par la perspective de cet apéritif, Honorine tapa à grands coups de bâton sur le dos de ses bêtes pour les faire avancer plus vite. Guère troublées, elles accélérèrent sur trois toises puis reprirent leur train de sénateur.

Elle les rentra à l'étable, les attacha, regarda autour d'elle. Personne en vue et surtout pas ses aînés. Elle chercha le bol ébréché qui servait de mesure à grain, l'essuya soigneusement avec le bas de sa jupe, tira le trépied de bois de son recoin et entreprit de traire la Charmante.

— Donne, ordonna Firmin surgi derrière son dos.

Elle s'arrêta net et, d'un geste preste, avala sa collecte en trois rapides gorgées. Simultanément elle leva le bras pour protéger sa tête d'une gifle vengeresse. Elle ne lui fit pas grand mal mais la gamine gémit à fendre l'âme, par précaution. Encouragé, l'adolescent ordonna :

— Tires-en encore ou gare.

Un bol de lait, passe encore, mais deux, ça risquait de se voir. Elle fit mine d'obéir puis décocha un coup de pied dans les tibias de son frère. Son sabot manqua sa cible. Il avait sauté en arrière. Honorine en profita pour se sauver. A la porte, elle se retourna. Resté sur place, son frère la menaçait du poing.

— Rends-moi le bol, gronda-t-il.

Elle l'avait en main et il n'avait aucun récipient pour traire à son tour. Elle refusa d'un mouvement de tête.

— Tu perds rien pour attendre, reprit-il.

— Je vais dire à Gaston que tu viens voler du lait, rétorqua-t-elle sans vergogne.

L'autre ricana.

— Y m'fait pas peur !

— Oui mais on sera deux contre toi. Et *pi* je dirai à papa ce que tu faisais l'autre soir, tout seul dans l'écurie. Tu verras la raclée.

Bouche bée, il se tut. Qu'avait-elle vu exactement ? Il eut peur. Elle s'en aperçut.

— Allez viens, conclut-elle, magnanime.

L'avoir vaincu dans leur duel verbal lui suffisait. Un triomphe trop visible eût entraîné des représailles.

Un bol de lait cru, c'était toujours ça. Cela compensa largement le petit bout de pain que lui vola sa victime.

— C'est qu'y faut qu'elle aide. Elle a son travail…

Honorine avait vu de loin la béate arriver. Elle arpentait les prés avec mission de cueillir des pissenlits pour une salade. « Des petits pas trop coriaces, pas des gros, avait dit sa mère, même si ça va plus vite pour remplir ton panier. » Elle revint furtivement à la ferme, se glissa dans l'étable désertée par les vaches menées paître par Gaston, s'approcha de la mince cloison de planches pour écouter.

— Elle a envie d'apprendre à lire et à écrire, disait la Marie Mazel. Il faut l'encourager. Ça lui servira toute sa vie, et à vous aussi, vous verrez.

— Et pendant ce temps l'ouvrage ne se fera pas et elle mangera quand même ! Y a aussi les deux petits. Elle s'occupe d'eux mieux que ses frères parce que c'est une fille, et avec le bébé à venir, ça va être pire…

— Qu'elle vienne avec eux. Pendant ma classe, les petits jouent dans un coin. Ils entendent tout et apprennent souvent beaucoup de choses.

L'espionne retenait son souffle.

— Quant à la naissance, poursuivit la *biate*, vous savez bien, Rose, que je viendrai.

— Si vous n'êtes pas prise ailleurs.

— Oh, je ne m'engage pas à la légère.

Sa mère dut opiner car la visiteuse reprit :

— Et puis je lui enseignerai la dentelle.

Finaude, elle ajouta :

— Et une bonne dentellière, ça rapporte !

Derrière ses planches disjointes, la gamine soupira d'aise. Enfin elle y venait.

— Mais il lui faudrait un carreau et du fil. Tout ça, il faut le payer, et le Johannes, y boit la moitié de sa paie. Déjà qu'elle est pas grosse !

— La mémé Emilienne, elle a tout ça et même le rouet pour bobiner les fuseaux. Ça « fera bien » pour la petite.

— Oh, mais elle va pas vouloir, la mémé. Elle a toujours été radine et elle a raison sinon son bon à rien de fils lui aurait déjà bu tout son avoir.

Honorine colla un œil à une fente. La vieille, assise dans son fauteuil de bois, s'agitait. Elle avait l'œil vif et ce n'était pas si souvent. Diminuée certes, mais vellave des hautes terres où on ne plaisantait pas avec son bien. Qu'on disposât ainsi de ses affaires déplaisait considérablement à la vieille femme.

— Mou-mou… mou-mou, éructa-t-elle.

— Vous voyez bien qu'elle est d'accord, reprit la béate perfidement.

L'ancêtre se tortilla de plus belle et la Marie Mazel renchérit :

— De toute façon, la dentelle, c'est fini pour elle, dans l'état où elle est, la pauvre.

Rose ne disait rien. Honorine, sur des charbons ardents, n'arrivait pas à savoir si ce mutisme était de bon ou de mauvais augure. Son cœur cognait fort, presque à se sentir mal. Elle s'assit un instant pour récupérer, puis se releva et regarda à nouveau. La grand-mère ne bougeait plus mais elle faisait « son œil noir » et bientôt une odeur abominable parvint jusqu'à l'étable et prit le pas sur celle des vaches. Elle avait fait sous elle, et pas un modeste pissat.

— La vieille bique l'a fait exprès, glapit la Rose. C'est pas possible !

— Il faut la nettoyer et la changer, dit la béate. Donnez-moi le nécessaire.

La Rose obéit et laissa la visiteuse s'occuper de la vieillarde.

— Je vais au lavoir. A bientôt, lança-t-elle à la Marie Mazel.

Installant une lourde corbeille à linge sur sa hanche, elle planta là sa visiteuse.

Raté ! Derrière sa cloison, Honorine soupira. Furtivement, elle ressortit de l'étable, courut vers les prés reprendre son ouvrage et rattraper le temps perdu.

Cela ne suffit pas à occuper sa cervelle qui s'était mise en marche. Elle réfléchit. Elle devait séduire la Marie Mazel pour qu'elle revienne à l'assaut, finisse par user la Rose. Il fallait retourner la voir... mais pour lui dire quoi ?

Elle se sentit démunie. Là, en plein pré, on voyait arriver les gens de loin. L'espace lui offrait la solitude. Alors les vannes s'ouvrirent. Elle pleura à grands sanglots. Les larmes brouillèrent sa vue. Au bout d'un petit moment, elle les torcha de sa main sale, maculant son visage de traînées terreuses, puis, purgée de son désespoir, reprit ses supputations tout en cueillant ses pissenlits.

Son but était la dentelle. Ça rapportait, la dentelle. La *biate* l'avait confirmé à sa mère et elle seule pouvait lui apprendre ce qu'elle voulait savoir. Elle retournerait la voir, s'arrangerait pour assister, même un petit peu, à sa classe. Ostensiblement contrainte par son travail, elle partirait bien avant la fin. La Marie Mazel ne tiendrait pas longtemps avant de retourner voir sa mère.

Cette décision lui rendit sa bonne humeur. Elle ramassa presque avec enthousiasme tous les jeunes *barabans* qu'elle put dénicher.

Sa cueillette l'avait éloignée de la ferme. Trottant vaillamment, elle rejoignit la route pour rentrer. Un staccato de galop l'arrêta. Elle se retourna. Un cavalier en habit de monsieur arrivait à grande vitesse. Elle se gara sur le bord du chemin. Il montait un étalon noir aux jambes toutes fines et filait comme le vent. Derrière, un garçon de l'âge de ses frères chevauchait une jument un peu moins grande, un peu moins fine, mais une belle bête quand même. Lorsqu'il passa, elle remarqua son gros nez dans son visage maigre et ses deux grandes oreilles rouges sous le chapeau. Deux chiens courants bondissaient à leur suite. Leurs langues pendantes disaient leur longue course. Combien valaient d'aussi beaux chevaux ? Combien d'aunes de guipure noire en fils arachnéens fallait-il pour les acheter ? Comme ils s'éloignaient, elle vit un étrange corbeau. Il volait au-dessus d'eux, jouait à les dépasser, montait en flèche dans le ciel, dessinait une large volute et revenait vers eux. Elle fronça les sourcils : les corbeaux d'habitude ne s'occupaient pas des cavaliers.

2

Le quartanier

Avril 1831

Un visage étroit, agrémenté d'oreilles décollées et d'un gros nez brillant caractérisait Benoît Chalencon, bientôt quatorze ans. Assis dans son lit, il bâillait à se décrocher la mâchoire. Son père, un homme formé à la discipline par une éducation jésuite complétée par cinq ans de vie militaire sous l'Empire, venait de le réveiller, à l'aube comme tous les matins. Laissé libre, le gamin eût dormi jusqu'à midi.

Il arriva en se curant les narines dans la cuisine ou sévissait Fernande, la servante quinquagénaire. Elle lui servit en grommelant un bol de lait chaud et une tartine de pain bis. Il en mangea une deuxième, puis une troisième, émerveillant la brave femme par son appétit d'adolescent. Son père entra, le regarda.

— Tu ferais bien d'aller rentrer les chiens, lui dit-il. Ils sont en train de chasser un jeune corbeau. Si tu n'y mets pas bon ordre ils l'auront mangé avant longtemps. Ils auraient moins faim si tu n'avais pas oublié leur pâtée hier soir.

— Vous n'avez pas fait ça ! s'écria le garçon en dévisageant son géniteur avec inquiétude.

Philippe Chalencon grimaça un sourire. L'adolescent se leva d'un bond, saisit le fouet d'attelage et se rua dehors. Castor et Pollux sautaient en aboyant autour d'une cage en rotin. Ils la bousculaient, la renversaient, la faisaient pivoter avec l'espoir diffus d'en ouvrir la porte et d'en gober l'occupante, une jeune corneille mâle piaillant d'effroi et battant des ailes.

Le fouet claqua. Sa longue mèche arracha quelques poils au dos de Castor qui bondit sur place puis s'aplatit au sol en geignant. Un second coup de fouet calma l'ardeur de Pollux sans qu'il fût atteint.

— Couchés ! ordonna le garçon de sa voix qui muait, mêlant aigus et graves.

Nouveau claquement de lanière. Regrettant leur proie, les deux bleus de Gascogne, la queue basse et l'arrière-train fuyant, rentrèrent dans leur chenil dont Benoît ferma la porte rouillée. Il ramassa la cage où Bossuet croassait d'indignation. L'adolescent était très satisfait de ce patronyme anticlérical. Il le vengeait des panégyriques de saints du célèbre évêque de Meaux, subis en dictées multiples. L'abbé Pradon, son « précepteur », avait crié au blasphème, mais Chalencon père, mis en joie par le sobriquet, lui avait coupé le sifflet.

Ledit Chalencon père passait pour un original. Quadragénaire installé, grand, mince mais musclé, il avait le poil abondant, un catogan châtain et une barbe de quatre jours. On le disait bel homme. Sa redingote brune bien coupée, mais usée, et ses bottes de cavalier, toujours boueuses, lui donnaient l'allure d'un jeune homme de bonne famille devenu bandit de grand chemin. Il n'était bien qu'au grand air et vivait hors du temps, enseignant à son unique rejeton l'amour de la chasse au détriment de la bonne gestion de La Monteillade, un domaine ancestral autrefois prospère mais dont ne subsistaient que quelques métairies et trois ou quatre cents arpents de forêt mal entretenue. Pour le conserver, ainsi que sa tête, le grand-père de Benoît avait jugé bon de guillotiner la particule de son nom. Républicain opportuniste et insincère, il avait hurlé avec la populace et abdiqué des avantages qui, de toute façon, abandonnèrent sa caste.

Revenu dans la maison, Chalencon junior posa la cage sur la table de la cuisine et fila vers le garde-manger. Il en revint tenant derrière son dos un petit morceau de fromage. Il ouvrit au corbeau. Echaudé par un souvenir récent, l'oiseau pointa son bec avec circonspection, bougea en saccades sa tête anthracite pour inspecter les coins et recoins de la pièce, sortit enfin en trois pas brusques.

Gardant la main droite serrée sur la friandise cachée, l'adolescent tendit son poing gauche. Bossuet s'y percha.

Bientôt impatienté par l'immobilité volontaire du garçon, il poussa un cri aigre. Surprise, la servante faillit en renverser son pot de lait.

— Benoît, glapit-elle, si tu ne fais pas taire cette volaille, je lui tords le cou et j'en fais une poule au pot. Le plat ne sera pas gros, mais un bon bouillon de *graille*, ça fait des centenaires.

Le garçon ramena sa main en avant. Fort intéressé, Bossuet se dandina. Benoît le narguait avec la nourriture, l'approchant puis l'écartant à la limite de sa portée. Soudain l'oiseau, piégeant son « maître », se tendit en avant, beaucoup plus loin que précédemment, et goba sa cible. Philippe Chalencon rit de l'air dépité de son fils qui haussa les épaules puis fixa son oiseau. Les deux protagonistes s'observèrent avec attention.

— Cra, dit le garçon.

— Cra, répéta le jeune corvidé.

— Tu vas vite apprendre à parler corbeau, commenta son père. C'est lui le professeur, pas toi ! Bientôt toutes les corneilles du pays te suivront et on te nommera le *meneux de grailles*. Bon. Tu as déjeuné ? Alors va faire tes devoirs. L'abbé vient vers une heure et tu n'as rien fait hier.

Dans la bibliothèque aux sombres rayonnages emplis de vieux livres, Benoît avait subi une grande heure de latin. Quand deux heures sonnèrent, il crut en avoir fini, mais l'abbé lui expliqua d'un air bénin que sa mère avait requis une leçon supplémentaire, dédiée à la langue française.

Voilà pourquoi, assis de travers sur sa chaise paillée, Chalencon junior écrivait laborieusement sur son cahier corné.

— *Puisque vous cherchez… Puisque vous cherchez une preuve que le Christ parle en moi… que le Christ parle en moi.*

Putain de saleté, songea Benoît. Les pennes d'oie s'écrabouillaient mais ces plumes en fer, achetées par son père, au Puy, la semaine précédente, griffaient et perforaient le papier. Le gamin soupira, leva les yeux vers le soleil du printemps derrière la fenêtre, mais fut aussitôt rattrapé par la voix morne de l'abbé.

— Virgule, *lui qui n'est pas faible à votre égard*, virgule.

Impossible d'éviter ce pénible exercice d'orthographe. Son attention trop intense lui déviait le menton vers la gauche. Sans s'en rendre compte, il mâchait le vide avec application.

— … *Lui qui n'est pas faible à votre égard*, virgule, *mais qui est puissant parmi vous.*

Le gros Pradon, curé de Saint-Georges-Lagricol, le village voisin, convié quelques heures par semaine à faire travailler Benoît Chalencon, avait encore égaré le manuel de français de son pupille. Il avait donc pêché dans sa poche son bréviaire maculé de gras, l'avait ouvert au hasard. Tombant sur la treizième lettre aux Corinthiens de l'apôtre Paul, il avait entrepris de commenter le texte, objet d'un sermon répété chaque année. Devant l'air ahuri de son élève, il avait froncé les sourcils et aboyé :

« Dictée ! »

Benoît avait soupiré puis ouvert son cahier et empoigné son porte-plume.

L'épître du saint scribe était parfaitement ennuyeuse. Le gamin soupira à nouveau. La dernière fois, il était tombé sur l'Apocalypse. Une histoire de chevaux géants, crachant le feu par les naseaux et montés par des cavaliers vêtus d'immenses voiles noirs qui voulaient détruire le monde : une histoire incompréhensible mais éblouissante.

— Alors tu rêves ! Tu ne m'écoutes pas. Ce sont pourtant les Saintes Ecritures !

Debout, l'abbé le dominait. Le ventre proéminent sous la soutane verdie d'usure, il le regardait avec sévérité.

— Tu veux que je dise à ta mère que tu méprises les textes sacrés ?

Non, il ne voulait pas. Elle se plaindrait et gémirait sans fin tandis que l'ecclésiastique prendrait cette attitude de componction qu'il détestait. Replongé dans son livre, le tortionnaire dictait à nouveau.

— *Car il a été crucifié à cause de sa faiblesse*, virgule, *car il a été crucifié à cause de sa faiblesse*.

Benoît se hâta. Panne sèche. Il trempa vivement sa plume dans l'encrier et la retira. Dans le respect absolu de la dynamique des fluides, une goutte s'envola et alla imbiber la soutane du révérend, lequel n'en vit rien ce qui réjouit le potache dont les yeux dérivèrent vers la pendule de bronze posée sur la cheminée. La grande aiguille lambinait sur son cadran. Le précepteur avait suivi le regard de l'élève. En harmonie sur ce constat, tous deux soupirèrent.

La missive apostolique y passa tout entière. La correction révéla deux douzaines de fautes. Pour les déceler, le prêtre, sourcils froncés, devait sans cesse se référer au texte imprimé, manifestant ainsi sa considérable incurie. Trop occupé à grandir, tâche qui consumait la plus grande part de son énergie, Benoît n'y prêtait pas garde.

Enfin, après une éternité morne agrémentée de pâtés sur son papier d'écolier, la fin de l'heure sonna. Benoît, son purgatoire terminé, se leva comme un ressort. Négligeant un ultime commentaire du prêcheur, il se précipita dehors et fila vers les écuries pour rejoindre son père. Celui-ci sellait Bartholomeus, son superbe pur-sang noir corbeau, une bête qu'il n'aurait jamais pu s'offrir s'il n'avait pas brisé d'un coup de sabot le crâne de son ancien propriétaire. Sa valeur marchande en avait été grandement affectée…

— Où vas-tu, mon garçon ? demanda Philippe Chalencon en dévisageant son rejeton.

— Avec vous, papa, répondit-il.

— As-tu fini ton étude ? s'enquit le père méfiant.

— Oui, papa. Demandez à l'abbé.

L'abbé en question, que seule sa rémunération mensuelle intéressait, estima, malgré l'envol impromptu de son pupille, avoir rempli sa mission. Aussi, sollicité par un coup d'œil du père, opina-t-il gravement. Puis, après un bref salut de la tête, il grimpa sur le siège de sa légère charrette et fouetta son âne qui partit au petit trot.

Le gamin ouvrit la cage de son corbeau, puis enfila de vieilles bottes de son père qui lui allaient presque, se couvrit d'un gilet de cuir et sella la jument de sa mère, une alezane crins lavés, vaillante demi-sang.

— Libère les chiens !

Le garçon ouvrit la grille du chenil. Castor et Pollux en jaillirent. Battant vigoureusement de la queue, ils tournoyèrent autour de Benoît, se dressèrent contre lui. Sans rancune pour les coups de fouet du matin ni dégoût pour ses boutons d'acné, ils lui léchèrent le visage.

Philippe Chalencon avait pris son fusil, sa corne à poudre, du gros plomb, quelques balles et un silex de rechange, au cas où... Une quarantaine de coups étaient nécessaires pour user une pierre à fusil, mais elle devenait capricieuse bien avant et il détestait par-dessus tout tenir une cible dans sa ligne de mire, appuyer sur la détente et en place de la détonation et de la superbe cabriole du gibier atteint, n'entendre pour toute explosion qu'un ridicule déclic tandis que le daguet ou le lièvre convoité disparaissait en trois bonds. Ce jour-là, il avait un compte à régler avec un sanglier coupable d'avoir ravagé un champ de pommes de terre qu'on venait d'ensemencer. Le métayer était venu s'en plaindre. La loi naturelle voulait qu'on le mangeât en représailles. Il convenait donc de le chasser sans retard sous peine de voir sa victime renâcler à payer son dû. Que la chasse fût fermée n'entrait pas en ligne de compte. Gruger pandores et gardes-chasse ajoutait du sel à l'expédition.

Les ex-détenus traçant des cercles autour d'eux en jappant de plaisir, père et fils sortirent au pas de la cour mal entretenue du manoir familial.

Les deux cavaliers échauffèrent leurs chevaux au petit trot, puis bientôt les enlevèrent au galop. Les chiens les suivaient, fous de liberté. Ils eurent tôt fait de rejoindre le hameau de Piassac où se situait la métairie. Le paysan les guida vers le lieu du désastre. Le cochon sauvage avait retourné la terre avec acharnement sur une surface de la taille d'une grange. Un tel appétit dénonçait un solitaire. Et il reviendrait ! Philippe, bientôt imité par son galapiat de fils, descendit de cheval pour chercher le pied du laboureur intempestif. Ils trouvèrent, comme prévu, des traces de belle taille. Philippe les commenta à son fils puis attacha les chiens avec des laisses longues et les mit sur la piste. Frétillant de la queue et donnant de la voix, ils tendirent leurs traits. Un coup de gueule du maître les calma un instant.

Laissant le métayer en plan, les cavaliers se remirent en selle et suivirent la piste sans se préoccuper outre mesure des clôtures ou de la propriété d'autrui. Leur mépris du paysan n'avait pas disparu avec la particule.

Les traces atteignirent la bordure des bois, de plus en plus pentue. On descendait vers les gorges de l'Ance. Le couvert était impraticable à cheval. Philippe tira sur ses rênes, sauta de sa selle, copié par son rejeton. Menant leurs montures par la bride, ils s'enfoncèrent sous les arbres sur une vingtaine de pas et les attachèrent à un gros sapin afin qu'elles restent invisibles des champs et de la route.

— Charge-le, dit le père au fils en lui tendant son fusil.

Les poings aux hanches, il l'observa.

C'était une arme à canon long et un seul coup, presque cinquantenaire. Benoît appuya précautionneusement la crosse au sol, s'empara de la poire à poudre, en versa une dose dans le canon, y introduisit de la bourre qu'il tassa avec la baguette d'acier noire à embout d'ivoire puis choisit une balle de plomb qu'un second bouchon d'étoupe, tassé à son tour, vint bloquer. Alors seulement il souleva le fusil qui ne pesait guère plus de deux kilos, bascula le chien, en vérifia le silex taillé, ouvrit la batterie, cette lame de fer que percutait la pierre pour produire de belles étincelles, versa une petite quantité de poudre dans le bassinet puis referma le tout. Triomphalement, il tendit le fusil chargé à son père.

L'opération avait duré moins d'une minute. Philippe Chalencon approuva d'un mouvement de tête, et, souriant, examina son gamin.

Benoît grandissait en commençant par ses divers appendices. Son nez était devenu considérable. Ses oreilles, déjà grandes, s'épanouissaient, sans parler d'une excroissance strictement personnelle, mais celle-là n'était pas directement visible. Tout maigre, tout long, l'adolescent semblait emprunté dans son corps apparemment difficile à habiter.

Ils plongèrent dans la pente, à travers les sapins. Soudain les chiens se figèrent, vibrants de fièvre. Une large clairière s'ouvrait devant les chasseurs. En son centre, à environ cent cinquante mètres, se dressait un bosquet aux branches chargées de petites feuilles d'un vert tendre presque jaune. L'animal était certainement là. Etait-ce le fruit de son imagination ? Benoît crut deviner sa masse sombre. Sous le vent, il ne les avait pas sentis. Les bleus de Gascogne avaient le sens de la traque. D'un geste, Chalencon père leur indiqua une courbe et les lâcha. Ils filèrent pour tourner la bête et la rabattre.

Leur course finit par alarmer le sanglier qui grogna. Les chiens aboyèrent. Il détala vers les chasseurs embusqués. Le fusil tonna. La bête noire sembla heurter un mur invisible. Sa tête s'arrêta net alors qu'emporté par son élan tout son corps s'élevait en un superbe saut périlleux. Benoît ressentit une décharge de plaisir intense, comme quand, solitaire... A cette pensée il rougit. L'abbé n'arrêtait pas de lui parler de la « pureté », fustigeant, en des circonlocutions brumeuses, tout type d'onanisme, principal péché mortel à portée des jeunes garçons. Au moins cette jouissance-là, songea l'adolescent, n'était-elle pas interdite et il n'aurait pas à s'en confesser.

— Un coup splendide, papa, dit-il.

Le sourire en réponse lui fit chaud au cœur.

Déjà les chiens s'acharnaient sur le quartanier agité d'ultimes spasmes. Une bête de trois cents livres. Père et fils coururent vers lui, chassèrent à coups de pied les cabots ivres de sang et, empoignant leur gibier chacun par une patte arrière, commencèrent à le remorquer vers les bois. Laissant derrière eux une trace pourpre qui allait s'amenuisant, ils rejoignirent les chevaux.

— Comment on va le ramener ? demanda Benoît. Si on le met en travers d'un des deux chevaux, les paysans le verront et il y en aura bien un pour nous dénoncer aux gendarmes.

Son père rit.

— Tu vas voir, dit-il.

Philippe choisit, en lisière du couvert, un sapin dont les branches descendaient jusqu'à terre puis fouilla les fontes de sa selle et en tira une corde. Il en attacha une extrémité aux pattes arrière du sanglier, donna l'autre à son fils et lui ordonna de grimper à l'arbre.

— Plus haut ! lui cria-t-il. Là, c'est bien. Passe le lien autour de la branche et redescends.

Tirant de toutes leurs forces, ils hissèrent la bête. Bientôt les branches basses la cachèrent. Il ne resta qu'à attacher discrètement la corde pour mettre le sanglier hors de portée des prédateurs de tous poils.

— On viendra le chercher à la nuit tombée avec le char à bancs, conclut Philippe. Bien malin qui verra ce qu'on rapporte. On le mangera. Rôtis, ragoûts et pâtés amélioreront notre ordinaire. Du travail pour Fernande en perspective. Heureusement qu'elle aime cuisiner.

Ils enfourchèrent leurs chevaux et, fort contents l'un de l'autre, prirent le chemin du retour. Ils se mirent au trot, rejoignirent la route. Benoît poussa sa monture et doubla son père qui, alors, s'aperçut qu'elle boitillait.

— Halte, ordonna-t-il, descends.

Lui-même passant souplement une jambe par-dessus l'encolure de son étalon, sauta à terre.

— Tiens Bartholomeus.

Il s'appuya au flanc de la jument et souleva sa jambe arrière gauche. Le fer, usé, avait pivoté sur un de ses pinçons. Le second s'enfonçait dans le sabot de la bête au risque de la blesser. Il le remit en place.

— Ça ne tiendra pas des jours, dit-il.

— Qu'est-ce qu'elle a ? demanda Benoît.

— Son fer s'était déplacé. Il commençait à la gêner. Je l'ai remis, mais si on la laisse comme ça, elle va finir par se blesser. On va passer chez Pontus, à Craponne.

— Le maréchal-ferrant ? questionna bêtement l'adolescent.

— Non, le curé, ricana Philippe.

Son fils se renfrogna. Il supportait mal l'ironie de ce père qu'il admirait. Il le suivit en boudant, puis, par défi, lança la jument au galop. Son père se prit au jeu et talonna son étalon qui s'enleva. Le père doubla le fils à l'entrée d'Aubissoux. Soudain un objet noir dépassa un cavalier puis l'autre, monta en chandelle, volta, puis repiqua vers les chevaux.

— Bossuet ! s'exclama Benoît, ravi.

Une fillette aux grands yeux les avait regardés passer.

3

Une médiocre dentellière

Février 1834

Honorine ignorait tout de l'oiseau apprivoisé. Pourtant les deux cavaliers au galop sous le vol d'un corbeau folâtre apparurent dans sa conscience incertaine un matin d'hiver 1834, trois ans plus tard. Des *grailles* avaient envahi son rêve de chevaux. Leurs cris se poursuivaient, tout proches.

Frigorifiée par le froid qui précède l'aube, elle se leva pour faire pipi, trouva à tâtons le pot de chambre. Un courant d'air glacé passait sous la porte. On avait laissé une fenêtre ouverte. Elle sortit dans le couloir, se dirigea à pas prudents vers la chambre de mémé Emilienne d'où venait le vent. Quand elle poussa la porte, un véritable blizzard l'assaillit. Un voile noir, déchiré, masqua la fenêtre qui redevint aussitôt un rectangle clair. Elle se précipita pour la fermer. Pieds gelés, mains engourdies, elle grelottait. Elle se hâta de rejoindre son lit, eut le plus grand mal à se réchauffer. Très vite elle entendit du bruit en bas. On bougeait. Sa mère rallumait le feu. Il devait être sept heures. Elle se rappela la fenêtre ouverte. Sûr que la vieille avait pris froid. Elle se leva, alluma sa bougie. Un de ses jeunes frères grogna dans son sommeil, puis se retourna. Elle enfila ses chaussons en *petas*, mit son fichu sur ses épaules et, tenant haut son chandelier de cuivre, sortit dans le couloir et entra dans le galetas de sa grand-mère. Au relent d'urine habituel s'ajoutait une odeur douceâtre. Les couvertures gisaient en tas au pied du lit. Honorine posa sa chandelle. Sur son matelas, la vieille femme en chemise lui parut bizarre. Ses joues, ses yeux s'étaient creusés. Grise, raide, immobile, elle ressemblait aux statues de granit moucheté de La Chaise-Dieu. Elle toucha la gisante de la main, la retira brûlée par le froid. Angoissée soudain, elle approcha la lumière. Sa grand-mère était congelée et son visage piqueté de coups de bec.

Elle descendit en hurlant.

La jeune Feynerolles avait treize ans et sa grand-mère, devenue impotente, ne sortait plus d'une petite chambre où passait le conduit de cheminée de la cuisine. Elle était incontinente, bavait sur sa chemise la moitié des bouillons et purées qu'on lui donnait et ne s'exprimait qu'en bougeant la main droite. Honorine n'allait la voir qu'après sa toilette, faite par sa mère. A ce moment-là, son odeur devenait supportable. Alors elle lui racontait sa vie et ça intéressait la grabataire. Pour la toute jeune fille, cette situation lamentable était aussi normale qu'intangible.

Jusqu'à ce jour, seul Johannes n'espérait pas la mort de la vieille. Elle eût entraîné la perte de son bas de laine caché. Le père d'Honorine fouillait la ferme depuis des années sans le trouver. Il s'acharnait. Plus il était saoul et plus il cherchait. En fait, ce pactole était une invention de la mère pour que sa brute de fils, le seul à y croire, la gardât chez lui.

Il faisait si froid la veille qu'on avait pris la soupe avant sept heures et qu'Honorine et ses jeunes frères étaient montés au lit pour se réchauffer.

Il était trop tôt pour dormir, alors elle avait écouté les bruits de la maison : le souffle des petits, les bêtes qui bougeaient dans l'étable, le murmure des voix dans la cuisine.

Elles s'enflèrent soudain, ces voix.

— J'en peux plus de ta mère ! criait la Rose. Il faut la mettre à l'hospice de Craponne. J'en ai parlé aux sœurs. Elles veulent des sous, mais on pourrait y arriver. Si elle reste là, je vais crever à la tâche comme l'âne du meunier et tu seras bien avancé.

— Pas tant que j'aurai pas trouvé les jaunets. La vieille carne est maligne, mais moi je suis patient.

— Ils n'ont jamais existé, tes jaunets, glapit la femme. Elle me l'a dit aujourd'hui !

Honorine grimaça. Son père ne pouvait pas croire ça : la vieille ne parlait plus depuis des années !

Le silence, en bas, ne présageait rien de bon. Sa mère allait encore dérouiller. Fascinée de dégoût, Honorine attendait les chocs mats des coups et les gémissements en écho. Rien sinon le raclement de la chaise sur les dalles puis des pas lourds dans l'escalier. Son père n'avait pas battu sa mère ! Une bouffée de soulagement lui fit espérer l'amendement de Johannes. Ce serait merveilleux s'il cessait de boire... Comme les autres, il aimerait sa femme et ses enfants... Il passa devant sa porte, entra dans le galetas où gisait la mémé Emilienne. Déçue, elle soupira. Une fois de plus, il allait chercher le trésor fantôme. Elle fut étonnée de l'entendre en sortir très vite, puis redescendre.

— Maman ! Maman ! La mémé Emilienne a gelé et les *grailles* ont commencé à la manger !

La Rose monta derrière elle. S'arrêta contemplant la scène.

— Aide-moi à plier les couvertures, dit-elle.

Ensuite, elle couvrit la défunte du drap puis fit ce qu'on fait habituellement dans la chambre des morts : elle ouvrit la fenêtre, refermée à l'aube par Honorine.

Elles redescendirent. Attablés, père et fils aînés attendaient la soupe du matin. Ils s'intéressèrent peu à la nouvelle. Tout au plus hochèrent-ils la tête.

— J'ai eu froid, tout à l'heure, expliqua Honorine. On avait laissé quelque chose d'ouvert. C'était la fenêtre de mémé. Je suis allée la fermer...

Son père la regarda avec une telle fureur qu'elle s'enfuit de la pièce.

Après les bébés, la vieille. Un enterrement de plus chez les Feynerolles. Personne ne s'en étonna.

— Elle a pris froid, dit la Rose aux voisines qui opinèrent, pleines d'une commisération de circonstance.

— Pensez, répondit l'une d'elles. Il a fait moins vingt-sept cette nuit-là.

Seule Honorine avait pleuré devant la tombe. Sa grand-mère l'avait abandonnée.

Le gel dura jusqu'à la fin février.

Trois ans maintenant qu'Honorine fréquentait la classe de la *biate*. Elle pensait tout savoir de la dentelle. Le carton était la base de tout. Bien plus que simple dessin du motif à tisser, il en était le guide technique. Chaque point de nouage avait son trou d'aiguille, chaque fil était présent. Une épure d'ingénieur ou un plan d'architecte n'était pas plus précis. Sans lui, impossible de travailler. La petite maîtrisait la technique : le carton sur le cylindre du carreau, on enfonçait les épingles aux points indiqués. On faisait ensuite virevolter au-dessus de leurs têtes de verre coloré les fuseaux pour croiser et recroiser les fils dévidés et ainsi « construire » une bande ajourée nommée dentelle. Honorine manquait de patience, d'agilité des doigts, d'aisance. Cette absolue maîtrise qui fait que l'ouvrage avance seul, régulier et rapide, lui échappait. Elle n'était douée que pour le bobinage de fuseaux à l'aide d'un petit rouet à manivelle. Le grand disque faisait tourner à toute vitesse l'axe où l'on fichait ces petites bobines à manche, longues et minces.

Honorine avait voulu tout ployer à sa volonté. Ce levier puissant pouvait soulever l'univers, mais pas tramer une guipure subtile.

Elle se rappellerait toute sa vie ce 26 février 1834, une douzaine de jours après la disparition de sa grand-mère.

Le soleil pâlissait avec la fin d'après-midi. Dans la maison commune, les filles étaient assises sur les chaises paillées, un grand châle sur les épaules. Elles avaient à peine chaud dans leurs robes longues de gros drap rapiécé. Des chaussons isolaient leurs pieds des dalles froides. Elles travaillaient dans un silence que seul troublait le cliquetis des fuseaux. La *biate* se leva pour raviver le poêle et rattraper la chaleur perdue avec la baisse du jour. Redressée, elle fit le tour des filles, inspectant les langues de dentelle tirées par chacun de leurs carreaux.

Devant Honorine, une moue se dessina sur ses traits durs et, avec la rudesse calme des terriens, elle lui assena la vérité :

— Ce n'est pas que tu ne t'appliques pas, dit-elle d'une voix tranquille, mais tu manques de talent.

Le mot peu familier laissa Honorine bouche bée. Alors la Marie Mazel enfonça le clou :

— Tu ne seras jamais une très bonne dentellière. C'est comme ça, ma fille.

Un détail pour la sainte femme, une catastrophe pour la gamine qui leva ses mains en un geste de prière. Elle tremblait. Son carreau glissa à terre. Bouffis d'engelures, ses doigts avaient la peau tendue et enflammée. Elle les voulait excuse de sa maladresse. La béate ne les regarda même pas. Des mains rouges et crevassées, rien de plus banal par ce froid, et puis la production médiocre de la petite Feynerolles ne datait pas d'hier…

Honorine se leva. Retenant ses larmes, elle resserra son fichu de laine sur ses épaules étroites avant d'enfiler ses sabots sur ses chaussons ravaudés. Elle sortit dans le gel, marcha longtemps, les mains glissées dans ses manches pour les réchauffer. Elle alla à Craponne, contempla la ville qui s'allumait, parcourut ses rues étroites, observa ses maisons décrépites ou prospères. Elle en choisit une, toute neuve, sur le Faubourg, la grande place en arrière de l'église. Fortune faite, celle-là serait la sienne. Alors, elle serait quelqu'un et tout le pays le reconnaîtrait. Cette rêverie la rasséréna un peu, l'occupa surtout. Il lui fallait trouver des méthodes et des moyens nouveaux pour servir son ambition.

Le tintement brutal des cloches la fit sursauter. L'angélus du soir.

A Aubissoux, comme tous les jours, la Marie Mazel avait dû interrompre l'ouvrage pour faire prier ses élèves. Pour ne pas se sentir exclue, Honorine entra dans l'église trapue. Bigotes, bedeau, bonnes sœurs et frères des Ecoles chrétiennes avec leurs rabats bifides marmonnaient pieusement les oraisons. Perdus dans la pénombre, on les devinait à peine malgré leurs lanternes sourdes et les cierges sur l'autel.

Réfugiée contre un pilier de pierre, presque clandestine, Honorine se laissa bercer par cette litanie qu'elle savait par cœur sans en comprendre un mot. A l'instant même, la *biate* devait prononcer de sa voix claire les mêmes phrases que le curé rutilant dans sa chaire dorée en forme de boîte à violon :

— *Angelus Domini nuntiavit Mariae…*

— *… et concepit de Spiritu Sancto*, répondit l'assistance.

— *Ave Maria, gratia plena, Dominus tecum. Benedicta tu in mulieribus, et benedictus fructus ventris tui Jesus.*

La voix collective, grondante et floue, compléta l'antienne :

— *Sancta Maria, Mater Dei, ora pro nobis peccatoribus, nunc et in hora mortis nostrae.*

Ça, Honorine connaissait. Il s'agissait tout banalement du « Je vous salue ». Elle se laissa emporter par le ronronnement des échanges. Un sentiment étrange l'envahit, elle se sentit bien. Ses soucis s'allégeaient tandis qu'elle se réchauffait. Moins de gel dans l'église, pas de vent mais une immobilité intemporelle. Elle ferma les yeux. Ils s'emplirent aussitôt de larmes. Sa déception se régénérait sournoisement. Elle pleura en silence. Depuis toujours ses sanglots irritaient son entourage. Malheureux, on méprise la misère des autres.

Le temps dilua son chagrin, la consola. A nouveau elle écouta les répons :

— *Ora pro nobis, Sancta Dei Genetrix*, déclamait le prêtre.

— *Ut digni efficiamur promissionibus Christi*, répondait la pieuse assemblée.

C'était la fin. La petite le savait. La béate, le prêtre n'avaient plus qu'à conclure : « *Oremus : Gratiam tuam quaesumus, Domine*... » Une longue phrase close par un « *Amen* » péremptoire de tous qui déclenchait un exode vers la sortie dans une rumeur de chuchotis.

Honorine s'enfuit dans la nuit. La lutte contre le froid occupa la demi-heure de son retour sous une voûte étoilée qui bleuissait le paysage.

Elle ne prévint pas sa mère tout de suite du constat de la béate. Ainsi gagna-t-elle quelques heures de liberté. Elle en profita pour vagabonder dans la campagne et réfléchir.

Aubissoux n'offrait aucune solution à l'ouvrage de la ferme. Elle n'avait donc d'avenir qu'à la ville. Et Craponne, le chef-lieu de canton, était tout ce qu'elle connaissait en la matière. Elle s'y rendit donc en exploration, y observa les gens à la recherche d'une possibilité, peut-être d'un travail. Son désir de faire fortune restait intact. Une ambition certes démesurée mais raisonnable puisqu'une pièce de vingt sous l'émerveillait comme une bourse d'or.

Depuis qu'elle savait lire, elle avait dévoré tous les livres possibles. Les almanachs d'abord. Vendus par des colporteurs pour quelques pièces de cuivre, on en trouvait dans toutes les fermes, mais elle commençait à les trouver niais. Un peu plus tard, les livres édifiants de la béate l'avaient ennuyée. A Craponne il y en avait, paraît-il, des centaines. Elle découvrit la bibliothèque de la paroisse dont les romans bien-pensants ajoutèrent du rêve à ses explorations.

Lors de ses escapades, elle partait par les prés, passait derrière les bouquets d'arbres et rejoignait le chemin de Malaveille. Là, rencontrer les voisins devenait improbable, et si un passant la reconnaissait, il ne risquait pas de croiser sa mère dans le quart d'heure. Ensuite il oublierait cet événement primordial : la fille Feynerolles marchant d'un bon pas vers le chef-lieu.

Mi-mars 1834

Par une de ces fins d'après-midi où la blondeur du couchant pare l'hiver d'une lumière joyeuse et où le froid se cramponne à l'ombre pour ne pas être emporté par un soleil effronté, Honorine, offrant son visage aux rayons tièdes, s'en alla à la ville. A la nuit tombante, elle emprunta par hasard la rue de l'hospice où elle ne s'était jamais aventurée. Ses sabots sonnaient sur le pavé, les maisons s'espaçaient, un bâtiment éclairé l'attira. Elle y aperçut des femmes dans la lumière chaude de nombreuses chandelles.

Elle approcha. La bâtisse longue d'une vingtaine de mètres s'ouvrait vers la ville. Les grandes fenêtres aux hauts carreaux étroits séparés par des cornières métalliques permettaient de voir l'intérieur. Honorine approcha à pas de loup, colla son museau à la vitre. A la lumière de bougies concentrée par des carafes sphériques remplies d'eau, une douzaine de femmes, penchées sur leur ouvrage, cousaient d'étranges bouts de tissu. Dans un coin, un *moussu* joufflu, sans veste mais avec gilet et cravate, écrivait sur un cahier cartonné. Aux mouvements ondulants de sa plume d'oie, elle imaginait les pleins et déliés d'une cursive rapide. Une pile de registres verts trônait devant lui. Il avait de petites lunettes cerclées de fer et une calotte de velours cylindrique sur la tête. Elle comprit qu'il faisait des « écritures », importante fonction au contenu mal défini dont elle fut immédiatement respectueuse.

Lassée des personnages, elle inspecta le décor. Le monsieur trônait devant un imposant bureau de bois fermé au pupitre incliné. Les femmes avaient chacune leur table de dimension moyenne. Entre elles, des meubles en pin, bas, à grands tiroirs plats, supportaient des boîtes ouvertes et de gros catalogues d'où débordaient des bristols marron curieusement usés. Le mur du fond était entièrement couvert de casiers, rectangulaires contenant des... contenant quoi d'ailleurs ? L'espionne plissa les yeux pour mieux voir. Cela ressemblait à de larges rubans grisâtres, enroulés sur des sortes de lames de parquet. De la dentelle ! De la dentelle en longueur, la plus simple, celle qu'elle savait faire, elle, Honorine. Son cœur se mit à battre. Elle observa plus attentivement les ouvrières au travail. Elles raboutaient les pièces de dentelle, cousaient les bandes côte à côte ou bout à bout. D'autres les fixaient à des toiles. La petite cherchait à comprendre. Toutes ces filles avaient l'air à l'aise, alors que, dehors, il gelait presque. Il faisait bien chaud là-dedans. Poursuivant son examen, elle repéra un gros poêle couvert de carreaux de faïence et une caisse à bûches. A en juger par l'écorce, c'était du fayard. Un bois qui tient longtemps, pas comme le sapin qui pète en jetant des étincelles partout et brûle trop vite. Jamais on ne se chauffait avec du bon bois à la ferme du Haut-Plat.

Honorine avait vu tout ce qu'on pouvait voir par les fenêtres. Il lui fallait maintenant savoir ce qu'était exactement ce bâtiment. Elle en fit le tour, en devina l'entrée dans l'ombre. Elle devait donner sur un couloir ou un vestibule car aucune lumière ne filtrait sous la porte. Parcourant des doigts l'huisserie de pierre, elle sentit une plaque gravée. Elle fouilla les poches de son jupon, trouva une allumette, la frotta contre le mur. Un craquement, un éclair blanc qui vira aussitôt au bleu. L'odeur du soufre embrasé lui piqua le nez, puis une courte flamme blonde s'installa qu'elle protégea de sa main en conque.

« Alphonse Danssadoux et fils, fabrique de dentelle au fuseau », lut-elle sur la plaque dorée.

Elle avait maintenant hâte de rentrer.

Tout le temps du retour, des idées tourbillonnèrent dans sa tête. A son arrivée à la ferme, sa décision était prise. Dès le lendemain, elle irait chez Danssadoux demander du travail.

Combien gagnerait-elle ? Dès onze ans, son frère Firmin était devenu apprenti chez Boivin, le tonnelier, pour douze sous par jour, plus le repas de midi. Elle en demanderait quinze, histoire d'en obtenir dix. Si elle osait ! Comment s'y prendrait-elle ? Elle y pensa longtemps, dans son lit. Pour attendrir le *moussu*, elle prendrait un air misérable, son air de chien battu comme disait la Rose. Non, ça ne marcherait pas. Quelqu'un, dans son entourage, avait remarqué qu'il ne fallait pas faire pitié. Que proposerait-elle ? De coudre au petit point, comme faisaient la plupart des femmes qu'elle avait observées. Elle n'était pas mauvaise en couture. Elle dirait aussi qu'elle savait faire de la dentelle sans préciser qu'une guipure fine n'était pas à sa portée. Pour le tout-venant, elle n'était pas plus mauvaise qu'une autre mais ça rapportait une misère. De toute façon, personne ne faisait « du carreau » dans la « fabrique », elle l'avait bien vu. Bon, elle expliquerait qu'elle connaissait la technique, les types de fils, les quantités nécessaires pour une pièce ou une autre, les genres de fuseaux, leur bobinage, les types de carton et ainsi de suite. Elle avait compris ça depuis longtemps, Honorine. Elle ne manquait pas de jugeote. Que savait-elle faire d'autre ? Rien sinon la vaisselle, le ménage, s'occuper des volailles, des cochons et des vaches. Rien d'intéressant pour « Alphonse Danssadoux et fils, fabrique de dentelle au fuseau ». Et le dessin des cartons ? Elle n'avait jamais réussi à bien dessiner. Pour ça non plus elle n'avait pas de... talent. Ce mot-là, elle n'était pas près de l'oublier ! Elle ne parlerait pas de ça.

Mauvaise dentellière, mauvaise dessinatrice, elle s'endormit en maudissant, une fois de plus, la femme dévouée qui lui avait tout appris.

Elle bondit de son lit le lendemain matin dès qu'elle entendit la Rose allumer le feu. Elle but en hâte son bol de soupe et, immédiatement, s'adonna à ses tâches fermières, sortir les poules et leur donner du grain, aider à traire, puis balayer la salle de ferme. Elle put alors songer à son expédition. Elle se débarbouilla plus soigneusement que de coutume, mit sa robe du dimanche, qu'elle cacha sous le sarrau le plus sale qu'elle put trouver, s'équipa d'une musette et fila par l'arrière de la maison.

Son cœur se mit à battre la chamade quand elle arriva devant la fabrique. Les chandelles étaient éteintes. Assombri par le contraste du soleil, l'intérieur lui parut sombre, presque hostile. Pour contrer son envie de prendre ses jambes à son cou, elle frappa avec force à la porte. Une femme, une vieille d'au moins trente ans, ouvrit, la regarda. Elle la trouva inquiétante avec son visage dur et ses yeux très bleus.

— Qu'est-ce que tu veux ? demanda l'ouvrière.

— Voir monsieur Danssadoux, répondit Honorine d'une voix légèrement chevrotante.

— C'est pour quoi ?

— C'est urgent, répondit-elle au désespoir.

Si elle n'entrait pas immédiatement, elle ne saurait plus que dire et n'aurait plus qu'à s'en aller. Elle tremblait sur ses jambes.

La femme perçut sa détermination de timide, son inquiétude manifeste. Peut-être qu'en effet cette gamine apportait une nouvelle grave.

— Suis-moi, dit-elle.

Elles pénétrèrent dans l'atelier déjà familier à l'arrivante qui, malgré son angoisse, éprouva une bouffée de bien-être dans la tiédeur du lieu. Un feu de fayard tient toute une nuit et la grande salle s'était peu refroidie.

Les femmes la regardèrent.

— Tiens, c'est la petite Feynerolles, dit l'une d'elles, l'aiguille en l'air.

— Les Feynerolles du Haut-Plat ?

— Oui, c'est ça, osa Honorine, se demandant s'il convenait de répondre ou non.

La femme au regard bleu vif la mena devant le bureau où le monsieur d'hier fulminait. De sa main droite bandée – il avait dû se blesser depuis la veille –, il saisit maladroitement sa plume, la trempa dans l'encrier. Elle lui échappa, tachant le papier blanc sur lequel il s'apprêtait à rédiger une lettre. Contrarié, il jeta un regard peu amène sur la femme qui conduisait Honorine, laquelle s'était cachée derrière elle.

— Qu'est-ce qu'elle veut, celle-là ? aboya-t-il. Et vous, Mélanie, vous devriez être à votre place. Vous avez déjà fini votre ouvrage ?

Les ouvrières suspendirent leurs gestes. Le silence pesa. La nommée Mélanie rougit et expliqua en s'écartant, dévoilant Honorine :

— La petite, elle a dit que c'était urgent.

— Qu'est-ce que tu as d'urgent à me dire, toi ?

— J'ai besoin de travail, monsieur. Je sais coudre au petit point, faire de la dentelle, reprit-elle très vite pour contrer la tempête qu'elle sentait venir. Je ne coûterai pas cher. Quelques sous comme apprentie et ça ira.

Il la regarda, rouge, les yeux furibonds.

— Pas besoin de couseuse. Une bonne « aponceuse », peut-être, et encore, mais il faut au moins quinze ans de métier pour ça.

— J'ai déjà rabouté des dentelles, sans que ça se voie, hasarda Honorine d'une toute petite voix. C'était de la « dentelle au mètre »...

Levant les yeux sur les ouvrières, qui aussitôt piquèrent du nez sur leurs travaux, le bonhomme poursuivit, s'adressant à tout l'atelier :

— Avec ma main brûlée, ce dont j'ai besoin, c'est quelqu'un qui écrive bien et calcule mieux encore. Mais, bien sûr, aucune de vous n'est capable de ça. Quant à toi, va-t'en, conclut-il en ramenant son regard sur Honorine qui le dévisageait.

Elle perdit son sang-froid. Tout était foutu et ce monsieur, malgré ses yeux ronds derrière ses petites lunettes, ses joues pleines et son menton fuyant, était une brute comme son père et ses frères. Alors elle glapit, vengeresse :

— Moi je sais écrire. Bien et sans fautes, et compter encore mieux.

— Une gamine comme toi ! dit-il, toujours en colère mais vaguement intrigué.

— Oui ! Z'avez qu'à me faire faire une dictée !

Son défi était celui d'un chevalier médiéval bravant un dragon haut comme une montagne. L'homme en eut le souffle coupé. Il dévisagea cette enfant au regard farouche, minuscule face à sa corpulence. Aussi furieux qu'elle, il cria :

— D'accord ! Assieds-toi, je dicte : *A Monsieur Dussard, Filature française Terrenoire, près l'hôtel de ville, Valenciennes, Nord. Cher ami, je vous prie de bien vouloir me livrer pour le début du mois prochain 50 écheveaux de votre fil de lin fin et 50 de votre fil demi-fin. Comme convenu, je vous fais établir par ma banque un virement à la Compagnie financière du Nord, au compte ouvert au nom de la Filature française Terrenoire pour 30 % de la somme. Le solde comme de coutume vous sera réglé à réception.*

Votre dévoué,

Félix Danssadoux.

Félix ? La fabrique s'appelait Alphonse Danssadoux et fils. Celui-là était sûrement le fils. Peut-être n'était-il pas le patron ?

Il avait dicté d'un seul souffle sans se préoccuper de savoir si la gamine pouvait suivre. Elle continua à écrire un moment après qu'il se fut tu, puis s'arrêta.

— Alors, tu as tout noté ?

— Non, monsieur, la première moitié seulement. Vous allez beaucoup plus vite que la *biate* pour dicter.

L'homme la regarda. Elle avait parlé calmement, mais son regard vert, levé sur lui, était inquiet. Il fronça les sourcils. La petite s'en émut alors que c'était à lui-même qu'il adressait cette sévérité.

— Où en es-tu restée ? demanda-t-il.

— A *je vous fais établir par ma banque...*

Il termina son texte. Elle ne le fit pas répéter. Posa sagement sa plume, souffla doucement sur le papier pour en sécher l'encre.

— Donne, dit le dentellier.

Elle lui passa le papier qu'il relut, les traits tendus par l'attention. Toutes les filles, l'aiguille en l'air, attendaient son verdict. Assise au bord du fauteuil pivotant du maître, Honorine osait à peine respirer.

Aucune faute, une écriture régulière et lisible. Félix Danssadoux regarda plus attentivement la petite. Un museau avenant, des yeux verts, soucieux, et des boucles rousses sortant de sa coiffe. Elle avait le regard trop grave pour une fillette de sa stature. Elle semblait avoir dix ou onze ans. Une gamine. L'homme soupira, regarda sa main bandée, se reprocha pour la millième fois depuis la veille d'avoir empoigné sans précaution ce quinquet brûlant qu'il croyait éteint depuis des heures.

— Tu sais faire les additions ? demanda-t-il d'une voix adoucie.

— Bien sûr, monsieur, fit-elle un peu rassurée.

Il eut un sourire un peu torve en lui mettant sous le nez une page de registre.

— Additionne, dit-il.

— Tout ça ? s'alarma-t-elle, avant de reprendre aussitôt : Oui, monsieur.

Il la vit ramasser un morceau de papier dans la corbeille, le placer en bas de la colonne, puis prendre une mine de plomb sur le bureau et commencer à descendre les chiffres.

Le cœur d'Honorine battait fort. Elle n'avait jamais fait une addition aussi grande. Mais après tout, longue ou courte, ça marchait tout pareil. Elle posa ses totaux sur son bout de papier, inscrivit en dessous les retenues et bientôt termina son opération. Alors sans livrer le résultat il la vit « faire la preuve ».

C'était juste.

— Comment t'appelles-tu déjà ? demanda-t-il.

Ce fut comme un signal. Toutes les ouvrières se remirent à coudre et une rumeur de vie peupla l'atelier figé depuis de longues minutes.

— Honorine. Honorine Feynerolles.

— Tu auras douze sous par jour, dit Félix, et tu me serviras de porte-plume quelques jours. Jusqu'à ce que ma main guérisse. Ça te va ?

Douze sous, autant que son frère au départ. Elle eut un sourire lumineux, puis son regard s'assombrit.

— C'est vrai ? Vous me donnerez douze sous ? Tous les jours ? demanda-t-elle.

A nouveau il fronça ses gros sourcils. A nouveau la rumeur de l'atelier se ralentit.

— Ce soir seulement, dit Honorine angoissée. Pour prouver à mon père que c'est vrai que j'ai travaillé aujourd'hui.

— Ton père, c'est le Johannes Feynerolles, hein ? L'ivrogne ?

L'indélicatesse mortifia la petite qui n'en montra cependant rien.

— Oui, monsieur, dit-elle d'un ton hésitant.

Il fouilla dans son gousset, en sortit une pièce d'un franc en argent.

— Tiens, voilà vingt sous. On est en compte. Je te fais une avance de huit sous. Penses-y.

Elle opina et remercia, le regard éperdu de gratitude. Elle avait tendance à en faire un peu trop, Honorine, mais il n'en vit rien.

Elle arriva triomphante à sept heures bien sonnées. Bien sûr elle n'avait pas fait son travail du soir à la ferme. Mais, bien au chaud dans son jupon, pesait la pièce d'argent, son premier gain. Elle souriait. Elle rêvait d'un sourire en réponse. Son père ne la laissa pas s'expliquer. La gifle la jeta par terre.

Elle se releva en larmes, s'écarta hors de portée de l'alcoolique.

— Pourquoi tu n'es pas rentrée à midi ? dit sévèrement la Rose, en s'interposant entre son époux et sa fille. Pourquoi tu arrives si tard ?

— Parce que j'ai travaillé à la fabrique Alphonse Danssadoux et fils, répondit Honorine entre deux sanglots.

— Qu'est-ce que c'est que cette histoire ? reprit sa mère. Continue à mentir et c'est moi qui vais te foutre une torgnole.

— Si, si c'est vrai, glapit la petite. Même qu'il va me payer.

— Combien ? grogna Johannes, l'œil soudain allumé.

— Dix sous par jour, clama Honorine.

Les coups n'empêchaient pas le réalisme. Ses parents lui prendraient tout. Il convenait donc de prélever sa marge à la source. La brute attendait. Elle l'observait à travers ses larmes, le faisant languir avec l'espoir douteux qu'il lui manifesterait un peu, un tout petit peu, de reconnaissance.

— Et il t'a payée pour aujourd'hui ? fit-il l'air mauvais.

— Oui, oui. Il m'a donné une grosse pièce en disant que c'était une avance.

— Donne, ordonna-t-il en tendant la main.

Les regards se firent plus aigus, son père et ses aînés ressemblaient à des loups, sa mère à une chatte fourbe. Ses petits frères étaient seulement curieux de voir cette « grosse pièce ». Faisant durer le plaisir, elle troussa sa jupe, découvrant son jupon, en explora la poche et sortit la monnaie convoitée. Sans l'exhiber vraiment, elle la plaça dans la lumière de la chandelle. Jean son petit frère siffla, ce qui lui valut une mornifle peu convaincue de la Rose. Johannes rafla l'argent d'un geste preste.

— Il faut me redonner deux sous là-dessus, intervint Honorine, pour manger demain à midi. C'est ce qu'il a dit, *moussu* Félix.

Le regard torve de l'ivrogne lui fit craindre une nouvelle claque. Elle recula. Sa pommette chauffait du premier coup reçu. Enfin, ça ne serait pas trop grave. Sa paupière n'avait pas été touchée. Elle n'aurait pas l'œil au beurre noir.

La vie reprit, celle d'un dîner morne et habituel. Honorine fit du zèle pour débarrasser. Enfin, exténuée par les émotions du jour, elle monta se coucher.

D'immenses additions et une foule de lettres hantèrent ses rêves cette nuit-là.

4

L'abbé Pradon

Mai 1834

Le latin pas plus que l'écriture ne séduisait Benoît Chalencon. Devant son pupitre, dans la bibliothèque haute et sombre de La Monteillade, il rongeait sans conviction son crayon de bois en regardant, par la fenêtre, les feuillages tendres du printemps. La pendule marquait neuf heures du matin. Il soupira et s'empara du petit livre, en lut le titre, l'air dégoûté : *De viris illustribus urbis Romae*.

« Prenez votre *De viris*. »

Au souvenir de ce cri de guerre de l'abbé, Benoît frémit. Il ouvrit l'ouvrage avec répugnance à la page cinquante-sept. Le passage à traduire était marqué d'un trait. Il commença à lire. Il n'y comprenait goutte. Il empoigna le dictionnaire taché par trois générations de potaches et commença à chercher les mots. Il se consacrait depuis au moins cinq minutes à cette tâche austère quand un papillon folâtre entra par la fenêtre entrebâillée. Le trouvant joli, il le dessina avec son beau crayon Caran d'Ache, nuançant en grisés subtils les ocelles irisés de ses ailes. Il admira son œuvre, puis la cacha sous la feuille consacrée à sa version latine. Avec un énorme soupir, il reprit son pensum. Un nuage en forme de bœuf puis un geai criard vinrent successivement solliciter ses talents graphiques et, bien sûr, il céda à la tentation. Il lui fallait ensuite revenir au *De viris*. Il en profitait pour torturer l'ouvrage. Il alla jusqu'à chercher le nom de son auteur afin de pouvoir le prendre en haine. Dépourvu de tout exotisme, cet abbé Lhomond ne parvint pas à le distraire de sa morosité. Bref, il ahana jusqu'à midi sur son triste labeur qu'un bon élève eût torché en une heure. Il parvint enfin au bout. Au bout, certes, mais à quel résultat ? Il relut son texte. Un incroyable charabia. Alors il inventa pour que sa traduction racontât une histoire. Enfin, il claqua son livre avec vigueur, posa son crayon et sortit. Sitôt dehors, il eut faim. Guidé par son grand nez vers la cuisine, il approcha des pots et marmites, soulevant avec précaution leurs couvercles.

— Hors de ma vue, goinfre ! cria Fernande en rentrant du potager. Tu mangeras à table comme tout le monde, tout à l'heure.

Dehors, le garçon traîna dans la cour, puis se dirigea vers l'écurie. Il flatta les naseaux soyeux de Sigismonde, la jument de sa mère devenue sa monture, puis voulut caresser Bartholomeus qui tenta de le mordre. Il écarta vivement la main. L'étalon de son père possédait une musculature d'athlète et un caractère de *cargne*. Il n'empêche que l'adolescent rêvait de le mater et de le monter.

L'occupant de la dernière stalle, un percheron âgé, tout juste bon à mener au trot le char à bancs familial, n'obtint pas son attention.

Quand il ne chevauchait pas à travers la campagne, Benoît s'ennuyait. Il sortit sur la route, cherchant quelque charroi à regarder. Le désert. Non, pourtant : une charrette tirée par un âne approchait. Il grimaça. Il connaissait trop bien ce grand poitevin au pelage laineux, aux immenses oreilles grises et aux yeux cerclés de noir. Son tortionnaire ensoutané, son « précepteur » comme disait pompeusement sa mère, arrivait dans sa corbeille d'osier. Ouais, une corbeille ! Un char en rotin ne pouvait être sérieux. L'ecclésiastique, ce bâfreur, allait priver les autres convives des meilleurs morceaux, peut-être même d'un morceau tout court. Le garçon le détesta à l'égal de sa mère qui, rapiate et toujours difficile, bridait la cuisinière. Du coup, la chère était limitée alors que son père était gros mangeur et que l'appétit de Fernande tenait plus du vautour que du moineau. Mangeant à la cuisine, elle prélevait d'avance la meilleure part. Quant à lui, Benoît, il avait « toujours un boyau de vide ». Bref, avoir l'abbé à table était calamiteux.

— Monsieur le curé, voulez-vous dire le bénédicité ?

L'abbé rougeaud, lorgnant la marmite fumante plutôt que le crucifix au mur, marmonna quelques patenôtres puis se signa et entreprit de s'installer. Léonie Farges, épouse Chalencon, parvint de justesse à s'asseoir avant lui. Elle évita ainsi de souligner son éducation fruste. Elle tenait aux principes, Léonie, même si monsieur Pradon, curé du village voisin, était un rustre, un de ces paysans recrutés par les béates. Comme la moitié du clergé rural, il avait troqué le cul des vaches, le bagne des champs et la misère des fermes surpeuplées, contre les couloirs sombres, les remugles de pieds et de vieille soupe du séminaire.

— Benoît, j'espère que vous avez fait votre travail.

— Oui, maman.

Elle soupira, porta une main longue et jaune à son front pâle, comme si elle avait un malaise. Nul n'y prit garde. Sans cesse épuisée, Léonie Chalencon passait le plus clair de son temps au lit. D'après le médecin de Craponne, elle souffrait de « langueur ». Elle ne crachait pas de sang donc la phtisie était exclue. En conclusion, le bonhomme, excellent chirurgien des champs de bataille impériaux mais clinicien très moyen, disait placidement que le temps allait faire son œuvre. Ce qui n'engageait à rien.

Se tournant vers le prêtre, elle questionna :

— Mon fils progresse-t-il ? Se met-il enfin à travailler ?

Occupé à décharner à coups de dents, os par os, la cage thoracique du lapin servi par Fernande, il tarda à répondre.

— Oui, enfin... il progresse doucement, dit-il.

Il s'interrompit pour sucer ses doigts englués de gras.

— Délicieux ce lapin. Ça doit être la sauce, on dirait un garenne, presque un lièvre !

Son hôte lui adressa un regard noir. Volontairement, avant de se mettre à table, il avait parlé d'un lapin au menu. Que ce fût effectivement un capucin braconné, ce calotin n'avait pas eu la décence de le taire. Il soulignait sans vergogne que Philippe Chalencon, gentilhomme campagnard, posait des collets ! Sa femme, confite en dévotion, portait aux nues cet imbécile du simple fait de sa prêtrise ! Il soupira. Il fallait bien donner un semblant de scolarité à cet enfant et l'abbé présentait une solution simple, somme toute économique.

— Ah, ce Benoît, reprit le goinfre, il est bien distrait. C'est l'âge ingrat, que voulez-vous.

Au bout de la table où l'avait repoussé la présence de l'invité, le jeune homme se renfrogna. Cette notion d'« âge ingrat » avait toujours évoqué pour lui quelque chose d'abject et de graisseux, bref de répugnant. Une tare d'autant plus insupportable qu'elle restait imprécise et provoquait chez les adultes une condescendance bonasse.

L'enthousiasme très modéré du précepteur était un constat négatif. L'avouer clairement eût été, de sa part, exhiber son incompétence. Léonie l'avait bien compris.

— Je tiens à ce que mon fils soit instruit, reprit-elle. Nous le mettrons en pension dès octobre prochain.

Benoît se tortilla, mal à l'aise. La pension pour le cancre n'était comparable qu'à la prison pour le voleur. Désespéré, il regarda son père qui intervint :

— A cet âge, il lui faut de l'exercice. L'étude, c'est bien mais insuffisant. Benoît ne peut pas faire de progrès partout en même temps. Il monte parfaitement à cheval, connaît les plantes et les arbres, les animaux et leurs mœurs. Tout cela est excellent pour l'exploitation de nos bois. La pension pourrait peut-être attendre qu'il ait... épaissi sa stature...

— Mon ami, geignit Léonie, je vous l'ai déjà dit. Il convient qu'une formation sérieuse n'intervienne pas trop tard. Il aura presque dix-sept ans accomplis lorsqu'il entrera au collège.

— Vous le mettrez chez les frères des Ecoles chrétiennes, au Puy, j'imagine, dit le prêtre d'un ton résigné.

Perdre les deux pièces d'or de sa rémunération mensuelle ne l'enchantait guère mais la manne céleste ne pouvait pas tomber toujours.

— Certainement pas. Il ira chez les jésuites à Saint-Etienne.

Benoît frémit. Le Puy, la préfecture, était à quatre heures de diligence ou trois de cheval. Il connaissait la ville où l'on croisait souvent des visages familiers. A Saint-Etienne, en revanche, on pouvait se perdre. Noire de charbon, cette énorme cité grouillait de mineurs, une populace dont les gens de qualité se méfiaient comme de la peste. Enfin il fallait une journée de voiture pour s'y rendre. Tout cela était peu engageant. Pourtant, deux ans auparavant, le chemin de fer y avait été ouvert aux voyageurs : la ligne Saint-Etienne-Andrézieux, la première de France. Et une seconde avait été tracée vers Lyon. La fumée de l'engin diabolique empoisonnait-elle le bétail ? Certains le prétendaient. Songeant à tout cela, le gamin était perplexe. Il en conclut qu'il n'avait aucune envie de passer de longs mois dans la préfecture de la Loire même si voir le chemin de fer et peut-être même voyager dans les espèces de malles-poste attelées les unes derrière les autres à la locomotive semblait séduisant.

Le repas languissait.

— Une goutte de vin, peut-être, quémanda l'ecclésiastique, pour finir cet excellent chevreton.

Deux minutes plus tard, il reprit :

— Il serait criminel de ne pas accompagner cette lichette de vin d'une miette de fromage.

Benoît surveillait le curé comme un chat maigre un rat bedonnant. Sa trogne se colorait et ses yeux s'emplissaient de vacuité. Au grand ébahissement de ses parents, le gamin souhaita commencer son étude.

— Quoi ? Quoi ? s'exclama le curé. Oui, oui, bien sûr, allons-y.

Il se leva péniblement, suivit le garçon jusqu'à la bibliothèque, s'installa sur un fauteuil devant la fenêtre.

— Monsieur l'abbé, je voudrais terminer la lecture que vous m'avez donnée lundi dernier, avant de vous soumettre ma version latine. J'en ai pour cinq minutes.

Le rubicond mit un temps inférieur au délai requis pour s'assoupir et le garnement en profita pour se carapater. Dehors, il vit son père s'éloigner à cheval. Il en fut contrarié. En soupirant, il musarda alentour.

Deux fois il passa son nez dans la bibliothèque pour vérifier le sommeil du révérend, deux fois il repartit sur la pointe des pieds. Enfin, lorsque le cartel sur la cheminée marqua trois heures moins une, il s'assit devant son livre, remua sa chaise, choqua son encrier. Son précepteur ouvrit l'œil au moment précis où sonnait la fin du cours.

— Mon Dieu, il est déjà si tard ! s'exclama-t-il. Je n'ai pas vu le temps passer. Bon, ta version latine, on verra ça demain. Tu as bien lu ton texte au moins ?

— J'ai lu beaucoup plus, mentit tranquillement Benoît, l'air angélique. Le livre était si intéressant que, moi non plus, j'ai pas vu passer l'heure.

Le curé s'en alla, non sans un regard soupçonneux à l'adolescent. A tort. Benoît, certes, était un dadais mais pas au point de dénoncer le sommeil du prêtre dont il tirait une liberté indue. Il regarda le goinfre partir avec une douce jubilation.

Libéré, il sortit et naturellement se dirigea vers l'écurie. Il fallait, pour sa santé, faire travailler la jument. Un bon motif pour une chevauchée. Tenant la bête par la bride, il croisa Fernande.

— Et où tu vas, galapiat ? demanda-t-elle.

— Rejoindre mon père.

Il avait répondu au hasard pour donner une raison plausible. Elle acquiesça avant de reprendre :

— Ta mère est au courant ?

— Elle se repose. Tu sais bien qu'il ne faut pas la déranger.

Il marcha à côté d'elle, alla jusqu'au chenil, ouvrit la grille rouillée, laissa sortir Castor mais bloqua Pollux qui se mit à gémir. Un chien lui suffisait. Son excuse à la servante lui avait donné une idée : découvrir le motif des absences répétées de son père qui ne l'emmenait plus. Pourquoi le mettait-il au rancart ? Qu'avait-il fait pour lui déplaire ?

Il enfourcha sa bête, le chien sur les talons. La servante, poings calés sur ses fortes hanches, le regarda partir. Il n'était plus un gamin. D'abord il était long comme un jour sans pain et aurait pu lui manger la soupe sur la tête, ensuite il devenait matois. Elle ne croyait pas un mot de son propos. Il lui avait donné le change, voilà tout. Elle haussa les épaules. Il allait galoper on ne sait où et va savoir si, avec le beau temps, il n'allait pas retrouver, au coin de quelque pré, une vachère de son âge travaillée par le printemps. Quant à rejoindre son père, peut-être n'était-ce pas opportun.

Benoît s'éloigna au trot sur la route de Saint-Julien-d'Ance.

— Cherche, dit-il au bleu de Gascogne attentif, cherche Philippe, cherche.

Le chien se mit à folâtrer puis s'arrêta, langue pendante, l'air ahuri. Il n'avait rien compris. Benoît fit volter Sigismonde, revint au manoir, descendit de sa monture devant l'écurie et y entra.

— Castor, assis ! dit-il.

Le chien, servile et vaguement craintif, vint ramper à ses pieds. Il lui fit respirer les aisselles d'une veste de chasse de son père, trop chaude pour ce mois de mai.

— Cherche, dit-il, cherche.

Remonté sur Sigismonde, Benoît regarda filer le limier. Il tenait une piste. Il courait cinquante mètres, s'arrêtait truffe au sol, parcourait quelques arabesques puis, retrouvant la trace, s'assurait d'être suivi par le cavalier et reprenait sa course.

Ils prirent une sente vers Mondoulious puis la route en direction d'Argentières qu'ils dépassèrent, atteignirent Le Moulin-du-Diable, un lieu-dit au bord de l'Arzon. Benoît, après une demi-heure de petit galop dans la chaleur d'une belle journée de printemps, fit boire sa monture à la rivière et regarda autour de lui. Un mouvement au bord des bois attira son regard. Sous le couvert, il distingua la silhouette noire d'un grand cheval. Son père traquait-il une sauvagine ? Sans chien ? Relevait-il des collets ? Inutile d'aller chercher les garennes aussi loin de La Monteillade.

Méfiant et se dissimulant, le jeune homme dépassa la corne du bois et engagea son alezane assez loin sous les arbres où il l'attacha.

— Cherche, dit-il au chien assis sur son derrière, langue pendante.

Fatigué d'avoir couru et gambadé au soleil, il repartit, les pattes flageolantes. Benoît le suivit, furtif comme pour une traque. Etrange gibier que son père. La discrétion du jeune homme n'en était que plus nécessaire.

Il arriva près d'une bâtisse délabrée. Retenant Castor, il la contourna de loin. Qu'est-ce que son père foutait ici ? Mal à l'aise, il revint vers sa jument, à plusieurs centaines de mètres de là, et attacha près d'elle son guide gémissant. Silencieux il retourna vers le fenil perdu, l'approcha côté bois. Des halètements le firent s'immobiliser. Craignant et ignorant à la fois ce qu'il allait découvrir, il se remit en marche. Le spectacle le figea les yeux exorbités. Il souhaita fuir mais en fut incapable. Troublé, scandalisé, passionné, il contempla son père saillissant, tel un cheval, une paysanne dodue, nue et à quatre pattes dans le foin.

Avec effarement, le voyeur vit son géniteur claquer vigoureusement les fesses de la femme puis empoigner ses cheveux et les tirer en arrière tout en accélérant le rythme. La fille grogna de plus en plus fort puis Philippe Chalencon se joignit à elle et se tétanisa dans un brame rauque. Benoît ne bougeait pas.

Le couple soupira longuement et s'affala sur le flanc pour reprendre haleine. Bientôt, laissant la femme assise, les cheveux en broussaille et passablement hébétée, Philippe Chalencon se rhabilla, tira de sa poche une grosse pièce d'argent qu'il jeta à la femme en lui disant :

— La prochaine fois, tu en auras deux si tu amènes ta fille.

Puis il entreprit d'enfiler ses bottes de cavalier. Il était temps de fuir. Sans bruit, Benoît s'éloigna dans le bois. Sitôt à cinquante mètres, il courut jusqu'à son cheval et rentra à bride abattue.

Il bouchonnait Sigismonde quand son père, altier sur son pur-sang, entra dans la cour. Le garçon n'osa pas lever les yeux sur lui.

Dans son rêve cette nuit-là, le jeune Chalencon chevaucha une femme grasse et consentante qui hulula de jouissance. Il se réveilla soulagé mais affreusement contrit.

Le lendemain, son père quitta la table à peine le repas fini. Benoît se leva vivement pour le suivre.

— Va faire tes devoirs, j'ai à faire !

L'adolescent se rassit. Les yeux dans le vague, il songeait à ce fenil isolé où son père filait ventre à terre. Certes, les mystères du sexe travaillaient le jeune homme. Certes, il en avait une relative connaissance, mais cette copulation canine dont son idole était le chien le choquait. Où étaient l'amour, l'émotion, la tendresse, le cœur battant ? Il n'avait jamais rêvé de ces sentiments quand la chair le travaillait, mais il était alors solitaire. Avec une fille, il eût été tout de douceur et de timidité, « romantique » comme disaient les gazettes. La prétention du mâle, le mépris de la femelle rampante, voilà tout ce qu'avait exprimé Philippe Chalencon. Benoît lui en voulait. Son modèle tellement admiré lui montrait un cloaque de pulsions où Benoît, horrifié, s'était reconnu, car bien entendu le spectacle l'avait excité.

Trahi par son dieu, le jeune homme se sentit lourd de chagrin.

Il se tourna vers sa mère, croisa son regard.

— Je vais me reposer, dit-elle, mourante, en se levant. Cette chaleur m'épuise.

Tout l'épuisait. Elle ne s'intéressait qu'à elle-même et n'avait pas soupçonné sa détresse une seconde. Il se sentit seul.

— Pousse-toi de là, dit la servante qui entrait. Faut que je débarrasse, moi.

Elle le bouscula, gentiment.

— Va-t'en, galapiat, allez !

Il la regarda. Devant son sourire démenti par son regard inquiet, il sourit à son tour.

La cour écrasée de soleil, le bruissement des insectes, la rumeur lointaine de la vie des champs le calmèrent. Sa mère aussi souffrait d'abandon. Son égoïsme n'avait pas d'autres sources. Il décida de lui rendre visite.

Il faisait aussi chaud que la veille. A La Monteillade, on fermait les persiennes pour garder un peu de fraîcheur à l'heure de la sieste. Benoît parcourut le large couloir où la pénombre transformait en fantasmagories les peintures délabrées.

Il frappa à une porte.

— Entrez, répondit une voix faible.

Léonie Chalencon était étendue sur une méridienne en tapisserie. Sa robe grise et bouffante, ceinture ouverte, était desserrée. Sa tête s'appuyait sur un napperon de dentelle. Elle avait le teint blême, les paupières bistre et les yeux clos.

— Comment allez-vous, maman ?

— Mal, Benoît. Je suis sans force. J'espère que vous n'allez pas me fatiguer.

— Non, maman, je voulais simplement...

— Que vouliez-vous encore ? le coupa-t-elle d'une voix déjà excédée qui s'anémia. Avez-vous fait votre étude ?

— J'essaie, maman, mais tout ça m'ennuie. A quoi ça sert ? Le latin, par exemple. Seuls les curés disent des trucs en latin.

Sa mère se cabra.

— « Les curés » ! « Des trucs » ! Voilà de bien vilaines expressions ! Vous devrez vous en confesser à monsieur l'abbé Pradon. Quant au latin, pour votre salut et celui de vos proches, il vous servira peut-être si vous entrez dans les ordres. Si Dieu me le demandait, je vous donnerais à lui ! « Les curés » ! Vraiment votre père a une bien mauvaise influence sur vous.

— Justement, mon père…

— Quoi votre père ? s'énerva-t-elle.

Faute d'une nécessaire diplomatie dont il perçut le manque, sa question fut directe :

— Mon père, vous l'avez aimé ?

— Qu'entendez-vous par là ?

Quoique toujours étendue, elle s'était redressée sur un coude, les sourcils froncés, le regard sévère. Benoît, perdu, ne sachant plus comment s'exprimer, cria sa détresse :

— Vous l'avez aimé pour me faire !

— Vous êtes indécent, Benoît. Si vous êtes venu pour me vriller les oreilles de sottises, sortez ! Laissez-moi me reposer au lieu de me donner la migraine.

Il obéit, désemparé, resta debout, bras ballants, sur le palier. D'où venait-il sinon de l'amour de ses parents ? De quel accident était-il issu ? Pour qui existait-il ? Qui l'aimait ? Pas sa mère en tout cas ! Elle n'aimait personne, mais elle était malade. Si elle guérissait, elle redeviendrait une mère aimante. Comme avant. Avant ? Il chercha dans sa mémoire l'affection de sa mère, n'en eut que de très vagues souvenirs. Ses épaules s'affaissèrent. Il sentit ses yeux le picoter. Il s'éloigna à pas lents, manqua heurter Fernande qui balayait l'escalier. Elle le regarda, posa son balai, et le serra sur sa large poitrine. Ni l'un ni l'autre ne parla.

— Prends ton cheval et va jusqu'à l'Ance, dit-elle en le lâchant. Une promenade dans un beau paysage te fera du bien.

Il la regarda, opina et descendit l'escalier. Passant devant la bibliothèque, il entra, prit quelques feuilles de papier, un crayon, une gomme et un fort carton, glissa le tout dans une gibecière et s'en alla.

En retrouvant sa mansarde, ce soir-là, Fernande vit sur sa paillasse une vue des gorges de l'Ance qu'elle reconnut immédiatement.

5

La mort du père

Fin juin 1834

Honorine avait fini ses travaux d'écriture ainsi que le relevé des factures et le classement des lettres de commande. En début d'après-midi, *moussu* Félix était parti au Puy livrer à l'évêché des aubes pour les futurs prêtres. On ne le reverrait pas avant le lendemain. Profitant de sa liberté, elle tenta de tracer le motif de volutes et de feuillage stylisé qu'elle avait en tête. Les directives nécessaires aux cartonniers pour la suite ne lui poseraient, pensait-elle, aucun problème. Mauvaise ouvrière certes, parce qu'irrégulière et impatiente, elle n'en avait pas moins confiance dans ses connaissances techniques en matière de dentelle.

Elle y passa deux heures.

— Qu'est-ce que c'est que ce gribouillis ? dit, goguenarde, une voix familière.

Surprise, Honorine leva la tête et croisa les yeux très bleus de Mélanie Pentier où elle lut un amusement compatissant. L'adresse diabolique de cette femme pour assembler les guipures en corsage ou en aube en avait fait l'aponceuse en chef de l'atelier et Honorine l'admirait. Elle fut d'autant plus agacée par sa remarque. Sans y répondre, elle froissa sa feuille d'un geste rageur et la jeta dans la corbeille à papier.

Le modèle qu'elle imaginait, mais n'avait pas su dessiner, était beaucoup plus subtil que les productions de « Alphonse Danssadoux et fils, fabrique de dentelle au fuseau ». L'atelier se contentait de confections banales, de la « dentelle à l'aune » disait-on, et d'un petit nombre de guipures fines dont les cartons n'étaient jamais renouvelés. Or, ce matin-là, le quatre-vingt-douzième depuis son arrivée, Honorine, comme d'habitude depuis quelque temps, avait ouvert le courrier. Un grossiste de Saint-Etienne qu'elle ne connaissait pas recherchait des *« guipures originales et fines pour des robes des dames de la cour de Louis-Philippe, roi des Français »*. Le jeune fille avait été très impressionnée par cette requête qui confortait son intuition : la perfection et le luxe étaient l'avenir de leur métier.

Lisant cette lettre le lendemain, monsieur Félix ricana. Toutes les ouvrières s'arrêtèrent pour le regarder. Sans rien préciser de sa lecture, coq au milieu de ses poules, il s'écria :

— Ce ne sont pas nos vachères qui feront les dentelles des reines. Aucune n'est assez adroite et nous n'avons pas les cartons nécessaires pour de tels travaux. Quant aux dessinateurs du Puy, deux ou trois sont assez talentueux – ce dernier mot frappa la petite comme un coup de poing – mais de là à concurrencer les productions de Lille ou de Bruges... Il rêve, ce monsieur de Saint-Etienne. Jamais la Haute-Loire ne fera des chefs-d'œuvre de dentelle.

L'imbécile ! avait songé Honorine.

Son admiration pour monsieur Félix s'étiolait au fur et à mesure qu'elle apprenait, qu'elle comprenait. Elle avait d'abord vu les faiblesses de cet homme, elle en apercevait maintenant les limites.

A travers la correspondance, rédigée sous la dictée ou classée par ses soins, la petite entrevoyait le fonctionnement de l'entreprise. Les écritures comptables lui en découvraient le suivi. Elle demandait peu d'explications. Son regard émerveillé amenait invariablement le maître à commenter ses actions triomphales. Les rares remarques d'Honorine, parfois naïves, souvent sagaces, le confirmaient dans la certitude d'être compris. La flagornerie discrète de la petite était son baume quotidien. Comment eût-il deviné en cette esquisse d'adolescente au visage de chat et aux boucles rousses un bloc d'ambition fondé sur un cœur de bronze ?

Très vite, *moussu* Félix avait apprécié son sérieux et son sens des chiffres mais aussi et surtout son coût des plus modestes. Il lui donnait deux fois moins qu'à ses ouvrières pour un travail qu'aucune d'elles n'eût su faire. Faudrait voir qu'on payât comme une adulte une gamine de treize ans ! D'ailleurs, avait-elle réellement cet âge-là ? Elle paraissait deux ans de moins et une enfant rémunérée quinze sous par jour – il l'avait augmentée un jour d'euphorie –

n'avait pas à se plaindre. Honorine l'avait soulagé d'une belle part de son travail, mais uniquement de l'ouvrage d'exécution, et il lui avait tout appris !

Il serait tombé de haut s'il avait pu lire les pensées de son apprentie. La fortune de ses rêves se faisait moins diffuse. Un immense escalier dont elle gravissait les premières marches. Atteindre son sommet signifiait devenir patronne – et propriétaire – d'une fabrique.

Dès les débuts, elle économisa deux puis, après son augmentation, cinq sous par jour. Son pécule dépassait douze francs, fin mai. Un magot qu'elle serrait dans son coin secret au-dessus de la soue du cochon. Par quel malencontreux hasard Johannes le trouva-t-il ? Les trésors dérisoires contenus dans la cache lui désignèrent l'auteur de ce forfait ignoble : garder de l'argent qu'il aurait pu boire.

Il fit cette découverte un matin où il ne travaillait pas mais bricolait à la ferme. La coupable était au travail. Il lui parlerait du pays quand elle rentrerait ! En attendant, il écorna la somme pour se rafraîchir par ce temps caniculaire.

Jamais Honorine ne fut battue à ce point. Les petits, terrorisés, s'étaient cachés dans un coin. Gaston et Firmin ses aînés, qu'elle appela au secours, restèrent les yeux dans leur soupe. Cette requête accrut la fureur du tortionnaire et la petite crut qu'il lui avait cassé des os, qu'elle ne pourrait plus bouger. Accoutumée aux coups, elle avait protégé sa tête de ses coudes levés, mais tout son corps n'était que souffrance. La Rose, tout d'abord, avait laissé faire. Puis elle s'interposa :

— Si tu la bats plus fort, elle ne pourra pas travailler de la semaine et on perdra soixante sous !

La brute s'arrêta.

Il n'était que sept heures. Il restait plus de deux heures de jour. Trop éreintée pour grignoter ne fût-ce qu'une bouchée de pain, la victime monta péniblement se coucher. Au lit, à condition de rester immobile, les douleurs s'atténuèrent. Elle souhaita de toute son âme la mort de son bourreau.

Cette pensée l'effraya.

Etait-elle sorcière ?

A dix jours de là, Honorine, rentrant de la fabrique vers sept heures du soir, remontait par la Grande Rue pour prendre en haut de la ville la route menant à Aubissoux quand elle vit son père sortir d'un café. Au lieu d'emprunter le chemin du retour, il descendait vers le Faubourg, titubant sur le trottoir d'en face. Il s'apprêtait à traverser. Il allait la croiser. Il était toujours à craindre quand il était saoul : elle se rencogna derrière les deux femmes de l'atelier qui l'accompagnaient. C'est alors qu'éclatèrent de grands cris :

— Ecartez-vous ! Place ! Place ! Il est emballé !

Lourdement chargé de pierres, un tombereau dévalait la rue, emporté au grand galop par un immense percheron à la bouche écumante. Les yeux verts d'Honorine s'écarquillèrent : son père était sur le point de descendre sur la chaussée, en pleine trajectoire de l'attelage fou. Il fallait l'arrêter, hurler son nom. Un dixième de seconde suffisait. Elle en avait le temps. Une volonté sombre, lovée au fond d'elle-même, l'en empêcha.

Sourd aux cris du cocher, l'ivrogne avança sur le pavé. Déséquilibré par la marche du trottoir, il fit un pas de trop et l'angle du tombereau le happa. Il tomba devant la grande roue cerclée de fer. Un gros cahot manqua de faire chavirer le char lorsqu'il lui passa sur le corps. On entendit craquer sa cage thoracique.

Poursuivant sa course folle, l'attelage disparut au tournant. Sur la chaussée, le blessé immobile éructait de longs vomissements pourpres. Tétanisée, Honorine regardait l'agonie sanglante de son père. Elle se souvint d'un porcelet apprivoisé, égorgé devant elle. Quelques spasmes et il ne bougea plus. Comme dans un rêve, elle entendit alors les cris d'horreur des passants, les vit s'agiter autour du cadavre.

Elle avait commandé aux événements et il était mort ! Rien ne serait comme avant. Un poids énorme quittait ses frêles épaules. Sa peur des coups, omniprésente, se fissura mais, tel un vagabond lavé de force, elle se sentit vulnérable. Sa liberté ressemblait à un désert.

— C'est son papa, dit une voix féminine infiniment distante. Il s'est fait écraser. Elle est choquée.

— Elle a essayé de l'appeler pour le prévenir, fit une seconde voix de femme aussi loin que la première, mais il était trop tard.

Immobile et minérale, Honorine vibrait d'une exaltation contradictoire. Elle avait vengé la mémé Emilienne mais tué son père ! Si brutal fût-il, il appartenait à son univers et elle avait collectionné, comme des trésors, ses rares regards sans méchanceté, y inventant de la tendresse. Elle ne pourrait plus jamais croire en sa rédemption. Un rire monstrueux la secoua de sanglots. Elle sentit ses jambes fléchir. Ses compagnes de l'atelier la soutinrent chacune par un bras.

— Elle se trouve mal, dit la première.

— Reprends-toi, Honorine, fit la seconde. C'est terrible mais c'est arrivé et maintenant, il faut faire avec.

Comme toujours dans ce pays rude, on affrontait les événements sans s'attendrir. Honorine sentit s'accélérer, jusqu'à la douleur, le battement de son sang à ses tempes. Ses mains se mirent à fourmiller. Elle eut besoin de bouger. Elle revenait à elle.

Le corbillard à plumeaux, attelé à une rosse cagneuse, se traînait dans la poussière de l'été. Immédiatement derrière, Honorine donnait le bras à sa mère effondrée. La petite avait pleuré à l'enterrement de mémé Emilienne. Ses yeux s'humectèrent, mais de larmes d'impuissance. Les ecchymoses de la dernière rossée, le chagrin de sa mère surtout la désolaient. Pourquoi la Rose se lamentait-elle pour cet homme qui l'épuisait, la battait, la traitait comme une bête de somme ? Honorine était trop jeune, trop inconsciente du passé, pour imaginer une fille dans l'éclat de ses dix-sept ans, épousant par amour un beau gars du pays…

Le soleil tapait, le cortège piétinait, les bruits résonnaient, s'amplifiaient, s'allongeaient ; la petite vacilla, comme sur ce trottoir lors de l'accident. Elle exultait de la disparition de son tortionnaire mais en voulait à son père d'être mort. Cette ultime cruauté détruisait son espoir insensé qu'il l'aimerait un jour.

Les passants s'arrêtaient. Les femmes se signaient et les hommes enlevaient leur chapeau.

Jamais, de son vivant, Johannes Feynerolles n'avait été autant salué.

Honorine écoutait les commentaires de la foule.

— Vous savez bien, le poivrot d'Aubissoux...

— Ecrasé par un tombereau, *beauseigne*, il n'était pas beau à voir...

— *Té*, regardez la Rose qui pleure.

— Eh ben, y en a, plus on les cogne, plus ça leur rentre l'amitié.

La petite foudroya du regard la boulangère, auteur de cet aphorisme intempestif.

Elle goûta la fraîcheur de l'église. Les conversations murmurées et le latin scandé, répercutés par les voûtes de pierre, l'assoupissaient de bien-être. Pourtant l'obole fort réduite de la famille et la personnalité du défunt, mécréant et ivrogne, aboutirent à une cérémonie bâclée. Une rapide absoute, trois patenôtres, et le bedeau, n'ayant pas que ça à faire, replia le catafalque et l'emporta avant même que la maigre assistance ait fini de goupillonner le mort.

Les hommes d'Aubissoux chargèrent le cercueil sur leurs épaules pour le glisser à nouveau dans le corbillard.

La route montait vers le cimetière. Le soleil était chaud. Le cheval encensait en soufflant. Derrière le char funèbre, Honorine se sentait comme desséchée à l'intérieur. En synonyme de « veuvage », des femmes du cortège parlaient de « solitude ». Honorine saisit ce mot au vol comme un hanneton de l'été et le savoura. Etre seule ! N'être embêtée par personne : une merveille inconnue. Puis elle s'assombrit : solitude signifiait aussi absence d'amour. Elle ne recevait de l'affection que de ses petits frères, mais, même si la misère l'avait cuirassée d'une maturité dure, d'une lucidité tranchante, elle rêvait de l'amour des siens, de tous les siens.

Sa mère joindrait-elle les deux bouts ? Sa paie à elle n'allait pas loin. Gaston tiendrait la ferme aidé par ses petits frères. Firmin, devenu compagnon charron, gagnait mieux sa vie et contribuait aux frais familiaux. De son vivant, le père buvait presque tout son argent… On ne crèverait pas de faim, à la ferme du Haut-Plat, pas plus que d'habitude en tout cas.

Le roulement sourd des poignées de terre jetées sur le cercueil la tira de sa rêverie. Le cercueil, justement. Il traînait dans un coin de l'atelier et de l'eau tombant d'une gouttière du toit l'avait à moitié pourri. Elle ne l'avait pas payé cher, l'ayant farouchement marchandé. Elle eut un sourire torve. Le dentellier fat était meilleur professeur que la béate. Elle était là, la Marie Mazel, en bonne corneille charognarde. Elle avait la rancune tenace, Honorine, mais elle ne regrettait plus de n'être pas une dentellière virtuose. Quand elle aurait sa fabrique, elle gagnerait tellement plus que ses compagnes !

Au retour à la ferme, tandis que sa mère, effondrée sur une chaise, recevait les condoléances, Honorine servit des canons aux hommes et du café aux femmes. Pas de gâteaux. Ni la Rose ni elle avec son travail n'avaient eu le temps d'en faire. Des funérailles de pauvres.

La *biate* disait à sa mère :

— Ma pauvre Rose, au moins il ne vous engrossera plus !

La veuve soupira. De soulagement ? Aussi, bien sûr. Combien avait-elle enterré de marmots avant son Johannes ? Sept ? Huit ? Seuls ceux qui avaient dépassé l'année restaient dans son souvenir. Les plus récents aussi, évidemment. Honorine songea aux enfants morts. De ses cadets, seuls Jean et Pierre, les « deux petits », avaient survécu. Un jour d'hiver, les bébés se mettaient à tousser en aboiements puis ils mouraient, étouffés par la diphtérie. La typhoïde, conséquence des eaux pourries d'un été sec, en emporta aussi son lot. Elle en avait vu mourir quatre en cinq ans.

Les voisins avaient bu jusqu'à la nuit. Ils n'étaient partis qu'une fois asséchée l'ultime réserve de l'ivrogne.

La lumière jaunâtre des chandelles ne permettait même plus de discerner la couleur réelle de la soupe. Elle était chaude. Honorine la but avec de grands bruits mouillés pour la refroidir, puis dévora un bout de fromage sec et une tranche de pain bis, tous deux soigneusement mesurés. Ensuite, elle débarrassa la table et fit la vaisselle sous l'œil atone de ses aînés. Qu'avaient éprouvé ces deux-là de la mort du père ? Ils ne disaient jamais rien. Ce soir de deuil, ils sortirent comme tous les soirs pour aller boire encore chez un voisin veuf. Alors, sa mère et elle, aussi épuisées l'une que l'autre, montèrent coucher les petits et ne redescendirent pas.

Au chaud au creux de sa paillasse, apaisée par la respiration régulière de ses petits frères, Honorine parvint à faire abstraction des sanglots de sa mère dans la chambre voisine et se raconta sa belle maison du Faubourg… Son ciel s'éclaircissait. Elle allait commencer sa fortune.

6

La jésuitière

Octobre 1834

Benoît Chalencon ne songeait pas à la richesse lorsque, deux mois plus tard, il dut quitter La Monteillade pour entrer en pension.

En cette fin septembre, sa mère avait décidé de le conduire en personne à la jésuitière de Saint-Etienne, elle-même vouée à saint Michel. Elle avait passé un grand mois à préparer l'événement. Quatre jours y seraient consacrés. Un pour l'aller en diligence et la présentation aux révérends pères de son rejeton, un dadais de seize ans bien sonnés, deux pour se reposer chez une sienne cousine et un pour revenir. Ensuite sa survie nécessiterait un repos complet de plusieurs semaines.

L'inéluctable nécessité de ce voyage peuplait les repas d'infinies recommandations ou d'incessantes jérémiades. Résigné à faire la part du feu, Benoît tenta une ultime fois de fléchir sa mère en l'attaquant par son point faible.

— Maman, ce voyage vous met en danger. Pourquoi ne pas renoncer aux jésuites ? J'irai au Puy chez les frères et voilà tout. Papa m'accompagnera. Les trois heures de cheval pour aller seront une promenade. Qu'en penses-tu, papa ?

— Benoît, je vous ai interdit cent fois de tutoyer votre père ! Et vous, Philippe, vous le tolérez ! Vous l'encouragez ! Vous faites de cet enfant un rustre, semblable aux paysans qui nous entourent.

— Ta malle pourrait partir avec la voiture de Chapuis, répondit Philippe, ignorant l'habituelle remontrance. Elle fait le trajet tous les jours.

La connivence entre père et fils déplut à Léonie. Les arguments cependant méritaient examen.

— Ces frères sont des ruraux, souvent vulgaires. L'éducation de Benoît ne s'améliorera guère au collège Saint-Jean-Baptiste. En revanche, je m'épargnerais la terrible fatigue de ce voyage et Benoît aurait quand même les bienfaits de la pension.

Chalencon père en rajouta :

— Voilà qui mettrait du baume au cœur de notre gros curé. Il pourra faire valoir son rôle de recruteur pour le collège du diocèse. L'évêque appréciera et ce brave Pradon se sentira reconnu. Ça l'aidera à accepter la perte de notre rémunération qui le chagrine. Faut le comprendre. En bon paysan vellave, il est près de ses sous.

Cette diplomatie de taureau en rut ruina les propos précédents. Léonie se redressa, son menton se tendit vers son époux. Avant même son premier mot, il sut qu'il avait tout gâché.

— Vous n'êtes qu'un soudard, glapit-elle.

Benoît et son père soupirèrent de concert. Ils connaissaient l'antienne. A dix-huit ans Léonie béait d'admiration pour Philippe Chalencon, beau jeune homme de retour de cinq ans d'armée. Elle l'avait cru officier dans la cavalerie impériale jusqu'à ce qu'elle trouve accidentellement son livret militaire. Le grade de maréchal des logis avait couronné une carrière dont l'héroïsme s'était limité à la réquisition des chevaux ! Pendant dix ans, jusqu'à la découverte fatidique, elle avait évoqué, régulièrement, toujours devant un auditoire choisi, les exploits guerriers de son officier de mari sans qu'il prît la peine de nuancer son enthousiasme. Elle ne lui pardonnait pas ce rêve réduit en miettes.

Ayant souligné, en passant, la scandaleuse duplicité de son conjoint, elle revint au motif de sa colère :

— « Notre gros curé » ! Ce « brave Pradon » ! Désigner ainsi un prêtre de la sainte Eglise est digne d'un jacobin ! Vous êtes bien le fils de votre père.

C'était là chercher la guerre. Philippe rougit violemment. Son père, qui haïssait la plèbe et le vulgaire, s'était sacrifié pour ses descendants. Tel Abraham son fils, il avait immolé sa particule pour leur survie et cette fille d'un cancrelat rapace, voleur légal, en un mot un huissier de justice, osait dénigrer le grand-père devant le petit-fils !

Ses yeux fulgurèrent. Son envie de meurtre dura deux secondes, le temps d'épauler à l'instinct et de tirer. S'il avait eu sous la main son fusil chargé, elle serait morte. Ne l'ayant pas, il se dressa comme un dard et sortit d'un pas furieux.

— Vous irez chez les jésuites ! triompha Léonie en foudroyant Benoît du regard.

Brisée par sa bravoure, elle sembla se tasser, porta les bouts de ses doigts à ses tempes et, se levant péniblement, tituba vers la porte. Ce genre de faiblesse cessait instantanément en l'absence de public et l'idée de la soutenir n'effleura pas Benoît. Il resta seul, démoralisé, face à la cochonnaille fumant sur la table. Il s'en goinfra donc avec une satisfaction désespérée.

Le jour maudit arriva.

A un mois d'août pluvieux avait succédé un mois de septembre ensoleillé et les femmes du pays se plaisaient à parler d'un *été féniant* parce que tardif. En ce dernier jour du mois, le temps était superbe.

Le char à bancs attelé, Philippe avait placé les deux malles derrière le siège du cocher. La grande contenait le nécessaire de sa femme pour quatre jours, la petite les effets de son garçon pour trois mois. Ensuite, avec une galanterie contrainte, il aida Léonie à monter. Elle portait sa robe vieux rose des dimanches d'été, s'était coiffée d'une capote de paille qui ombrait son visage d'une sorte de cône horizontal, tronqué. De quoi limiter sa vue telles les œillères des chevaux. Des bottines à hautes tiges lacées complétaient sa tenue. Bref, une bourgeoise de province, probablement désuète au Puy, sûrement archaïque à Saint-Etienne.

Benoît avait jeté la jaquette cintrée de son habit sur les bagages et desserré la cravate de soie nouée par sa mère.

— Papa, tu permets que j'aille jusqu'à Craponne à cheval ?

Son père acquiesça au grand dam de sa femme, qui s'exclama :

— Benoît ! Je vous interdis de monter en souliers bas, avec votre beau pantalon à sous-pieds !

Sans doute n'entendit-il pas car il était déjà à l'écurie en train de seller Sigismonde. Il partit au petit galop faire un tour sur la route en attendant le char familial.

A Craponne, Philippe, aidé de Benoît, déchargea les malles. Il donna de grandes tapes viriles dans le dos de son fils puis, au moment d'une séparation de quatre jours, s'apprêta hypocritement à serrer sa femme dans ses bras.

Elle se raidit.

— Philippe, vous n'allez quand même pas vous donner en spectacle !

Il s'arrêta net, s'inclina cérémonieusement et tourna les talons. Il attacha Sigismonde à l'arrière du char à bancs puis, sans attendre le départ des voyageurs, monta sur son siège et s'en fut. Benoît, navré, le vit disparaître au tournant du chemin. Alors il observa avec hostilité la lourde voiture qui allait l'emmener. Treize places en trois espaces clos : trois dans le coupé sous le cocher, six dans le compartiment central et quatre, face à face et parallèlement à la route, dans la rotonde arrière. Sa mère s'installa dans la partie avant avec vue sur les chevaux. Les meilleures places, les plus chères également. Le jeune homme aida le père Thuaire, le postillon habituel, à charger les malles sur le toit de la voiture, débâchée avec le beau temps. Il revint ensuite vers sa mère.

— Maman, je voudrais voyager dehors, monsieur Thuaire est d'accord. Vous n'y voyez pas d'inconvénient ?

Elle le regarda d'un air soupçonneux. Exposés aux intempéries, les deux voyageurs assis à côté du postillon payaient moins cher que les passagers abrités. Y songeant, elle acquiesça d'autant qu'un couple de bonne mine souhaitait s'installer dans le coupé. Voisiner avec des gens de son « milieu » serait un moindre mal.

Chalencon junior n'avait jamais regardé avec attention l'attelage de la diligence. Trois chevaux de front en précédaient deux autres. Avant même que la voiture ne s'ébranle, il en comprit la raison. Les cinq paires de rênes partaient dans cinq directions différentes sans risque de s'entremêler.

— Pleine, la voiture pèse six mille livres. Trois tonnes, si tu préfères, fanfaronna le cocher en faisant claquer son fouet.

Les chevaux se tendirent, arrachant leur charge. Ils prirent le pas jusqu'au sommet de la côte dominant Craponne, puis parcoururent au petit galop la longue descente sur Pontempeyrat. Suivirent six kilomètres au pas pour monter à Usson.

— On est pas trop chargés, dit le cocher enchanté de bavarder avec un Benoît curieux de tout, sinon j'aurais mis tous les bourgeois dehors. Ils auraient marché. En hiver, quand y a du verglas, y poussent et souvent y s'cassent la gueule. Un seul reste en voiture.

— Vous ! clama le garçon.

— Eh ouais. Faut bien guider les chevaux.

— Par la bride, ça va pas ?

— Cinq bêtes à la fois ? Je préfère mes rênes. Ils ont l'habitude, hein, les gars.

Les animaux de tête bougèrent les oreilles. Ils opinaient ! Benoît rit.

On arriva à un faux plat descendant. Le postillon lança ses bêtes. Perché à deux mètres cinquante du sol, le garçon dominait les cinq hongres. Le galop tendait et contractait les muscles de leurs épaules, de leur dos et de leur croupe tandis que leur encolure se tendait et se rétractait dans le grondement des roues cerclées de fer. Olympien, le père Thuaire dirigeait son équipage avec une confondante dextérité. L'adolescent était subjugué par ce quinquagénaire pourtant considéré comme un poivrot.

A Saint-Bonnet-le-Château, on dételа les chevaux. Le jeune homme aida à la manœuvre. Du coup il eut droit, lui aussi, à un verre de vin. Guettant la lourde berline, il le but en hâte, mais sa mère n'en descendit pas.

— On attend quoi ? demanda-t-il à son nouvel ami.

— Regarde ! répondit ce dernier.

Venant de la grande ville arrivait une diligence identique.

Benoît ne comprit pas.

— On va changer de cocher, rigola Thuaire. Moi je repars sur Craponne et mon compère retourne à

Saint-Etienne. Comme ça chacun dormira chez lui ce soir. En attendant il faut réatteler. Viens.

On amena des bêtes fraîches que Benoît examina sous toutes les coutures. Amateur et connaisseur de chevaux, il fut un palefrenier d'appoint tout à fait convaincant et y gagna une nouvelle rasade, un rouge râpeux qu'il but à grandes goulées d'assoiffé. La voiture prête au départ, il s'inquiéta. Le père Thuaire s'en aperçut.

— T'en fais pas, galapiat, tu garderas ta place. Viens que je te présente.

Le nouveau postillon avait le même teint rubicond et la même descente que son collègue. Il accueillit jovialement le garçon.

Outre le courrier, les passagers et leurs bagages, la malle-poste transportait des colis. Aux arrêts successifs, Benoît aida à les charger et décharger sur le toit de la berline, aussi chaque maître de relais, sur un clin d'œil du postillon, lui offrit-il à boire. Saouler ce coquelet les amusait. Fouetté par l'air vif, il resta disert et actif tant qu'on voyagea en altitude. A Bonson, en limite de la plaine, la chaleur se fit pesante. Plusieurs voyageurs curieux descendirent, attirés par le train qui gagnait une demi-heure sur la diligence. Sollicitée par son fils, Léonie refusa l'aventure. Benoît se renfrogna, se referma. Il avait sommeil, trop chaud, la tête lourde.

Il arriva ivre au collège de jésuites. On dut le conduire à l'infirmerie pour le mettre au lit.

Un rai de lumière lui fit ouvrir un œil sur une petite pièce voûtée, haute de plafond, blanche et dépouillée. L'angoisse de l'inconnu le saisit. Il se redressa brutalement, faillit crier. Son crâne résonnait d'un insupportable tocsin. Il se laissa retomber sur son oreiller. Les élancements dans sa tête s'atténuèrent. Il se demanda s'il était malade, se souvint de son malaise de la veille quand la diligence avait rejoint la plaine et sa moiteur. Il s'était saoulé et devait se trouver au collège des jésuites.

Il revisita la fin de son voyage.

Au terminus de la malle-poste, ils prirent un fiacre. Il y monta en vacillant, s'endormit sur la banquette. L'arrêt de la voiture, les bourrades de sa mère le contraignirent à descendre. Un vieux chafouin, le concierge du collège, aida le cocher à descendre sa malle sur le pavé de la cour. Un rayon de soleil frappa Benoît dans l'œil, provoquant dans son crâne un choc douloureux. Il se sentait de plus en plus mal. Il dut marcher jusqu'à une double porte de bois, haute et solennelle, où attendait un homme maigre en soutane.

Irritée par son hébétude, sa mère le rappela à l'ordre.

— Voyons, Benoît ! Saluez correctement le père Malbost.

Il s'efforça à une courbette qui comprima son estomac tourmenté, engendrant un violent spasme. Il vomit sur les chaussures du révérend dans une puissante exhalaison de vinasse et de bile aigre.

— Mais ce garçon est saoul ! s'exclama le jésuite.

On l'avait emmené. Ses souvenirs s'arrêtaient là. Sa méditation aussi. Une urgence l'obligea à se lever. Il chercha ses habits. Ils n'étaient pas là. Debout, il se trouva ridicule. Sa chemise de nuit pendait sur son corps maigre sauf... sauf que sa bite la haubanait. Un spectateur ne verrait que ça. Il n'osait pas sortir de la pièce. Indécis, il attendit quelques intolérables minutes. Il ne pouvait pourtant pas se soulager dans un coin ! Il chercha un vase de nuit, n'en trouva pas. La porte s'ouvrit au plus fort de son inquiétude. Le jésuite de la veille le toisait, l'air sévère. Il vit bien entendu ce que le garçon eût aimé cacher.

— Vous trouverez les lieux d'aisances dans le couloir, deuxième porte à gauche.

« Les lieux d'aisances ». Il lui fallut cinq secondes pour comprendre qu'il s'agissait des cabinets. Sans un mot, il se précipita dehors, se trouva nez à nez avec trois jeunes gens de son âge, bien habillés, qui le regardèrent les yeux ronds, puis s'éloignèrent en ricanant. Il faillit retourner dans l'infirmerie, se ravisa. Le mal était fait. Enfermé dans les chiottes, par vengeance envers la vie, par défi au monde entier et pour brimer son envie de pisser, il profita de son érection pour se masturber hâtivement. Sauf qu'il tacha sa chemise de nuit et dut revenir ainsi dans la cellule blanche. Il espéra vaguement que le révérend aurait rapporté ses habits puis disparu. Il était encore là. Benoît s'arrêta sur le seuil, hésita. Il se sentait mouton à l'abattoir. Que faire sinon subir ? Le regard du prêtre le balaya. Une lueur s'y alluma en voyant les traces humides. Etonnement ? Réprobation ? Autre chose ? Il ne dit rien. Le curé Pradon lui aurait servi un interminable sermon sur la pureté en le dévisageant de ses gros yeux de vache. Là rien. C'était quand même mieux. Mieux ? Il eut un doute. Le froid distant de cet homme l'angoissait.

Le jésuite le conduisit dans une chambre attenante. Une table de toilette supportait une cuvette, un broc, du savon et une serviette pliée.

— Lavez-vous. En particulier la mentule. Et ne recommencez pas. Ces pratiques ne sont pas de mise au collège. Je vous attends à côté.

Le doute n'était plus permis. Le prêtre avait tout vu, tout compris. Plus que jamais, le plaisir solitaire devenait clandestin et, ici, la clandestinité ne serait sans doute pas facile. Mais la « mentule » qu'était-ce donc ? Il fit comme s'il savait et bientôt sortit habillé et étrillé, ses cheveux humides bien peignés. Il guetta une approbation dans le regard du prêtre. Il n'y trouva qu'une parfaite neutralité.

— Je vais vous conduire aux cuisines. On vous y servira un bol de chicorée et une tranche de pain sec. Après votre... excès d'hier, il convient de manger peu. Ensuite vous irez en classe.

— En classe ?

— En classe, oui, avec vos condisciples, des garçons de votre âge. A presque dix-sept ans, vous n'êtes jamais allé à l'école ?

— Non, monsieur.

— Non, mon père. Vous savez lire et écrire, au moins ?

— Oui, mon père. Le curé Pradon m'a appris tout ça. Un peu de latin aussi et des mathématiques. C'était mon précepteur, comme disait ma mère.

— Et vous travailliez beaucoup ?

— Oh oui, heu… mon père.

L'air soudain dépourvu d'aménité du grand homme maigre expliquait l'hésitation finale.

— Combien d'heures par jour ?

— Une de cours et une d'étude. Sauf un jour par semaine où le gros Pradon restait deux heures.

— L'abbé Pradon, voulez-vous dire.

— Oui, mon père.

Benoît avala en hâte son petit-déjeuner en se demandant si cette décoction noirâtre et amère, accompagnée de pain sans beurre, n'était pas une punition.

Le père Malbost l'entraîna ensuite dans un grand couloir sonore.

— Ma mère n'est pas arrivée ? demanda-t-il.

— Elle est repartie hier, monsieur Chalencon.

Il regarda alentour, cherchant son père. C'est lui qu'on appelait « monsieur ». Cette surprise retarda de quelques secondes un terrible sentiment d'abandon. Le prêtre le vit.

— Madame votre mère, reprit-il, est, m'a-t-elle dit, de santé délicate. Elle se trouvait fort éprouvée par sa journée de diligence et votre état l'a considérablement chagrinée.

L'homme s'arrêta au milieu du couloir et dévisagea le jeune homme.

— Comment avez-vous pu vous enivrer ainsi le jour de votre entrée au collège ! Comprenez-vous la stupidité d'une telle attitude, à un moment pareil ! Vous aviez emporté une bouteille de vin que vous avez bue furtivement dans la diligence ?

— Mais je ne me suis pas saoulé ! s'écria Benoît, s'attirant les regards d'un révérend qui les croisait. Hier j'ai voyagé avec le cocher. C'est un ami. Alors je l'ai aidé aux arrêts à charger et à décharger. Il faisait chaud. J'avais soif. Pour me remercier, les maîtres de poste m'offraient des canons.

— On peut boire autre chose que du vin, monsieur Chalencon. Il suffit de demander.

— Eh bien, il me tendait le verre et c'était bien frais. Je ne me suis pas méfié. J'ai pas l'habitude.

Le couloir s'élargissait. Une lumière grise tombait de verrières donnant sur les pièces qu'il desservait. Derrière les cloisons, on sentait une présence. Une sensation identique à la proximité du gibier. Même en l'absence de bruit ou d'odeur, la vie rayonnait.

Le père Malbost frappa à une porte.

— Entrez.

Il ouvrit, s'effaça pour laisser passer Benoît, dut le pousser doucement par l'épaule pour qu'il franchît le seuil. Le « nouveau » avança de trois pas, s'arrêta, surpris par la convergence des regards. Une vingtaine de jeunes hommes étaient assis sur des bancs durs, derrière des pupitres inclinés comme des lutrins d'église, tous en habits du dimanche. Ils le dévisageaient avec curiosité ou ironie. Il remarqua un de ceux qui l'avaient croisé en chemise de nuit et se sentit rougir. Aussitôt, l'autre eut un sourire de biais, se pencha vers son voisin et chuchota à son oreille. Ils rirent en silence.

— Asseyez-vous, monsieur Chalencon, dit le maître.

Lui aussi connaissait son nom. Comme le père Malbost, il portait sur sa soutane un rabat noir bifide souligné d'une étroite bande blanche sur le bord.

— Asseyez-vous là, répéta-t-il d'un ton un peu plus sec.

Il lui désignait une place déjà occupée par un binoclard au visage rond ravagé par l'acné.

— Monsieur Planchin, vous vous mettrez au dernier rang.

Maussade, le boutonneux ramassa ses affaires et se leva.

Un ennemi de plus, songea Benoît. Il s'assit, croisa ses bras dont il ne savait que faire. Le professeur reprit son cours.

Le nouveau venu n'écoutait pas. Il ressassait ses déceptions. Le départ hâtif de sa mère le désolait. Jusqu'à ce jour, il avait pensé que sa tyrannie lui imposant études et éducation étriquée était son ultime façon de l'aimer. Il n'avait pas même droit à cela. Seules importaient à cette femme les normes bourgeoises des robins aisés du Puy, son milieu. Elle avait fait d'une pierre deux coups. Elle s'était débarrassée de lui et le moulait dans le carcan des jèzes, garants de ses préjugés. Et son père s'en foutait. Sans doute pressé d'aller courir la gueuse, il était parti comme un voleur.

L'accueil distant des jésuites le désorientait. Ils semblaient voir instantanément vos vices et les condamnaient d'un regard glacé. Ses camarades l'inquiétaient. Tous paraissaient déjà informés de sa promenade dans les couloirs, en chemise de nuit, à dix heures du matin. Il soupira, cherchant à se distraire.

Le professeur ronronnait. Malgré son air attentif, Benoît s'était évadé de la salle austère. Il parcourait les prés de l'automne, son fusil sous le bras, guettant la perdrix. Le gros Pradon lui avait appris cette fuite invisible. S'il ne dormait une heure entière qu'en sortant d'un repas arrosé, il piquait régulièrement du nez en début d'après-midi. Durant son quart d'heure de sieste, Benoît était censé lire. Un mouvement, un craquement réveillait le dormeur, aussi le garçon, formé au silence par l'affût, avait-il cultivé l'immobilité patiente.

La matinée s'acheva.

Ils déjeunèrent. Le réfectoire était bruyant, la nourriture médiocre, mais Benoît avait faim. Il constata très vite que quelques caïds accaparaient les meilleurs morceaux. Tranquillement mais fermement, il écarta la fourchette conquérante d'un bravache, empêchant qu'il prît la belle part que le hasard avait placée devant lui. Son calme mais aussi sa stature surent convaincre. Elève en retard, il était un des plus âgés de sa classe et dépassait d'une demi-tête la plupart de ses condisciples.

Ce fut là sa seule manifestation de pouvoir. Dominer les autres lui était indifférent pourvu qu'ils lui fichent la paix.

Le soir, il s'ennuya à la chapelle. Depuis toujours les offices l'engourdissaient. A travers les vitraux, le couchant projetait des taches colorées. Son intérêt pour leurs teintes et leurs reptations sur les pierres du mur chassa sa mélancolie de n'être pas dehors.

Puis il y eut le dortoir, une grande salle à six fenêtres, prévue pour une vingtaine de personnes. On lui montra son lit dans un coin. Il resta bras ballants devant les draps rêches posés, pliés, sur le matelas étroit, creux, auréolé en son centre d'une ellipse jaunâtre. Le surveillant, un séminariste détaché au collège Saint-Michel par le provincial des jésuites, vint le voir.

— C'est vous, Chalencon ? demanda-t-il. Vous rangerez vos affaires dans cette armoire que vous fermerez avec votre cadenas. En avez-vous un ?

Benoît fit une moue interrogative. Il n'en savait rien, son bagage ayant été fait par Fernande.

— Bon, si vous n'en avez pas, vous en achèterez un à la procure demain. Je vais vous aider à faire votre lit. Soyez attentif parce que si demain vous le refaites mal, je le jetterai par terre.

Les pensionnaires chahutaient en se déshabillant sauf trois ou quatre qui semblaient mal à l'aise. Les « anciens » les regardaient avec condescendance. Silence et observation. Dans ce dortoir, le jeune homme se sentait plus en danger que lors d'une chasse au sanglier. Il imita les autres, n'enlevant son caleçon qu'une fois sa chemise de nuit enfilée. Il se coucha face au mur, tournant le dos à ce monde hostile. Lorsqu'on éteignit, il entendit chuchoter. Quelqu'un se leva. « Silence », beugla le surveillant. Le calme s'installa. Benoît, l'âme désolée, peina à s'endormir. Sa mère ne l'aimait pas. Philippe, son père, l'abandonnait-il aussi ? Il nia le doute qui le rongeait. Leur séparation le rendait sûrement triste lui aussi. Il emporta ces pensées douces-amères dans son sommeil.

7

Gaston

Juillet 1837

En quarante mois de travail à l'atelier, Honorine avait beaucoup appris et beaucoup changé.

Elle était devenue soucieuse de sa tenue qu'elle protégeait sous un sarrau l'été et une cape rapiécée l'hiver. Elle jugeait inutile que sa mère ou ses frères se posent des questions sur le financement de ses affiquets citadins. Elle avait dissimulé ses augmentations à sa mère, et sa thésaurisation l'avait conduite à quelques investissements dans la mode. A la limite de la route empierrée et de la rue pavée, chaque matin, elle quittait cape ou sarrau ainsi que ses sabots, serrait le tout dans un sac et enfilait des souliers pour ressembler aux demoiselles de la ville. L'influence de ses compagnes de travail n'était pas étrangère à cette transformation. Cette coquetterie cachait cependant une ambition plus profonde. Celle d'exister à Craponne comme une employée arrivée, quelqu'un n'appartenant plus à la foule des ruraux mais déjà à la bourgeoisie. Réussite et apparence formaient un tout dont elle était consciente.

Son relatif retard de croissance la faisait paraître plus jeune que ses seize ans. Gracile et menue, elle semblait aussi naïve et douce qu'elle était intelligente et dissimulée. Elle observait plus que jamais la vie de l'atelier et pensait avoir tout compris. Un imprévu pourtant fustigea rudement son orgueil secret et rouvrit le champ de son apprentissage.

Un jour de juillet 1837, monsieur Félix arriva fort agité. Mireille Bourdon, sa leveuse, venait de se casser le bras en tombant dans son escalier et la tournée ne pouvait attendre. Répugnant à affronter lui-même une semaine d'inconfort et de fatigue, il cherchait une solution. Un bref coup d'œil à « ses » filles le dissuada de recourir à elles. L'ouvrage avait du retard et il ne pouvait se priver d'aucune ouvrière. En revanche, la petite Feynerolles travaillait vite et ses écritures étaient à jour.

— Honorine, sais-tu conduire un attelage ? lui demanda-t-il à brûle-pourpoint.

— De combien de bêtes ? répondit-elle.

Un bon réflexe pour gagner du temps. Elle n'avait jamais mené que la paire de vaches familiales tirant un tombereau ou un char de foin.

— Un seul cheval, attelé à une voiture à deux roues.

Elle bluffa.

— Je n'ai pas conduit depuis un petit moment, je n'irai pas très vite voilà tout.

— Ça ira. Tu vas aller chercher madame Bourdon chez elle et tu la conduiras pour la tournée. Elle te dira ce qu'il faut faire.

— Il me faut des affaires…

— Prends de quoi écrire et des feuilles de papier. Il faudra noter et calculer. Tu n'auras qu'à lui obéir. Elle connaît parfaitement son métier.

— Et des vêtements pour moi ?

Il prit un air contrarié.

— Pas le temps ! Tu te débrouilleras.

— Bien, monsieur.

Elle attendait, indécise.

— Quoi encore ? demanda-t-il agacé.

— Et pour les frais dans les cafés ? Pour dormir, tout ça ?

— Elle a ce qu'il faut. Maintenant, va et ne traîne pas.

Il la mena dehors. Un cabriolet attelé stationnait devant la porte. Morte d'inquiétude, elle monta sur le siège du cocher. Jamais elle n'avait mené une voiture à cheval. Monsieur Félix la regardait et allait découvrir sa duplicité. Ce serait une catastrophe. Elle avait sa confiance et rien ne devait l'entacher. Elle respira un grand coup, prit les rênes à deux mains, les écarta un peu et les secoua d'un geste souple. Docile, la petite jument démarra. Raide sur son banc, la jeune fille se laissa emporter. La bête allait au petit trot sur la route de la ville. A l'angle des maisons qui en marquaient l'entrée, la voie se rétrécissait. Honorine y arrivait quand apparut un tombereau. Elle s'affola, ignorant quoi faire. Le cheval lui savait qui prit le pas et serra à droite puis, l'obstacle dépassé et se sentant la bride sur le cou, il se remit au trot. Honorine tira doucement sur ses rênes et la jument s'arrêta ; elle les relâcha, les gardant tendues, elle repartit au pas. La jeune fille soupira de soulagement.

Madame Bourdon connaissait Honorine. Elle fut cependant étonnée en lui ouvrant sa porte. Elles échangèrent quelques mots, le minimum. La femme semblait méfiante.

La frêle jeune fille eut du mal à porter les bagages de la leveuse dans le coffre, derrière le siège. Elle dut ensuite l'aider à se hisser dans la voiture. Tâche ardue : la Bourdon, femme vieillissante, devait bien peser dans les cent soixante-dix livres. Elle occupait un volume considérable et Honorine, peinant à la soutenir, la trouva plus lourde que les sacs de grain qu'elle déchargeait du tombereau dans la remise avec l'aide de l'un ou l'autre de ses frères aînés. Rendue maladroite par son bras immobilisé, la grosse femme se cognait partout, ce qui n'arrangeait rien.

Enfin assise sur le siège du cabriolet dont elle occupait les deux tiers, la bonne dame posa sur ses genoux son lourd sac à main que lui tendait Honorine, puis cala dessus son bras inutile. Pourquoi le protégeait-elle ainsi ? Pourquoi pesait-il tant ? L'or ! Telle était, à l'évidence, la raison de ce soin si attentif. Il y avait là deux mois de la paie de quelques centaines d'ouvrières ! La somme donna un bref vertige à la jeune fille. Elle soupira, secoua les rênes qu'elle garda en demi-tension, le cabriolet s'ébranla au pas.

— Doucement, dit la femme. J'ai mal à chaque cahot.

— Il y a longtemps que vous êtes tombée ?

— Deux jours.

— C'est très court.

— Monsieur Félix ne pouvait pas attendre... et moi non plus.

La petite se tut. Elle en avait assez demandé. Il valait mieux écouter, observer.

Mireille Bourdon reprit :

— Où vas-tu ? Je ne t'ai même pas donné notre destination.

— Chez le charron, répliqua Honorine en ouvrant de grands yeux étonnés.

N'en faisait-elle pas trop ? Elle avait décidé, pour observer à son aise, de jouer les naïves.

— Il faut que je dise à mon frère que je ne rentrerai pas à Aubissoux ce soir, poursuivit-elle. Il préviendra ma mère. Il est compagnon chez Boivin. Au fait, on part pour combien de temps ?

— Cinq jours. Tu n'as pas d'affaires ?

— Je laverai mon petit linge et puis on passera peut-être à Aubissoux.

Elle se tut. Sa passagère aussi se taisait. Elle était si pâle qu'Honorine arrêta l'attelage.

— Ça ne va pas ?

— Avance. Plus vite on sera arrivées, mieux ça ira.

Elle repartit, attentive à la manœuvre des brides. Bientôt, pour réduire les secousses, elle mit la bête au trot et serra à droite pour quitter les ornières et avoir la roue droite sur le bas-côté herbeux. Prenant de la maîtrise, elle joua à éviter les gros cailloux. Au bout d'une demi-heure, elles parvinrent à Pontempeyrat. En face de l'église, une dame Paulet tenait auberge. Elles y entrèrent. La leveuse, affreusement pâle, fut installée sur un fauteuil. On lui porta un verre de goutte. Elle le but d'un trait et reprit quelques couleurs.

On avait vu la voiture. Les dentellières arrivaient avec leurs longueurs de dentelle enroulées sur des planchettes sculptées. Honorine apporta la valise des catalogues et des cartons, repartit chercher les écheveaux de fil, les registres, la malle destinée à recevoir la dentelle fabriquée. C'était lourd, mais elle en avait vu d'autres à la ferme. La Bourdon commença la récolte. A sa demande, une des femmes mesura les longueurs sous le contrôle attentif de toutes les dentellières présentes. Honorine, ayant sorti son encrier et sa plume, s'empara du registre de la leveuse.

— Tu écris tout ça au brouillon, dit cette dernière d'un ton péremptoire. Je mettrai tout au propre plus tard.

C'était une étape inutile. Honorine eut la sagesse de ne pas s'en étonner. Cependant la Bourdon, de sa main valide, faisait disparaître prestement le gros cahier. La petite eut un sourire rentré : elle allait apprendre quelque chose. Elle prépara son crayon et son papier et nota les constats.

Paulette Bourdais, dentelle au mètre n° M 632, 14 aunes à 20 sous, soit 14 francs.

Marie Mativon, dentelle au mètre n° K 723, 22 aunes à 16 sous, soit 17 francs 60.

La leveuse puisait les pièces dans une bourse ouverte dans son sac et les donnait aux femmes qui se succédaient. La litanie se poursuivit. Soudain Honorine tressaillit, resta une seconde le crayon en l'air puis se mit à écrire vivement :

Aglaé Bussot, guipure sur carton 22 B 804 sur commande, 7 aunes à 80 sous l'aune soit 28 francs.

Ce carton 22 B 804, Honorine s'en souvenait fort bien. Le dessinateur l'avait lui-même apporté à l'atelier et en avait fait l'article à Félix Danssadoux.

« Vous pourrez vendre cette dentelle fine vingt francs l'aune une fois travaillée et payer la dentellière six francs !

— Cinq francs et ce sera bien suffisant », avait grogné le maître.

Cinq francs et la leveuse en donnait quatre ! Sa commission, Honorine la connaissait d'après les comptes : trois pour cent, soit quinze centimes, lui étaient payés par monsieur Félix lors de la reddition des comptes. La conclusion s'imposa : sur cette guipure, la bonne madame Bourdon volait à l'ouvrière un franc par aune ! C'était considérable. Tandis qu'elle écrivait Honorine supputait. La leveuse augmentait sa part sur toutes les dentellières. Elle décuplait presque son revenu en prélevant vingt pour cent du salaire des ouvrières pour elle en plus de ses trois pour cent de commission ! Une fortune ! Du vol manifeste sur des femmes qui mangeaient à peine à leur faim ! Honorine n'osa pas la regarder, elle aurait pu voir l'éclat de la colère dans son œil. Plus que jamais elle devait paraître aussi gentille que niaise. Surtout, surtout que la leveuse la prenne pour une copiste sans cervelle ! Et ce brouillon qu'elle écrivait ! Il reflétait la réalité de la tournée !

Le soir dans une auberge à Usson, après une longue journée de travail, Honorine se retrouva seule avec son écritoire dans un mauvais galetas qui jouxtait la chambre de la leveuse. La dame Bourdon dormait, assommée par le laudanum. La jeune fille, fatiguée elle aussi, mourait de sommeil. Elle se fit cependant violence et recopia l'ensemble des relevés du jour, preuve des pratiques frauduleuses de la leveuse. Qu'en ferait-elle ? La dénoncer à son patron ? Qu'y gagnerait-elle ? Il mettrait la Bourdon à la porte et la remplacerait aussitôt. Et pas par elle. Elle était trop jeune. De plus, devenue leveuse sur la dénonciation d'une escroquerie, elle ne pourrait pas la pratiquer elle-même. De toute façon, le vol était dangereux. Informé, monsieur Félix allait garder pour lui la marge ainsi obtenue. Il contrôlerait mieux la leveuse et serait le seul gagnant dans l'affaire. Ce serait immoral ! Si la leveuse volait les ouvrières, et lui-même par la même occasion, c'était sa faute à lui. En plus de trois ans, elle ne l'avait jamais vu partir en tournée. Résultat, il se faisait tondre la dentelle sur le dos. L'image l'enchanta. De toute manière, cette tournée était une grande chance. Demain et les jours suivants, la bonne dame Bourdon lui apprendrait sûrement de nouvelles et surprenantes méthodes pour s'enrichir. Tout ça lui tourna dans la tête au moment de s'endormir. Plus que jamais elle allait jouer les godiches et afficher un dévouement sans faille.

Les jours se succédèrent. Honorine découvrit que la leveuse trichait sur le poids du fil et déclassait la dentelle pour en rabattre le prix. Elle la surprit même à graisser la patte à certaines femmes chargées de calmer et démoraliser leurs compagnes, leur ôtant leur légitime combativité. En fait cette leveuse malhonnête qui aurait dû gagner quarante ou cinquante francs par mois en gagnait quatre cents ! Une leçon qu'Honorine n'était pas près d'oublier.

Les trajets furent son plaisir. Elle avait maintenant une bonne maîtrise de la voiture et se sentait sûre d'elle. Trop. Dans une descente un peu forte, la jument, poussée par la voiture, s'enleva. Honorine songea au frein avec un léger retard, en tourna vivement la manivelle, puis tira doucement la bride pour calmer la pouliche qui ralentit. A son côté, la leveuse ne remarqua rien.

— Moins vite, dit-elle, moins vite, ma fille. Tu me secoues trop !

Il faisait chaud, mais c'était l'émotion qui avait couvert Honorine de transpiration. Elle avait eu la peur de sa vie. Etre battue, c'était douloureux, mais connu. Accident égalait inconnu, mort peut-être.

Honorine fut beaucoup plus prudente ensuite dans la conduite d'un attelage aussi, elle progressait.

— Va me chercher mon sac, Honorine, demanda la leveuse qui venait de s'installer dans le cabriolet. Je l'ai oublié.

Trop hâtive, Honorine le saisit par une seule bride. Il se vida par terre. Les pièces de la bourse se répandirent. Ainsi qu'un objet lourd qu'elle n'identifia pas immédiatement. Elle ramassa la monnaie, contempla une pièce d'or de vingt francs avec une soudaine convoitise. Tentée de la glisser dans sa poche, elle regarda autour d'elle et reconnut l'objet tombé qu'elle ramassa. Un revolver. Elle eut tout à coup froid dans le dos et remit le louis dans la bourse. Si elle avait volé la leveuse ou si cette dernière s'était vu dévoilée, ne se serait-elle pas servie du revolver ? Car bien entendu si elle était armée, c'était à cause de l'argent transporté. Cette arme, il était normal qu'elle en disposât. Les gendarmes devaient être au courant. Découverte, elle n'avait qu'à la tuer, elle, Honorine, et prétendre à un accident. Son bras immobilisé la rendant maladroite accréditerait sa thèse. Qui se serait inquiété de la mort de la petite Feynerolles, la fille de l'ivrogne écrasé par un tombereau ?

A son retour de tournée, Honorine avait perdu quelques illusions. Elle pensait tout connaître du métier de dentellier et venait d'entrevoir la duplicité des hommes, ou plutôt des femmes. Ce constat la mortifia. Elle avait appris... qu'elle ne savait pas grand-chose. Son but de toujours s'éloignait brusquement. « Sa » fabrique de dentelle, qu'elle pensait proche, n'était qu'un projet flou. Ce fut sa première prise de conscience des mirages de l'ambition.

Pour elle, depuis ses premiers pas chez la béate, la valeur de la dentelle dépendait uniquement du savoir-faire des dentellières. Or, entre le carreau de la paysanne et une robe princière, ou simplement un surplis d'évêque, tout un cheminement de transactions et de transformations intervenait dont elle n'avait eu jusqu'alors qu'une vue schématique. Elle avait sous-estimé l'influence des leveuses qui, une éternité auparavant, l'avaient fait rêver de pièces d'or. Cette découverte en entraîna une autre. Il existait dans le flux de la rivière dentelle un amont avec dentellières, leveuse et enfin les filles de l'atelier qui assemblaient les pièces entre elles, et un aval : la diffusion dont elle n'avait vu que des chiffres ou des paquets reçus ou expédiés.

Si, pour la jeune fille, la collecte s'était un peu éclairée, la vente, par contraste, restait une vaste étendue à explorer. Il allait falloir qu'elle sorte du cocon de l'atelier. Apprendre à vendre nécessiterait, inévitablement, plusieurs années.

Fin novembre 1837

L'hiver arrivait en avance. Honorine avait presque dix-sept ans et on lui en donnait quatorze. La misère et la faim n'engendrent pas des géants. Ses frères étaient petits et trapus, et elle n'était guère précoce.

Elle avait chaud ce matin-là, trop chaud. Elle bougea. Son lit était mouillé. Elle avait fait pipi au lit ! A son âge ! Elle se sentit blêmir. Ses frères, tous, se moqueraient d'elle. Sa mère l'obligerait à rincer son drap dans l'eau glacée du lavoir. Elle soupira, regarda dehors : la grisaille de l'aube peinait à chasser la nuit. La fenêtre ne montrait qu'une lumière encrassée à travers les fougères de cristal formées par le givre. C'était beau et fou, ces vitres hivernales. Elle songea aux histoires de princesses endormies dans des palais de glace qu'elle se racontait au temps de l'école, quand la Marie Mazel lisait des contes de fées pour « tenir les petits » en fin de journée. La nostalgie la saisit. C'est en écoutant lire la béate qu'elle faisait sa meilleure dentelle… de qualité moyenne malgré tout. Et voilà qu'elle avait mouillé son lit ! Un sanglot d'humiliation lui échappa sans, heureusement, réveiller ses jeunes frères. Le jour s'installait. Il devait être huit heures. Elle entendait bouger en bas. Même le dimanche, les bêtes n'attendent pas. Une sensation bizarre la figea. Elle continuait à faire pipi doucement ! Elle glissa la main sous ses couvertures, palpa la zone humide, ramena sa main rougie. Elle saignait ! La panique la saisit. Elle était malade, blessée, elle allait mourir. Puis elle se rappela qu'elle avait largement l'âge d'être « dans les sangs ». Elle avait ses premières règles. A bientôt dix-sept ans, il était temps ! Sa brève terreur se mua en inquiétude. Que devait-elle faire ? Elle se leva brusquement dans la chambre glacée. Ses draps, sa grande chemise de nuit portaient une tache écarlate de la taille d'une soucoupe. Elle gémit, jeta son châle sur ses épaules et se précipita dans l'escalier de bois menant à la cuisine.

Un feu de fagot ronflait dans l'âtre. Sa mère et Gaston, attablés, mangeaient un reste de soupe en dévorant des tartines de saindoux. Il y en aurait encore pendant quelques semaines. On avait « tué le cochon » depuis peu.

— Maman ! clama la jeune fille d'un ton angoissé.

La Rose avait l'œil vif. Elle aperçut tout de suite la tache cramoisie sur la longue chemise de sa fille.

— Gaston, au boulot. Tu termineras ton pain à l'écurie.

Il grogna.

— File, reprit sa mère sèchement.

Le bravache, qui se prenait pour le maître depuis la mort du père, redevint malgré ses presque vingt ans le gamin craignant une torgnole. Il disparut en hâte. Alors cette femme épaisse, usée à moins de quarante ans, ouvrit grands les bras.

— Viens, dit-elle.

Honorine se précipita. Le corps de la matrone était chaud, doux, enveloppant. Elle y fut si bien que ses larmes se mirent à sourdre.

— J'ai peur, maman, fit-elle. Je ne veux pas…

La Rose serra un peu plus sa rejetonne.

— Tu t'habitueras. C'est pas une maladie. Je vais t'expliquer comment faire.

Elle se tut puis eut une phrase si étonnante qu'Honorine ne devait jamais l'oublier :

— Je suis fière de toi.

C'était dérisoire et magnifique. La gamine réalisa soudain l'amour de sa mère. Un amour masqué par la lourdeur des tâches. Un amour pudique, timide. Sa matinée en fut ensoleillée.

Mars 1838

Honorine se transformait. Certes, on ne lui aurait pas donné dix-sept ans, mais, pour son malheur, on ne la prenait plus pour une enfant.

Elle aidait à traire après son travail quand la Rose quitta le tabouret voisin. Elle avait une course à faire. Gaston curait l'étable. Le raclement du croc à fumier s'interrompit. Ça ne l'étonna pas immédiatement.

Quand elle entendit son souffle s'accélérer, elle revit une de ces scènes qu'elle surprenait de temps à autre lorsqu'il s'isolait dans la grange. Elle eut peur soudain. D'habitude, il fuyait les présences. Quelque chose avait changé. Elle éprouvait une sensation à la fois diffuse et désagréable. Elle s'imposa de ne pas bouger, de poursuivre la traite. Elle le sentait prédateur. Il hésitait, se rapprochait. La victime, c'était elle, elle en eut tout à coup la certitude. Il la convoitait, elle le perçut insidieusement. Son pouls s'affolait. La terreur la paralysa. Son frère fut derrière elle. Il puait la bouse, le mal lavé aussi. Elle eut un haut-le-cœur quand ses grosses pattes se posèrent sur sa poitrine, sur ses seins menus qu'elle croyait discrets sous son épais tricot en laine écrue. Il ahanait.

— Arrête ou je crie !

Il ricana. Leur mère était sortie, Firmin Dieu sait où, et les petits avaient été envoyés ramasser une *boge* de *peignes*. Il fallait du temps, même à deux, pour remplir un grand sac de pommes de pin, surtout qu'ils allaient musarder. Elle chassa ses mains, tenta de reprendre son ouvrage comme si se cramponner au pis de la vache allait la soustraire à la concupiscence de son aîné. En vain. Elle se leva, voulut le repousser. Il la plaqua contre lui. Elle sentit une bosse incongrue contre son pubis. Elle le bouscula. Il lui agrippa le bras, la tira vers le tas de paille au fond de l'étable. Elle résista. Il la gifla. Elle se raidit, tigresse soudain, le griffa cruellement à la main. Il la frappa derechef. Elle se hérissa, pensa le mordre, puis réfléchit. A bientôt vingt ans, pas très grand mais trapu, il était beaucoup trop fort pour elle. Il lui fallait ruser, concéder. Elle lutta de toute sa volonté contre sa rage et sa panique, les vainquit. Il y avait si longtemps qu'elle supputait chaque instant futur ! Elle se fit docile. Se laissa jeter sur la paille. L'attira même. Ainsi, elle parvint à le coucher à côté d'elle. Agissait-elle d'instinct ? Certainement pas. Elle improvisait, mais sa hargne la guidait dans l'action décidée : un contre-feu. Elle ignorait la tournure, mais pas son sens. Elle déboutonna lentement la braguette de son frère. Grognant, il s'étala sur le dos, cuisses ouvertes comme un chien soumis. Elle sortit avec difficulté son sexe tendu et entreprit ces va-et-vient que depuis des années elle avait vu pratiquer clandestinement par ses aînés. Il semblait adouci, voire subjugué. Un instant elle ressentit une joie mauvaise à ainsi le dominer. Elle arrêta son mouvement, pour le punir, le faire attendre. Aussitôt, il redevint agressif. Elle saisit à nouveau son membre et hâtivement le masturba. Il jouit. Elle fut éclaboussée. Cette espèce de blanc d'œuf laiteux, répandu sur elle, la répugna. C'était fini, elle le sut aussitôt.

Repu, béat, son frère la regardait d'un air bénin. Une pseudo-gentillesse qu'elle détesta. Elle se vengerait. Le laissant vautré sur la paille, elle se releva, secoua les fétus accrochés à sa robe et revint dans la cuisine. Devant le feu, elle s'assit, flageolante. Il recommencerait. Elle en était sûre. Pourrait-elle le calmer aussi facilement ? Une angoisse sourde, lovée au fond d'elle-même, l'habitait. Sa lucidité lui hurlait qu'il en demanderait de plus en plus. Il lui fallait agir, là aussi. Mais comment ?

Elle se sentit découragée. Cette tentative de viol trois mois après ses premières règles redonnait vie à l'anxiété permanente du temps où son père la battait. En pire ! Elle était entrée dans son jeu ! Elle avait honte. Une honte terrible. N'était-elle pas aussi dépravée que lui ? Elle se souvenait surtout de sa terreur et de son dégoût, mais les quelques instants de domination éprouvée la troublaient.

La Rose rentra ; aussitôt Honorine se leva, s'activa, évitant toute question, tout regard vers l'arrivante. Elle attendit, impatiente. Rien, la Rose ne manifestait pas la moindre curiosité. La petite s'arrêta, interdite. Comment sa mère pouvait-elle être aussi sereine après ce qui s'était passé ? Comment ne le devinait-elle pas ? Gaston entra dans la salle. Faraud, d'une bonne humeur excessive, le regard trop direct. La jeune fille détourna les yeux. Le salaud ! Elle l'aurait ! Elle ignorait comment. Elle attendrait son heure. Une fois déjà, pour la sauver, la chance avait tenu les brides d'un tombereau emballé.

Elle se coucha épuisée et sombra dans un sommeil de brute.

Honorine craignait un crescendo. Il eut lieu.

En fin d'après-midi plusieurs fois par semaine, il l'entraînait. Il voulait de plus en plus de manières, de durée, de fioritures. Un jour, il lui intima l'ordre de prendre son pénis dans sa bouche tandis qu'elle massait la hampe de ce sexe qu'elle eut envie de trancher à coups de dents. Il exigea de la voir et elle dut s'exhiber.

Ces séances minaient sa volonté. Sa haine envers son frère lui fit découvrir des atouts dans sa féminité, des faiblesses à exploiter dans la force du mâle. Mais elle en vint aussi, insensiblement, à amalgamer son aîné et la gent masculine. Les hommes devenaient des prédateurs, voire des ennemis. Les détourner, les manipuler, les vaincre était certainement possible et ce pouvoir était porteur d'un plaisir funèbre. Inféodé au désir de Gaston, son être s'empoisonnait. Meurtrier de sa candeur, son frère était impardonnable.

Le temps passait, accroissait le danger. Agir devenait impératif. Une semaine, quinze jours de plus et il la violerait, l'engrosserait et, pour couronner le tout, l'enfant issu d'un frère et d'une sœur serait un monstre.

Elle songea mille fois à demander conseil. Mais à qui ? La béate, elle ne l'aimait plus depuis longtemps et quelle compétence pouvait-elle avoir dans un tel domaine ? Sa mère ? La misère quotidienne lui suffisait. Et surtout, elle ne la croirait pas. Qui d'autre ? Les voisines ? En contrepoint des regards furtifs des hommes, elle surprenait de plus en plus souvent leur jalousie devant son minois de rousse et sa silhouette fine.

Se venger ou fuir. La seconde proposition semblait plus facile même si elle était moins satisfaisante. Partir, mais où ? Elle ne gagnait pas assez pour s'installer seule, à Craponne.

Le regard de Gaston la poursuivait. Cette oppression obsédante la mènerait à la folie si rien ne lui arrivait.

Il devait disparaître. Par précaution, elle plaça une fourche à fumier à proximité du tas de paille.

Après, il restait vautré, essoufflé, vidé. Un bon coup dans le ventre, l'infection serait garantie. Mieux valait les gendarmes et le bagne que le désir obscène de son frère.

8

La passion du régent

Dans les collèges des jésuites, le « régent » encadrait les élèves hors des heures de cours. Lever, toilette, repas, exercices, promenades, sports, jeux et loisirs, la plus grande partie du temps en fait était sous son contrôle. L'attrait du père Malbost pour les jeunes hommes, bridé par une absolue maîtrise de soi, l'avait amené à ce poste.

Le trimestre s'étirait. Peu intéressé par l'étude, Benoît se figeait dans une immobilité morose. Jean Malbost s'en émut. En cette fin d'après-midi morne à souhait, les grands, regroupés en salle d'étude, étaient en « activité libre ». Seule obligation : le calme. Beaucoup lisaient, d'autres jouaient au whist, au pharaon, aux échecs ou aux dames, bref à des « jeux intelligents ».

Le régent sur l'estrade avait cessé sa lecture et observait Benoît, mortifié de n'avoir pas encore trouvé de connivence avec lui. Ni les sports collectifs ni la gymnastique ne l'intéressaient, le travail encore moins. Bon marcheur, il appréciait manifestement les grands espaces et les forêts. A part cela, il semblait lisse. Pourtant il n'était pas idiot.

— Monsieur Chalencon, où êtes-vous ? l'interpella-t-il.

Benoît leva sur le prêtre un regard vide.

— A la chasse au loup.

Une lueur naquit dans l'œil du jésuite. Le jeune homme fuyait l'ennui dans le rêve. L'imaginaire serait-il donc une voie d'accès au garçon ?

— Eh bien, racontez-nous ça !

Haussant les épaules plus par résignation que par insolence, Benoît fixa son interlocuteur au fond des yeux et commença :

— Il fait froid. La neige croûtée craque sous les pas. Elle chuinte comme une meule sous les patins du traîneau. Nous ne sommes pas partis à cheval pour pouvoir ramener nos prises éventuelles et surtout transporter les chiens qui, dans la caisse derrière nous, vibrent, excités par la chasse. La traque peut durer et il convient de ne pas les fatiguer par une longue approche. Le hongre trotte puissamment. On est partis, mon père et moi, à la pointe de l'aube, avant tout le monde, avant la battue organisée par le maire de Saint-Georges, notre village. Les loups seront pour nous.

« L'avant-veille à la nuit, ils ont forcé la porte d'une étable au hameau du Boucher et emporté un veau. C'est grand et fort, un loup. Les vieux de chez nous disent que ça peut étrangler un homme adulte. Ça vous met les pattes avant sur les épaules pour vous mordre le cou. Et quand ça a mordu, ça lâche plus, même si vous lui ouvrez le ventre. Tout le monde a un couteau en poche chez nous, qui coupe comme un rasoir. Faut encore le sortir ! La mâchoire du loup vaut un étau. S'il croque la pomme d'Adam, s'il l'écrase, on est mort.

Le jeune homme parlait d'une voix sourde, retenue. L'un après l'autre, ses condisciples tendirent l'oreille, posèrent leur livre ou leur pièce d'échecs. Le narrateur arpentait l'estrade d'un pas vif, les vrillant l'un après l'autre d'un regard farouche.

— Vous ne croyez pas à cette histoire de veau enlevé, de portail forcé par les loups ? Un portail d'étable en bois grisé par le temps, de guingois, avec un loquet au centre, si vous poussez fort au milieu, le pêne se libère et les vantaux s'ouvrent. C'est ce qu'ont fait les loups. La faim rend malignes ces bêtes-là. Les vaches ont meuglé à leur approche, elles les avaient sentis. Le Roger Bourru, le fermier, aurait dû aller voir tout de suite, mais il gelait à pierre fendre et ce paysan-là n'est qu'un bon à rien. Le chien aussi gueulait mais pas plus que d'habitude. Son abruti de maître l'avait rendu fou à force de le cogner et il hurlait jour et nuit. Quand même, le Roger a fini par sortir avec son fusil et sa poire à poudre. Les loups peinaient à sortir le veau qui gigotait. Le temps que le paysan charge sa pétoire, les voleurs avaient foutu le camp avec leur proie étranglée. Alors, de rage, le Roger a fusillé son chien, puis il est rentré chez lui, a pris une bouteille de gnôle, en a sifflé la moitié avant de se recoucher.

« Le lendemain, à trois cents pas à peine, on a retrouvé du sang et des os rongés sur la neige. Quant au cadavre du chien, les loups étaient revenus le manger. Ils n'avaient laissé que la tête encore attachée à sa chaîne.

« Cette attaque a fait un foin d'enfer. Tandis que les gens discutaillaient à la mairie et décidaient finalement d'une battue pour le lendemain, mon père et moi, on a sellé nos chevaux et on est allés repérer les traces.

— Mon père et moi avons sellé nos chevaux et sommes allés repérer les traces, l'interrompit le prêtre.

Benoît le regarda, vaguement étonné.

— Si vous voulez, dit-il distraitement.

Il reprit son récit, sans répéter la correction :

— On a eu un peu de mal, mais on les a trouvées. En fait, sur la neige croûtée, elles étaient peu visibles et avec le froid, les odeurs imprègnent moins le sol.

« "Ils sont rentrés dans le bois, a dit mon père. En longeant la lisière des arbres, c'est bien le diable si les chiens ne repèrent pas leur passage."

« En pénétrant sous le couvert, les loups avaient nécessairement frôlé des branches. C'est ainsi que nos chiens ont trouvé leur odeur. Après, il nous a suffi de les suivre…

Le jésuite sourit : les « on » avaient cédé le pas aux « nous ». Les autres auditeurs, passionnés, ne bougeaient plus. Plusieurs d'entre eux avaient sagement croisé les bras. Le régent, attentif, traquait les exagérations, les ajouts à une probable vérité. Manifestement le garçon était un chasseur passionné.

Cette histoire était-elle ou non imaginaire ? Ce doute enchanta le jésuite, il ouvrait sur des qualités insoupçonnées chez Benoît. Ainsi, le jeune homme n'était pas apathique mais fuyait dans un univers qui lui plaisait, un jardin secret cultivé à loisir. Sa maîtrise de l'immobilité était née à l'affût du gibier. Restait-il des loups en France ? On les traquait depuis toujours. Mais là-haut, sur le plateau venteux du Velay, dans les forêts de sapins, il était probable qu'il en subsistât quelques meutes.

Immergé dans son récit, grisé par l'attention de son auditoire, le jeune homme poursuivait :

— Dans un coin protégé du vent, sur la neige ramollie par le soleil se détachent des traces nettes. Trois loups sont passés là. Un couple et, d'après la taille de ses pattes, un louvard de deux ans, aussi gros qu'une femelle, quasiment un adulte, une bête déjà redoutable…

Il décrivit la traque, conclut en apothéose.

— Ils sont là tous les trois, à cent cinquante pas. Mon père et moi tirons ensemble ou peu s'en faut. « Bang-bang ». On aurait dit l'écho. Le grand mâle a boulé et ne bouge plus. Le louvard s'est effondré. Presque aussitôt, il se relève. Je lui ai brisé un membre. Il faut au moins une minute pour recharger. Pendant ce temps-là, même sur trois pattes, un loup traqué fait quatre cents mètres et le voilà hors de portée. Je fonce sur lui, mon couteau de chasse à la main. Il s'enfuit, je me rapproche. M'entendant venir il fait face. Un animal courageux. Il me saute dessus. Je lève le bras pour me protéger. Il y plante ses crocs. Sur le moment, je ne sens rien. Ma grosse veste, mon chandail en dessous ont amorti sa morsure. Avant qu'il ait le temps de serrer plus fort, je le poignarde. Il meurt heureux. Il se défendait, il avait mordu l'adversaire.

« Mon père a écarté les mâchoires du cadavre, libérant mon bras.

« “Tu n’as rien ? m’a-t-il demandé inquiet. Il aurait pu te casser le bras !

« — Non, ça va. Il m’a juste pincé.”

« Je souris. Pas mon père.

« “Enlève ta veste”, dit-il.

« Son ton m’inquiète. Je baisse les yeux. Du sang coule le long de mes doigts. Je me découvre. Entre le coude et la main, je vois quatre trous d’où suinte le sang. Ses quatre canines. Ça n’a pas été trop méchant, mais j’ai toujours les cicatrices.

— Montre ! demanda un élève.

Théâtralement Benoît remonta sa manche. Son bras ne portait pas la moindre marque. L’assistance, le régent le premier, éclata en applaudissements.

— Monsieur Chalencon, dit-il, il faudrait que vous nous écriviez vos exploits de chasseur, réels ou imaginaires. On pourrait les lire lors d’une de nos séances de théâtre.

Benoît se referma.

— Dessine-les, si tu préfères ! s’exclama l’élève.

Le père Malbost haussa les sourcils.

— Parce que vous dessinez, monsieur Chalencon ?

— Et même vachement bien, reprit l’enthousiaste.

— Monsieur Thébaut, réagit le père Malbost, je vous rappelle que le vouvoiement est de rigueur entre vous et que « vachement » est un vocable inadéquat ici. Monsieur Chalencon, si vous voulez, vous pouvez dessiner ou peindre votre récit. Naturellement en plusieurs tableaux.

— Je n’ai pas de couleurs, mon père, répondit Benoît inquiet.

— Je vais en chercher. Messieurs, je vous invite à rester calmes pendant mon absence.

Il rapporta bientôt le matériel nécessaire. Le sourire lumineux de Benoît l'enchanta mais il n'en laissa rien paraître.

Cette nuit-là, le jésuite rêva de chasse aux loups, de morsure, de poignard fouissant la chair. Dans son esprit embrumé, le visage ingrat du jeune Chalencon se superposa aux scènes du récit. Il réinventa sa silhouette dégingandée : bras et jambes trop longs, buste maigre, grandes mains et grands pieds. Le regard farouche de ce grand adolescent armé d'un long fusil le foudroya. Il incarnait le meurtre, le sang, la sauvagerie. Un terrible amalgame de loups, de dents, d'adolescent, de morsure et de sexe hanta le demi-sommeil du religieux. Il refusait d'en sortir car dans cet espace, le péché n'était qu'une vague pesanteur. Benoît était chasseur, gibier, louvard. Un démon en fait, dont Jean Malbost était le reflet. Quand il se réveilla englué de trouble, le révérend père sut qu'en lui un supplice assoupi s'était réveillé.

Le régent ne laissa plus jamais Benoît en repos.

Glacé, glaçant et omniprésent, il inculqua au jeune homme, à son corps défendant, culture et éducation, alternant sans répit contraintes et compensations. Il le tenait par sa double passion du grand air et du dessin, objets de tous ses loisirs. Même dans ce dernier domaine que lui-même ne maîtrisait pas, le jésuite le forma. Il le corrigeait, l'incitait à s'essayer à de nouvelles techniques, critiquait ses œuvres qu'il collectionnait en secret. Benoît copia des gravures, puis des tableaux. Il peignit à l'eau des natures mortes, croqua tous les saints en plâtre de la chapelle. En récompense, il obtenait le droit de traiter les sujets de son choix. Ainsi naquirent des images d'animaux, d'attelages, de diligences, de travaux des champs, enfin de paysans. Ses illustrations étaient précises, minutieuses, léchées.

Un jour, il représenta une jeune fille contemplant deux cavaliers au galop sous le vol d'un corbeau. A la vue de cet ouvrage de belle taille, le révérend entra dans une fureur imprévisible. Il passa à l'adolescent un savon mémorable, l'accusant de perversité, voire d'obscénité. Benoît tombait des nues. Ses personnages semblaient pourtant tout à fait sages : les cavaliers de dos et la gamine en sabots, jupe longue et sarrau, ses cheveux bouclés sagement coiffés d'une charlotte blanche.

« Mais le regard ! Le regard de cette fille ! Il est direct, impudent, impudique ! L'incarnation de la perfidie féminine ! »

Ce dernier commentaire intéressa beaucoup Benoît. D'où lui venait cette image ? L'avait-il inventée ou était-ce un souvenir enfoui soudain réapparu ? En tout cas, il était capable de traduire la subtilité de la perversion sans même l'avoir voulu ! Ce constat l'enchanta.

Son air satisfait avait exaspéré l'ecclésiastique, réactivant sa diatribe.

Quelques mois plus tard, le révérend vit Benoît plongé dans un livre pieux. Intrigué par cette dévotion surprenante, il s'approcha. Le jeune homme contemplait une crucifixion du Caravage.

L'homme d'Eglise avait commenté cette gravure en référence au tableau original admiré quelques années auparavant dans une église de Rome. Des mots tels « cruauté », « supplice », « souffrance », mais aussi « extase » et « rédemption » avaient émaillé son discours de plus en plus enflammé. Il avait fini par s'en prendre d'une voix grondante à un éphèbe « à l'air effronté, au regard vicieux, véritable incarnation de la débauche et du péché » qui animait un coin de l'image. Sur la reproduction grise, rien ne restait de la dépravation décrite et Benoît l'avait fait remarquer.

Jean Malbost avait stoppé net sa philippique. Il avait regardé Benoît avec méchanceté avant de sortir de la pièce.

Pour la première fois, le garçon avait pris conscience de l'ambiguïté du jésuite. Le régent lui avait fait une crise de jalousie ! Mais pourquoi ? Cette passion rentrée du prêtre que le jeune homme ne comprenait pas avait empoisonné la dernière année de ses humanités. Il en pressentait l'essence, mais se refusait à approfondir.

Leurs rapports certes étroits n'avaient jamais dépassé l'étude et le dessin.

La peinture à l'huile aurait intéressé Benoît car il trouvait l'aquarelle peu satisfaisante et la gouache limitée. Hélas, il eût fallu acheter le matériel et il n'avait pas d'argent.

Fin mars 1838

En mars de sa dernière année, son mentor lui communiqua une lettre de sa mère. Agé de vingt ans accomplis, il était convoqué au tirage au sort des conscrits et devait impérativement rentrer. Il fit sa malle, emportant toutes ses affaires. Il avait décidé de ne plus revenir.

Le regard désolé, la voix un peu tremblante du régent Malbost lors de son départ amenèrent sur ses lèvres un sourire cruel. Cette influence pesante, cette volonté de le former malgré lui, l'intérêt constant de ce prêtre glaçant lui étaient devenus d'autant plus insupportables qu'il lui avait beaucoup appris. Il partit sans se retourner.

A Craponne, personne ne l'attendait à l'arrêt de la diligence. Il avait laissé sa malle au relais de poste. Ne conservant qu'un vieux sac de voyage en cuir, il poursuivit à pied.

Le printemps proche se manifestait par la longueur du jour. Il marcha le dos au couchant, redécouvrant la liberté dans la caresse rugueuse du vent, le vert vif des prés, les bourgeons explosés. Le trille d'une mésange pimenta des croassements lointains.

Après trois quarts d'heure de marche, il aperçut le manoir familial. Sa façade décrépie réchauffée par le soleil rasant du soir le chavira de nostalgie. Les chiens aboyèrent. Il hésita à passer voir les chevaux à l'écurie, se dirigea vers la double porte de l'entrée. A l'écho du heurtoir répondit le pas familier de

Fernande. Elle ouvrit, essuya ses mains rouges sur son tablier et le serra sur son cœur. Il la dépassait maintenant d'une bonne tête.

— Te voilà, galapiat, j'espère que tu ne partiras plus cette fois-ci.

— Tu sais que je reviens pour le tirage au sort des conscrits, alors si je tombe sur un mauvais chiffre…

Elle fronça les sourcils.

— Parle pas de malheur. Tes parents soupent. J'ajoute ton couvert.

Il entra dans la salle à manger.

— Ah, Benoît, te voilà, fit son père.

Il avait la mine sombre, ne bougea pas de son siège.

— Allez vous laver les mains, Benoît, avant de vous mettre à table, dit sa mère.

Il la trouva pitoyable avec son air d'autorité, son attitude guindée. Elle lui sembla une marionnette, une silhouette creuse. Avec un soupir, il ressortit et se dirigea vers la fontaine en étain du couloir. Se révolter contre cette velléité de pouvoir n'avait plus de sens.

Il revint dans la salle à manger pauvrement éclairée. Des quatre quinquets du lustre, deux seulement étaient allumés. Il s'installa devant l'assiette de soupe posée par la servante. La pièce était froide. Au tout début du printemps, une bonne flambée s'impose le soir. La cheminée était éteinte. Il s'en étonna.

— On économise les bûches, dit sa mère d'un ton aigre.

Son père mangeait en silence, le nez dans son assiette. Benoît ressentit son malaise. Pris d'un doute affreux, il voulut parler. Sa voix s'étrangla et il dut tousser pour l'éclaircir.

— Demain, on tire au sort des conscrits. Si je sors un mauvais numéro, on pourra le racheter ?

Son père lui jeta un regard meurtrier, se leva et sortit. Léonie, sa mère, ricana.

— Avec quoi ? Il a tout dilapidé. C'est à peine si l'on a de quoi vivre. Il a encore vendu des bois sans oser me le dire.

— Ma pension chez les jésuites, c'est elle qu'il fallait économiser.

— Il ne l'a plus payée depuis octobre !

— Mais alors ?

— Le père Malbost m'a écrit qu'ils avaient des bourses pour les élèves méritants…

C'était faux. Benoît comprit que le régent avait discrètement réglé les frais de sa scolarité. Il en fut agacé et contrit. Il détestait qu'on le culpabilisât ainsi.

Léonie le regarda de ses yeux rapprochés et poursuivit avec un rictus :

— Si vous êtes tiré au sort, vous partirez !

— J'avais parfaitement compris, répondit-il sèchement.

Comme d'habitude, sa mère n'écoutait pas.

— Si votre père est parvenu à être maréchal des logis, continua-t-elle, vous deviendrez officier grâce à votre instruction. Vos jésuites nous ont coûté assez cher !

« Vos » jésuites, « assez cher », alors que le régent avait payé pour lui ! Il en demeura sans voix. Seul face à sa mère muette lui revinrent toutes ses aigreurs. Son abandon lors de son arrivée au collège restait une pierre noire. Il la regarda sans aménité puis s'adoucit. Compassion. Elle avait maigri, ses traits diaphanes montraient une amertume chronique. Elle n'atteindrait jamais son rêve, pourtant étriqué, d'intégrer la bourgeoisie aisée du Puy.

Le repas s'acheva dans un silence pesant. Après trois mois de séparation, sa mère et lui ne trouvaient rien à se dire. Il monta se coucher. Son lit fait depuis Noël dans sa chambre non chauffée lui sembla un suaire. Le suaire de son enfance morte. Il revit la fuite de son père au dîner. Dans un autre genre, lui aussi était misérable.

Il dormit mal. Outre le risque d'écoper de sept ans d'armée le lendemain, un double constat l'accablait : il était adulte et son père ne le serait jamais.

9

Le tirage des conscrits

Fin avril 1838

Depuis presque quatre mois, Honorine était retournée en enfer. Son père l'avait terrorisée. Son frère était pire.

A la fabrique, elle donnait le change, œuvrant avec opiniâtreté et compétence. Monsieur Félix, du haut de sa suffisance, n'avait pas vu son employée s'assombrir. Ses compagnes de travail, en revanche, s'étaient inquiétées, mais la petite était trop renfermée pour qu'elles puissent apprendre quoi que ce soit de ses problèmes. Elles avaient aussi leurs soucis et la laissèrent à sa morosité.

Elle perdait l'appétit, n'était pourtant pas grosse. Le travail s'arrêtait de midi à une heure et demie. La plupart des ouvrières rentraient à leur domicile. Celles qui habitaient trop loin restaient au chaud dans l'atelier et mangeaient ensemble leurs provisions.

La petite Feynerolles, contrairement à son habitude, sortit à midi, ce jour-là. La veille, Gaston, après leur petite séance, lui avait fait part de sa grande envie d'y convier prochainement le veuf voisin chez lequel Firmin et lui allaient boire des canons le soir. L'échéance du coup de fourche mortel se dessinait et ça la démoralisait.

Taire son angoisse devant ses compagnes de travail qui se détendaient, riaient et plaisantaient lui parut impossible. Elle préféra sortir.

Devant la mairie, une demeure datant de la Renaissance, un attroupement observait des feuilles de papier affichées sur le panneau de bois jouxtant la porte. Elle s'approcha. Les conversations lui apprirent qu'il s'agissait de la liste des citoyens susceptibles d'être tirés au sort pour le service militaire. A cette loterie, les bénéficiaires des premiers numéros « gagnaient » sept ans dans l'armée. Ils partaient loin, très loin, peut-être même à l'autre bout du monde.

De quoi calmer les ardeurs de Gaston. Son cœur se mit à battre d'un espoir insensé.

— Faut être vieux pour être tiré au sort ? demanda-t-elle à la cantonade.

— Vingt ans dans l'année, lui répondit un paysan en blouse indigo sans pour autant quitter des yeux le panneau d'affichage.

L'âge de son tortionnaire ! Se faufilant en anguille elle parvint devant la liste, suivit des yeux l'ordre alphabétique. « Feynerolles Gaston ». Il y était. Elle eut un rictus. S'il tirait un mauvais numéro, il disparaîtrait de sa vie. Elle avait vaguement entendu parler de la conquête, en Afrique, du pays des pirates barbaresques qu'il fallait punir. L'Algérie, ça s'appelait. Son frère pourrait y aller comme soldat et, si une balle faisait sauter sa cervelle de mauvaise bête, ce serait bien fait.

Il y avait un texte en bas de la liste. Elle le relut trois fois. Il était question d'une « loi réglementant la conscription ». Son insistance intrigua un passant : cette toute jeune fille lisant sérieusement un avis municipal avait de quoi surprendre.

— Eh bien, petite, dit-il, qu'est-ce qui te préoccupe comme ça ?

Elle leva les yeux vers le monsieur en redingote cintrée, chapeau haut de forme et pantalon clair à sous-pieds qui lui parlait. Elle opta pour la candeur.

— Mon frère est sur la liste, *moussu*, et je voudrais bien savoir ce qui va lui arriver.

— Eh bien, le sous-préfet va venir, ainsi que des soldats, et chacun des jeunes hommes de cette liste va tirer un numéro. Si celui-ci est inférieur à 11, puisque le canton doit fournir dix hommes sur la soixantaine d'inscrits de cette liste, il partira sept ans dans l'armée française.

— Et comment ça s'passe ? Dans le détail, je veux dire.

L'homme n'en savait rien. Il se ferma. Etaler ses maigres connaissances devant une mignonne était gratifiant mais se voir confronté à son incompétence par une jeune ouvrière n'était pas tolérable.

— Va demander le texte de la loi au secrétaire de mairie, répondit-il d'un ton rogue. Je ne suis pas préposé aux renseignements.

L'air condescendant du bourgeois n'avait pas plu à Honorine. Son hochement de tête sec et l'éclair dans ses yeux verts le surprirent. Il retint un geste agressif et partit en grommelant.

Dans la mairie, elle chercha où aller. Au-dessus d'une porte, une pancarte annonçait « Accès du public ». Elle frappa, attendit en vain une réponse, entra. Une pièce haute de plafond, sombre, aux boiseries sales, où plusieurs bureaux étaient installés. Un seul était occupé par un copiste portant manchettes de lustrine, mitaines tricotées et bonnet à pompon. Il leva sur elle un regard peu amène. Elle lui sourit. Sa volonté affichée avait déclenché la mauvaise humeur du bourgeois. Mieux valait séduire pour être renseignée.

— Bien le bonjour, *moussu* le secrétaire de mairie, dit-elle à l'homme qui se rengorgea, mon frère est sur la liste, pour la conscription. Je voudrais savoir quand et comment ça se passe.

Avec un sourire ironique, l'homme lui tendit un fascicule imprimé.

— Tout est écrit là.

Elle déchiffra le titre à l'envers : « *loi du 21 mars 1832 portant...* » Une loi, elle savait vaguement ce que c'était. Elle commença à lire. D'abord, elle n'y comprit rien. C'était long, ça jargonnait.

— Je peux m'asseoir ? demanda-t-elle au bureaucrate.

Etonné par son sérieux, il lui désigna une chaise devant une table vide. Elle s'installa, s'acharna. Une heure plus tard elle était encore là. Elle avait remarqué que tout était organisé en chapitres, sections, articles, paragraphes numérotés aux titres précis. Elle naviguait maintenant dans le texte sinon avec aisance du moins avec un début d'efficacité. Sa bonne mémoire lui permit de retenir des informations intéressantes. Alors, son esprit fertile ébaucha un mode d'action.

Quand elle eut le sentiment d'y voir clair, elle se leva, remercia le gratte-papier et lui rendit l'énoncé de la « loi Soult ». Il le saisit d'un geste brusque. Il n'avait pas aimé qu'elle léchât son index pour en tourner les pages.

De retour à l'atelier, elle obtint de monsieur Félix sa liberté pour le lendemain. Bien entendu, cette journée serait retenue sur sa paie.

Sur la route d'Aubissoux, Honorine repassait dans sa tête ce qu'elle avait appris et peaufinait son plan.

Dès son arrivée, Gaston voulut l'entraîner dans la grange.

— Pas ce soir, dit-elle. Il faut qu'on parle, toi, la mère, Firmin et moi. Car tu risques de partir soldat.

Il s'arrêta net, doublement inquiet. La docilité effrayée de sa sœur avait fait place à une assurance tranquille et la nouvelle était inquiétante. Bien entendu, il savait que dans l'année il serait soumis à la conscription mais il avait enterré avec soin au fond de sa mémoire cette échéance désagréable. Complaisamment, Honorine lui expliqua dans le détail le tirage au sort et ses conséquences dramatiques s'il tirait un mauvais numéro. Noircissant volontairement le tableau, elle conclut :

— Il y aura sûrement des choses à lire, je t'accompagnerai.

Il la regarda, suppliant.

— S'il te plaît, je ne veux pas être soldat. Sept ans, c'est trop long, et puis le fils Bonfat, il a été estropié là-bas. La conquête des colonies, c'est bien beau, mais y en a qui y laissent leur peau.

Il avait peur. Elle le trouva méprisable et sous couvert de le rassurer l'inquiéta sciemment. Depuis qu'elle entrevoyait une façon de se débarrasser de son bourreau, elle avait retrouvé tout son mordant.

La famille Feynerolles était attablée au complet devant la soupe quand la Rose interpella son aîné.

— Eh ben Gaston, t'en fais une tête. Qu'est-ce qui va pas ?

— Il est sur la liste des conscrits, répondit Firmin à sa place. Demain, s'il tire un numéro inférieur à onze, crac, il part soldat !

— Et comment tu sais ça, toi ? demanda la mère.

— L'Ulysse Chotard, le tambour de la mairie, il est passé l'autre jour pour dire la date et tout. Paraît qu'il a prévenu comme ça tous les gars qui doivent y aller. J'avais oublié d'en parler.

Gaston lui jeta un regard torve tandis que les autres ruminaient la nouvelle.

— Elle m'accompagnera, dit-il enfin en désignant sa sœur. Elle sait lire, elle. Sûr que ça aidera.

Honorine opina, l'air bénin.

Gaston s'était mis propre. Il avait même chaussé les souliers du père qu'on avait gardés et qui lui allaient à peu près. Honorine l'inspecta. Sa tête de déterré, résultat d'une nuit d'angoisse, servait son plan. Elle lui dédia un chaleureux sourire. Elle aussi s'était habillée avec soin, couvrant sa robe d'un tablier brodé tout propre, emprunté à une voisine. Elle s'était lavé les cheveux, les avait fait sécher au soleil. Une coiffe bien blanche laissait passer ses boucles rousses.

Ils étaient partis bras dessus bras dessous pour le chef-lieu de canton. L'imbécile manifestait de la tendresse à sa sœur, comme si ses abus incestueux étaient en fait un plaisir partagé. Elle lisait en lui à livre ouvert et sa haine s'accrut de sa naïveté criminelle. Elle serra dans sa poche le court bâton de bois dur, à peine plus long que son poing fermé, qu'elle avait taillé à son intention.

Et si elle échouait ? Elle se sentit pâlir, son visage se couvrit d'une mauvaise sueur. Elle manqua défaillir. Elle n'échouerait pas ! Si son plan ne marchait pas, Gaston en serait quitte pour un bon coup de fourche et tout serait dit. Cette pensée lui rendit son sang-froid.

Le tirage au sort était prévu dans la grande salle de la mairie.

Sur une estrade siégeaient le maire de Craponne, le sous-préfet et un capitaine de grenadiers. L'officier portait des guêtres et un pantalon blancs, une jaquette bleu marine avec deux rangées de boutons dorés partant de la taille et filant vers les épaules, lesquelles étaient couvertes de drôles de balayettes dorées. Devant lui trônait un haut bonnet en fourrure noire.

Honorine trouva l'uniforme très beau.

Un sergent-major se tenait debout derrière les notables. Ses « balayettes » à lui étaient en laine rouge. Il était impressionnant avec ses grosses moustaches fièrement rebiquées et ses larges favoris. Des grenades rouges ornaient son col. Sur sa tête, son bonnet à poils descendait jusqu'à ses yeux, le faisait paraître immense. Il devait crever de chaud là-dessous.

Un brouhaha inquiet agitait les garçons assemblés. Le maire consulta du regard les deux autorités de son estrade puis fit signe à son secrétaire qui se leva, s'éclaircit la voix et commença l'appel. A son nom, Gaston se troubla. La gorge nouée, il ne put répondre. Le gratte-papier dut répéter.

— Dis « présent » comme les autres ! s'impatienta Honorine.

Elle regarda autour d'elle. Elle connaissait de vue bon nombre des garçons de l'assistance, aurait pu en nommer une dizaine. Tout près, un jeune homme, plus grand que les autres, lui rappelait quelque chose. Il n'était pas très beau avec son grand nez et ses oreilles décollées un peu trop rouges. Des oreilles rouges ! Le cavalier au corbeau ! Un souvenir qui s'était, allez savoir pourquoi, ancré dans sa mémoire. Avait-il senti son regard ? Il l'observa à son tour et se rapprocha d'elle.

Tous les appelés de la liste étaient là. Dix d'entre eux seraient conscrits. Les chances de partir étaient de une sur six. La salle était tendue.

Le sous-préfet se leva. Il parla de patrie, de devoir, de gloire, de conquête coloniale. Il décrivit l'Algérie comme un paradis où les bons guerriers pouvaient faire fortune. Le discours était bien rodé et Honorine remarqua que quelques gars avaient les yeux brillants. Il y aurait des volontaires pour racheter aux bourgeois riches les mauvais numéros. L'homme termina son bref discours et conclut :

— Et maintenant nous allons procéder au tirage au sort !

La tension monta d'un coup, les têtes se tendirent vers l'estrade. Le silence pesa. Sous les regards anxieux de l'assistance et vaguement ennuyés des autorités, le grenadier gradé installa sur la table un tambour à manivelle, sorte de baratte à beurre en fer. Il sortit ensuite un bon nombre d'étuis en bois, longs de trois pouces et larges d'un, qu'il compta soigneusement avant d'y introduire solennellement des papiers imprimés d'un chiffre allant de un à cinquante-huit, le nombre exact de la « classe » présente. Il les jeta alors dans le tambour par une trappe s'ouvrant sur le dessus qu'il verrouilla. Empoignant virilement la manivelle du tambour, il lui fit faire dix tours dans un cliquetis de crécelle puis se figea.

— Aubry, appela le secrétaire de mairie.

Un garçon du hameau de Vernéchabre avança, hésitant. Il était pâle. Il grimpa sur l'estrade, passa sa main par la trappe ouverte, fouilla parmi les cylindres de bois.

— On se presse, dit le secrétaire d'une voix bourrue.

Alors, d'un geste brusque, le garçon sortit un cylindre. Il allait l'ouvrir quand le secrétaire reprit :

— Retournez à votre place. Vous annoncerez votre numéro tout à l'heure, à l'appel de votre nom, et vous le montrerez à tout le monde.

Déjà le grenadier refermait la trappe et faisait tourner deux fois le tambour avant de la rouvrir.

Les uns après les autres, les gars tiraient leur étui de bois. Revenus dans la salle, ils extrayaient leur numéro. Joie ou consternation s'affichait sur les visages.

— Benoît Chalencon !

Le bourgeois aux oreilles rouges monta sur l'estrade, tira, revint avec son cylindre dans la main. Livide, il le contemplait sans oser l'ouvrir. Les noms se succédaient :

— Gaston Feynerolles !

Il y alla. A côté d'Honorine, le dénommé Benoît sortait son numéro de l'étui. « 7 ». Il gémit, eut une moue de bébé malheureux. Honorine crut qu'il allait pleurer.

— Donne, ordonna-t-elle d'une voix sourde.

Elle prit le papier, le coinça dans son tablier. Son cœur battait à se rompre. Elle serra son court bâton arrondi dans sa main. Gaston revenait à côté d'elle, ouvrait son étui : « 34 ». Honorine frappa vigoureusement les côtes de son frère avec son arme de bois dur. Profitant de sa surprise, elle lui arracha son numéro de l'autre main et le tendit à Benoît qui, par réflexe, l'enfouit dans sa poche. Gaston, après un cri soufflé, se reprenait. Il saisit machinalement le numéro que lui tendait Honorine, le lut et hurla :

— Mon numéro ! Celui-là, c'est pas le mien !

Il y eut un mouvement. Le grenadier fendit la foule, se planta devant lui.

— Vous l'avez à la main ! Montrez ! Le 7. Vous êtes bon.

Il ricana.

— Alors, on vous aurait pris votre numéro ? Et qui diable aurait fait ça ?

Le militaire regarda autour de lui. A côté du trublion, une toute jeune fille rousse le regardait avec candeur. Plus loin, un dadais aux grandes oreilles souriait bêtement. Ne comprenant rien, les autres affichaient des airs bovins.

— C'est elle, brailla Gaston désignant sa sœur.

Honorine réussit à pleurer. La peur l'y aida. Elle offrit au militaire un minois désolé, charmant dans sa détresse.

— Mais non, dit-elle. Pourquoi qu'il en aurait un autre, de numéro, et où qu'y serait ?

— Je vois, clama le sous-officier. Une graine de déserteur.

Il quêta l'avis du capitaine qui fit signe aux gendarmes.

— Au frais jusqu'au départ des conscrits demain, dit-il. Ça lui évitera toute tentation. C'est pas le premier à nous faire ce coup-là !

— Salope ! beugla Gaston.

Son cri lui valut une bourrade des pandores.

Tandis qu'on l'entraînait, il croisa le regard d'Honorine. Un sourire cruel sinua sur les lèvres de la jeune fille qui esquissa de son poing à demi fermé un mouvement de va-et-vient. Accablé, il se laissa entraîner.

Un beau coup tordu.

Le tirage reprit. Doucement, Honorine se glissa vers la sortie. Elle s'arrêta. Benoît Chalencon. Grâce à elle, il ne partirait pas soldat ! Il était donc son débiteur. Un jour, elle lui réclamerait son dû. Pour cela, il lui fallait en savoir un peu plus sur lui. Elle attendit la fin de la cérémonie, le suivit quand la salle se vida. Dehors, il enfourcha une jument assez belle qu'elle reconnut. Elle aussi avait sept ans de plus.

— Qui c'est ? demanda-t-elle à une paysanne qui l'avait salué.

Surprise, la femme regarda cette petite jeune fille. Son air candide la rassura.

— Le fils Chalencon du domaine de La Monteillade, répondit-elle. Sur Saint-Georges-Lagricol.

Honorine la remercia, puis regarda disparaître au grand trot le cavalier aux oreilles rouges.

Tout était dit. Soudain épuisée, elle se mit en route, l'âme sombre, se redressa au bout d'une centaine de mètres. Et puis non ! Elle avait fait ce qu'il fallait ! Son action était non seulement légitime mais indispensable ! Son frère était un salaud minable, un malfaisant qui allait disparaître sept ans au moins. Malgré son jeune âge et sa faiblesse physique, elle l'avait possédé dans les grandes largeurs ! Elle éclata de rire. La vie, à nouveau, lui appartenait. A nouveau, la fourmi allait amasser sa fortune. La chance était revenue.

10

Désillusion

Avait-il réellement eu de la chance ? Tout en cheminant vers La Monteillade, Benoît ressassait l'événement. Respectant sa méditation, Sigismonde, sa jument, s'était mise au pas. Il se laissait porter. L'euphorie, le soulagement éprouvé en quittant la mairie de Craponne cédaient à un malaise croissant. Le miracle qui le sauvait de sept années de service militaire s'entachait d'une interrogation lancinante. Pourquoi cette toute jeune fille rousse s'était-elle ainsi portée à son secours ?

Voyant son mauvais numéro, elle avait volé celui du paysan à sa gauche pour les échanger. Et ça en pleine foule ! Sa victime hurlante avait brandi son mauvais chiffre. Geste accablant ! Ils n'étaient que trois à savoir la vérité. Lui, Benoît, ne dirait rien, même sous la torture. La violence du conscrit grugé l'avait condamné. Quant à la rouquine, elle n'allait pas se vanter de sa supercherie, magistralement exécutée.

Le début du tirage avait accru brutalement son angoisse. Il avait levé les yeux à la recherche d'un improbable secours. Le regard grave de cette jeune fille au visage juvénile était fixé sur lui. Que faisait-elle là ? Elle semblait la seule présence féminine de la salle. Il s'était rapproché d'elle, comme ça, sans doute à la recherche d'un soutien. A l'appel de son nom, le ventre mordu d'angoisse, il était monté sur l'estrade pour pêcher son avenir dans ce tonnelet à manivelle. Il était revenu à sa place, terrifié à l'idée d'ouvrir son étui de bois : une bête venimeuse allait en jaillir pour dévorer sept ans de sa vie. Le mauvais numéro l'avait foudroyé... pour aussitôt disparaître, arraché de sa main. Il n'avait eu ni le temps de bouger ni celui de parler : un second numéro, un bon cette fois, était apparu sous son nez. Par un réflexe de chasseur, il l'avait saisi, s'y était cramponné. Alors seulement les cris de son voisin et le brouhaha alentour l'avaient ramené à cette salle, à cette foule de gens tendus, à l'événement du jour.

Elle avait fait ça pour lui. Pourquoi ? Un coup de foudre ? Elle était bien jeune et lui doutait de sa séduction. Il avait grand-peur des filles. Celles de la campagne plaisantaient en le regardant. Le patois qu'il comprenait mal renforçait sa certitude de leurs moqueries. Les oiselles de son milieu, rencontrées lors de rares occasions, étaient pires. Elles pouffaient à son approche et, s'il osait leur parler, elles se trouvaient une quantité d'occupations urgentes. Seuls les laiderons lui adressaient des sourires niais.

Et voilà qu'une petite employée lui épargnait la caserne, c'est-à-dire les jésuites en pire. Il ne lui avait pas même demandé son nom.

Le contraste entre son visage doux et ses yeux verts, pénétrants, s'imposa à lui. Il songea soudain à la fillette dont le regard avait rendu fou de rage le père Malbost. Cette réminiscence le troubla profondément…

Puis il revit son souper de la veille. La petite rousse n'avait fait que reculer le naufrage de sa vie…

La Monteillade apparut au bout de la route. Il soupira. Il allait quitter la maison. Le premier des Chalencon, il devrait travailler. Mais où ? Sa victoire escroquée deux heures auparavant lui laissait un goût amer.

Benoît entra dans la cour, au pas de sa jument. Son père étrillait Bartholomeus, son grand étalon noir. Au bruit des sabots sur la terre battue, il leva les yeux. Voyant l'expression soucieuse de son fils, il s'écria avec jovialité :

— Alors, comme ton père, tu es bon pour l'aventure militaire. L'Algérie a un meilleur climat que la Prusse ou la Pologne ! Tu vas découvrir un monde passionnant.

— Je ne vais rien découvrir du tout. Je ne pars pas.

Le visage de son père s'allongea.

— Tu n'es pas content, papa ?

— Ça t'aurait fait du bien, marmonna-t-il.

Il se tourna vers son cheval et reprit son brossage. Benoît attendit vingt longues secondes un propos affectueux ou simplement agréable. Pas un mot. Son père ne voulait rien dire. Son retour était une gêne. Feignant d'ignorer cet étranger qui, à un mètre de lui, fuyait son regard, il dessella rapidement sa bête. Il ne comprenait pas ou craignait de comprendre. De toutes ses forces, il criait dans sa tête que ses intuitions étaient fausses, qu'il se trompait, qu'à La Monteillade la vie n'avait pas changé depuis son enfance.

Sitôt la jument à l'écurie, il rentra dans le manoir délabré. Jeta un coup d'œil dans les pièces de réception, entrevit Fernande à la cuisine, mais évita de se faire voir. Il cherchait sa mère. Sans y croire, il l'espérait au salon, à broder par exemple, et non pas dans sa chambre, agonisant sur son lit. Absente du rez-de-chaussée, elle y était nécessairement. Il soupira et monta les marches usées du grand escalier de pierre. Il frappa à la porte.

— Entrez, dit une voix lointaine.

Il ouvrit. Jaune, maigre, le visage durci, elle le considéra d'un air ennuyé.

— Que voulez-vous, Benoît ? Je suis très mal, vous savez. Ne me fatiguez pas.

— Maman, la journée était importante pour moi aujourd'hui, vous vous en souvenez ?

Elle fronça les sourcils pour mieux réfléchir.

— Ah oui, cette histoire militaire. Un tirage au sort, n'est-ce pas ? Ceux qui ont un mauvais numéro partent, quelque chose comme ça ?

— Oui, maman. C'était aujourd'hui.

— Ah oui, très bien, très bien, dit-elle, lointaine.

Elle se tut.

— Et vous ne voulez pas savoir si votre fils va partir sept ans aux armées ?

Elle le scruta. C'était son premier regard direct depuis son entrée dans la pièce.

— Mais vous partez, bien sûr ! Vous avez vingt ans et toute la vie devant vous.

Elle parlait d'un ton indifférent, comme si elle récitait une leçon.

— Je ne peux pas rester à La Monteillade, si je comprends bien, hasarda Benoît le cœur serré.

Se méprenant, elle pérora :

— Il est un âge où les oisillons partent du nid. L'armée vous formera. Vous êtes déjà bon cavalier. Un peu de discipline et d'obéissance et, avec votre éducation, vous deviendrez officier, vous, au moins.

Le même discours que la veille au mot près. La suite fut tristement convenue.

— … Vous dépasserez votre père… C'est la moindre des choses, rajouta-t-elle, mauvaise.

— En somme, papa et vous êtes absolument d'accord, remarqua-t-il en se retenant d'ajouter « pour une fois », pour me voir aux armées. Eh bien, je crains de vous décevoir. Je ne pars pas. J'ai tiré un bon numéro.

Il avait terminé sa phrase d'un ton net. Ni sec ni tranchant, simplement assuré.

— Mais ce n'est pas possible ! Nous avons assez de mal à joindre les deux bouts. S'il faut par-dessus le marché entretenir un dadais comme vous en plus de votre incapable de père !

Et de votre indolente de mère, songea-t-il.

— Ça ne sera pas nécessaire, répondit-il. Je vais partir en ville et chercher un travail. Votre généreux investissement chez les jésuites me permettra certainement d'en trouver. Et puis les gens de « notre milieu », au Puy, se feront un plaisir de me mettre le pied à l'étrier. Je leur écrirai dès que vous m'aurez donné leurs adresses, à moins que vous ne preniez la peine de le faire vous-même.

Le ton, une nouvelle fois, était ferme avec une pointe d'ironie.

Elle le regarda, interdite.

— Je...

— Pardonnez-moi de vous avoir dérangée, maman. Mon départ préservera votre repos.

Scandalisée sans pouvoir dire pourquoi, elle resta muette. Les sous-entendus ambigus de son fils la perturbaient. Il sortit avant qu'elle ait pu prononcer un mot.

Dans le couloir devant sa chambre, il s'adossa au mur et ferma les yeux. L'indifférence de ses parents le consternait. Eux qui ne s'entendaient plus depuis des années s'étaient installés dans une haine à huis clos où ils trouvaient leur confort, leur équilibre, leur raison d'être. Sa présence nuisait à cette sinistre tranquillité. Quatre années chez les jésuites et ils s'étaient habitués à son absence. Le coût de sa scolarité s'était fait plus lourd comme croissait leur gêne financière. Ils en étaient venus à le considérer comme une charge, une nuisance, et le rejetaient. Il eut envie de pleurer, de se précipiter dans les bras de Fernande qui, elle, l'aimait. Mais il n'était plus un petit enfant et aucune larme ne vint à ses yeux. La fidèle servante, son refuge depuis toujours, ne méritait pas qu'il la fît souffrir en déversant sur elle sa douleur. Bien sûr qu'il allait descendre et l'embrasser. Bien sûr qu'il lui parlerait du tirage au sort et de son avenir. Mais sans lui faire découvrir le froid qui l'avait envahi. Au contraire, il la rassurerait. Sa vie à elle, entre ces deux égoïstes, ne devait pas être drôle.

Aimait-il ses parents, les avait-il aimés ? Jusqu'à ce jour il ne s'était jamais posé la question. Il les aimait. Evidemment qu'il les aimait ! Mais, aujourd'hui, il les voyait sans illusions, comme deux êtres semblables dans leur faiblesse, leur veulerie, leurs mensonges. Il ne les abandonnerait pas. Il aurait même, sans doute, à les entretenir. Il devait devenir la force qu'ils avaient perdue. Le rapport s'inversait. Comment assumer cette charge ? Une future charge ! Pour le moment il devait construire son propre avenir. Chaque chose en son temps.

Il descendit.

— Benoît ! Te voilà, galapiat ! Alors ?

Fernande lui avait pris les deux mains et le dévisageait avec inquiétude.

— Ne me dis pas… continua-t-elle, puis elle se tut.

— Non, rassure-toi. J'ai tiré un bon numéro. Mais maintenant il va falloir me construire un avenir.

— Ah ça !

Paysanne ayant préféré le servage domestique au bagne de la ferme, elle restait une Vellave réaliste. Le jeune homme sourit. Pas de doutes chez sa nounou. On affrontait les situations quelles qu'elles fussent. C'était la vie. Son exclamation le rasséréna d'un coup.

— Il faut que tu me conseilles, dit-il d'un ton presque léger.

— Tu aimes le café ?

Il acquiesça.

— Avec de la goutte ?

— Non comme ça. Noir sans sucre.

— Eh ben, toi, mon Benoît. Du café sans sucre ! *Bon d'la !* T'es vraiment devenu un homme. Bon. Réfléchissons…

Ils discutèrent tandis qu'elle servait deux tasses, s'installait en face de lui dans cette cuisine antique, son domaine, où la maîtresse de maison ne pénétrait jamais.

— Dès demain, je selle Sigismonde et je file au Puy chercher du travail.

— Non, pas demain, sourit Fernande. Après-demain.

— Pourquoi ?

— C'est dimanche, demain. J'espère que ton père va me rapporter du gibier pour faire un bon repas.

— Mais la chasse est fermée.

Elle rit.

— T'as jamais braconné, Benoît ? Et qui t'a appris, hein ! Ton père sait encore y faire. Sinon on mangerait pas beaucoup de viande dans cette maison.

Tous ses problèmes d'avenir n'étaient pas résolus quand le jeune homme sortit prendre l'air, mais il avait retrouvé la sérénité. Il fit quelques pas dans les prés et s'arrêta pour admirer le soleil couchant sur ce pays qu'il aimait.

D'elle-même, l'image d'une rousse menue au minois doux mais aux yeux sagaces s'imposa à lui. Il s'en voulut de tout ignorer d'elle, de ne pas même connaître son nom de baptême.

Honorine. Un drôle de prénom. Pourquoi cette pensée bizarre lui vint-elle tandis qu'elle marchait vers Aubissoux ?

A cinq cents mètres de la ferme, sa mère, immobile, se tenait au bord de la route.

Inquiète, la Rose attendait ses enfants. Quand elle vit sa fille, seule sur le chemin, son cœur s'affola. Le malheur à nouveau la frappait. Son garçon ne revenait pas, ne reviendrait pas. Enfant, adolescente, elle avait vu partir les jeunes de son entourage aux guerres de l'Empire. Beaucoup n'en étaient pas revenus. A Aubissoux même, un estropiat traînait, lamentable. Elle allait perdre Gaston.

La jeune fille avait aperçu sa mère depuis un moment déjà. De loin, les bosquets aux feuilles minuscules masquaient la route. De près, ils tramaient simplement le paysage. Elle l'avait nettement vue se tasser quand elle était apparue sans son frère. Les conscrits devaient rentrer chez eux à l'issue du tirage au sort, puis se retrouver le lendemain à six heures pour partir, encadrés par le peloton de grenadiers venu du Puy. Tout le monde savait ça. Il ne fut donc pas difficile à la jeune fille de deviner ses inquiétudes. Elle se prépara à y répondre.

Et d'abord expliquer son absence. Le plus simple était de lui raconter l'histoire, le scandale qu'avait fait son aîné en se révoltant contre son mauvais numéro. Une version édulcorée, bien sûr. Personne, à part ce Chalencon et elle, ne connaissait la vérité.

Ensuite, elle devrait compenser cette mauvaise nouvelle par quelque baume. Le meilleur baume des pauvres c'est l'argent. Mais voilà : qui, à part elle, pourrait donner plus de sous à sa mère ? Cette pensée l'assombrit. Ses économies de fourmi progressaient avec lenteur et il n'était pas question de les ralentir. La somme qu'elle avait opiniâtrement amassée depuis la mort de son père lui appartenait. Elle avait travaillé avec acharnement pour l'avoir et elle amorçait le pécule destiné à créer *sa* fabrique. Une seule solution : se faire augmenter ! Elle était moins payée que les ouvrières dont elle calculait les paies et monsieur Félix s'appuyait sur elle. Qu'elle méritât plus était évident, mais accepterait-il ? Rien de moins sûr. Il lui fallait y parvenir sans perdre sa confiance sur laquelle se fondait son apprentissage de future maîtresse de fabrique : il lui déléguait de nouvelles tâches sitôt qu'elle maîtrisait les précédentes, et elle avait encore à apprendre de lui. Elle ne le prendrait donc pas de front mais l'apitoierait. Elle n'était pas vilaine et, si elle faisait toujours très jeune, les hommes la maquignonnaient du regard. Si elle avait pu préserver sa virginité de cette brute de Gaston, elle devait, sur des gens un peu plus policés, pouvoir tirer de sa séduction quelques avantages sans vraiment payer de sa personne. Son patron était si prévisible qu'elle obtiendrait sans doute quelque chose. Il était temps pour elle d'atteindre le salaire des ouvrières, voire de le dépasser. Bref, d'avoir une augmentation conséquente, dont elle donnerait la moitié à sa mère.

Le travail de Gaston allait manquer. Comment compenser cette perte ? Jean et Pierre âgés maintenant de onze et douze ans vagabondaient dans la campagne et ne se fatiguaient pas trop. Il était temps d'en tirer parti. Pierre, le plus âgé, ferait au moins la moitié du travail de son aîné, plus peut-être. Quant à Jean que la ferme rebutait, elle lui trouverait un apprentissage. Et puis Gaston mangeait comme quatre. Une bouche de moins à nourrir. Ce serait toujours ça de gagné.

Elle rejoignit sa mère.

Avec elle, aucune manœuvre n'était nécessaire. Il fallait la matraquer et aussitôt la consoler.

— Il a tiré un mauvais numéro, dit-elle. Il a crié et tout ça, mais y avait rien à faire.

— Comment on va faire sans lui ? répondit la Rose déjà résignée.

— J'y ai pensé, répondit Honorine avec une tranquille autorité. Pierre aime la terre. Il remplacera Gaston. Il y arrivera si on l'aide tous un peu. Jean, lui, n'est pas maladroit de ses mains. On en fera bien quelque chose.

La Rose hocha la tête.

— Té, c'est vrai. Aujourd'hui, il m'a étonnée. Tu sais, le gros lapin gris... que c'était pas la peine de l'engraisser plus. Eh ben, comme j'avais pas trop le temps avec ma lessive, il m'a proposé de le tuer et de le préparer. Eh ben, il a fait ça très bien, sans tacher ni déchirer la peau, sans abîmer la viande ni crever la poche à bile.

— Ce lapin, on va le manger ? s'enquit Honorine intéressée.

— Hé, non non ! Le Jeannot l'a vendu !

— Et à qui il l'a vendu ?

— Tu sais, la Gusta du lavoir, elle fait des ménages chez la madame Duprat, à Fraisse. Paraît que ses gibelottes sont fameuses. Quand j'ai raconté ça, le galapiat, il a dit : « Eh ben, j'vas lui vendre le lapin, moi, à la madame Duprat pour ses gibelottes », et il y est allé. Ch'sais pas ce qu'il lui a dit, mais il a rapporté vingt-sept sous.

— Il sait aussi préparer les poulets. Un lapin, un cochon, ou même une vache, c'est tout pareil en dedans, commenta Honorine. Et puis ça lui a plu de le saigner, ce lapin, hein ?

Sa mère acquiesça.

— Eh ben, j'vais aller voir avec lui tous les bouchers de Craponne. Y en a bien un qui le prendra comme apprenti.

Plus tard, on se mit à table. La Rose apporta la soupe à sa nichée.

— Gaston, il est pas près de revenir à table, commenta Firmin en lorgnant sa place vide, après le scandale qu'il a fait à la mairie. Il commence l'armée par le mitard !

— Et comment tu sais ça, toi ? demanda sa mère.

— Oh, tout le monde le sait maintenant que les conscrits sont revenus, tirés au sort ou pas. L'Abel Roux m'a tout raconté.

— Et qu'est-ce qu'il a dit ? s'enquit Honorine, inquiète soudain que son intervention eût été découverte.

— Eh ben, quand il a vu son mauvais numéro, il a hurlé qu'il en avait tiré un bon et qu'on lui avait changé. Un 7 qu'il brandissait. Y en a qui ont rigolé, mais pas les gendarmes qui l'ont embarqué pour qu'il déserte pas. Il passera la nuit au violon et demain matin, à six heures, il partira avec les autres. Il sera en bonne compagnie.

Il cita les noms de ses compagnons de misère et poursuivit d'un ton assuré, presque prétentieux :

— Va falloir qu'on s'organise pour la ferme et tout ça. J'vais m'en occuper.

Il se croyait l'homme de la maison. Honorine aussitôt se fit tigresse.

— On a vu ça avec maman, dit-elle. Tout est organisé.

— De quoi e's'mêle, celle-là !

— Celle-là, elle se mêle de c'qu'elle connaît ! Ça fait quatre ans que je m'occupe de tous les comptes et des paies de la fabrique Danssadoux. L'organisation, les comptes, c'est mon métier. Je ne connais rien en roues de char et je ne donnerais à personne de leçons là-dessus !

Il en resta bouche bée. Pas question que Firmin s'installe dans la brutalité et l'autorité égoïste de Gaston. Si elle l'avait éliminé, ce n'était pas pour tomber sous la coupe de son cadet. Honorine décida de l'estoquer une seule fois mais bien.

— J'apporterai des sous en plus à maman, c'est prévu. Mais si toi tu veux tout régenter, ce sera à toi d'en donner plus.

— Je paie bien assez, grogna-t-il outré.

Le coup était déloyal. Firmin, en bon paysan pauvre, aurait vendu sa mère plutôt que d'aplatir sa bourse.

— Alors tu laisses les femmes, ta mère et ta sœur, s'occuper de tout, conclut Honorine d'un ton coupant.

Vaincu, Firmin plongea le nez dans son assiette. Même les deux petits se taisaient. On attendait le jugement de la Rose.

— On fera comme elle a dit, trancha-t-elle.

Gaston éliminé, Firmin maté, Honorine fut envahie d'une bouffée d'orgueil dont elle ne laissa rien paraître. Elle était enfin libre de consacrer toute son énergie à son grand projet.

11

Une crique au bord de l'Ance

Sa nouvelle liberté jointe à l'irruption du soleil levant par la fenêtre grande ouverte éveilla tôt Honorine, le lendemain, dimanche. Elle se leva aussitôt : pour convaincre sa mère de l'importance toute relative du départ de Gaston, elle allait avancer l'ouvrage de la ferme avant même qu'elle ne fût debout.

Le conscrit devait déjà marcher au pas sur la route du Puy. La veille, il avait chaussé les souliers du père pour se rendre à la ville. Il allait les *déprofiter* ! Serait-il mieux qu'en sabots ? Elle se souvint qu'ils étaient un peu grands pour lui. Ses pieds allaient frotter, il aurait des ampoules et arriverait les pieds en sang à la caserne, une bonne initiation à ce métier choisi par un hasard fantasque. Elle ricana.

La soupe dans son chaudron accroché à la crémaillère sentait bon quand sa mère descendit.

— C'est prêt. Assieds-toi, dit Honorine en la servant.

— T'es bien joyeuse, ma fille, s'étonna sa mère.

— Regarde dehors, répondit-elle, un vrai jour d'été.

La Rose hocha la tête, dubitative. Le ciel était pur, le soleil triomphant et les oiseaux pépiaient à qui mieux mieux. Etait-ce suffisant pour expliquer la gaieté de sa fille, le jour même du départ catastrophique de son aîné ? Qu'est-ce que cette dissimulée d'Honorine avait en tête ?

Depuis toujours, la gamine s'était entraînée à deviner les pensées de sa mère. Elle songea à lui donner le change en annonçant sa probable augmentation, mais elle était trop terrienne pour vendre la peau de l'ours avant de l'avoir tué. Non, elle ne dirait rien et tant pis si sa mère se posait des questions. Elle annonça simplement :

— J'irai à la messe après la traite.

— Qu'est-ce qui t'arrive ?

— C'est la Marie Mazel, qui m'a dit d'y aller. Et puis j'aime bien les cierges, l'odeur de l'encens, le latin qu'on chante et qu'on comprend pas. Alors on peut rêver.

Sa mère haussa les épaules, puis sourit.

— Tu vas surtout aller te montrer dans ta belle robe du dimanche. Tu *fais de la toilette*, ma fille. C'est bon pour les riches, ça. Pas pour nous autres.

La réprobation se mêlait à l'amertume dans ce propos. Honorine eut un regard aigu. « Justement, j'apprends à être riche », eut-elle la tentation de répondre.

Comme pour un jour de travail, elle partit en sabots, ses bottines dans son cabas. Elle étrennait une coiffe en dentelle fine, cadeau de ses compagnes d'atelier, dont dépassaient ses boucles rousses. Sitôt hors de vue, elle sortit du rouge de ses jupes et se maquilla les lèvres par petites touches comme le faisaient les belles dames de Craponne croisées dans la rue. Elle portait un chemisier bien blanc, une longue jupe d'un brun doré et un grand châle de couleur qu'elle avait croisé sur sa poitrine. Avant de partir, elle s'était longuement examinée dans son petit miroir, un objet futile puisqu'il coûtait des sous et ne servait qu'à se regarder. Elle l'avait acheté à la sauvette au bimbelotier de la petite ville et le cachait soigneusement dans ses trésors.

Elle marchait vers la ville sur le bas-côté herbu pour laisser passer les chars à bancs menant à l'office les paysans endimanchés et leur marmaille turbulente. Les sabots des chevaux bouleux résonnaient sur le chemin de terre en roulements sourds. Elle s'arrêtait pour les voir passer. Elle avait toujours aimé les grosses bêtes de trait, rondes et puissantes, se disant que pour bien mener sa vie il lui faudrait l'âme d'un cheval que rien n'arrête. Les alouettes poussaient leurs tirelis, voletaient en tournoyant, puis se laissaient tomber avant de remonter en spirales rapides. Les prés vert tendre se piquetaient de ce jaune soutenu des pissenlits et des boutons-d'or. Les mille bruits de la nature charmaient la brise. Honorine se sentait bien, presque folâtre. Une humeur rare chez cette calculatrice.

En avance sur l'horaire, elle entra dans l'église, en goûta la fraîcheur qui semblait suinter des pierres.

Elle était encore vide. Il ne lui restait qu'à surveiller les arrivants. Elle se posta au fond et attendit. Les paroissiens arrivèrent en flux de plus en plus dense. Les femmes avançaient dans la nef, les hommes se massaient au fond près de la porte, pour sortir à la communion et filer au café. Un remugle d'étable s'installa dans l'édifice. Les paysans n'étaient pas trop propres et le fumier des bêtes collait aux semelles. L'office commença et les retardataires se firent furtifs. Déçue, Honorine sortit. Son dadais d'hier n'était pas venu. Elle avait décidé de lui demander des comptes. Lui avoir sauvé la mise méritait des compensations, sous une forme ou une autre.

Il n'allait pas à la messe ! Ça l'étonna de la part d'un *moussu*. Les bourgeois se surveillaient les uns les autres et de bonnes âmes devaient dénoncer les mécréants à l'archiprêtre. Le nommé Benoît Chalencon sentait le soufre. Elle trouva cela inquiétant. Chez les Feynerolles, on n'aimait pas trop curés et béates, ces gens qui régentaient la vie de tout le monde, mais ils appartenaient au paysage. Ils étaient rassurants, garantissaient la durée, le temps immuable où l'on pouvait s'installer, parcourir son chemin et cueillir tranquillement les sous qui poussaient à droite et à gauche et que seuls les malins savaient voir. Et des malins, Honorine s'appliquait à en être, consciente que la malice elle-même s'apprend et se cultive.

Hors de l'église, certaine de reconnaître la jument de l'escogriffe à sa robe brun clair et à sa crinière de lin, elle examina les montures attachées aux anneaux de l'ancien rempart. Nouvelle déception.

Il ne lui restait plus qu'à prendre le chemin de Saint-Georges-Lagricol en vue d'une petite reconnaissance. Un quelconque passant lui indiquerait aisément le domaine de La Monteillade.

Elle sortit de la petite ville, rangea ses bottines, chaussa ses sabots et partit d'un bon pas. Des frênes bordaient la route. Leur feuillage léger frémissait dans le vent. Il faisait bon. Sa grande demi-heure de marche jusqu'au village serait une promenade. Elle inspecterait la maison des Chalencon, ce qui lui apprendrait toujours quelque chose, puis rejoindrait le hameau d'Aubissoux en coupant par celui de Fraisse.

Que poursuivait-elle vraiment ? Elle voulait tout savoir sur le dénommé Benoît. En paiement de sa dette, il devait devenir un atout pour elle, à l'avenir. Mais pour qu'il en soit conscient, il fallait le lui dire clairement.

Resserré autour de son église trapue, apparut bientôt le village de Saint-Georges-Lagricol. Elle le regarda de loin. La demeure recherchée n'était certainement pas une ferme ordinaire, plutôt une grande bâtisse, ancienne sans doute. Un « château » ainsi qu'on désignait dans le pays les grosses maisons des riches. Combien y en avait-il sur cette petite commune ? Deux ? Trois ? Cette Monteillade n'était pas « en ville », sinon la passante de la veille n'aurait pas parlé d'un « domaine », par définition dans la campagne. Elle repéra un manoir, assez proche de la grand-route où elle se trouvait.

Menant quelques vaches, un gamin venait à sa rencontre.

— C'est bien La Monteillade, là-bas ? demanda-t-elle.

— Ben, oui. Mais attention au grand étalon noir, il mord et il rue. Une mauvaise bête, comme son *féniant* de maître.

— Ah oui ?

— C'est mon pépé qui dit ça. Et il sait tout, mon pépé.

— Il y a un autre cheval, là-bas ?

— Une jument. C'est le fils qui la monte, ce grand couillon de Benoît. Il y a deux gros chiens aussi.

— C'est toujours ton pépé qui dit ça ?

— Ouais !

— Et tu sais où il est le Benoît ?

— Eh ben, il est à la ville.

— A Craponne ?

— Eh non, à la grande ville. Au Puy, peut-être même à Saint-Etienne.

Elle hocha la tête, puis sourit.

— Comment tu t'appelles ?

— Marius Bedoux.

— *Adiu*, Marius.

— *Adiu*, madame.

Nonchalantes, les vaches s'étaient mises à brouter l'herbe tendre du bord de la route. Le garçon les remit en marche à grands coups de bâton qui résonnèrent avec un bruit mat sur leur cuir sans beaucoup les inquiéter. Elles forcèrent l'allure quelques instants puis revinrent à leur pas de sénateur.

Pour la première fois de sa vie, on lui avait dit « madame » ! Elle en restait bec béant. Elle, Honorine, était une dame ! Le galapiat l'avait, sans hésitation, considérée comme respectable. Dorénavant, il n'était plus question que quiconque la traitât en gamine. Cette décision concernait en particulier un certain Félix Danssadoux auquel, dès le lendemain, elle devrait expliquer qu'on ne paie pas une adulte comme une enfant. Elle allait devoir préparer sérieusement son coup.

Le jeune Marius était déjà loin quand elle se remit en route. Elle s'arrêta dans un bosquet à cent mètres de La Monteillade et observa. Pas question d'entrer dans la cour et de demander quoi que ce soit. D'abord elle était timide, ensuite deux molosses, c'était trop pour elle. Un seul, il suffisait de lui faire face, mais en surveiller deux à la fois n'était guère possible. L'un d'eux trouvait toujours le moyen de s'approcher en sournois et de mordre. Elle gardait d'une telle situation un cuisant souvenir et une cicatrice au mollet.

Délimitant une cour en U, des bâtiments bas jouxtaient la grande maison. L'écurie repérée, elle approcha à travers champs en cueillant des fleurs, pour observer mine de rien. A cinquante pas de la demeure, elle entrevit, par la large porte ouverte, le grand cheval noir. La stalle à côté était vide. Le garçon était parti.

Pas question de toquer à la porte pour en savoir plus. Un maître de maison comparé à un étalon vicieux n'y incitait guère. Elle soupira, déçue, et son bouquet à la main, prit le chemin de Saint-Julien-d'Ance. Elle obliquerait ensuite vers Fraisse puis Aubissoux.

Pourquoi poursuivit-elle la route descendante ?

Plus loin, elle reconnut un sentier sur la gauche, à peine visible, qui s'enfonçait dans la pente. L'image du torrent au creux des gorges, par contraste avec l'odeur d'étable de l'église, fit naître chez Honorine une envie de fraîcheur. La masure du Haut-Pas était aussi crasseuse que les autres fermes et les effluves de bouse, de crotte de poule et de lisier de porc s'y combinaient en un fumet fauve qu'elle devait traîner avec elle.

Une dame ne pue pas la vache !

Dans son cabas, outre ses bottines et son vêtement de ville, elle avait un bout de savon et un linge pour se laver les mains à la pompe de l'atelier. Elle eut envie d'être propre, toute propre, de sentir bon comme les belles de la ville. Elle regarda autour d'elle. L'attelage qui venait de la dépasser disparaissait dans les bois au tournant du chemin. Personne en vue : elle se glissa dans la sente clandestine et dégringola la pente. Elle retrouva avec plaisir la crique minuscule, trois ou quatre mètres tout au plus, entre les parois de granit bleu. L'eau vive y miroitait en éclairs sans cesse renouvelés. Un lieu secret, parfois visité l'été quand l'eau atteignait vingt degrés. On pouvait alors s'y tremper puis se sécher au soleil. Elle y allait souvent, quatre ans auparavant, avec une gamine de son âge venue passer l'été chez sa tante. Elle n'avait jamais revu son amie et n'était jamais revenue dans ce coin béni des dieux et oublié des hommes.

L'eau était très froide mais beaucoup moins qu'au lavoir d'Aubissoux. A nouveau elle examina les environs, vérifiant son absolue solitude. Alors elle se déshabilla. Toute nue, elle s'étira, offrant au soleil son corps longiligne aux seins pointus, aux hanches étroites et cependant arrondies, à la taille fine. Renonçant à se laver les cheveux, elle remonta ses boucles en un chignon baroque, puis entra dans l'eau. Aussitôt des brodequins de glace lui enserrèrent les jambes ; elle bougea et ils se relâchèrent un peu. Elle respira un grand coup, leva les bras. L'odeur surette de ses aisselles la scandalisa. Elle sauta sur la rive, fouilla dans son cabas, en sortit son savon, retourna dans l'eau et s'aspergea. Frigorifiée un instant, elle se savonna puis se frotta avec vigueur. Elle se rinça vivement pour chasser les ultimes traces de savon. Fouettée par l'eau froide, elle remonta sur l'herbe de la berge et s'ébroua. La lumière vive illuminait sa peau très blanche, lui donnant des reflets d'albâtre. Elle s'empressa de s'étriller avec le linge pris dans son cabas. Il fut bientôt à tordre, elle l'essora donc puis reprit son séchage. Quand elle eut écrasé la myriade de gouttes d'eau qui brillaient sur sa peau, elle s'abandonna à la chaleur du soleil qui la sécha. Alors elle se sut belle et en fut émue. Elle effleura ses seins, son pubis, devina des voluptés secrètes qu'elle n'osa approfondir, rêva d'un prince de conte de fées. Sauf que ces princes-là ne voient pas leur Cendrillon toute nue. Elle se rhabilla lentement, à regret, sentant bien que son abandon à la nature sauvage était un rite millénaire mais interdit, donc un péché, et qu'à tout instant un démon pouvait prendre la forme d'un quelconque croquant, de facto autorisé à la violer. Elle terminait de s'habiller quand un froissement de branchages la fit se retourner, terrifiée.

Benoît ignorait encore qu'elle se prénommait Honorine quand il se réveilla, mais il pensait à elle. L'imaginait-il toute nue ? Il n'osait certainement pas. Le soleil levant, dans l'axe de sa chambre, pointait à peine au-dessus de l'horizon. La Monteillade était silencieuse. Sa mère n'apparaissait jamais avant dix heures, quant à son père, il était imprévisible. Il descendit sans bruit. Fernande, dans la cuisine, épluchait des pommes de terre.

— Je vais t'aider, proposa-t-il.

— Fais des pelures fines, dit-elle en se levant. Je prépare le café. Tu voudras du lait ?

Elle découvrit les braises soigneusement recouvertes de cendre, la veille, y jeta des rameaux de pin secs tirés d'un fagot. Des flammes s'élevèrent très vite. Le jeune homme en approcha les mains. Les aubes sont fraîches en altitude, surtout par temps clair, même si, fin avril, le soleil chauffe rapidement.

— Pourquoi tu te lèves si tôt, mon Benoît ? demanda Fernande.

— Et toi ? Tu pourrais travailler moins, le dimanche, et te reposer un peu. Tu fais tout dans cette maison.

Surprise par son amertume, elle fronça les sourcils. Benoît ne lui dit pas que sa vivacité le renvoyait par contraste à sa mère, divinité dérisoire, exigeante et paresseuse que personne n'adorait plus.

Il revint à ses pensées.

— Connais-tu, sur le canton de Craponne, une petite rousse toute jeunette avec des yeux obliques d'un vert profond comme du jade pur ?

— Je vois pas, dit-elle distraitement. Du jade, c'est quoi ?

— Une pierre chinoise. Quand elle est très translucide, elle vaut très cher. Mais on ne le sait qu'en la coupant. C'est comme une loterie, répondit-il.

— C'est comme les filles, rigola Fernande. Avant de les avoir ouvertes, on sait pas ce qu'elles valent.

En patois, cette grivoiserie sonnait fort joyeusement. Benoît rit puis retrouva sa gravité.

— Elle m'a rappelé un dessin fait au collège, il y a trois ans au moins. J'avais représenté une course à cheval avec mon père, du temps de Bossuet, mon corbeau.

— Jamais tu n'as pu lui apprendre un mot, à cette *graille*. Par contre elle te faisait très bien croasser

Il acquiesça machinalement et poursuivit :

— Cette fille, toute gamine, était au bord du chemin. Je ne me souvenais plus si elle était réelle ou si je l'avais inventée pour peupler mon décor. Eh bien, hier, en revenant, je l'ai croisée dans Craponne. Son regard pénétrant dans son visage piquant m'a frappé. Tu sais vraiment pas qui c'est ?

— Ça me dit vaguement quelque chose. Une dentellière de Saint-Georges m'a parlé d'une fille comme ça. Attends que je me rappelle… Voilà ! Elle accompagnait la leveuse du Félix Danssadoux, tu sais, le fabricant de dentelle. Elle aussi avait été frappée par ses yeux pointus et ses taches de son. Elle t'a tapé dans l'œil ?

Il hocha la tête.

— J'aimerais bien la redessiner.

— C'est une bonne idée ! Si demain tu vas au Puy, profite bien de ta dernière journée. Prends ta boîte de couleurs, va te promener et fais-moi un beau paysage avec dans un coin une demoiselle rousse aux yeux de chat.

— Cette dentellière dont tu parlais…

— C'est la Rirette Grenu qui habite sur la route de Retournac, la ferme à la sortie de Saint-Georges. Qu'est-ce que tu vas lui dire à la Rirette ?

Il réfléchit.

— Je lui parlerai de la leveuse et si ça suffit pas, je m'intéresserai à son cocher…

— Toi, t'es devenu malin. Sans doute à cause de ces curés, ces jésuites. On dit qu'ils régentent tout, mine de rien.

Il rit.

— Va, mon garçon, poursuivit-elle. Et n'oublie pas ton dessin pour moi. Il tiendra compagnie à l'autre dans ma chambre.

A la sortie de Saint-Georges, il repéra le logis de la dame Grenu. Aussitôt il la situa. En fait, il connaissait tout le monde au village et tout le monde le connaissait. Chacun observait l'autre et en parlait aux tiers. S'il voulait éviter les ragots, il était hors de question d'interroger la dentellière. Seule solution : l'apercevoir dans un pré, gardant ses bêtes, et lui faire la causette en passant. Il guetta les vachères sans repérer la sienne.

L'Ance l'attirait. Ses gorges sauvages étaient pour lui un univers imaginaire inépuisable. Il se dirigea vers la rivière. Bercé par le petit trot de la fidèle Sigismonde, il s'étonna que sa jument fût encore là. Pourquoi ne l'avait-on pas vendue ? Il décida aussitôt d'économiser sur ses premiers gains pour la racheter. Il ne rêvait plus de monter Bartholomeus, le grand étalon de son père. Trop capricieux, trop vicieux, une personne cheval inintéressante, à l'image de son géniteur. Il soupira. Philippe Chalencon lui semblait soudain aussi misérable que sa mère. Courait-il toujours la gueuse ? Il fallait des pièces d'or ou d'argent pour cela. En trouvait-il encore ? Quelle terre, quel bois n'avait-il pas bradés ? *« Qu'est-ce qui vous autorise, Benoît, à juger vos parents ? »* Il songea à la longue silhouette du père Malbost. A sa bouche pincée, à son front amer, à toute cette rigidité masquant son affection pour lui, réelle mais sulfureuse. Une attirance harcelante mais discrète, jamais révélée, toujours retenue. Pauvre homme ! Il lui avait donné tout ce qu'il avait pu. Avec le recul, Benoît découvrait sa dette. Il le plaignit. Choisit-on ses attirances, ses pulsions ? Un jour, il lui rendrait visite, le remercierait de ce qu'il avait fait pour lui et de ce qu'il n'avait jamais tenté. Benoît sourit au souvenir de la haine du jésuite pour cette gamine dessinée au bord du chemin, de sa détestation pour son regard étrange et son sourire jugés pervers. Benoît les avait pourtant représentés comme il les avait vus, sans la moindre malice. Du coup il ne les avait jamais oubliés. Ce visage le poursuivait depuis la veille et il aimait à être ainsi poursuivi. Etait-il tombé amoureux ?

Pauvre père Malbost, qui eût tant aimé hanter les rêves de son pupille.

Sigismonde avait ses habitudes. Elle aimait l'Ance pour y boire et connaissait tous les coins mystérieux où Benoît allait dessiner. Sans que son maître ait touché à ses rênes, elle obliqua dans un sentier effacé descendant la pente raide. Ses sabots ne laissaient pas de trace sur la pierraille. Bas dans la pente s'ouvrait, entre les arbres, une faille attirante, mais il fallait franchir un escarpement trop raide pour un cheval. Là, Sigismonde dévia, parcourut une vingtaine de mètres et rejoignit la rive. Peu d'herbe au bord de l'eau, mais les pousses tendres d'une foule d'arbustes qu'elle entreprit de déguster. Benoît trouvait là des rochers pour s'asseoir et le paysage heurté des gorges qui l'inspirait. Laissant la jument grignoter ses friandises, il gravit une roche et s'installa. Il ouvrit sa large caissette plate qui contenait papier, fusains et pastels divers, choisit trois fusains et deux mines de plomb, les disposa soigneusement près de lui, puis fixa une feuille de vélin au couvercle de sa boîte par des pinces métalliques. Il commença à dessiner et le temps s'arrêta.

Crayon levé, aux aguets, il s'immobilisa : des bruits insolites troublaient le chant immuable de l'eau : éclaboussures, variations du flot, clapotis précipités coupés de silence. Il se passait quelque chose, en amont, tout près. Il espéra des loutres. Il raffolait de leurs facéties, leurs galopades, leurs plongeons et leurs bouilles moustachues. Mais leur fourrure était trop douce pour que l'humanité les laissât en paix. Elles fuyaient l'homme farouchement. Bien qu'il fût chasseur, jamais il n'avait tué une loutre et n'en tuerait jamais. Il se souvint de son père en brandissant une, pauvre cadavre rigide de l'animal le plus fluide, le plus souple de la création. Ce jour-là, pour la première fois, son père l'avait déçu. Il avait treize ans alors, et cette déception le brûlait encore.

Il se leva sans bruit. En général, elles jouaient en couple ou en bande. Celles-là, il les verrait, les observerait, les croquerait sans leur faire le moindre mal et elles poursuivraient leur sarabande sur le mur de Fernande qui les adorerait…

Avec l'aisance des chasseurs, il s'approcha subrepticement du terrain de jeu des nageuses.

Elle était seule et n'était pas une loutre mais la petite rousse aux yeux obliques, verts comme ceux du diable, profonds comme le désespoir du soir. Une femme se cachait sous son apparence. Engoncée dans ses vêtements on ne pouvait l'imaginer sylphide. Elle terminait de se rincer. Il n'osa plus bouger de peur de l'effaroucher, de la choquer et, en même temps, il s'enivrait de sa silhouette, du soleil illuminant en diamants pâles les gouttelettes sur sa peau. Ses formes longues, sa grâce, ses seins menus mais pointus, son pubis incendié par la lumière éclatante le fascinaient. Il la vit se frotter avec un linge blanc, l'essorer, recommencer, puis s'offrir au soleil. Il la buvait des yeux. Il s'imprégna de ses mouvements, de sa présence, certain de pouvoir la dessiner plus tard, dans toute son authenticité, toute sa sensualité naïve. Il la vit effleurer ses seins qui se dressèrent imperceptiblement. Elle frôla son pubis. Par réflexe, elle avait entrebâillé ses cuisses et une crête de corail, presque invisible, était venue contraster avec sa rousseur. Il en fut ému jusqu'au fond de lui-même et son émoi sexuel était dérisoire comparé à la tension de tout son être, de toute son âme. Elle était sa divinité, et l'était à jamais.

Mais voilà, jamais il ne parviendrait à l'approcher, à le lui dire.

Quand elle se rhabilla, il fut plus que jamais déconcerté. La nymphe des bois redevenait une jeune fille sage. Etait-elle sage ? Le bas-ventre de Benoît espéra que non et il se détesta pour cette pulsion triviale venue piétiner sa vision émerveillée des minutes précédentes. Il voulut la voir de plus près et surtout retrouver ses yeux verts, son regard aigu. Il avança sans bruit, buta contre une pierre, perdit l'équilibre, se raccrocha à une branche qui bruit.

La voyant alarmée, il s'avança pour la rassurer.

— Excusez-moi, mademoiselle, je ne voulais pas être indiscret. Mais je vous ai vue et j'étais...

Ils rougirent avec ensemble. Torturé par sa maladresse, Benoît parla pour qu'elle ne fuie pas, pour qu'elle ne le juge pas comme un voyeur obscène.

— Je vous ai adorée. Vous, vous êtes superbe comme... comme une statue de marbre blanc dans les musées. Une statue vivante. Vivante. Mais vous, c'est... ce sont vos yeux, votre regard... Ils m'effraient et me fascinent.

— Que faites-vous là, Benoît Chalencon ? dit-elle d'un air d'autant plus sévère qu'elle était intimidée.

— Comment savez-vous mon nom ? demanda-t-il bêtement.

— Hier, vous avez tiré un numéro dans un drôle de tonneau à manivelle. Vous ne vous rappelez pas qu'on a appelé votre nom ?

— Et vous avez remplacé mon mauvais numéro par un bon. Pourquoi ?

— Répondez à ma question : que faites-vous là ? biaisa-t-elle avec un sourire en coin.

Une fossette était née sur sa joue gauche, il la remarqua immédiatement.

— Je dessinais.

Il baissa le nez comme s'il s'agissait d'une occupation coupable avant de relever la tête pour surprendre son regard.

— Vous savez dessiner ! s'étonna-t-elle.

Elle semblait l'admirer. L'admirer lui ! Il en fut retourné.

— Vous voulez voir ?

— Oui, dit-elle fermement.

Il fut surpris de son autorité, ou plutôt de sa détermination. Il faisait une bonne tête de plus qu'elle mais se sentait tout petit.

— Venez.

Il écarta les branches, l'aida d'une main, tandis que de l'autre, elle serrait sa jupe pour ne pas l'accrocher aux ronces. Ils atteignirent son sanctuaire. Il saisit sa boîte, la lui tendit.

Elle regarda le dessin, puis le paysage alentour.

— Ça semble plus grand qu'en réalité, dit-elle, et ça fait un peu peur.

Ses yeux brillaient.

— Et là ? demanda-t-elle montrant une silhouette esquissée dans le coin.

— C'est vous !

Elle se rembrunit.

— Non, pas vous aujourd'hui, vous hier ! s'écria-t-il.

— Hier ?

— Quand vous m'avez sauvé du service militaire.

— Vous voulez dire habillée ?

De nouveau il rougit. Elle scruta son visage fruste, remarqua ses oreilles écarlates et écartées, son nez fort, sa silhouette maigre mais charpentée. Il n'était pas beau mais avait une présence et de l'allure. Sa stature en imposait. Ses traits étaient expressifs et ses yeux doux... si doux. Un monsieur. Un ami. Celui-là, elle l'avait apprivoisé sans calcul, sans même le vouloir. Elle soupira. Une telle chose était-elle possible ? Doucement, elle lui ôta des mains la grande boîte plate qu'il n'avait pas lâchée et observa le dessin, non plus ce qu'il représentait mais sa facture, la fermeté et la souplesse des tracés.

— Vous pourriez dessiner autre chose ? Un décor de fleurs, pour un tissu par exemple, ou bien les volutes qu'on voit en haut des colonnes dans les églises ?

— Bien sûr. Ça ne semble pas trop difficile.

— Et les inventer ?

Il hocha la tête.

— En somme, créer des décors réguliers comme les ferronneries de la table de communion à l'église de Craponne. A quoi pensez-vous ?

Elle eut un rire un peu gêné et dit :

— C'est un secret.

Il médita les propos de cette fille étrange. Qu'avait-elle derrière la tête ?

— Comment vous appelez-vous ? demanda-t-il, brisant le silence qui s'installait.

— Honorine. Honorine Feynerolles. Et vous m'observiez quand je me lavais ! C'est grave, vous savez ! Je vais vous dénoncer aux gendarmes.

Elle souriait. Pas lui. En homme délicat, il refusait qu'elle se méprît.

— Non, vous voir m'a surpris. Quand j'ai entendu l'agitation de l'eau, j'ai pensé à des loutres joueuses et je me suis approché. Vous ayant vue, je ne pouvais plus bouger de crainte de vous faire peur et puis j'aurais cassé mon rêve.

Elle le regarda, stupéfaite. Il disait de belles choses en parlant d'elle, de sa nudité. Il n'était pas comme les autres. Bien sûr que si ! Il l'avait surprise et était resté à la contempler. Elle devait se durcir, être méchante la première. Elle fronça les sourcils, mais il reprit avant qu'elle ait pu dire quoi que ce soit.

— Je voulais vous remercier pour hier : vous avez sauvé sept ans de ma vie. Pourquoi ?

— Alors vous me les devez, dit-elle sévèrement.

— Comment vais-je vous payer ? demanda-t-il avec un sourire incertain.

— En dessinant pour moi !

— Tout de suite. Je vais faire votre portrait.

Elle faillit donner son accord, mais remarqua la hauteur du soleil. Le temps avait passé.

— Quelle heure est-il ? demanda-t-elle.

Il tira une montre d'acier du gousset de sa redingote.

— Midi, tout rond.

— Il faut que je rentre ! Ma mère va s'inquiéter.

— Quand vous reverrai-je ?

— Demain.

— Je serai au Puy pour chercher du travail.

Elle le sonda du regard et prit immédiatement sa décision.

— Alors ce soir, à l'heure de l'angélus. Il y a un bosquet à droite sur la route de Douillou en direction de Craponne, juste avant la première maison. Vous voyez où c'est ?

Il acquiesça.

— Vous m'attendrez là.

— Vous êtes sûre que vous voulez ça ?

Elle rit.

— Ne vous faites pas d'illusions. Ce n'est pas un rendez-vous galant. Ça concerne votre futur travail. A bientôt.

A la fois rassuré et frustré, il la vit partir, agile et rapide. Une rencontre galante l'eût déçu, voire choqué, mais les délices du sexe étaient si fascinantes ! Il avait encore dans l'œil des images d'une naïade effleurant son corps nacré.

12

Les clandestins

Le repas de midi fut morose. Pas de viande chez les Chalencon, mais un reste de salaison rance accompagné de pommes de terre au saindoux qu'avala en silence Philippe, le père, sous l'œil malveillant de sa femme. Benoît mangea modérément. Il avait l'esprit ailleurs.

Au dessert, Léonie Chalencon s'adressa à son fils :

— Benoît, puisque vous avez refusé le métier des armes…

Subir à nouveau les remontrances infondées de sa mère fut insupportable au jeune homme.

— Disons plutôt que le sort ne m'a pas désigné pour être simple soldat, la coupa-t-il tranquillement.

— Vous auriez pu vous porter volontaire.

— Vous regardez par le mauvais bout de la lorgnette, maman, dit-il toujours calme. Votre situation de fortune, catastrophique, vous fait voir mon retour avec angoisse. Alors la seule solution que vous avez trouvée est de me voir partir. D'autres existent depuis longtemps que vous avez préféré ignorer. Mais n'en parlons pas…

— Parlons-en au contraire, rétorqua-t-elle. Qu'aurions-nous pu faire ?

— Gérer le domaine, tout simplement.

— Votre père en est incapable, vous le savez bien !

Ce dernier se redressa, le regard meurtrier, mais ne pipa mot.

— Vous le dites depuis toujours. Dès lors, on peut se demander pourquoi vous n'avez pas pris les choses en main.

— Ma santé…

— Votre père, l'huissier, se serait fait un plaisir de vous conseiller. De notoriété publique, il avait un grand sens de l'argent et point trop de scrupules. De quoi faire un excellent maître. Aussi bien que mon père, vous auriez pu faire fructifier La Monteillade et même la développer.

— Mon père est mort. Il y a deux ans, répliqua-t-elle d'une voix pleine de rancune.

Benoît en resta muet, dévisagea sa mère, toute d'aigreur et de haine. Elle le détestait donc. Non, certainement pas. Elle lui en voulait de sa maladresse, de son propos brutal, trop réaliste surtout.

Il s'était levé, déplié plutôt. Les dominant de sa grande carcasse, il reprit posément son propos :

— Revenons à votre souci : moi. Une bonne nouvelle pour vous : je partirai demain au Puy sur Sigismonde et ne reparaîtrai ici qu'avec de quoi vous payer une honnête pension lors de mes séjours. Un condisciple me logera en ville le temps de me retourner. Mon premier argent vous remboursera ce cheval auquel je tiens. Cette solution vaut bien mon départ à l'armée, ne trouvez-vous pas ?

Son père baissait les yeux, Léonie se rebiffa :

— Vous parlez à votre mère et…

— Et aujourd'hui il convient qu'elle m'écoute. Vous êtes dans une impasse et je vais m'efforcer d'en sortir dans un premier temps. Puis, si tout va bien, de vous en sortir à votre tour.

— Voyons, Benoît, ma santé…

— Vous nous enterrerez tous, maman. Vous survivez depuis des dizaines d'années à l'infinité des potions et autres poisons que vous avalez. Ça prouve que vous avez une santé de fer.

Il se tourna alors vers son père :

— Papa, tu es le meilleur chasseur que je connaisse. Pourquoi ne vendrais-tu pas le gibier braconné par tes hommes sur tes terres ?

— Je n'ai plus de braconniers sur mes terres, plus d'hommes non plus d'ailleurs, répondit-il d'une voix aigre.

— Vous et moi le savons, mais pas les aubergistes de Vorey ou de Bellevue-la-Montagne. Alors c'est ce que vous leur direz en leur vendant vos prises.

Comme la veille, son ton décidé mais sans agressivité les laissa sans voix. Il avait appris ça chez les jésuites. Maintenant qu'il les avait quittés, il commençait à les apprécier…

— Je vais dans ma chambre préparer mes affaires, conclut-il en sortant.

Derrière la porte, il heurta presque Fernande. Elle était moins vive qu'auparavant pour s'écarter lorsqu'elle écoutait clandestinement les conversations.

— Qu'en penses-tu ? dit-il à mi-voix. Tu crois que j'aurais dû écouter leurs jérémiades et leurs insinuations ?

— Tu n'as pas été très gentil, mais fort rassurant, en fait. Il est des vérités qu'il faut parfois imposer. Va, pars, je veillerai sur eux.

Emu, il la serra dans ses bras.

Chez les Feynerolles non plus il n'y avait pas de viande, mais là, rien d'exceptionnel. La morosité venait de l'inquiétude de la Rose, chagrinée par le départ de Gaston. A table, Honorine s'adressa à ses deux jeunes frères.

— Il vous faudra travailler plus, les garçons, dit-elle. Toi, Jean, tu sais si bien saigner les lapins que tu vas gagner beaucoup de sous.

— Comment ça ? Des sous j'en ai pas.

— Mais tu sais comment on en gagne ?

— Ben, on tue les lapins, on les écorche et tout ça. On va les vendre et on garde un peu du prix pour sa peine.

La Rose foudroya son fils du regard. Un geste d'Honorine la calma. La jeune fille poursuivit :

— Et les lapins, t'en as encore à vendre ?

— Ben, non. Le gros gris, c'était le seul assez gros. A moins de saigner une mère, on n'en a point à vendre. Et les mères, faut pas les tuer sinon pas de petits à engraisser.

— Eh oui. Mais voilà : la madame Duprat, à Fraisse, elle en veut un tous les jours. Alors comment tu fais ?

Il réfléchit.

— J'achète ceux du Léon Boivin, les gros qu'il aurait dû tuer depuis longtemps. Je les saigne, je les écorche, je les prépare et je les vends à la Duprat.

— A combien tu les achètes et à combien tu les vends ?

— Oh, le Léon, il est pas finaud. Y sera content si je lui donne vingt sous. La Duprat, j'y demanderai trente.

— Et tu en auras gagné combien ?

— Dix !

— Non, cinq. Parce que tu en donneras cinq à maman.

Il hocha la tête, un peu contrarié.

— Maintenant, écoute-moi bien. Si au lieu d'un lapin tu achètes un cochon. Tu le saignes, tu le prépares et tu le vends. Tu gagneras combien ?

L'assistance suivait la conversation avec attention.

— Rien, dit Jean. Où que j'trouverais les sous pour acheter un cochon ? Et puis j'en ai jamais tué. Oh, j'saurais faire, mais un cochon, c'est gros et ça mord. Et pis après j'saurais pas à qui le vendre.

— Et si tu voulais acheter du cochon, tu irais où ?

— Ben, chez le boucher ou chez le charcutier.

— Et y gagne des sous, le boucher ?

— Un peu qu'y gagne des sous !

— Et tu sais pourquoi il gagne des sous ? Je vais te le dire. Parce qu'il sait saigner un bœuf ou un cochon, les écorcher, les préparer et les vendre, parce qu'il sait à qui acheter le cochon pas cher et à qui le vendre cher, comme toi le lapin du Léon que t'iras vendre à la madame Duprat. Donc toi il faut que tu apprennes à tuer et à préparer vaches et cochons, que tu connaisses les gens qui les vendent sur pied et ceux qui en achètent en côtelettes ou en saucissons. Un sacré travail et beaucoup de choses à apprendre. Alors ?

— Alors je veux bien être boucher, clama Jean à la cantonade. A une condition.

— Laquelle ?

— Honorine m'achètera une boucherie quand j'aurai vingt ans.

— Et comment elle fera, *beauseigne* ! s'exclama la Rose.

— Ben, j'ai onze ans et je sais compter. Dans huit ans, elle aura sa fabrique de dentelle ! Depuis le temps qu'elle y travaille.

Sa mère le regarda avec des yeux ronds puis éclata de rire. Honorine ne riait pas. Attendrie, elle regardait son petit frère. Lui, il croyait en elle. Alors avec une gravité dont personne n'osa douter elle dit :

— Quand tu auras vingt ans, j'achèterai une boucherie, et toi et moi nous serons associés. Mais demain, à six heures du matin, on ira tous les deux à Craponne voir les bouchers. Ça travaille tôt ces gens-là. Comme ça ils verront que tu es courageux et on leur demandera de te prendre en apprentissage. Il y en aura certainement un qui acceptera, sinon on recommencera ailleurs.

Elle se leva, s'approcha du gamin, lui tendit sa main droite ouverte. Il fit de même. Le claquement fut si fort que tous sursautèrent.

— Cochon qui s'en dédit, crièrent-ils ensemble.

Firmin boudait. Pierre semblait perdu, abandonné. La Rose avait la larme à l'œil.

— Pierre, toi qui aimes la terre, tu seras paysan. Tu connais le métier, dit Honorine. C'est toi qui remplaceras Gaston. Tu es moins costaud pour le moment, mais ça viendra. Surtout, t'es plus futé. Et puis on t'aidera tous. Toi aussi, tu auras des sous.

Elle s'approcha de lui. Emu, il se leva et l'embrassa.

Honorine eut alors besoin de sortir. Elle étouffait soudain. Tout allait trop vite. Tout avait bougé depuis hier. Elle venait de prendre des engagements difficiles à tenir et elle avait encore un rendez-vous, ce soir.

Salaud de Gaston : tout ça c'était sa faute !

L'après-midi, Honorine passa de vieux habits et se rendit au lavoir pour décharger sa mère les jours suivants. Vers cinq heures, les reins brisés et le visage coloré, elle revint à la ferme avec sa brouette de linge mouillé qu'elle suspendit aux cordes derrière la maison. Il s'égoutterait, passerait la nuit, prendrait la rosée du matin. Si le beau temps se maintenait, il sécherait dans la matinée. Elle se changea, s'habillant en citadine au grand étonnement de sa mère.

— Je vais à la fabrique, dit-elle. J'avais oublié d'écrire une lettre que monsieur Félix doit signer dès son arrivée demain matin. Faut que j'aille la faire !

— Et comment que tu vas y entrer à la fabrique ? demanda sa mère soupçonneuse.

— La clé est cachée sous un pavé à côté de l'entrée.

— Je crois plutôt que tu vas retrouver un coquin, dit la Rose avec une grimace.

— Viens avec moi, se rebiffa Honorine. Je te ferai visiter l'atelier…

La duplicité d'Honorine avait crû avec l'âge. Elle n'affichait plus le grand air d'innocence qui masquait ses mensonges d'enfant, lui préférant une expression vaguement narquoise qui disait tout et rien. N'ayant pas la moindre envie de marcher la petite lieue nécessaire au trajet aller et retour, la Rose abdiqua.

Elle regarda sa fille s'éloigner avec une moue. Elle avait cet âge-là quand elle avait rencontré son Johannes… qui l'avait aussitôt engrossée ! Sa fille était matoise. Elle ne se ferait pas prendre aussi facilement que sa mère. Elle soupira.

Les demi-mensonges, les vérités différées étaient beaucoup plus efficaces que les tromperies pures. Honorine l'avait appris par une longue expérience : si elle devait voir « ce grand couillon de Benoît Chalencon », c'était pour un rendez-vous d'affaires ! Elle passerait effectivement par la fabrique dont la clé était bien sous une pierre. Qui plus est, elle avait le droit de s'en servir !

Accéder librement à l'atelier avait été pour elle une discrète victoire dont ce lourdaud de Danssadoux n'avait pas eu conscience. Marchant d'un bon pas vers Craponne, elle se remémora la scène avec une jubilation retenue.

Quelques semaines auparavant, elle rangeait des registres dans une petite pièce derrière l'atelier lorsqu'elle avait entendu un bruit bizarre : on traînait un meuble. Entrebâillant la porte, elle avait vu son patron, à quatre pattes, fourrageant dans un trou du parquet qu'il avait ensuite refermé. Il s'était relevé puis avait tiré son bureau de sorte qu'un pied reposât sur la latte amovible. Il l'avait crue partie ! Il lui fallait se taire… sauf qu'il allait l'enfermer et qu'elle n'avait aucune envie de passer la nuit sur place. Elle avait donc attendu une vingtaine de secondes puis avait fait volontairement tomber un gros registre. « Zut ! » s'était-elle exclamée avant de le remettre en place. Elle était alors tranquillement entrée dans la pièce. Il l'avait scrutée, les paupières mi-closes, en enfilant sa redingote.

« Vous êtes encore là, Honorine ! Je vous croyais partie.

— J'archivais des papiers, monsieur. »

Rassuré par son minois ouvert et sa naïveté parfaitement jouée, monsieur Félix avait affiché cet air protecteur qu'il aimait prendre en lui parlant, comme si sa maigre paie était une glorieuse aumône à une pauvre fille un peu débile alors qu'elle l'avait déchargé progressivement de toute la gestion quotidienne de son affaire. Sachant parfaitement que, sans elle, il eût été perdu, Honorine avait eu un sourire rentré.

« C'est très bien, mon enfant », avait-il dit pompeusement.

Elle avait poussé le bouchon.

« J'avais presque fini, j'aurais bien aimé terminer. Ça serait fait. »

Il l'avait regardée, méditatif, avant de se faire mystérieux :

« Venez par ici. Je vais vous confier un secret. »

Les secrets du bonhomme pouvaient fort bien désigner quelque crapulerie. Elle avait cru déceler dans ses yeux une lueur chafouine lui rappelant Gaston. Elle avait fait le vide dans son esprit, résignée à lui concéder si nécessaire quelques caresses qu'il payerait, à terme, aussi cher que son frère.

Il l'avait emmenée vers la porte d'entrée, puis invitée à sortir. Alors, prenant des mines de conspirateur, il avait soulevé une pierre contre le mur et glissé la clé dessous.

« Voilà, avait-il dit. Si vous voulez rester un peu plus tard ou venir un peu plus tôt pour finir un travail, vous pourrez sortir ou rentrer à votre gré. »

Comme toutes les filles, Honorine connaissait la cachette, mais, bien entendu, elle avait regardé son patron, l'air émerveillée.

« Alors je vais terminer mon classement.

— Ça attendra bien demain, avait-il rétorqué d'un ton autoritaire. Bonsoir.

— Je prends mon fichu et je m'en vais. »

Il était parti d'un pas pressé. Honorine était rentrée, avait hâtivement pris ses affiquets puis était ressortie. En refermant la porte, elle l'avait entrevu derrière un arbre à cent mètres. Il la guettait. Il s'imagine que si j'avais vu sa cachette, je me serais précipitée pour la fouiller, ce qui m'aurait pris plusieurs minutes, avait-elle songé. Ce crétin m'a montré la clé uniquement pour me tendre un piège.

Bien sûr qu'elle irait voir le contenu de ce trou, mais au moment opportun. Elle avait bien le temps.

Elle y avait découvert quelques jours plus tard une bourse de velours contenant des louis d'or qu'elle avait soigneusement comptés avant de les remettre en place.

Elle arrivait à proximité de la fabrique. D'un coup d'œil familier, elle regarda l'heure au clocher de l'église. Elle avait le temps de passer à l'atelier avant son rendez-vous avec le jeune Chalencon.

Le soleil était bas sur l'horizon et sous le bosquet régnait la pénombre. Benoît surveillait la route. Il vit arriver la jeune fille. Elle avait troqué ses sabots contre des bottines et allait d'un bon pas. Elle s'arrêta devant la verrière de la fabrique Danssadoux, jeta un coup d'œil méfiant autour d'elle puis se baissa pour ramasser quelque chose. Une clé sans doute puisqu'elle ouvrit la porte. Il devina sa silhouette à l'intérieur, elle levait les bras, tirait de probables tiroirs pour en extraire des registres étroits qu'elle fouillait l'un après l'autre. Elle en détachait un feuillet par-ci, un autre par-là. Elle revint ensuite vers la porte, sortit, la verrouilla. Après un nouveau regard circulaire, elle remit la clé dans sa cachette.

Les trois premiers coups de l'angélus tintaient lorsqu'elle pénétra sous le couvert.

— Benoît ! appela-t-elle à mi-voix.

— Ici, répondit-il.

Elle sursauta. Il venait de lui poser la main sur l'épaule. Il la retira comme s'il s'était brûlé.

— Honorine, reprit-il, je voudrais vous dire…

— Plus tard. J'ai quelque chose pour vous.

Elle lui mit dans la main une liasse de cartons chamois, d'environ quarante centimètres sur dix. Des dessins diffus mais symétriques les ornaient dans le sens de la longueur et leur contact présentait des reliefs minuscules et réguliers.

— Qu'est-ce que c'est ? demanda-t-il.

— Venez à la lumière.

Ils sortirent du boqueteau, côté campagne.

— Des cartons de dentellière, dit-il.

— Exactement. Mais ceux-ci sont trop simples. Faut en créer d'autres, plus riches, plus fins, des dessins somptueux pour des robes de reine ou des voilages de palais. C'est l'avenir de la dentelle. Vous, vous allez créer ces dessins superbes. Il m'en faut beaucoup pour dans trois ans. Pour quand j'aurai ma fabrique à moi. D'ici là, vous allez apprendre le métier. On manque de créateurs de dentelle au Puy. Vous trouverez du travail en leur montrant une douzaine de dessins que vous allez inventer.

— Mais je n'ai jamais fait ça ! s'alarma Benoît.

— Où, au Puy, à part chez les dentelliers, on vous demandera de dessiner ?

— Il y a des portraitistes. Certains doivent chercher des aides ou des élèves.

— Un métier sans avenir. J'ai lu dans le journal qu'un monsieur Daguerre fait des portraits mécaniques avec une sorte d'œil. Il appelle ça une chambre noire. C'est la réalité qui se projette sur une plaque. Je ne sais pas comment ça marche, mais le portrait, c'est fini. La dentelle, la belle dentelle, ça, ça va être demandé. De plus en plus. Ah, j'oubliais, dit-elle en lui tendant un papier : Voilà la liste des principaux fabricants du Puy. J'ai souligné les noms intéressants.

— Comment savez-vous tout ça ?

— Vous voulez tous mes secrets à la fois ! Impatient que vous êtes ! Et vous vous êtes renseigné sur moi.

— Pas du tout ! se défendit-il.

— Vous allez me décevoir !

Il rougit.

— Je sais ce qu'on m'a dit… Rien ne prouve que c'est la vérité.

— Voilà ce que, moi, j'ai appris : La Monteillade était prospère dans le temps, mais toutes les terres ont été vendues et les Chalencon sont ruinés. Vous, quand vous vous êtes renseigné, on vous a dit que mon père était un cantonnier ivrogne, écrasé il y a bientôt quatre ans par un tombereau de pierres, que ma mère a eu douze enfants dont cinq seulement ont survécu, quatre garçons et une fille, que la Rose Feynerolles tire le diable par la queue pour nourrir ses gosses, qu'ils ne savent ni lire ni écrire et qu'elle n'a pas de terres. Tout cela est vrai. Sauf que la fille sait lire, écrire et compter et qu'elle s'occupe de tout le travail administratif pour un dentellier de Craponne. Elle en fait de plus en plus, malgré un salaire de misère, pour apprendre le métier. Quand elle aura tout appris, elle fondera sa fabrique et les dépassera tous. Félix Danssadoux le premier. Alors elle vendra des dentelles superbes, issues de dessins créés par un cartonnier nommé Benoît Chalencon.

Il la regardait, ébloui par son cynisme tranquille. Il avait envie, grande envie, de lui obéir. Elle était… elle était son avenir ! Il se raidit. Il se regarda face à cette fille. Il admirait béatement une jeunette de dix-sept ans qui semblait en avoir quinze ! C'était absurde. Son minois malicieux, son nez joliment retroussé et ses taches de rousseur le touchaient, mais les jolies filles n'étaient pas rares. Benoît n'était plus le gamin grandi trop vite au visage ingrat et à la carcasse encombrante, mais un adulte averti, un chasseur expérimenté et un excellent cavalier. De surcroît, il était sensible à la beauté, et pas seulement celle des naïades de l'Ance, et avait quelque talent en dessin. Un homme se doit d'être réaliste. Chez les jésuites, lui, le dilettante qui savait s'abstraire d'un présent ennuyeux, avait acquis une lucidité que ses parents venaient de découvrir avec stupeur. Et il allait croire cette fille d'un milieu misérable leur prédisant un avenir triomphant ! La force de conviction de la jeune fille parait de réalisme une illusion manifeste !

Dubitatif, il contemplait sur l'horizon le relief sombre de La Marue, cet arrondi boisé dominant de trois cents mètres le plateau craponnais.

Il perdait son temps dans ce bosquet !

Honorine l'observait, le visage inquiet, lisant à livre ouvert la montée de ses doutes. Elle s'était livrée à ce garçon, lui avait raconté ses projets, s'était mise à nu devant lui… beaucoup plus qu'au bord de la rivière. S'il ne la croyait pas, s'il ne la suivait pas, elle risquait de se briser comme une branche trop chargée de fruits ! Non elle ne romprait pas ! Jamais !

Il abaissa les yeux sur son visage levé, vit l'incertitude dans son regard se muer en une détermination farouche : elle agirait avec ou sans lui ! Il s'adoucit.

Cette frêle jeune fille avait la force et l'ambition dont il était dépourvu. Il avait besoin d'elle !

— Je vous aiderai, Honorine, dit-il avec ferveur. Demain, j'étudierai vos cartons et j'inventerai pour vous de merveilleuses arabesques.

Ces mots étaient venus sans qu'il en décidât, simplement pour illuminer les yeux verts d'Honorine, pour en gommer la brume du doute.

— Il suffit pour l'instant que vos premiers dessins soient meilleurs que ceux-ci pour convaincre les dentelliers du Puy. Les très beaux, on verra plus tard. Vous avez beaucoup à apprendre et moi aussi.

Il acquiesça. Alors pour la deuxième fois de la journée, elle tendit la main. Ils topèrent gravement.

— Benoît, vous m'écrirez pour me tenir au courant ?

— A quelle adresse ?

Elle répondit aussitôt :

— « Alphonse Danssadoux et fils, fabrique de dentelle au fuseau ». Vous mettrez dans le coin de l'enveloppe en bas à droite vos initiales : BC. Comme ça, je saurai que c'est de vous. C'est moi qui ouvre le courrier en général. Par précaution, vous signerez d'un nom d'emprunt, et si vous commencez en disant que vous êtes cartonnier et que vous proposez de superbes dessins, monsieur Félix ne lira pas plus loin, ça c'est sûr.

Après une brève réflexion, elle poursuivit :

— Quoique, on ne sait jamais… Faites des sous-entendus. Je sais lire entre les lignes… et joignez à votre lettre un dessin pas très beau.

Elle se tut.

— Pour les dessins justement, répondit-il hésitant. Où vais-je puiser l'inspiration ?

Elle s'étonna de trouver des réponses.

— Dans les nuages, les rochers de l'Ance… et dans les beaux costumes de l'ancien temps comme on en voit dans les livres ou sur les portraits. Souvent les dames et même les messieurs portaient de la dentelle. J'sais pas, moi, partout !

— Je vais vous quitter, Honorine, mais vous serez toujours avec moi.

Avait-il parlé sans réfléchir ? Cette pensée amusa Benoît. Il avait eu simplement envie de dire ce qu'il ressentait et il en avait le droit.

Elle le dévisagea dans la lumière déclinante. Son inquiétude, proche de l'angoisse, émut le jeune homme. Alors Honorine, la calculatrice, eut un élan : elle se haussa sur la pointe des pieds et posa sur ses lèvres un baiser rapide puis elle se retourna et s'enfuit, effarouchée par son audace.

Benoît arriva à la nuit noire à La Monteillade. Ses parents dînaient d'une soupe. Ils ne lui adressèrent pas la parole. Sa mère avait sa mine revêche habituelle, son père un air faux qui lui mit la puce à l'oreille.

— Excusez-moi, fit-il soudain.

Il se leva de table, fila à l'écurie, prit d'une main la selle et le harnais de Sigismonde, de l'autre sa bride et sortit dans la nuit. Alors, il bondit sur son dos et chevauchant à cru l'emmena à la ferme voisine.

— Vous me la gardez pour la nuit, dit-il au fermier. Je la reprendrai demain à l'aube.

— Tu as peur que ton père la prenne avant ton départ, répondit l'homme d'un air ironique.

— Je vois que Fernande vous a tout dit, rigola Benoît. Je file.

Son père l'attendait devant l'écurie.

— Où est-elle ? beugla-t-il. Ramène-la immédiatement.

— J'ai fait une erreur en vous parlant de cette jument à midi. Vous n'aviez pas pensé à la vendre. Je vous en ai donné l'idée.

— Parfaitement je la vendrai. Et tu vas immédiatement me dire où elle est.

— Elle appartient à ma mère et j'en ai besoin. Pas question de la ramener.

— Ah bon !

Benoît entrevit un mouvement brusque dans la pénombre. Instinctivement, il leva le bras pour protéger son visage. La lanière du fouet s'enroula autour de sa main, y traçant une ligne de douleur vive. Le poing du garçon se referma, il tira d'un coup sec. Philippe Chalencon trébucha et lâcha le fouet. Benoît le prit en main et le leva. Un effort violent l'empêcha d'en frapper son père.

— On ne me fouette pas comme un chien, dit Benoît calmement. Ne recommence jamais.

Poings serrés, prêt à cogner, Philippe s'avança sur son fils qui ne bougea pas. Il s'arrêta face à cet homme calme qui le dominait d'une demi-tête. La lâcheté du père lui fit brusquement tourner les talons. Il partit vers les bois. Benoît soupira. Sa main le brûlait moins que son âme. Vers qui se tourner ?

Sa mère le fustigerait, espérant secrètement que les quelques sous tirés de la vente du cheval lui permettent de se mentir à elle-même une semaine de plus. Il n'était même pas sûr qu'elle n'ait pas suggéré à son époux de s'assurer de la bête avant le départ de son fils. Fernande ? Plus que jamais, il souhaita la ménager. Il lui raconterait une vague histoire et lui demanderait de le soigner. Sa main était peut-être coupée. Pas question qu'elle s'infectât. Il en avait besoin pour dessiner.

Honorine aussi avait eu un père faible, un ivrogne qui battait toute sa famille. Elle aussi avait dû subir des humiliations autrement sévères que la sienne. Ragaillardi par cette pensée, il rentra dans la maison où brillait encore le quinquet à huile de la cuisine.

Elle dormait, Honorine, épuisée par les émotions du jour.

Sitôt sa soupe avalée, elle avait débarbouillé et couché ses jeunes frères puis s'était mise au lit. L'avenir serait rude mais passionnant et elle ne l'affronterait pas seule. Pour la première fois peut-être, elle éprouva une étrange béatitude. Elle n'était pas accoutumée au bonheur.

13

Aube

Trois kilomètres au plus séparaient les deux jeunes gens. Pourtant ils n'appartenaient pas au même monde.

Benoît dormait dans un grand lit sculpté. Deux hautes fenêtres surmontées de trumeaux aux scènes pastorales défraîchies éclairaient sa chambre. Sur les murs peints à fresque couraient des pampres pourpres entremêlés d'acanthes turquoise. Deux ancêtres emperruqués veillaient sur son sommeil. Naïvement peints par un artiste régional – peu de talent mais petit prix – ils ancraient les Chalencon dans l'ancienne caste dominante.

A la ferme du Haut-Pas, Honorine et ses deux jeunes frères occupaient un galetas aux murs jadis chaulés. Les trois paillasses prenaient presque tout l'espace au sol. Des patères, un mauvais coffre en sapin complétaient l'ameublement.

Pour l'heure, le soleil grimpait encore derrière l'horizon, s'annonçant par une pâleur au bord du ciel. C'était suffisant pour les champions des poulaillers. Un coq chanta, puis deux, puis douze. Ils éveillèrent aussi bien Honorine que Benoît. Tous deux se levèrent instantanément.

Elle descendit sans bruit pour laisser à sa mère une ultime demi-heure de sommeil. Comme à l'accoutumée, elle alla faire pipi dans la rigole de l'étable, contribuant au stock de purin qu'à l'automne on tirait à grands seaux pour arroser les maigres champs de la famille, puis elle alluma la chandelle de suif, ranima le feu dans l'âtre, y mit à chauffer un restant de soupe et coupa une belle tranche de pain bis qu'elle tartina de saindoux pour son frère Jean qu'elle alla réveiller. Elle le vêtit d'habits propres bien que rapiécés et l'emmena, les yeux encore bouffis de sommeil, vers Craponne.

Ils marchaient d'un pas vif. Le garçon avait le trac et n'était plus très sûr de vouloir devenir boucher. Elle lui prit la main et le rassura. A onze ans, on est encore petit. Ils arrivèrent par le haut de la ville et descendirent vers la boutique de Fagot, le plus important boucher de Craponne. C'était un rougeaud épais, quelque peu maquignon et fort content de lui. Sa boutique trônait triomphante au centre du Faubourg, la plus grande place de la ville. Une venelle sur son flanc conduisait à une remise. Honorine frappa vigoureusement à la porte. Un compagnon vint ouvrir.

— Tu veux quoi ? demanda-t-il peu amène.

— Voir monsieur Fagot.

Il ricana, mais le maître de céans apparut.

— Qu'est-ce que c'est ? fit-il en torchant ses mains ensanglantées sur un grand sarrau de toile indigo.

— Mon jeune frère Jean voudrait apprendre le métier, dit-elle. Il se débrouille déjà bien pour les lapins et les volailles.

Le bonhomme prit un air matois.

— Tu es la fille du poivrot, toi, le Johannes qui s'est fait écraser.

La jeune fille rougit, mais se tut.

— Je veux bien, poursuivait le boucher, mais il faudra qu'il paie sa nourriture.

Le mépris du boucher dépassait la simple malveillance. Misérables, les Feynerolles étaient pour lui, ès qualités, exploitables comme du bétail. Honorine connaissait bien ce genre de rapacité et le gros homme venait de se faire une ennemie. Elle espéra vivement pouvoir la lui faire regretter un jour. Cette vengeance qu'elle jugea probable la rasséréna.

— Il me semblait qu'on payait les apprentis et qu'on les nourrissait, remarqua-t-elle tranquillement avec un grand sourire.

— Pas chez moi ! grogna le bonhomme.

Elle le regarda durement au fond des yeux et dit d'une voix claire :

— Bien. Qui détestez-vous, chez vos confrères, que je sache où chercher un boucher aimable, attentif, et honnête ?

Il la regarda sans comprendre. Le propos était trop impertinent, trop énorme pour cela. Les compagnons, attirés par la conversation, n'avaient pas cet aveuglant orgueil. Ils eurent des rires étouffés.

Le gros boucher se retourna comme un coq courroucé.

— Foutez-moi le camp ! beugla-t-il sans qu'on sût s'il renvoyait ses aides à leur besogne ou chassait les visiteurs.

Un des hommes reconduisit Honorine et son frère au portail.

— Va voir Huchet, murmura-t-il à la jeune fille. Dis-lui que c'est le Paul Chabanne qui t'envoie. Il s'est mis à son compte il y a deux ans et commence à avoir trop d'ouvrage. Sûr qu'il sera intéressé par ton p'tit frère.

Elle remercia et ils s'éloignèrent. Jean s'inquiéta.

— J'veux pas travailler chez lui, dit-il. J'veux plus être boucher.

— Tu as topé, lui rappela Honorine. On va chez ce Huchet. T'inquiète pas : ça sera bien mieux.

Un pire accueil était effectivement improbable.

Sise rue Neuve, un nom datant du Moyen Age, entre un fromager et un boulanger, l'échoppe du jeune boucher ne payait pas de mine. Honorine la jugea cependant bien placée. Un bon début. A six heures et demie du matin, elle était fermée. Elle frappa quand même à la vitre, insista. Une fenêtre s'ouvrit en face sur une femme en chemise de nuit.

— Excusez-moi, madame, j'voulais pas vous réveiller. Je cherche monsieur Huchet.

— Tu vois la petite porte là. C'est là qu'il tue ses bêtes, c'est sûrement ouvert.

Elle remercia et, remorquant Jean, entra. Le couloir sombre débouchait dans une cour. Un homme jeune se battait avec un bélier. Difficile de dire qui avait l'avantage. Le boucher tenait par une patte arrière l'animal qui, pour se dégager, se démenait comme un diable. Honorine saisit vivement les cornes de l'animal et tordit sa tête qu'elle maintint de toutes ses forces contre elle.

— Faut l'égorger ? haleta-t-elle.

— Ouais, répondit l'homme, mais je peux pas le lâcher.

— A toi, Jean, dit Honorine.

Le gamin sortit un solide couteau pliant de sa poche, l'ouvrit et la force décuplée par l'angoisse frappa le cou offert. Sa lame bien affûtée trancha net les deux jugulaires et les deux carotides du bélier qui tomba à genoux, échappant au boucher. Honorine, avec un grand calme, maintint sa tête basse pour qu'il n'inonde pas sa toison de sang.

— Monsieur Huchet, dit-elle d'une voix entrecoupée, il vous faut de l'aide. Je vous présente Jeannot. Il a onze ans et déjà un bon coup de main. C'est votre nouvel apprenti.

Huchet la regarda les yeux ronds, puis éclata de rire devant le culot de la visiteuse.

Honorine l'observait d'un regard moins assuré que ses dires. Costaud, de taille moyenne, il avait peut-être vingt-cinq ans. C'était un Vellave avec une bonne tête ronde, mal rasée, mais rigolarde.

— C'est le Paul Chabanne qui nous envoie, continua précipitamment la jeune fille encore cramponnée aux cornes du gros mouton. Il m'a dit qu'un compagnon, c'était trop tôt pour vous, mais qu'un apprenti vous rendrait grand service.

Elle brodait pour convaincre.

— Faut voir, Honorine Feyrenolles, faut voir, répondit Huchet.

— Vous savez mon nom ?

— Je sais aussi que tu travailles avec ma sœur chez le Félix Danssadoux : l'Adeline.

— Elle s'appelle pas Huchet mais Dutour ! s'exclama Honorine.

— Hé, elle est mariée, *té*. Elle a le nom de son mari ! Il paraît que t'es maligne et courageuse. Si ton Jeannot – c'est ton p'tit frère, hein ? – est comme toi, on pourra voir à voir.

— Ecoutez, dit Honorine. Je vous le laisse. Il vous montrera ce qu'il sait faire. Faites-le manger à midi. Je le reprendrai ce soir et nous parlerons, enfin si vous avez été content de lui.

— D'accord, fit le jeune boucher. Quant à toi, mon gars, écorche-moi ce bélier.

— Je sais faire pour les lapins, dit timidement Jean. Pour le mouton, je vais essayer.

— D'accord, mon gars. Allez, je rigolais. On va faire ça ensemble.

Ni l'un ni l'autre ne s'occupaient plus d'Honorine. Elle en conclut à son inutilité et s'esquiva. Dehors, elle se réjouit d'avoir gardé son sarrau de la ferme et ses sabots. Le premier sentait le suint et la terreur du mouton, les seconds étaient tachés de sang. Elle souriait. Elle aimait avoir de la chance.

Il était un peu tôt pour se rendre à la fabrique. Partie le ventre vide, elle avait faim. Elle fit un détour par la boulangerie du Faubourg, la première ouverte, et se fit peser cent cinquante grammes de pain bis qu'elle décida de manger assise sur la margelle de la fontaine qui recevait avant tout autre endroit le soleil du matin.

Benoît avait pris grand soin de ne réveiller personne, pourtant lorsqu'il quitta La Monteillade, ses fontes sur l'épaule et sa valise de cuir à la main, quelqu'un l'observait.

Le voisin se levait quand il pénétra dans sa cour de ferme.

— *Adiu*, Benoît, lui dit-il. Bonne chance pour ton nouveau travail.

— La grand merci à vous pour me l'avoir gardée, répondit-il.

Il enfourcha sa jument. Sur une impulsion, au lieu de partir vers Sant-Pierre-du-Champ et Vorey, la route la plus directe pour Le Puy, il se dirigea au bout de cent mètres vers Fraisse et Aubissoux. Un détour d'une lieue, certes, mais l'occasion, si la chance lui souriait, d'apercevoir une petite ouvrière se rendant à sa fabrique de dentelle.

Philippe Chalencon s'aigrissait au fur et à mesure de sa déchéance financière et l'affront de son fils, la veille, avait ranci en une rancune qui l'avait tenu éveillé une partie de la nuit. Dans le silence de l'aube, il entendit son fils se lever. Le guettant par la fenêtre, il comprit vite où Benoît avait placé Sigismonde pour la nuit. Il n'aimait pas son voisin qui le connaissait trop bien. Il décida de laisser un peu d'avance à son fils et de le rattraper dans les bois, une lieue plus loin. Là, il trouverait bien le moyen de récupérer la jument. Quant à Benoît, marcher jusqu'au Puy lui ferait les pieds.

Il descendit à l'écurie, sella son étalon et fila vers Vorey au grand trot. Il avait trop traîné. Il ne voyait pas son fils. Il accéléra.

Benoît passa au petit trot à Aubissoux. L'aurore permettait d'y voir clair dehors, pas encore dans les maisons. Aucune lumière ne brillait dans la ferme du Haut-Pas. Il en fut désolé. Il aurait bien aimé apercevoir Honorine et affronter son destin avec l'encouragement d'un ultime regard. Il soupira et repartit. Il allait à petite allure. Sigismonde n'était plus jeune et une course de dix lieues en une étape nécessitait de la ménager.

Comme Honorine, il traversa la ville vers la route du Puy. Arrivé place du Faubourg, il mit sa monture au pas : le soleil rasant illuminait une silhouette féminine assise, détendue, sur la margelle de la fontaine. Le jeune homme eut envie d'immortaliser l'instant, mais son matériel de dessin était au fond de sa valise. A une bonne centaine de toises, de dos, à contre-jour, la rêveuse n'était pas identifiable, mais un geste vers sa coiffe mit Benoît en alerte. D'eux-mêmes ses talons effleurèrent sa jument qui adopta un rythme plus soutenu.

Honorine avait regardé la petite ville s'éveiller. Un char à bancs était passé, puis un cavalier venant du sud, une berline pressée, sans doute quelque bourgeois se rendant à la préfecture. Un percheron avait pesamment traversé la place, traînant un tombereau de sable. La vie de tous les jours. En appui sur le bord du bassin, elle avait fermé les yeux, offrant son visage au soleil levant. Le staccato d'un cheval au trot ne la tira pas de sa quiétude mais il ralentit et elle ouvrit brusquement les yeux : Benoît la regardait, un peu anxieux. Elle le contempla gravement puis sourit. Il s'épanouit, voulut dire quelque chose, mais elle le précéda.

— Tenez, fit-elle en partageant son pain. Je suis sûre que vous êtes parti le ventre vide.

— Merci ! s'émerveilla-t-il.

Tous deux dévorèrent à belles dents sans se lâcher des yeux.

Sept heures sonnèrent au clocher paroissial. Il eut un sourire de biais, en forme d'excuse.

— Il me faut partir, dit-il d'un air malheureux.

Il espéra qu'elle le retînt. Elle y songea, mais refusa d'étirer leurs adieux. Tout d'abord, comme toute blessure, les laisser durer les corromprait. Ensuite Benoît devait affronter ce destin qu'elle lui avait choisi. Enfin, Honorine détestait les ragots et, dans ce pays, les gens observaient, disséquaient et supputaient. La séparation trop lente de personnes de sexe opposé se savourait comme une grive de la Saint-Hubert convenablement faisandée.

— J'attends de vos nouvelles, dit-elle en claquant la croupe de Sigismonde qui démarra brusquement.

Benoît chancela puis, très vite, retrouva son assiette. Voir cet escogriffe en redingote osciller sur son cheval fit rire la jeune fille. Elle s'en voulut aussitôt. Il eût pu croire à une moquerie. Mais non, il tourna la tête, lui fit un geste d'adieu auquel elle répondit et piqua des deux. Elle le regarda disparaître puis partit vers la fabrique. Dans sa tête, elle révisait son avenir : il fallait qu'elle s'habitue à avoir un partenaire.

La route montait. Toutes les routes montent à la sortie de Craponne, sauf celle de Saint-Georges. La jument trottait gentiment. Se mettrait-elle au pas avant le sommet de la côte ? A vingt-quatre ans elle n'était plus de première jeunesse.

Les chocs de ses sabots ferrés s'étouffèrent : au sortir de la ville le pavé laissait place à la terre plus ou moins empierrée.

Avec la crainte insidieuse de ne pas les revoir avant longtemps, Benoît contemplait les prairies familières. La forêt commençait au faîte de la pente et couvrait le plateau jusqu'à la descente vers Chomelix, deux grandes lieues plus loin. Ils l'atteignirent sans que Sigismonde se mît au pas.

L'ombre épaisse des sapins piégeait encore la fraîcheur de la nuit. Pour se réchauffer, Benoît talonna sa monture qui allongea son trot, accélérant ainsi leurs mouvements synchrones, et il se réchauffa.

Il croisa un charroi de grumes, doubla un char attelé à une paire de vaches – les bœufs coûtaient trop cher, quant aux chevaux, n'en parlons pas. Il laissa passer un marchand pressé dans un cabriolet à deux roues tiré par un beau demi-sang.

Que ferait-il au Puy ? Il y avait de la famille, mais compte tenu des relations quasi inexistantes entre les Chalencon et les Farges, nom de jeune fille de sa mère, d'éventuelles visites à ses cousins ou ses oncles étaient peu séduisantes, surtout maintenant que son grand-père était mort. La veille, avant que sa mère ne lui assène cette nouvelle, il avait caressé l'idée d'aller voir le vieil homme. Bien sûr, il avait compris depuis longtemps qu'un différend l'avait opposé à ses parents, mais cela ne le concernait en rien et il avait rêvé d'une rencontre entre adultes, sans référence au passé, qui aurait établi entre eux un nouveau lien.

Sa mère avait l'œil sec en évoquant le décès de son père. Sur le moment, Benoît avait attribué son aigreur aux vérités brutales qu'il avait proférées. A la réflexion, il s'agissait d'autre chose, sans doute d'une brouille mortelle avec toute sa famille. Il y songea : feu l'huissier avait une épouse, une seconde épouse. La première, sa grand-mère qu'il n'avait jamais connue, était certainement morte, même s'il n'en avait aucune certitude. On n'en parlait jamais. Qui était-elle ? Comment s'était déroulée la vie de jeune fille de Léonie ? Pour en savoir plus, une fois au Puy, il se rendrait à l'étude de feu son grand-père. Son successeur, peut-être un de ses cousins, le renseignerait. Quel cousin ? Un frère, un neveu de sa mère ? Il avait de très vagues souvenirs de sa petite enfance, quand des liens de parentèle existaient encore. Depuis une bonne douzaine d'années on ne parlait plus de la famille et on n'allait plus jamais au Puy. Si, pourtant ! Il avait assisté deux fois à des bals, les deux années précédentes, chez une douairière que sa mère appelait « cousine Elise ». Leur degré de parenté ? Il n'en avait jamais rien su. Tout ça était diablement inquiétant. Peu probable que ces gens lui apportent un quelconque soutien.

Arrivé à l'Arzon, il descendit au bord du ruisseau pour faire boire Sigismonde, puis la ramena sur la chaussée et repartit. Après Chomelix, la route serpentait à travers un paysage chaotique de pins tourmentés, ancrés dans les fissures des rocs. La crête dépassée, s'offrit au voyageur un paysage de pâturages où la route musardait avant de se redresser en une forte côte qui menait à Bellevue-la-Montagne, une bourgade dominant toute la vallée de la Loire vers l'est. Ils la montèrent au pas, Benoît menant sa bête par la bride. A petite allure, autant aller à pied. Ça soulageait le cheval et offrait au cavalier un agréable répit. Faire fonctionner les muscles des jambes reposait les reins éprouvés par le trot.

Le soleil montait dans le ciel et, à huit heures et demie, il commençait à chauffer. Benoît se dépouilla de l'épais chandail, tricoté par Fernande, qui l'engonçait dans sa redingote. Il surveillait son apparence. Ainsi ses vieilles bottes de cavalier, héritées de son père, étaient-elles soigneusement cirées. Encore un acquis des jésuites, ce souci de dignité.

Après Bellevue, la route descendait en une large boucle, offrant une superbe vue, soulignée au loin par le hiératique donjon de Polignac. Comme la cathédrale du Puy, il se dressait sur un neck volcanique. Les soucis du jeune homme s'étaient dilués au soleil. Le printemps triomphant le rendait optimiste. Il se sentit en vacances et poussa Sigismonde au petit galop.

Depuis quand n'avait-il pas pris cet itinéraire ? Cinq ans ? Dix ans ? Sans découvrir le paysage, il le voyait d'un autre œil.

A Saint-Paulien, la route débouchait sur l'arrière de l'église. Sa perfection le subjugua. Une romane pure. Eclairées par des ouvertures étroites, les chapelles lobées épaulaient le chœur qui semblait les protéger. L'ocre intense de l'édifice construit en blocs de lave était souligné d'une frise de moellons blancs sous les toits arrondis en tuiles romaines. Soutenant la nef, des contreforts épais contribuaient à la puissance trapue de cette collégiale qui défiait le temps et l'enfer. Elle était l'œuvre des habitants de ce pays rude et leur ressemblait. Honorine s'imposa à l'esprit de Benoît. Elle possédait la même détermination calme que l'église, la même grâce farouche. Il sourit. Etrange comparaison, mais ô combien pertinente ! Il décida d'y entrer. L'ayant visitée enfant, il en gardait le souvenir diffus d'une sombre majesté. Il voulait le raviver, sachant qu'il ne pouvait être déçu.

Il contourna l'édifice jusqu'au porche principal, attacha son cheval à un anneau scellé.

Assises au soleil sur des chaises paillées, deux vieilles faisaient de la dentelle.

— Bien le bonjour, mesdames, leur dit-il.

— *Adiu, moussu*, répondirent-elles.

— Je peux vous laisser mon cheval le temps d'une petite prière ?

Il se sentit un peu hypocrite de mentir ainsi à deux probables bigotes, pourtant, même s'il était mécréant depuis toujours – dès l'âge de six ans, il s'ennuyait profondément à la messe –, il n'était pas insensible à la spiritualité de l'architecture religieuse.

— Faites, *moussu*, nous le surveillerons, mais y a point de voleurs par chez nous.

Au fond de la nef sombre, les ouvertures étroites des absidioles et celles, plus larges et plus hautes, de l'abside se découpaient, éblouissantes. Par contraste, la longue voûte en plein cintre, tout en pierres noires, trompait le regard, donnant une impression d'immensité ténébreuse, d'ampleur massive et protectrice. Il eût aimé la dessiner malgré l'évidente difficulté de transmettre l'étrangeté de cet espace hors du temps. D'où venait l'émotion qui l'étreignait ? Il étouffa une exclamation : le chœur n'était pas parfaitement dans l'axe. Ce léger décalage avait attiré l'œil de Benoît, qui remarquait tout.

Il se sentit bien dans ce lieu et songea à la notion de sacré dont le père Malbost, homme de doute permanent, faisait des exégèses ambiguës et exaltées.

Il sortit troublé de l'église, chassa l'impression d'être minuscule et impuissant. L'au-delà ? Dieu ? La mort ? Le soleil, le grand air, l'espace. Sigismonde qui le poussa de son museau soyeux, sa bonne odeur de cheval lui arrachèrent un soupir d'aise. Il remonta en selle.

La côte de l'Ermitage dominait toute la cuvette du Puy. Benoît s'arrêta, contempla la ville blottie au pied d'une énorme concrétion volcanique, presque une montagne. En haut de ses contreforts, la cathédrale romane bordée par un cloître de mêmes pierres et de même couleur que Saint-Paulien se dressait, majestueuse. L'arrivant la balaya du regard pour s'arrêter sur la chapelle Saint-Michel, à gauche de l'agglomération, qui coiffait le rocher d'Aiguilhe, plus abrupt encore que le rocher Corneille. Un joyau où il se promit de monter bien vite. Il soupira. Finie la promenade, finie la liberté, il lui fallait se jeter dans les rues étroites de la vieille ville, rechercher l'étude de feu son grand-père pour tenter de trouver un appui ou simplement un accueil pour la nuit.

14

Lundi

Honorine arriva avant l'heure à son travail. Comme la veille, elle prit la clé sous la pierre et entra. Elle avait devant elle une demi-heure de tranquillité.

Aussi méfiante que curieuse, elle fouilla le bureau de son patron par précaution. C'était devenu chez elle un rituel qu'elle répétait deux fois par semaine. Elle avait ainsi appris certaines pratiques douteuses de monsieur Félix : pots-de-vin divers, en particulier aux commis de ses clients pour qu'ils référencent ses produits, ou prêts usuraires à des fermiers dans la gêne que lui envoyait le notaire moyennant une « honnête » commission.

Sur le bureau traînait un journal du Puy, vieux de dix jours. Elle le feuilleta et s'arrêta sur une petite annonce. La préfecture cherchait des commis aux écritures et elle avait toutes les qualifications requises. Elle sursauta en voyant l'offre : cent vingt francs par mois, quatre-vingts sous par jour ! Presque quatre fois son salaire ! Elle songea à envoyer sa candidature. Aussi tard, elle n'aurait aucune chance… mais l'annonce lui donna l'idée dont elle avait besoin…

Le cœur léger, elle reprit son ouvrage clandestin : la sélection à son profit des modèles de dentelle. Progressivement, elle prélevait les cartons les plus intéressants et les rangeait dans une place improbable, ignorée du maître des lieux. S'il en cherchait un, elle le trouvait aisément… et pour cause. Le moment venu, elle aurait ainsi toutes sortes de modèles de guipure. Sa rencontre avec Benoît avait donné une nouvelle dimension à ce stock : elle n'exploiterait pas directement les cartons détournés. Ils « guideraient » son « partenaire » qui les mettrait à la mode. Une aide à la création, en somme. Elle avait également constitué à son usage des listes de dentellières talentueuses. Les guipures compliquées étaient payées à un tarif horaire plus élevé. Il était dès lors aisé de les identifier. Le moment venu, quand elle ferait fabriquer pour son propre compte des dentelles de luxe, il lui suffirait de les payer au prix indiqué pour se les attacher puisque Mireille Bourdon, la leveuse, volait de la main droite les ouvrières et de la gauche son patron.

Elle s'occupa ainsi jusqu'à l'arrivée de ses compagnes.

Quand le bruit de volière de l'atelier se tut, Honorine sut qu'il était neuf heures. Monsieur Félix arrivait. Comme chaque matin, il ferait le tour des filles et terminerait par elle. Penchée sur son écritoire, elle l'observait en coin et rien ne lui échappait. Il avait grossi. Sa veste cintrée à longues basques ne parvenait plus à souligner sa taille et un ventre prospère tendait les boutonnières de son gilet brun taché de jaune d'œuf. Lune rougeoyante sous le haut-de-forme, son visage se couperosait. Ses pantalons à sous-pieds couvraient les trois quarts de ses chaussures et une grosse cravate bouffait sur son cou gras. Monsieur Félix mangeait trop.

Il approchait ; elle replongea le nez dans son registre et, tournant le dos à ses camarades trop finaudes pour ne pas déceler sa duplicité, se composa un air abattu qu'elle souligna par un ton atone en répondant au salut de son patron. Il ne manifesta rien, mais dans le quart d'heure qui suivit, plusieurs fois elle surprit ses regards mi-curieux, mi-inquiets : un gros bourdon suffisant observant une araignée travestie en abeille triste.

La matinée s'écoula. Elle travailla mieux que jamais, si bien que monsieur Félix le remarqua. Elle fit plus. En dépouillant le courrier, elle lui suggéra des réponses et très rapidement lui apporta les lettres rédigées.

— Ah ça, mademoiselle Honorine, vous allez plus vite que l'hirondelle de printemps.

Elle le regarda, masquant son ironie devant cette image voulue poétique.

— C'est que, monsieur, il me faut avancer mon ouvrage afin de me libérer mercredi, enfin si vous m'autorisez à prendre ma journée.

— Si votre travail est fait, mon enfant, je n'y vois pas d'inconvénient, dit-il avec un bon sourire.

« Mon enfant ! » Qui des deux était le plus hypocrite ? Elle se retint de ricaner.

— Bien entendu, je devrai déduire votre salaire de la journée, dit-il.

— Je sais, monsieur, répondit-elle, accentuant son air d'épagneul souffreteux.

La curiosité le rongeait et il mûrissait doucement.

— Vous avez eu un deuil ? finit-il par demander.

— Non, mais mon frère Gaston est parti conscrit et il faudrait employer quelqu'un à sa place pour faire le travail et payer le fermage, ou bien trouver des sous. C'est pour ça que j'irai au Puy mercredi. Merci de m'avoir donné ma journée.

— Et qu'est-ce que vous allez faire là-bas ?

Il avait plissé les yeux, pincé les lèvres et supputait. Quoi ? Pour l'instant il n'avait rien à se mettre sous la dent. Le bourdon avait pris une de ses six pattes dans la toile de la petite araignée. Alors elle commença à distiller son perfide message.

— Eh ben, y avait une annonce dans le journal. La préfecture cherchait des commis aux écritures pour le cabinet du préfet. Il fallait faire une lettre. Alors j'en ai envoyé une. Ils m'ont répondu et voilà : après-demain je vais me présenter.

— Et combien ils les paient, ces commis aux écritures ? demanda-t-il après réflexion.

— Eh ben, c'est pour ça que j'ai écrit, dit-elle en le regardant avec de grands yeux.

— Combien ? répéta-t-il, l'aigreur perçant dans sa voix.

— Quatre francs par jour, monsieur. Quatre-vingts sous ! répondit-elle avec une rudesse qu'elle regretta aussitôt.

Même si c'était le montant stipulé dans l'annonce, elle y allait trop fort. C'était le double du salaire des meilleures ouvrières de la fabrique et trois fois le sien. Il en fut ébahi.

— Ça veut dire que tu partirais, constata-t-il d'un ton inquiet.

— Oh, ça me fait bien peine, dit-elle. Surtout que m'installer à la ville va coûter des sous.

Un retour en arrière prévu car jamais son patron ne la paierait quatre-vingts sous par jour. S'il montait à soixante-cinq ou même à soixante, ce serait parfait…

La journée s'écoula. Il ne lui parlait que par monosyllabes. Sa contrariété enchantait Honorine qui cependant restait tendue. Son bluff marcherait-il ? Elle savait qu'il lui faudrait attendre le lendemain pour avoir une contre-proposition… qu'elle refuserait naturellement. Il commençait toujours ses marchandages à la moitié du prix qu'il finissait par consentir…

Il la quitta fraîchement ce soir-là.

Elle partit sur ses talons. Pas d'heures supplémentaires ce soir. Elle devait passer prendre son petit frère.

Huchet fermait sa boutique quand elle arriva.

— *Adiu*, Honorine, dit-il.

— *Adiu, moussu* Huchet, répondit-elle. Une bonne journée ? Le Jeannot vous a aidé ?

— Chut, il dort, la mit en garde le boucher en roulant les yeux.

Elle haussa les sourcils, tout de suite inquiète. Il rit.

— Il a pas volé un brin de repos. Il est vaillant et puis il aime le métier. Je l'ai tout de suite vu. Il a travaillé sans s'arrêter.

— Et vous voulez qu'il revienne demain ? demanda-t-elle.

— Ça dépend de ce que ça va me coûter.

— Au moins deux francs par jour, répondit Honorine matoise.

La tête du boucher la fit éclater de rire.

— Vingt sous par jour et ça ira, dit-elle.

Huchet réfléchit. Bien sûr, c'était trop pour un apprenti, mais son hésitation conforta Honorine. On parlait prix, ça signifiait que l'apprentissage était acquis.

— Quinze sous, dit-il.

— D'accord, mais avec le repas et, de temps en temps, un bout de viande à rapporter à la maison.

Le boucher avança les lèvres en une moue amusée.

— T'es gourmande, mademoiselle Feynerolles, hein…

Il eut un sourire en coin.

— Allez, tope là, dit-il, il me plaît bien ce gamin.

Le claquement de leurs deux mains résonna. Il y eut du bruit dans l'arrière-salle. Ils se tournèrent en même temps vers la porte. Les yeux ensommeillés, Jean se tenait sur le seuil.

— A quelle heure il doit venir ? demanda Honorine.

— T'as qu'à l'amener quand tu vas à la fabrique.

— Vers sept heures et demie, alors.

— Va curer la soue du *caïou*, dit la Rose à Jean ce soir-là.

Le gamin somnolait sur sa chaise.

— J'y vais à sa place, repartit Honorine.

Une lueur dure brillait dans ses yeux et sa mère n'osa rien dire. La jeune fille s'exécuta.

Epaules un peu voûtées, mouvements lents, elle revint s'asseoir à table. Pierre Feynerolles regardait son cadet avec une pointe de rancœur. Firmin avec hostilité.

— C'te *féniant*, y a pas de raison qu'y fasse pas son travail, dit-il mauvais.

— Son travail, il l'a fait à la boucherie, répondit sa sœur dominant sa fatigue.

— Nous aussi, on a travaillé, et quand j'étais apprenti, le père me battait quand je ne faisais pas l'ouvrage.

— Personne ne battra plus personne et surtout pas toi, dit Honorine. Jean travaille comme un fou. Son patron est gentil, mais il n'a que son aide. Il est encore petit et je ne veux pas qu'il tombe malade.

— Je lui botterais les fesses, moi, oui.

— Rien du tout. Il rapporte dix sous par jour à la mère. Presque autant que toi qui gagnes trois fois plus, alors tu n'as pas droit à la parole.

Son ton était sec. Firmin s'empourpra et se dressa d'un bond. Il s'avança vers elle, la main levée pour la gifler. Le portrait du père. Elle ne supporterait pas qu'il reprenne sa violence. Raflant sur la table le couteau à saigner les poules, elle marcha sur lui. Il recula. La Rose s'interposa :

— Elle a raison, dit-elle à Firmin. Si le Jeannot tombe malade, on sera dans de beaux draps.

— J'en ai marre ! beugla le bafoué. Je vais m'en aller à la ville. Je suis compagnon charron maintenant et je trouverai de l'ouvrage. Vous vous débrouillerez sans moi et mes quinze sous je les garderai.

La Rose s'alarma.

— Pars, dit Honorine. Moi je donnerai dès le mois prochain trente sous et on aura de quoi manger, surtout avec un goinfre de moins, et c'est pas tout. Montre, Jeannot !

Le gamin qui observait la scène avec frayeur défit le paquet posé à côté de lui. Il contenait une bonne livre de gras-double. Il sentait un peu, mais avec une bonne sauce, la Rose ferait un ragoût comme les Feynerolles en mangeaient rarement.

— Voilà ! reprit Honorine. On aura de la viande tous les jours !

— Elle pue, cette bidoche, grogna Firmin.

— Alors t'en mangeras pas !

Leur mère avait déjà emporté les tripes et les nettoyait. Elle avait remis du bois dans le feu et raccroché une marmite d'eau à la crémaillère.

— C'est vrai qu'il faut les faire cuire tout de suite, dit-elle, pour pas qu'elles se gâtent. On va les préparer avec des herbes et des pommes de terre. On va se régaler.

Firmin regarda la tablée avec fureur, fusilla Honorine du regard et sortit en claquant la porte.

La jeune fille soupira. Gaston lui avait suffi. Pas question que l'autre s'y mette. Elle le tuerait s'il le fallait mais il ne se mettrait pas en travers de sa route. Jean alla se coucher sitôt sa soupe avalée.

La nuit n'était pas encore tombée. Il faisait beau, elle sortit devant la ferme. Elle était fatiguée mais n'avait pas sommeil. Trop d'événements, trop de luttes l'avaient accaparée depuis trois jours. Elle s'assit sur le banc en pierre devant la porte. Pierre bientôt la rejoignit. Il semblait triste. Elle le câlina, puis l'entoura d'un bras protecteur. Il posa la tête sur son épaule et ferma les yeux.

— Ne sois pas jaloux, mon Pierrot, dit-elle. Toi aussi tu rapportes tes vingt sous, ou l'équivalent, en t'occupant de la terre. Toi aussi, tu seras riche, comme moi, comme Jean. Tous les trois, on se serrera les coudes et on soutiendra la maman. Gaston et Firmin, y ressemblent trop au père. Tu te rappelles qu'il nous battait ?

Il s'en souvenait. Il ne se souvenait même que de ça. Ses autres souvenirs avaient sombré. Ils restèrent ainsi un grand moment. Leurs souffles accordés s'étaient ralentis. Le couchant flamboyait puis ce paroxysme se calma en couleurs pastel de plus en plus douces, de plus en plus froides. Malgré le châle de grosse laine de l'une, le chandail de l'autre, la fraîcheur de la nuit les saisit. Ils rentrèrent. Chaleur un peu moite, effluves de ragoût et de bétail... ils retrouvaient leur tanière. Le quotidien les reprit, l'un après l'autre ils allèrent pisser dans l'étable puis montèrent ensemble dans la chambre qu'ils partageaient depuis toujours. Jean dormait avec application. Ils se couchèrent et, leurs paillasses étant proches, se donnèrent la main. Très vite le garçon s'endormit. Seule éveillée dans la masure silencieuse, Honorine songea à l'avenir, et cet avenir, depuis deux jours, comprenait un acteur de plus : un grand échalas osseux nommé Benoît Chalencon.

Benoît aussi était éveillé dans le noir. Lui non plus ne pouvait pas dormir. Il songeait à Honorine et lui racontait en silence sa première journée au Puy sans savoir s'il devait s'en louer ou s'en désespérer. Il se revit quelques heures plus tôt…

Passé l'église Saint-Laurent, dans les faubourgs du Puy, il s'arrêta devant la tour Pannessac trapue et crénelée sous son toit de tuiles romaines et vola encore un dernier instant de rêve. Derrière elle s'étendaient des ruelles inchangées depuis cinq siècles. Il décida de contourner la cité par le sud pour entrer dans la vieille ville par le quartier du Martouret où, dans ses souvenirs, habitait son grand-père Farges. Fourbue, Sigismonde allait au pas. Il erra un court moment dans les rues médiévales où des paysans criaient leurs légumes et questionna une boulangère dont l'éventaire donnait sur la rue.

— L'huissier Farges, c'était la maison avec la tour qui dépasse, deux rues plus loin à gauche, mais il est mort et c'est pas une perte. Personne ne l'a pleuré celui-là, pas même sa famille qui pensait qu'à ses sous.

Les poings appuyés sur ses fortes hanches, la commerçante s'excitait toute seule. Benoît en fut contrarié. Cet avis confortait une impression désagréable qui le poursuivait depuis son départ de La Monteillade : rien à espérer des Farges.

— Et qui lui a succédé ? demanda-t-il, coupant la philippique de la boulangère.

— Son gendre : Gaétan Larmuse, un fesse-mathieu comme on a jamais vu. Vaut pas cher non plus celui-là !

Il remercia, ralentit encore sa bête. Il n'allait rien sortir de bon de cette rencontre, mais il ne pouvait pas négliger la toute petite chance d'un bout d'héritage ou plus modestement d'un accueil familial.

La tourelle polygonale de la maison surgit de son souvenir alors qu'il pensait ne jamais l'avoir vue. Un porche ouvrait sur la cour. Il entra, attacha son cheval à un anneau, jeta ses fontes sur ses épaules, saisit sa valise et rejoignit l'entrée. L'écho du heurtoir résonna longuement puis un pas traînant se fit entendre. Un gratte-papier à la jaquette usée lui ouvrit. Les grandes pennes d'oie posées sur ses oreilles auraient dû le rendre comique, il n'était que morne.

— Vous désirez ?

— Voir maître Larmuse.

— A quel sujet ?

— Une visite de courtoisie.

— Vous êtes monsieur ?

— Benoît Chalencon.

— Je vais voir s'il peut vous recevoir.

Il s'éloigna. Benoît hésita puis le suivit sans y avoir été invité. Il se retrouva ainsi dans une salle où plusieurs copistes rédigeaient des actes sur du papier rêche, dans les grincements des plumes crachotantes. Le commis s'assit machinalement à son bureau mais la haute silhouette de Benoît lui fit lever la tête. Il soupira, quitta son siège et alla frapper à une porte au fond de la pièce.

Il revint et pria le jeune homme de le suivre.

Dans un fauteuil pivotant, derrière son bureau, un homme rond écrivait. Un magnifique gilet mauve soulignait sa panse rebondie. Il leva la tête.

— Asseyez-vous, monsieur Chalencon. Que puis-je pour vous ?

Ça commençait mal. Ou il ignorait qui il était ou il feignait de l'ignorer. Benoît réfléchit. Le plus grand machiavélisme, disaient ses maîtres, est souvent la vérité.

— Monsieur Larmuse, commença-t-il, votre prédécesseur monsieur Farges était mon grand-père. Il était aussi votre beau-père et il m'a paru de bon aloi en venant m'installer, au moins pour quelques mois au Puy, de me présenter à ma parentèle... même s'il a pu exister quelques différends entre ma mère et son père car ils ne se voyaient plus.

Rat grassouillet au bord de son trou, l'autre semblait guetter un hanneton maladroit pour le croquer sitôt à sa portée. Courageusement, Benoît poursuivit :

— Fort heureusement, les générations suivantes ne sont pas contraintes de retenir les brouilles de famille.

— Feu Emile Farges aurait eu une fille qui serait votre mère ? C'est étrange. Je n'en ai jamais entendu parler.

Sans y être prié, Benoît s'était assis sur un des deux fauteuils de bois dur, face à l'auxiliaire de justice. Après tout, celui-ci était son parent et un minimum de connivence lui semblait de mise, fût-elle artificielle. De fait, la jovialité souriante de l'huissier n'en parut pas affectée… pas plus que son regard de rapace.

— Comment se nomme-t-elle ? demanda Larmuse. Peut-être était-elle une enfant naturelle.

Le propos était abrupt, presque insultant. Inutile de répondre à la provocation. Benoît au contraire prit l'air niais pour dire :

— Léonie Farges, du moins je le croyais, mais à bien y réfléchir je n'en ai aucune certitude. Ce que vous dites… qu'elle serait une enfant naturelle expliquerait bien des choses, oui bien des choses.

Niais et rêveur aussi… Benoît avait appris à se connaître et à donner le change. Il vit avec plaisir que son interlocuteur cessait de torturer un coupe-papier sur son bureau. Ses yeux calculaient toujours, mais l'inquisition inquiète qui les habitait avait disparu.

— Mon cher cousin… dit-il. Nous sommes petits-cousins, n'est-ce pas ?

Benoît acquiesça avec douceur. L'autre enchaîna :

— Y a-t-il quelque chose que je puisse faire pour vous ?

— Eh bien, répondit Benoît, il me faudrait trouver un logement pour moi et une pension pour mon cheval. Quelque chose de modeste. Le budget d'un étudiant entrant dans la vie active n'est pas encore… triomphant. Ainsi pour mon cheval…

— Ah, c'est vous qui avez attaché votre monture dans ma cour…

— Pardonnez mon audace…

— Du tout, du tout, répondit le rondouillard dont la jovialité grandissante montrait le soulagement.

Benoît ricana intérieurement. La crainte de l'huissier Larmuse était bigrement intéressante. Ce dernier poursuivit :

— Un cheval demi-sang qui a bonne allure. Il vous appartient ?

— Depuis mon enfance, c'est une bête vaillante. Elle m'a amené de Craponne en trois heures.

— Et vous cherchez une écurie.

— A vrai dire, je la confierais volontiers à quelqu'un qu'elle dépannerait, qui la monterait modérément et qui en assurerait la nourriture et l'entretien. Je n'en aurais besoin que de temps en temps.

L'huissier griffonna une adresse.

— Allez voir ce monsieur de ma part. Il n'a rien à me refuser. Et que ferez-vous au Puy ?

— Eh bien, je vais chercher un emploi de cartonnier dans une entreprise de dentelle. On m'a d'ailleurs recommandé plusieurs employeurs.

Il avait sorti une liste de sa poche. Il en énuméra les noms, guettant les réactions de son vis-à-vis, et le vit tordre le nez à l'évocation de plusieurs d'entre eux. Une information précieuse. Les opinions de ce robin hypocrite présentaient une incontestable valeur *a contrario*, comme aurait dit son professeur de rhétorique. Benoît décida de visiter ceux-là avant les autres.

— Pour vous loger, poursuivit Larmuse, je vous conseille l'auberge Galand, sur le Breuil. Pour cinquante sous par jour, vous y serez comme un coq en pâte…

Benoît hocha la tête puis sourit. L'autre le testait. Il décida de paraître dans une gêne relative sans plus.

— La moitié m'irait, pour tout dire. Il faut que je puisse tenir plusieurs semaines avec mon pécule, le temps de trouver un emploi.

L'air chattemite, son interlocuteur opina. En fait, le jeune homme ne pourrait guère payer plus de dix sous et pas plus de deux semaines, mais l'autre aurait été trop content de le savoir.

Ils se quittèrent avec de grands sourires. L'huissier paternaliste et pontifiant, le visiteur, franc et naïf. Au moment de partir, Benoît, semblant se rappeler un détail, s'exclama :

— Au fait, ma mère évoquait souvent « sa chère Elise » !

— Elise Gourmon ? s'exclama Larmuse par réflexe avant de se refermer aussitôt.

— Ce nom ne me dit rien, fit Benoît avec une moue.

Il faillit éclater de rire devant le soulagement de l'autre. Ils se serrèrent cordialement la main, se donnant mutuellement du « cher cousin » et se séparèrent.

Benoît reprit ses bagages, monta sa bête et sortit de la cour. Il eut du mal à ne pas lever les yeux vers les fenêtres de maître Larmuse dont il sentait le regard. Il lui semblait deviner ses pensées. Non seulement Benoît ne pouvait rien lui rapporter, mais il pouvait lui nuire si par exemple il s'intéressait d'un peu trop près à la succession de feu l'huissier Farges. Le jeune homme sourit, ravi que cet être matois, mais borné, l'ait pris pour un imbécile. Allons, son grand air niais judicieusement utilisé était un excellent atout. Dans la rue, il se permit de sourire. Prédateur, hypocrite mais fort piètre diplomate, Larmuse était à surveiller. Croyant tirer les ficelles, il montrait ce qu'il aurait dû cacher. Une nouvelle fois, Benoît eut une pensée reconnaissante pour les jésuites et leur subtilité.

Fit-il une bonne affaire ? Il confia Sigismonde au quidam indiqué par l'huissier. Il se chargeait de la bête à condition de pouvoir la louer, étant entendu que Benoît pourrait la prendre les dimanches. Moyennant quoi le loueur ne lui paierait rien mais s'engageait à nourrir et soigner la jument. Au prix de location d'un cheval, le bonhomme n'y perdait pas. Benoît, ainsi libéré, pourrait toujours reconsidérer la question en fin de semaine.

L'après-midi s'allongeait. Allait-il ce soir tenter sa chance auprès des dentelliers ? Il jugea plus opportun de remettre au lendemain. Il lui fallait trouver un lit. Il entra dans une première auberge – trop chère pour lui –, visita cependant les chambres pour se faire une opinion. Il trouva pour finir dans le quartier du Pouzarot une turne misérable pour un prix excessif bien que fort modique. Il dîna d'un quignon de pain accompagné d'un oignon et se mit au lit.

15

Le prix d'une augmentation

Cette nuit-là, Honorine rêva que monsieur Félix la renvoyait. Elle perdait tout : sa maigre paie mais aussi la chance de maîtriser le métier. C'était surtout ça qui la maintenait chez « Alphonse Danssadoux et fils, fabrique de dentelle au fuseau ».

Elle se leva à l'aurore, éveilla Jean, l'accompagna chez Huchet. Il la quitta content et elle repartit heureuse vers la fabrique.

Quand monsieur Félix arriva, il avait mauvaise mine. Lui aussi avait mal dormi. Elle l'attendit de pied ferme. Toute la journée, il lui battit froid. Elle le connaissait assez pour savoir qu'elle le tenait : il avait pris la décision de la garder et donc de l'augmenter, mais ça le scandalisait. Elle bouillait d'impatience et cependant n'en montra rien. L'idée de l'affronter la galvanisait, ce qui l'étonna grandement.

La discussion fut aussi âpre que froide.

— Si vous restez, je vous donnerai quarante sous par jour, le tarif d'une bonne ouvrière.

— A la préfecture, je toucherai le double.

— Mais il vous faudra vous loger et vous nourrir. Ça vous coûtera au moins vingt sous par jour.

— Dix, je ne suis pas exigeante. Il me restera soixante-dix sous.

— Cinquante sous et vous restez.

— Soixante.

— Cinquante-cinq, mais en plus de la paperasse, vous aiderez la leveuse si nécessaire et vous verrez des clients.

Elle prit l'air abattue.

— Oui, monsieur Félix. J'aiderai la leveuse et je verrai des clients, dit-elle d'une toute petite voix.

Devant cette déférence inquiète, son patron se rengorgea comme un coq. Elle leva sur lui un visage contrit. Surtout laisser cet imbécile sauver la face, surtout ne pas lui montrer sa jubilation. Un détail calma son euphorie : monsieur Félix posait sur sa table un journal qu'elle reconnut. Il avait recherché et vérifié l'annonce ! Elle révisa son jugement. Jamais, au grand jamais, elle ne devait prendre son patron pour un crétin.

Juin arriva. La routine, l'air bonasse de monsieur Félix, tout évoquait une normalité retrouvée. Il avait digéré l'augmentation forcée d'Honorine. Voir ! N'était-ce pas le calme avant la tempête ?

Si méfiante soit-elle, elle fut prise de court.

— Vous partez par la diligence de six heures demain, lui dit-il un matin. Au Puy vous irez voir mon ami Capripède, le grossiste en passementerie. Vous savez son adresse, vous lui avez écrit vingt fois.

Vous lui livrerez sa commande et vous lui montrerez les cartons que je viens de recevoir. Tâchez de placer les modèles les plus chers. Vous reviendrez avec une commande d'au moins cinq cents francs et un acompte de cent francs. Je compte sur vous.

Il porta la main à son gilet, en tira ostensiblement une grosse pièce d'argent qu'il lui jeta d'une chiquenaude. Elle l'attrapa au vol.

— Voilà cinq francs pour vos dépenses et, au retour, tâchez d'attraper la voiture du soir, sinon vous coucherez là-bas sans rallonge de frais.

Félix Danssadoux la regardait d'un air goguenard et elle n'avait pas envie de parader.

— Oui, monsieur, dit-elle s'efforçant d'affermir sa voix.

Le défi était rude et Honorine terrorisée. Obtenir une commande de cinq cents francs du sieur Capripède était quasiment infaisable. Pourtant cela l'inquiétait moins que son voyage, seule, vers la grande ville. Elle n'avait jamais quitté Craponne et son environnement immédiat : vingt kilomètres alentour tout au plus.

Pour rien au monde elle n'aurait montré son angoisse à son patron qui se vengeait en lui assignant une mission impossible.

Plusieurs fois dans la matinée, elle surprit ses regards d'une profonde méchanceté, d'une morgue furieuse. Elle aussi enrageait : il lui avait jeté la pièce de cent sous comme une aumône et elle l'avait rattrapée telle une mendiante avide. La dignité eût été de la laisser tomber par terre. Avait-elle les moyens de s'offrir cette dignité-là ? Elle eût risqué de perdre les cinq francs. Dans trois ans, dans cinq ans, il verserait pour cet affront des larmes amères ! La colère était mauvaise conseillère. Très vite elle prit du recul et réfléchit à s'en donner la migraine. L'augmentation, du moins son aspect strictement financier, n'était pas en cause. Elle était au courant de tous les comptes et connaissait, par ses indiscrétions répétées, la rapacité clandestine de monsieur Félix. Le doublement du salaire d'Honorine était sans conséquence pour lui, alors que les bénéfices qu'il tirait d'elle étaient manifestes : elle l'avait soulagé de la moitié de son travail et de toutes ses tâches répétitives. Avait-il seulement remarqué les améliorations qu'elle avait apportées à l'organisation de la fabrique ? Bien sûr ! Sa jovialité masquait un de ces fauves hypocrites dont le gibier se méfie trop tard.

Mais d'où venait sa haine à son égard ? A défaut de l'expliquer, elle l'inscrivit au fond de sa mémoire comme un fait dont elle devait tenir compte, même s'il ne s'expliquait pas encore. Elle occulta donc les regards désagréables de son patron pour songer sérieusement à sa mission du lendemain. Elle affronterait ce voyage même si la nouveauté l'effrayait. Elle était trop troublée cependant pour montrer la même vivacité que d'habitude et Danssadoux se délectait de son anxiété. Il avait tort. Honorine avait la rancune tenace.

Quand tinta l'angélus, monsieur Félix sortit sa grosse montre en or de son gousset, vérifia l'heure, coiffa son haut chapeau de poil de lapin et sortit déjeuner. La tension besogneuse de l'atelier tomba. Presque toutes les femmes s'en allèrent. Elles rentraient chez elles et reviendraient à une heure et demie.

Elles restèrent deux dans l'atelier.

— Hé ben, Honorine, t'en fais une tête, dit sa compagne.

La jeune fille regarda son aînée.

Mélanie Pentier, l'aponceuse, habitait Jullianges, à presque une heure de marche. Elles déjeunaient ensemble de la gamelle de soupe qu'elles avaient apportée. L'hiver, elles la faisaient réchauffer sur le poêle. L'été, elles mangeaient froid. Parfois leur menu s'agrémentait d'un bout de fromage ou de saucisson. Un lien s'était créé entre elles, nourri de longs silences. Des taiseuses, toutes deux. Honorine ignorait avoir une amie. Savait-elle seulement ce qu'était une amie ? L'aînée, femme sévère, était l'autorité dans l'atelier et donc une alliée importante. Ses assemblages de guipures étaient invisibles. Consciente de sa maladresse manuelle, Honorine lui vouait une grande admiration. Elle examinait régulièrement et d'un œil connaisseur les ouvrages finis. Elle n'hésitait pas non plus à poser à la taciturne des questions techniques. Mélanie s'était habituée à cette surveillance modeste et souvent la petite faisait des suggestions pertinentes. Des rapports simples dont ni l'une ni l'autre n'avaient perçu l'importance.

— T'en fais une tête, répéta l'aînée. C'est à cause de ton voyage au Puy ?

— Oui, répondit Honorine avant d'avoir réfléchi. Elle s'en voulut d'avoir baissé sa garde. Finaude, l'aînée sourit.

— Tu as peur du voyage mais ça c'est rien, je t'assure. Le piège, c'est monsieur Félix. Tu l'as coincé, il se rebiffe.

— Moi ?

— Ecoute, je sais que tu le grignotes petit à petit. Il suffit de regarder. Tu l'as coincé parce que tu avais besoin de sous. A cause du Gaston. Même que t'étais bien contente. Je sais pas ce qu'il te faisait mais tu as… refleuri depuis que ce mauvais est parti soldat. Mais voilà, il faut des sous pour la Rose et les deux galapiats. Attention, Honorine. Il croit qu'il dirige tout et voilà que tu le forces. Alors il fait d'une pierre deux coups. Il te met au défi de vendre une énorme quantité de dentelle. Tu réussis ? Il gagne plein d'argent. Tu échoues ? Il pourra t'humilier et revenir sur ton augmentation. Il gagne des deux côtés.

Honorine la regardait de ses yeux d'eau profonde, assombris d'une rage froide, puis elle se calma.

— Je n'échouerai pas, dit-elle. Je ne dois pas échouer.

— Et comment que tu feras ? Cinq cents francs, c'est pas rien !

Dans le regard sauvage d'Honorine l'angoisse montait. Mélanie sourit et se leva.

— Viens voir, j'ai une idée, dit-elle.

Elle mena la jeunette à l'autre bout de l'atelier, ouvrit un tiroir, en tira une coiffe en guipure blanche extraordinairement fine qu'elle agrémenta d'un ruban de soie verte.

— Enlève la tienne et mets celle-là.

Honorine obéit. Ses boucles rousses, ses yeux graves assortis à la couleur du ruban, sa peau très blanche, son minois piquant étaient glorifiés par cette dentelle arachnéenne.

— Alors ? demanda l'aînée.

— Elle est magnifique.

— Elle est très belle, parce que tu es très belle, Honorine.

La jeune fille ouvrit des yeux ronds.

— Tu le savais pas ? T'as jamais vu les hommes te regarder ?

Cette évocation la fit tressaillir mais elle ne dit rien. Mélanie la regarda gravement.

— J'ai autre chose pour toi.

Elle déplia un chemisier de dentelle.

— Au début, quand j'ai commencé ici, j'ai fait ces pièces pour montrer à monsieur Félix ce qu'on pouvait faire, quelques filles et moi. Il a méprisé tout ça. Mets ce corsage.

Honorine hésita puis se dévêtit. Elle s'était tournée. Sa compagne la voyait de dos. Elle était menue mais gracieuse. Elle se retourna pour enfiler le léger vêtement présenté par Mélanie. A demi nue, elle avait froid et la chair de poule faisait dresser ses petits seins que Mélanie effleura. Ensemble, toutes deux suspendirent leurs gestes. Silence, immobilité, un instant de cristal qu'on craint de briser. Elles terminèrent l'essayage sans échanger un mot.

— Voilà. Tu t'habilleras comme ça pour voir ce Capripède. Il verra ce que donne la vraie dentelle sur une belle fille. Tu seras simplement toi-même. Et si celui-là ne comprend pas, va chez les autres.

— Mais, rétorqua Honorine, il ne m'a pas dit d'aller voir les autres.

— C'est pas ce que tu ferais, si c'était ta dentelle que tu allais vendre ?

Un éclair passa dans les yeux de la jeune fille.

— Si, dit-elle. Si.

— Alors fais-le ! Rapporte les cent francs d'acompte et des commandes pour cinq cents francs.

— Comment tu sais tout ça ?

— Il criait presque. Il voulait que tout le monde entende. C'est une gageure, ce qu'il t'a demandé. Il veut que ton échec soit éclatant. Qu'est-ce que tu lui as fait ?

Honorine réfléchit. Mélanie écoutait en silence depuis toujours et savait tout. La jeune fille le comprenait aujourd'hui. Donc elle pouvait lui raconter ce qu'elle savait déjà. Une personne à qui parler. C'était tentant. De plus elle découvrait quelqu'un dont l'avis l'intéressait, lui importait.

— Je lui ai arraché une grosse augmentation...

— Faut pas chercher plus loin. Il n'a pas pu refuser sous peine de faire lui-même ce que tu fais et qu'il faisait avant. Et cette augmentation, il ne te la pardonne pas.

— Peut-être. Sans doute même. Mais il y a quelque chose en plus. Je ne sais pas quoi. Il m'en veut pour autre chose. Pourtant je prends bien garde de faire vite et bien tout ce qu'il me demande, toujours.

— Tout ? ricana Mélanie.

Honorine la regarda gravement.

— Il est pas de ces hommes qui me jettent des regards sales.

Sa compagne hocha la tête. Toutes deux observaient le reflet de la jeune fille dans un miroir. C'est vrai que la dentelle allait bien à Honorine, ou plutôt qu'elle allait bien à la dentelle. Alors elle sourit. Mélanie la regarda et l'embrassa, comme une mère étreint la fille qu'elle marie puis, lui tenant les deux mains, elle recula d'un demi-pas et le buste cambré en arrière l'admira.

— Tu es superbe, dit-elle. En te voyant les hommes auront envie de voir leur femme porter de la belle guipure… et les femmes d'être aussi belles que toi !

Honorine s'était levée à quatre heures et demie. En rentrant la veille, elle avait annoncé à la famille attablée son départ à l'aube pour Le Puy. Elle avait dû choyer Jean, triste de faire seul le chemin jusqu'à la boucherie le lendemain.

Elle était arrivée à la fabrique une heure avant le départ de la diligence. La valise à livrer l'attendait. Elle l'avait ouverte, avait déballé son contenu pour le ranger à sa façon, puis l'avait empoignée. Elle était abominablement lourde.

La changeant de main tous les vingt pas, elle parvint enfin au relais de poste. Là, le cocher la chargea sur l'impériale. Son billet, pris la veille, lui attribuait une place dans la rotonde, le dernier des trois compartiments de la voiture. Première arrivée, elle s'installa près de la porte. Elle serrait sur son cœur un sac de belle apparence, acquis la veille chez le fripier. Il avait sérieusement écorné ses cent sous, mais, après leur essayage, Mélanie l'avait incitée à s'habiller avec élégance pour visiter les clients et son vieux cabas jurait avec sa jupe du dimanche, son meilleur châle et ses bottines bien cirées.

Confortablement rencognée sur la banquette, elle avait fermé les yeux. Les légères secousses de la voiture qu'on attelait, les grincements des harnais, les ordres du postillon aux garçons d'écurie, les discussions des gens s'estompèrent en une rumeur diffuse. S'installant près d'elle, les voyageurs ne troublèrent pas sa torpeur. Quand la diligence s'ébranla, elle rêva que les chairs moelleuses de sa considérable voisine étaient des coussins. Elle prolongea volontairement cet état de flottement et sombra à nouveau. La dureté de sa vie lui avait appris à dormir n'importe où, n'importe quand, ne serait-ce que quelques minutes. Elle compensa ainsi insomnie et cauchemar de la nuit passée : elle se perdait dans la grande ville, on lui volait sa valise de dentelles, et les clients la jetaient dehors sans l'écouter.

Après Chomelix les chevaux se mirent au pas, puis une demi-heure plus tard le cocher fit descendre ses passagers dans la côte de Bellevue. Marcher lui fit du bien. A son grand étonnement, l'idée d'affronter le Capripède et de le vaincre – c'est le mot qui lui vint – la tonifiait. Elle était décidée à tout pour revenir avec la commande demandée.

La diligence mit quatre heures à atteindre Le Puy. Il était dix heures et quart quand la lourde voiture dépassa l'église Saint-Laurent. De sa place,

Honorine n'avait rien vu de la superbe descente vers la ville.

Place du Breuil, où se situait la gare des diligences, elle fut stupéfiée par l'accumulation des maisons. Jamais elle n'en avait vu autant. Dans la vieille ville s'enfonçaient des ruelles bordées de bâtisses décrépites qui sentaient la misère et la crasse. En revanche, les constructions modernes du boulevard étaient de belles maisons de pierre avec de grandes ouvertures et des décorations sculptées autour des fenêtres. Elle aimait les demeures imposantes, cossues, comme celle du Faubourg, à Craponne, qu'elle achèterait un jour.

Tandis qu'on descendait sa valise, elle s'enquit de son retour. La diligence repartait à quatre heures trente. Elle avait donc du temps devant elle.

Elle demanda son chemin. Un quidam le lui indiqua. L'adresse des établissements Capripède se situait à un quart d'heure à pied en allant vers Vals, un faubourg au sud, et elle n'envisageait pas de porter son lourd bagage inutilement. Elle regarda autour d'elle, remarqua une file de voitures vers laquelle se dirigeaient les passagers des diligences arrivant d'un peu partout.

— C'est des fiacres, lui dit Monnier, le postillon de Craponne qui la connaissait et la voyait hésiter. Ils t'emmènent où tu veux du moment que tu paies.

— Et combien que ça coûte pour aller à Vals ? lui demanda-t-elle.

— Dix à vingt sous, quelque chose comme ça.

— C'est trop cher. Je pars à pied.

Le cocher hocha la tête avec compassion. La valise était aussi grosse qu'elle.

Elle partit vaillamment, s'arrêta très vite. C'était trop lourd. Il lui fallait trouver quelqu'un pour l'aider. Un individu efflanqué et en haillons la regardait comme un loup affamé. Elle tressaillit puis se maîtrisa. Elle décida qu'ainsi bien habillée elle devait paraître sûre d'elle. Elle se dirigea donc d'un pas résolu vers le bonhomme.

— Vous voulez gagner cinq sous en cinq minutes ? lui demanda-t-elle d'un ton abrupt.

Il acquiesça.

— Alors aidez-moi à porter ma valise.

Elle était méfiante, Honorine. Une ville aussi énorme – elle avait presque vingt mille habitants – devait être un repaire de bandits.

— Donnez, dit le bonhomme.

— Non, vous prenez la poignée avec moi, répondit-elle, forçant toujours son autorité.

— Vous avez peur que je parte avec ?

— On ne se connaît pas, hein, alors on fait comme ça. Et *pi* ça sera moins lourd pour vous.

Il n'avait pas l'air content.

— Vous préférez que j'offre mes sous à quelqu'un d'autre ? dit-elle sèchement.

Elle n'en menait pas large. Si l'autre lui arrachait la valise et la frappait elle serait dans de beaux draps. Mais il n'était pas agressif, simplement vexé. Il soupira, saisit la poignée sans qu'elle la lâchât et ils partirent côte à côte. Bon ! Maintenant l'apprivoiser, songea Honorine.

— La vie est dure à la ville, dit-elle.

— Ouais, trop de gens viennent ici chassés par la misère des campagnes et ne trouvent pas d'embauche. Tenez, moi…

Un tonneau qui se débonde. Il lui raconta sa vie. Il espérait de la compassion. Il n'eut que de la curiosité. La pitié n'était pas son fort, à Honorine. Sa propre survie l'avait rendue dure comme un silex. Devant la fabrique Capripède, elle paya son homme après avoir vérifié qu'elle était bien arrivée à destination. Il s'éloigna vers un estaminet un peu plus loin. Elle sourit. Avec cinq sous, il pourrait se saouler et pendant quelques heures il oublierait son sort.

Elle regarda à droite et à gauche, ouvrit son sac. En sortit un chiffon, fit briller ses bottines, remplaça sa coiffe toute simple par celle de guipure blanche, rejeta son châle en arrière pour mettre son beau chemisier en valeur. « Tu vas ressembler à une belle jeune fille déguisée en paysanne, avait dit Mélanie, et ça va plaire aux clients. » Elle n'en était plus très sûre. Elle soupira puis tira la chaîne à côté de la porte. Une cloche tinta à l'intérieur. Elle entrait dans l'arène des fauves.

— Bonjour, commença-t-elle, je viens des établissements Danssadoux à Craponne. J'apporte le travail et je viens prendre la commande suivante.

Elle avait dit ça d'une voix claire avec un grand sourire, en inclinant légèrement la tête de côté. Son cœur battait à se rompre : elle en faisait trop et la femme qui l'accueillait ne serait pas dupe. De fait son visage se ferma.

— Suivez-moi, dit-elle.

Elles n'avaient pas fait dix pas quand apparut un quinquagénaire prospère dont le visage jovial s'élargissait de superbes favoris en côtelette. Il lui dédia un grand sourire. Il avait entendu une voix féminine et fraîche, et en bon mâle conquérant venait renifler la femelle farouche.

— Vous travaillez avec mon ami Félix ! s'exclama-t-il. Venez dans mon bureau.

Elle le suivit jusqu'à une pièce spacieuse où il l'invita à s'asseoir. Il vit alors la valise. Suivant son regard, elle l'ouvrit, en sortit délicatement les plus belles pièces en commande qu'elle posa sur le bureau avec des gestes quasi liturgiques. Il y jetait des coups d'œil, mais c'était elle qu'il détaillait du regard, c'en était presque gênant.

— Vous admirez ma coiffe et mon corsage, dit-elle. Je les ai mis pour vous. Imaginez les femmes avec de pareilles guipures !

Elle souriait malgré son malaise, mais déjà elle évaluait l'impact de sa tenue, vérifiant l'idée de Mélanie. Elle reprit bientôt :

— J'ai quelque chose à vous montrer.

Il vint près d'elle tandis qu'elle lui présentait les nouveaux cartons. Il l'effleura. Elle eut un sursaut, il battit en retraite. Elle s'affola.

— Monsieur Danssadoux m'a demandé de vous proposer ces nouveaux modèles et de vous en vendre pour cinq cents francs avec un acompte de cent, dit-elle tout à trac.

Il leva les yeux, la vit terrorisée. Elle était incroyablement jeune, ravissante et terrifiée. Il s'avança vers elle. Elle revit son aîné dans l'étable, l'approchant avec son odieux sourire, recula, effrayée. Capripède la désirait, c'était visible, mais sa culpabilité combattait sa pulsion. Il avança de nouveau, à la fois agresseur et protecteur. Elle ressentit cette ambiguïté, entrevit la vulnérabilité du prédateur, et reprit son sang-froid. Si elle fuyait, il deviendrait agressif… et elle perdrait sa commande. Elle devait aller dans le sens du courant, faire la part du feu. Oui, mais en en tirant profit ! Au moins ce salaud de Gaston lui avait appris quelque chose ! Faussement timide, vraiment anxieuse, elle avança la main vers ce sexe tendu, comme si elle craignait de se brûler mais ne pouvait s'en empêcher. Lui, fasciné, fut dominé. Evitant qu'il la touche, avec des gestes effarouchés, elle ouvrit les boutons de son pantalon à pont. Elle le masturba avec l'expérience que donne la pratique. Debout, honteux, rouge comme une betterave, il haletait. Quand il jouit, Honorine s'écarta prestement. Pas question d'engluer de foutre son beau corsage ou sa jupe du dimanche.

Sa maîtrise de l'événement l'avait exaltée. Son émoi résultait de la toute-puissance et non du désir. Dominer un mâle était si aisé ! Son mépris pour sa victime fut immense. Il s'accrut quand elle la vit s'emparer d'une des belles guipures étalées sur le bureau et s'en torcher la bite avant de se rebraguetter hâtivement…

Capripède lui passa une commande de cinq cents francs et lui remit un chèque de cent francs…

Elle quitta la fabrique le cœur battant d'un orgueil énorme. Elle avait réussi ! A sa main, la valise, vide maintenant, semblait une plume. Dehors elle s'enfuit comme si elle craignait que le sieur Capripède la poursuivît pour lui reprendre chèque et commande. Quand elle fut à deux cents pas, elle regarda derrière elle. La rue était vide sous le grand soleil. Alors libérée, elle se mit à rire, un rire qui la secoua de longues minutes. Les hommes étaient des ânes que l'on menait plus aisément par le membre que par un licou. A cette évocation, de nouveau l'hilarité la reprit.

Revenue au relais de poste, Honorine paya son retour par la diligence du soir. Mais cette fois elle retint une place à côté du cocher. Elle avait envie d'admirer le paysage. Pour la première fois de sa vie, elle se sentait en vacances.

Et Benoît ? Prise par son défi, elle n'avait pas songé à lui. Depuis son départ deux semaines auparavant, il n'avait pas écrit. Elle ressentit une rage brutale à son égard. Elle avait pensé à lui souvent et il n'avait pas écrit. L'imbécile ! Il n'avait rien compris. Elle avait cru trouver un compagnon de lutte pour créer sa fabrique et ce grand benêt n'était qu'une tête de linotte. Sitôt dans la grande ville il avait tout oublié. Une couleuvre de plus à avaler. Elle était seule et gagnerait seule.

Elle avait soudain une faim d'ogre, il y avait une brasserie sur la place. Elle entra et commanda une potée. Elle coûtait vingt sous. Jamais elle n'avait autant dépensé pour manger mais elle faisait quand même un honnête bénéfice sur les cinq francs accordés pour ses frais.

Les plus beaux magasins de mode se trouvaient sur le Breuil, la promenade chic de la ville. Honorine, depuis son essayage avec Mélanie, croyait plus que jamais à l'avenir de la dentelle dans la mode féminine. Elle entra donc dans la boutique la plus élégante pour observer les toilettes, les colifichets et l'allure des femmes. Il faisait chaud. Elle enleva son châle et le rangea dans son sac en tapisserie. Une cliente la regarda, puis une autre, un vendeur suspendit son geste pour la suivre des yeux. Mélanie avait raison, la guipure parait magnifiquement les femmes.

Elle ressortit songeuse sur le boulevard.

Elle avait presque deux heures devant elle. Elle ne connaissait qu'un beau monument religieux : l'abbaye de La Chaise-Dieu qui l'avait envoûtée. Retrouverait-elle cette émotion dans la cathédrale du Puy ? Elle décida de suivre un groupe de pèlerins qui s'y rendait et s'enfonça dans la vieille ville.

Y aurait-il dans cette église des nappes d'autel en dentelle fine ? Honorine se souvint des deux louis d'or de la Marion Peyrat. Après leur lessive, les lavandières étaient allées la voir. Elle avait suivi sa mère et avait été enthousiasmée par sa guipure de soie noire. Ce jour-là, elle avait déjà compris que ce genre d'ouvrage était l'avenir. Sept ou huit ans étaient passés. Honorine sourit : elle avait fait du chemin…

Elle n'avait pas remis son châle et marchait d'un bon pas. Son visage s'était coloré. Des regards la suivirent. L'un d'eux eût dû la brûler : celui d'un grand jeune homme osseux, dont un chapeau à large bord ombrait le visage, mais elle ne le vit pas…

16

Frustration

Juin 1838

Benoît errait dans la vieille ville. Demain, dans deux jours au plus, il n'aurait plus de quoi payer son taudis ni même un repas médiocre. Sortant du Pouzarot où il vivait, il était venu hanter le Martouret, quartier régulièrement traversé par les pèlerins venus prier la Vierge noire ou par les curieux attirés par la cathédrale et son cloître. Il se proposait comme guide et récoltait parfois quelques sous.

Une silhouette féminine, loin dans le bas de la rue, lui sauta aux yeux. Quelque chose en elle l'attirait. Il la regarda approcher. Son cœur s'était mis à battre sans qu'il sût pourquoi, puis il crut reconnaître cette allure gracile. Il secoua la tête : cette toute jeune fille, élégamment déguisée en paysanne, ressemblait à Honorine. Il la revit nue au bord de l'Ance et se rendit à l'évidence C'était bien elle. Il allait s'élancer. La honte le figea : il ne pouvait se montrer dans son dénuement actuel. Il se rencogna dans une entrée d'immeuble.

Elle passa sans le voir, à portée de sa main, et il fut ébloui. La détaillant d'un œil d'artiste, il remarqua sa coiffe arachnéenne, son corsage superbe et discrètement suggestif, et comprit d'un coup le projet de la jeune fille.

Elle lui avait donné l'occasion de participer à son rêve et il l'avait trahie. Certes, les premiers jours de son séjour au Puy, il avait étudié les cartons, dessiné quelques motifs mais les aléas de sa vie l'avaient éloigné des directives d'Honorine.

L'avait-il vraiment vue ? C'était sans importance. Rêve ou réalité, il était au fond du trou et elle lui offrait une nouvelle chance. Il ne la décevrait plus et lui écrirait comme promis.

La jeune fille et son projet hantaient Benoît depuis leur rencontre manquée de l'après-midi. Le sommeil le fuyait. Alors il contemplait la nuit par la lucarne de son galetas. Une vitre était cassée. Pour la dixième fois, il décida de l'occulter dès le lendemain matin. Il frissonnait sous sa maigre couverture. Au début de la belle saison, les nuits sont encore fraîches, au Puy, à six cents mètres d'altitude. L'air froid tombait dans la pièce. Il se leva, passa le chandail tricoté par Fernande et se recoucha. La lune éclairait sa turne. Une table bancale, une chaise, un châlit bas et des chevilles dans le mur en guise de portemanteaux. C'était misérable. Il eut honte soudain de son réduit ainsi que du quartier puant et sale où il vivait comme un rat depuis quinze jours.

Au Pouzarot, à l'est de la ville, s'entassaient des maisons hautes, lépreuses, pas chères, mal entretenues. Les cabinets d'aisances, un par étage, toujours englués de merde, empestaient. Scellées aux murs, les cuvettes de plomb destinées aux eaux usées dégueulaient leur fange dès qu'une épluchure les contrariait. Une multitude de gosses bruyants couraient dans les escaliers et chapardaient tout ce qu'ils pouvaient. A dix minutes à pied des hôtels Renaissance des bourgeois cossus logeaient les immigrés crève-la-faim dont un certain Benoît Chalencon.

Malgré ses recherches il n'avait trouvé aucun emploi. Chez les dentelliers, il avait obtenu, au mieux, de vagues promesses. Il avait alors visité les études de notaires, d'huissiers ou d'avocats puis tenté sa chance dans les quatre quotidiens de la ville : en vain.

La vue d'Honorine avait été un choc.

Revenant vers son logement minable, il s'était vu, en pied, dans une vitrine et la vérité lui avait sauté aux yeux. Depuis des siècles, les dogues gras et autres chattemites détestaient les bâtards faméliques et plus encore les loups efflanqués. Son reflet montrait un solitaire affamé et les bourgeois craignaient les déchus plus encore que les autres pauvres.

Avant toute chose, il devait retrouver une tournure rassurante. La vieille redingote un peu grande de son père, ce chapeau à large bord emprunté dans l'écurie de La Monteillade en partant, ces bottes éculées et griffées par les ronces lui donnaient une allure de croquant. A Craponne, tout le monde connaissait tout le monde et ça passait. Pas au Puy.

Il devait gagner quelque argent, et vite ! Se vêtir correctement ne coûtait pas une fortune. Les fripiers ne manquaient pas et, en cherchant un peu, il dénicherait des habits corrects. Mais il lui faudrait économiser au moins cinquante francs.

Correctement habillé, voire élégant, il tranquilliserait les dentelliers et le tabellion chargé de la succession de son grand-père, sans compter la nommée Elise Gourmon, l'hypothétique amie de sa mère. Au-delà de sa mise, un peu d'argent lui donnerait une aisance rassurante. L'hostilité du notaire, par exemple, serait catastrophique. Face à ce dernier il aurait à compenser la bâtardise de sa mère. Car plus il y réfléchissait, plus elle lui paraissait évidente. Elle se nommait bien Farges, mais était beaucoup plus âgée que l'huissier Larmuse. Les enfants légitimes du disparu étaient ses cadets. Donc, soit elle était née d'une première épouse, soit d'une quelconque maîtresse. L'huissier alors aurait reconnu sa bâtarde. L'appétit de notabilité de Léonie Chalencon, comme son isolement altier, cadrait trop bien avec la seconde hypothèse. En tout cas, elle avait très certainement des droits.

Pourquoi ne les avait-elle pas fait valoir ?

Il soupira : tout simplement parce qu'il eût fallu se battre, payer un avocat, faire de nombreux déplacements au Puy, affronter la famille légitime et les humiliations afférentes. Les efforts à faire et les frais à engager pouvaient expliquer cela. De plus, sa mère avait certainement interdit à son père de se mêler de son héritage… Lui Benoît agirait… dès qu'il aurait un revenu décent, fût-il modeste.

Le lendemain, il dessina, s'acharnant à créer des volutes, des feuilles stylisées, des figures géométriques inspirées de ses visites des premiers jours au musée, mais aussi des feuilles, des arbres et des nuages.

Il était trois heures de l'après-midi quand il s'arrêta épuisé. Il avait le ventre creux et la bourse légère. De quoi, quand même, acheter du pain et un oignon, son déjeuner habituel depuis presque une semaine.

Il avait songé les jours précédents à rentrer à Craponne. Ce jour-là, il en abandonna définitivement l'idée. Ses parents le mépriseraient, Honorine le dédaignerait plus encore.

Dehors, il retrouva les rues aux pavés disjoints et leur forte odeur mêlant urine, pourriture et graillon. Une auberge modeste, mais propre, marquait la frontière du quartier. Sa patronne, une femme ronde d'une trentaine d'années, accorte malgré une mèche blanche à la tempe gauche, avait fini par repérer ce grand gaillard osseux, à l'habit râpé, qui allait, sa boîte à dessin sous le bras, un feutre à large bord sur la tête et une cravate noire nouée à l'artiste à son cou. Elle avait commencé par s'attarder près de sa porte pour passer le museau quand il arrivait, puis ils s'étaient dit bonjour. Cet après-midi-là, la curiosité l'amena à lui adresser la parole.

— Salut, fit-elle.

— Bien le bonjour, madame l'aubergiste.

— Alors qu'est-ce que vous dessinez ?

— Offrez-moi à boire et je vous montrerai, dit-il avec un sourire en coin.

— Chiche !

L'estaminet occupait le rez-de-chaussée d'une maison moyennement décrépite de cinq étages. Un bâtiment cossu pour le quartier, large de trois bonnes toises. Il entra.

— Qu'est-ce qu'y boit, le peintre ? gouailla-t-elle.

— Vous avez du café ?

— Il faudrait que j'en fasse. A c't'heure-là, y va me rester.

— Alors un canon.

Elle acquiesça.

— Té, voilà pour toi, dit-elle en lui apportant un verre de rouge au cul épais qui contenait à peine plus d'un dé à coudre.

Un artiste, c'est presque un bourgeois, sauf que ça rêve et que ça boit. Alors, si on l'aime bien, on le tutoie. Benoît fut flatté de cette sympathie.

— L'est pas bien gros, ton canon, répondit-il, goguenard.

— Et le tien, comment qu'il est ? rigola-t-elle.

Il rougit, ce que voyant, elle lui caressa la joue d'un geste ironique. Pour ne pas avoir l'air d'un puceau, pour ne pas être en reste, il se leva, la prit par la taille en un mouvement souple et la plaqua contre lui, puis l'embrassa au creux du cou avant de la lâcher. Elle le regardait avec de grands yeux et sa respiration lui sembla plus rapide. Il lui adressa ce sourire en coin qui, il l'avait remarqué, l'intriguait. Lui aussi avait le souffle un peu précipité : des idées imprévues étaient nées dans sa tête. Dans sa tête ?

Il songea à Honorine.

Au diable Honorine. Elle était son travail ! « *Carpe diem* », disaient les stoïciens.

L'avenante aubergiste avait filé derrière son bar, une planche épaisse posée sur deux barriques vides, et le regardait, cherchant en vain à se donner une mine sévère. Conformément à la mode, sa chevelure en bandeaux masquait ses oreilles, lui donnant l'air d'une dame, mais des sabots dépassaient de ses longues jupes. D'où venait-elle ? Quelle était sa vie ?

A cette heure-là, son caboulot était vide. Pour s'occuper elle essuyait les lourdes tables patinées, lorgnant son unique client.

Benoît avait posé sa boîte à dessin sur la table. Il l'ouvrit, sortit une feuille de papier, un crayon et commença à griffonner, puis, pris par son dessin, il affina son trait, passa un grand moment à peaufiner des modelés et à ombrer des volumes. Il travaillait avec des mouvements précis. L'observant, elle voyait bien qu'il était ailleurs, pas vraiment dans un rêve, non, mais dans un ouvrage à parfaire, loin des déconvenues du jour, car elle avait bien remarqué sa misère discrète.

Un homme aux épaules de débardeur entra et l'aubergiste tressaillit. Il regarda Benoît avec hostilité sans que ce dernier y prît garde. Il grommela quelque chose concernant « les redingotes venant lorgner les marmiteux » et s'assit du côté de la rue, tout près du jeune dessinateur, puis commanda une chopine. Son voisin l'intriguait. Bientôt il se tordit le cou pour voir l'œuvre de Benoît.

— Montre ! ordonna-t-il.

Le jeune homme le dévisagea tranquillement.

— Quand j'aurai fini, dit-il calmement. Encore cinq minutes.

L'homme grogna. La tenancière eut l'air inquiète. Enfin Benoît estima son œuvre achevée.

— Maintenant tu peux regarder, dit-il.

Le bonhomme approcha, scruta, siffla.

— Adolphine, beugla-t-il, viens voir ta trogne !

Elle s'avança furtivement. Elle était soucieuse. A cause de l'homme ? Du dessin ?

— Mais c'est moi ça ! s'exclama-t-elle. Tu me le donnes ? Tu m'avais promis un dessin.

— J'avais promis de te montrer un dessin contre un canon, mais pas de te donner un portrait. De toute façon, je vais le déchirer.

— Non ! s'alarma-t-elle.

Il rit puis prit un air matois. Il était un terrien rude, un gars des terres froides où tout se paie, tout se mérite.

— Je te le donne, si toi aussi tu me donnes quelque chose.

Elle rougit, mais frétilla.

— En plus du canon de rouge que tu vas me remettre, rigola-t-il.

— Et pis quoi encore ? répliqua-t-elle vivement.

— Une soupe et un quignon de pain tous les jours pendant une semaine.

— Mais ça fait soixante sous, tout ça !

— C'est donné ! Pour un portrait moins bien que ça, les peintres des grandes villes prennent cinquante francs ! Tu vois, tu fais une affaire.

Elle fit la moue.

— D'accord. Mais tu dessineras les clients du soir qui le voudront. Tu leur feras payer cent sous et tu m'en donneras vingt.

— Dix, dit-il.

— Quinze, rétorqua-t-elle.

— Tope là, fit-il avec un soupir à fendre l'âme.

En fait il jubilait. Il ne mourrait pas de faim. Déjà la femme s'était tournée vers le visiteur.

— Alors, Coup-de-poing, tu veux pas ta trombine pour cinq petits francs ? C'est pas grand-chose pour toi.

— C'est ça ! J'vais t'dire, Adolphine. Moins on me voit, en vrai ou en image, et mieux je me porte. Je tiens à passer inaperçu. Et puis ma tronche elle ferait peur à tout le monde. On n'oublie pas les gueules de bagnard.

Benoît avait écouté avec étonnement, presque admiration. Il y avait quelques mauvais sujets à Craponne mais aucun n'avait connu la chiourme ! Il se demanda s'il devait craindre celui-là puis l'oublia.

Il resta tard ce soir-là et vendit à une fille au maquillage criard le portrait de son compagnon. Il demanda une chandelle à la belle Adolphine qui la lui apporta. « Un investissement », lui glissa-t-elle à l'oreille. La lumière de la bougie donna un air de mystère à son ouvrage et le barbeau fut satisfait du cadeau de sa gagneuse. Elle barguigna cependant, mais Benoît tint bon et reçut ses cinq francs.

Quand Adolphine ferma, il l'aida à ranger. Elle en fut un peu inquiète, mais intéressée. Sans doute craignait-elle qu'il cherchât à rester avec elle la nuit. Il y avait bien pensé, mais avait jugé une tentative de cette sorte prématurée : il n'avait que peu d'expérience féminine et, surtout, il lui fallait rester prudent pour ne pas tuer la poule aux œufs d'or. Une belle poule avec une mèche blanche et de tout petits œufs, mais c'était déjà ça.

Quand la salle fut propre et en ordre, il s'approcha d'Adolphine et, lui prenant la main, la baisa comme à une dame de la haute. Elle en fut si émue qu'elle le prit dans ses bras et, après une hésitation, lui fit *péter* deux grosses bises sur les joues. Le contact de sa chair drue contre la carcasse de l'échalas se prolongea-t-il une seconde de trop ? Qui en fut responsable ?

Ils se séparèrent légèrement essoufflés.

— On se fait *péter la miaille* comme hier soir ? demanda Benoît en arrivant dans l'après-midi.

Elle le regarda, guoguenarde, mais consentit. Elle l'embrassa au coin des lèvres. Fermant les yeux, il pensa à Honorine : il la serrait contre lui et… elle l'intimidait. Elle lui semblait trop fragile, trop fuyante, inaccessible. Adolphine était douce, charnue et rassurante. Elle avait plaqué son corps souple contre lui et ondulait. Le résultat ne se fit pas attendre et elle s'écarta en riant. Il eut envie de la poursuivre pour la fesser tendrement, mais elle s'était réfugiée derrière son bar et le regardait avec un petit sourire.

Il eut du mal à retrouver son calme. Pour se donner une contenance, il s'assit à une table et ouvrit sa boîte à dessin.

Elle le regarda travailler un moment, puis s'approcha, une tasse à la main. Un miracle sans doute, elle avait du café. Elle le servit, observant discrètement son dessin. Elle reconnut la rue de la cathédrale où s'avançait une jeune paysanne à coiffe de dentelle. Il l'avait dessinée à la sanguine, peut-être parce que son modèle était roux. L'arrivante semblait très jeune, très femme pourtant et Adolphine s'en émut.

— C'est ta bonne amie ? dit-elle sévèrement.

Il la regarda au fond des yeux.

— J'aimerais bien !

Il mentait, disait pourtant la vérité. Honorine, déesse quasi inaccessible, n'était pas – pas encore ? – sa fiancée. Son propos ambigu visait, avec succès semble-t-il, à rendre jalouse l'aubergiste. Elle l'excitait et paraissait accessible. Enveloppante, sensuelle, animale, elle ne l'effrayait qu'à peine. Marivauder avec elle était… stimulant.

Il n'eût jamais osé de telles privautés avec Honorine. Elle était trop intelligente… trop gracile ! Son physique délicat contrastait avec sa détermination. Elle l'impressionnait terriblement. Contrairement à tous les autres, elle n'avait pas caché à Benoît sa volonté de fer. Il en avait été séduit et effrayé même s'il ne se savait pas privilégié. Il regarda son dessin. Il était ressemblant. Il sourit. Adolphine le foudroya du regard.

— Tu le veux ? demanda-t-il avec son sourire en coin.

Elle haussa les épaules.

— Il ferait bien sur ton mur. Tout le monde reconnaîtrait la rue montant à la cathédrale. Si tu veux, je te ferai des dessins des beaux coins du Puy.

En plus ça plairait à nos futurs clients, pour les portraits, je veux dire.

Sa duplicité amusait Benoît. Coucher avec l'accueillante cabaretière et avoir sous les yeux Honorine lui paraissait le comble de la perversité. Son érection qui s'était un peu calmée reprit force et vigueur. Il se leva, s'avança vers Adolphine, le regard brillant, elle recula.

— Non, dit-elle avec des yeux suppliants.

Comment interpréter cette supplique ? Embrasse-moi ou ne m'embrasse pas ? Il opta pour l'action, la serra doucement contre lui et approcha sa bouche de celle de la femme. Comme essoufflée, elle l'entrouvrit, ne tourna pas la tête…

Autodidacte du baiser, le jeune homme pensa sans modestie être doué car, lorsqu'il s'écarta, elle le regardait avec de grands yeux et haletait. Un client entrait dans la boutique, ils se séparèrent alors qu'éclatait un rugissement.

Coup-de-poing se ruait sur eux. Il gifla Adophine, se tourna vers Benoît qui le regardait bouche bée et lui asséna un direct puissant. En deux secondes son œil droit se ferma. Il recula en titubant et se retrouva assis sur sa chaise. Son champ visuel étréci par sa paupière gonflée ne l'empêcha pas d'observer le monde tandis qu'il reprenait lentement ses esprits. Adolphine embrassait à pleine bouche l'ancien bagnard. Le teint coloré, elle frétillait contre son homme. Il en fut scandalisé. Les coups manifestement l'excitaient, sa gifle, mais plus encore le marron que lui-même avait reçu. Le rut de la brute la rassurait. La dignité de Benoît eût voulu qu'il partît. Outre que ses jambes flageolaient, quitter le café, c'était retourner à son errance, alors qu'ici, il avait gagné cinq francs la veille et en gagnerait sûrement cinq de plus ce soir. Quelqu'un dans son crâne raisonnait à sa place. Lui, à demi sonné, se dressait devant la petite foule attirée devant l'estaminet par l'algarade et déclamait avec vigueur :

— *Malheureux qui se fie à femme après cela !*
La meilleure est toujours en malice féconde ;
C'est un sexe engendré pour damner tout le monde.
J'y renonce à jamais, à ce sexe trompeur,
Et je le donne tout au diable de bon cœur.
Molière, *L'Ecole des maris.*

Coup-de-poing resta les yeux ronds plusieurs secondes puis éclata d'un rire tonitruant tandis que l'assemblée s'esclaffait. Benoît salua mais dut se rasseoir pour dompter un vertige soudain. Son public le regardait. Alors à son propre étonnement lui vint une nouvelle citation misogyne. Il faut dire que les jèzes, son mentor le père Malbost en particulier, en étaient friands et les citaient sans vergogne à leurs élèves.

— *O femme ! femme ! femme ! créature faible et décevante !* s'écria-t-il. *Nul animal créé ne peut manquer à son instinct : le tien est-il donc de tromper ?* Beaumarchais, *Le Mariage de Figaro*.

On l'applaudit derechef et, plus que jamais hilare, Coup-de-poing s'approcha du garçon et lui donna une tape chaleureuse sur l'épaule, manquant de le faire choir.

— Toi, mon gars, t'es mon pote ! Tu encaisses et tu rigoles.

Se tournant vers Adolphine, il beugla :

— « Femme trompeuse », apporte-lui un coup de gnôle, ça le remettra !

Puis se tournant vers la foule, l'ex-bagnard s'écria :

— Mon ami, heu – comment tu t'appelles déjà ?

Le jeune homme murmura son prénom.

— Mon ami Benoît est un *artisse.* Il fera votre portrait ou celui de votre poule pour cinq francs !

Un bourgeois que l'attroupement avait attiré osa douter.

— A ce prix, ça ne peut qu'être un gribouillis, dit-il provocateur.

— Venez, monsieur, bafouilla Benoît, opportuniste et ahuri. Si votre portrait n'est pas ressemblant, vous ne paierez pas. Les zigs qui sont là jugeront.

Amusé, le patient accepta et Benoît se mit au travail. Il en oublia son coquard dont la douleur s'était estompée. Redevenu lui-même, il examina son modèle : la quarantaine, large d'épaules, taille moyenne, un visage étroit aux yeux noirs, encadré de favoris. Il portait une redingote cintrée et sombre, un haut-de-forme sans excès d'altitude, un pantalon écossais gris sur gris et le gilet assorti, le tout en tissus légers et de qualité. En fait, à part son regard vif, sa personne était passe-partout. Sauf que cette neutralité n'était qu'apparence. Traduire la force sous-jacente du personnage passionna Benoît qui croqua son modèle d'un trait assuré.

— Alors, clama Coup-de-poing en brandissant l'ouvrage, mon pote Benoît a-t-il gagné ses cinq francs ?

— Ouais ! cria l'assistance.

Le bourgeois s'admira, hocha la tête et tira ostensiblement de son gousset une pièce d'argent.

— Et une tournée de pinard ! cria l'ancien bagnard en claquant les fesses d'Adolphine qui en sembla enchantée. C'est l'*artisse* qui régale !

Elle lui rendit la monnaie, moins sa commission, bien entendu. Un sou est un sou. Ils se regardèrent. L'œil gauche du jeune homme était sévère, son œil droit aussi probablement, mais l'hématome le masquait. A son corps défendant, l'air contrit de l'aubergiste le fit sourire. Puis il soupira. Il avait toujours envie d'elle, mais il craignait son homme. Il craignait aussi pour son négoce.

Le bourgeois avait bu son canon de mauvais vin en grimaçant.

— Eh bien, mon garçon, vous avez un bon coup de patte. Vous êtes souvent là ?

— Les gens savent que je dessine ici, alors ils viennent et avec ce que je gagne je peux manger.

— Et où avez-vous pris ces citations misogynes ?

— Z'êtes pas un peu curieux ? rétorqua Benoît caustique.

L'autre se renfrogna. Allons, il ne fallait pas le vexer. Il pouvait lui ramener des clients. Il sourit en coin, le laissant mijoter, puis répondit, la lippe ironique et le ton sentencieux :

— Nul ne sort innocent de chez les jésuites.

L'homme sourit, complice.

— Je sais. C'était où.

— A Saint-Etienne.

— Nous sommes condisciples. Faudra qu'on reparle. Je sais où vous trouver. A bientôt.

La soirée lui parut longue, mais il était consciencieux. Adolphine aguichait les hommes et ça le navrait. Coup-de-poing la laissait faire. Il comprit qu'ainsi elle attirait le chaland. Benoît se sentit niais. Pourtant, il gardait le souvenir de sa bouche et rien qu'en y pensant il bandait comme un cerf. Salope ! Son coquard lui faisait mal et, au lieu d'un menuet voluptueux, il avait pris une raclée. Elle en aurait mérité une, elle aussi.

Benoît n'était pas violent, il n'aimait pas faire mal, même s'il était chasseur. La coquette comme la brute avaient de l'humanité. Et l'humanité, c'étaient des qualités, des sentiments, une sensibilité... et des faiblesses ! Finalement, l'idée des portraits était la leur et était bonne. Il songea qu'il les aimait bien et ça l'agaça.

Il rentra dans la nuit. Quelques lanternes éclairaient, de loin en loin, les ruelles fangeuses. Il se méfiait ce soir-là. Il avait dessiné deux portraits en plus de celui du bourgeois mystérieux. Une fois payées la tournée générale et la commission d'Adolphine, il lui restait douze francs. Car il l'avait payée, cette gourgandine. Il soupira : la journée avait été bonne même s'il était abominablement frustré. S'il n'avait pas eu peur de la vérole, peut-être aurait-il cherché une pute.

Il dormit mal dans son galetas. Chaque fois qu'il bougeait la tête son coquard se manifestait. Pourtant il rêva qu'il caressait Adolphine, mais que quand il voulait passer aux choses sérieuses elle se dérobait. Il rêva aussi qu'il caressait Honorine, nue au bord de l'Ance, mais elle entrait dans l'eau et se diluait. Il se dilua lui-même. Ses draps pas trop propres en témoignaient le lendemain matin. Il se réveilla heureux. Même s'il se parait de toutes les couleurs de l'arc-en-ciel, son œil allait mieux, et il ferait fortune avec la naïade Feynerolles qui ne pourrait s'empêcher de l'aimer.

Toute la matinée il dessina une foule d'esquisses pour tromper son énervement. Il avait décidé d'écrire à Honorine, ce qui l'inquiétait grandement : comment excuser son retard ? Quelle adresse lui donner ? Loger dans le Pouzarot lui semblait infamant. Mauvaise raison. Il pourrait toujours faire envoyer son courrier à l'auberge d'Adolphine. En fait, il ne savait pas quoi dire. Il rangea soigneusement crayons et papier, puis sortit un encrier et un porte-plume et, après en avoir longuement suçaillé le bout, commença à écrire :

Cher monsieur Danssadoux,

Après avoir fait mes humanités chez les jésuites, j'ai appris le dessin. Un jour j'ai découvert votre métier et décidé d'en faire le mien en créant des modèles originaux, car la belle dentelle, bien plus qu'un artisanat, est un art…

17

Commerce

… La belle dentelle, bien plus qu'un artisanat, est un art. Je sollicite donc un emploi comme dessinateur-cartonnier dans votre fabrique dont on m'a dit grand bien et pour vous inciter à considérer avec bienveillance ma candidature je joins à cette missive quelques dessins de guipure que j'ai imaginés…

Suivaient des formules de politesse, quelques croquis et une adresse. Honorine n'eut le temps ni de la déchiffrer ni de regarder les esquisses. Monsieur Félix, la brioche en avant, rentrait de déjeuner, l'air satisfait. Son regard fixé sur le courrier qu'elle tenait paralysa Honorine.

— C'est quoi cette lettre ? demanda-t-il.

— Un dessinateur qui sollicite un emploi. Il a joint des dessins.

Elle les lui tendit. Il y jeta un bref coup d'œil.

— Trop compliqués, ces modèles, dit-il, trop chers. Ce garçon n'a aucun avenir dans le métier.

La jeune Feynerolles n'exprima pas son désaccord : le peu qu'elle en avait vu lui paraissait fort intéressant. Son patron parcourut le début de la lettre et sous les yeux horrifiés d'Honorine battit son briquet et la brûla.

— Voici flambée la carrière d'un jeune prétentieux, pérora-t-il, content de lui. Y a-t-il autre chose au courrier ?

— Des factures, monsieur, que je viens d'enregistrer.

— Bien, mon petit, bien. Au fait je m'absente cet après-midi. Surveillez ces dames jusqu'à mon retour.

Il avait parlé à voix forte. C'était un nouveau coup de Jarnac. Ses compagnes avaient entendu. Etre « surveillées » par la plus jeune d'entre elles était un affront dont les plus stupides ne manqueraient pas de la rendre responsable. Cette hargne de Danssadoux, récente puisqu'elle datait de son augmentation, l'étonnait encore. Elle rangea, organisa, sans cesser de penser à cette vindicte préoccupante. L'orgueil, oui, mais il y avait autre chose. A son retour du Puy avec sa commande mirifique, elle s'était bien gardée de triompher. Il avait examiné le bon de commande puis hoché la tête sans un mot, vaguement dépité. En cas de surenchère elle ne pourrait pas suivre. Elle décida donc de s'en tenir, à l'avenir, à des demi-victoires. De son voyage au Puy, elle n'aurait dû rapporter qu'une commande de deux ou trois cents francs et un acompte de cinquante.

L'après-midi passa lentement. Elle apprécia l'absence de son patron. Elle le supportait de moins en moins. Elle eût aimé partir, mais songeait à son avenir. Il lui tardait de lancer sa fabrique, pourtant des années lui seraient encore nécessaires pour parfaire son métier et trouver assez d'argent pour se mettre à son compte. Même avec un salaire doublé, son épargne ne suffirait pas, bien entendu. Elle devait accélérer tout en gardant profil bas. Son plan d'action restait simple : maîtriser la vente, tout savoir des tournées et des dentellières, bref les clients d'un côté, les fabricantes de l'autre. Ça voulait dire connaître un tas de gens et s'en faire reconnaître, le tout en endormant la méfiance de monsieur Félix que ses exploits récents avaient éveillée.

L'urgence était donc d'induire Danssadoux à l'envoyer en ville pour démarcher les grossistes en passementerie et s'en faire connaître. Elle visiterait les boutiques de luxe où s'habillaient les bourgeoises riches. Il faudrait aussi qu'il lui confie au moins une tournée de temps en temps. Elle grimaça. Comme elle grugeait les dentellières, la leveuse, Mireille Bourdon, mettrait tout en œuvre pour empêcher qu'on la remplaçât, ne serait-ce qu'une fois, sous peine de tuer la poule aux œufs d'or. Elle se figea soudain. Elle venait d'avoir une idée. Une très bonne idée. Elle en eut le cœur battant et dut s'asseoir, puis elle reprit son ouvrage machinal tout en méditant son avenir.

La fabrique ronronnait et, son carnet de commandes garni, *moussu* Félix se reposait sur ses lauriers. Pourquoi ne partirait-elle pas pour démarrer plus tôt sa propre affaire ? Même si dans sa tête elle avait trente ans, elle n'en avait que dix-sept et en paraissait quinze. Elle était mineure et il faudrait encore quatre ans pour qu'elle atteigne sa majorité. Elle devrait continuer quelques années malgré son impatience.

Et Benoît ?

Il lui avait enfin écrit en joignant quelques croquis que son patron avait jetés à la corbeille. Pourquoi diable cet abruti avait-il brûlé cette lettre? Se doutait-il de quelque chose ? Elle raisonna : Danssadoux avait simplement voulu démontrer son pouvoir, éblouir Honorine au sens propre comme au figuré. Des simagrées puériles, mais inquiétantes ! En détruisant cette lettre, il avait réussi à la punir sans même le savoir. Elle le détesta. Il était maintenant son ennemi, mais contrairement à son père ou à son frère, ses armes à lui n'étaient pas la force physique, mais la manipulation et la mauvaise foi. Elle avait pour y répondre sa jeunesse, sa fausse candeur, sa ruse et son intelligence. Des armes qu'elle affûtait depuis sa petite enfance.

Restait le problème de la lettre brûlée. Benoît avait mis quinze jours à lui écrire et si elle ne répondait pas, il risquait de ne plus le faire.

Elle attendit impatiemment le départ de ses collègues puis de son patron. Elle ne voulait pas fouiller la corbeille à papier devant eux. Avec de grandes précautions elle en retira la lettre brûlée, dans le faible espoir d'y pouvoir lire l'adresse de Benoît. En inclinant le papier carbonisé pour faire jouer la lumière, elle le pulvérisa. Ses épaules s'affaissèrent. Le désespoir, comme une lame de fond, l'engloutit. Sa vie était trop dure, son ambition l'épuisait. Elle s'assit et sanglota avec une sorte de soulagement : tout s'effondrait, tout redevenait simple. Elle ferma les yeux et le temps s'écoula : une seconde ou une heure, elle n'en sut rien, mais les larmes avaient laminé son angoisse quand elle se redressa : Benoît Chalencon ne l'avait pas trahie même s'il avait mis du temps à écrire. C'était comme un jeu. Elle avait, maintenant, la main. Deux solutions : attendre un nouveau courrier, hypothétique car le jeune homme risquait de se décourager, ou inventer un moyen de joindre Benoît. Comment ? En retournant au Puy ? Elle pouvait y aller seule un dimanche, mais pour chercher où ? Elle soupira, alla prendre le balai et nettoya les cendres par terre. Elle s'apprêtait à les vider dans la corbeille quand elle suspendit son geste. Les dessins de Benoît ! Ils étaient là, certes chiffonnés et écrasés mais lisibles. Elle les sortit. Tracés sur du papier épais, ils furent aisés à défroisser. Elle les contempla, imagina les motifs assemblés en chemin de table, chasuble, corsage ou dessous frivoles. Ils semblaient intéressants. Honorine les enfourna dans son cabas ainsi que quelques feuilles de papier et un crayon puis quitta l'atelier.

La petite ville se nimbait de la lumière chaude du soleil couchant. Tout était serein, les chevaux attelés, les passantes en jupe longue, les gamins qui couraient en criant. Elle en fut émue. Jamais elle ne prenait le temps de vivre. Jamais elle n'avait le temps de contempler la vie. Amère soudain, elle s'enfonça dans les ruelles. Elle allait retrouver le plus petit de ses galapiats adorés, son Jeannot. « Il travaille comme un homme », avait dit de lui Huchet le jeune boucher. Elle rejoignit l'échoppe étroite qui fermait ses portes.

— *Adiu*, Honorine, dit l'aimable commerçant, tu viens chercher le petit ?

— *Adiu, moussu* Huchet. Ça s'est bien passé aujourd'hui ? demanda-t-elle.

— Oh, il est vaillant mais le soir il travaille moins bien.

Elle s'alarma.

— Le soir il est fatigué, très fatigué même. Je le vois bien quand il revient à la ferme avec moi. Après la soupe, il s'endort tout de suite. C'est encore un enfant. Il va avoir douze ans, vous savez.

— Comment faire alors ?

— Il faudrait qu'il se repose un moment dans la journée. Après le repas de midi, qu'il s'installe dans le fauteuil et dorme une heure.

— C'est qu'il y a de l'ouvrage.

— Et comment vous faisiez avant, hein ?

Il secoua la tête.

— Je devrais peut-être prendre un compagnon.

— Il vous coûterait beaucoup plus cher. Y a sûrement moyen de s'organiser, vous savez. Découper la viande nécessite plus d'adresse que de force, mais porter des bouts de carcasse de plus de cinq kilos, c'est trop pour un gamin. Il ne vous le dit pas quand c'est trop lourd ?

— Ben non.

— Pensez-y. Je vais voir avec lui. Je le connais : il ose pas vous montrer qu'il peine.

Le boucher opina.

— Il y a autre chose, reprit-il.

Le regard d'Honorine se fit aigu.

— Oui ? dit-elle sur la défensive.

— Eh ben, faudrait qu'il vienne aussi le dimanche matin. C'est un gros jour à la boucherie.

— Ça pourrait se faire, mais le dimanche c'est le seul jour où il peut dormir tard. Il faudra qu'il se repose une autre matinée, le lundi par exemple, sinon il va pas tenir le coup.

De l'arrière-boutique, dans le dos de son patron, Jean la regardait. Il avait l'air épuisé. Elle se décida à enfoncer le clou.

— S'il tombe malade, vous serez dans de beaux draps et nous aussi. Il faut être raisonnable.

Le boucher, penaud, la regardait avec de grands yeux.

— J'ai une idée, *moussu* Huchet, dit-elle. Dimanche, je viendrai avec lui et on regardera comment il travaille. Je suis sûre qu'il peut travailler autant en se fatiguant moins.

— Tu crois ça ?

— Y a pas de raison. Les filles et moi, on s'est arrangées, chez Danssadoux, et on a gagné plein de temps. Demandez à l'Adeline, votre sœur. Ça vaut le coup d'essayer, non ?

Il la regarda, sceptique, mais le sourire lumineux de la jeune fille finit par le convaincre.

Honorine et Jean partirent la main dans la main. Le petit traînait la patte. Sa sœur voyait bien qu'il était à bout de forces, mais au-delà de la fatigue elle devina de la tristesse.

— Ça va pas ? demanda-t-elle.

— Je veux plus y aller, dit-il, c'est trop dur. Et si en plus y a le dimanche…

— On en a parlé, Huchet et moi. T'as entendu, hein ? T'écoutais ! T'auras une autre matinée de repos. Allons, t'inquiète pas, mon Jeannot, reprit-elle doucement. Faut le dire à Huchet quand quelque chose est trop lourd. Mieux, demande-lui comment faut porter pour ne pas avoir mal au dos. Je suis sûre qu'il a des idées. Et maintenant raconte-moi ta journée.

Elle l'écouta, discuta, questionna. Au bout de leur demi-heure de marche elle avait déjà plusieurs pistes pour alléger la tâche de l'enfant. Elle convaincrait Huchet. La fatigue s'abattit sur ses épaules. Elle aussi aspirait à un peu de repos.

La maison misérable du Haut-Pas était au bout du chemin. Honorine songea à ses jeunes frères. Elle les aimait et ils lui rendaient son affection. Elle venait de s'occuper de Jean et se dit que Pierre, qui n'était guère plus âgé, faisait face lui aussi. Que faire pour qu'il se sente reconnu et heureux ? La réponse vint d'elle-même : le payer ! Lui verser un salaire du même montant que celui de son cadet ou peut-être majoré d'un sou par jour. Sa nouvelle paie le lui permettait. La part que Pierre reverserait à leur mère, elle-même ne la paierait pas et chaque garçon garderait un petit pécule, un petit bout de liberté.

A la maison, on les attendait pour la soupe. Le dîner pris, après avoir accompagné Jean au lit, elle emmena Pierre faire quelques pas et lui expliqua son projet. Le gamin revint heureux et fier. Lui aussi devenait responsable : lui aussi rapportait des sous à la famille.

Epuisée, Honorine alla enfin se coucher. Elle avait oublié d'étudier, comme elle se l'était promis, les esquisses de Benoît Chalencon.

Elle dormit comme une masse, se réveilla reposée. A la fraîcheur de l'air, à la pâleur du ciel, elle sut qu'il était tôt. Sur les paillasses voisines dormaient ses deux jeunes frères.

Elle les regarda. Presque douze et treize ans. Ils avaient juste un an d'écart, ses bébés adorés, les seuls qui aient survécu après elle. Entre elle et eux, quatre enfants en bas âge avaient été emportés dans la tombe sans qu'elle parvînt à se souvenir de l'un ou de l'autre en particulier. Ils se fondaient en petites formes cousues dans des bouts de drap blanc qu'on enfermait dans le grand cercueil communal. Le corbillard tout noir, avec son dais mité et ses bouquets de plumes aux angles, emportait la grande caisse oblongue, quasiment vide, au cimetière. Il lui fallait marcher derrière sur ses petites jambes. Elle donnait la main à quelqu'un. Qui ? Sa mère, une voisine ? Elle n'aurait su le dire. Pas son père en tout cas. Le trajet était long et tout le monde les regardait. La Rose sanglotait, Johannes, l'air sombre, lui tenait le coude. Gaston et Firmin suivaient en se donnant des coups de pied perfides ou des bourrades. Elle, Honorine, pleurait, émue par les larmes de sa mère. Au cimetière attendait un trou bien rectangulaire, bien profond, bordé d'un beau tas de terre. On posait la bière sur des tréteaux à côté de la fosse. Alors, curé en tête, tout le monde l'aspergeait à grands coups de goupillon puis on s'en allait.

La dernière fois, à l'issue du cérémonial, elle s'était laissé distancer pour observer ce qui arrivait ensuite au bébé défunt : les deux fossoyeurs avaient ouvert le cercueil municipal, en avait sorti la forme oblongue cousue dans son drap. Un peu répugnée, Honorine avait songé à un gros ver blanc. Tenant l'étrange paquet chacun par un bout, les deux hommes l'avaient porté au-dessus du trou, puis se baissant autant qu'ils le pouvaient, l'avaient laissé tomber dedans. Ç'avait fait un bruit mou. Ils avaient ensuite rangé le cercueil vide et les tréteaux dans le corbillard qui était reparti, mené en bride par le croque-mort. Alors les deux tâcherons avaient entrepris de combler le trou. Elle avait encore dans l'oreille le chuintement de la pelle plantée dans la terre puis le choc sourd de sa chute dans la fosse. Ils s'étaient arrêtés pour souffler.

« Un si grand trou pour un si petit mort, avait dit l'un d'eux, désabusé.

— La fosse, t'es obligé de descendre dedans pour la faire assez profonde. Pas possible de la creuser plus petite. Pour bien creuser, faut de la place. »

Ils avaient craché dans leurs mains pour assurer leur prise sur les pelles, puis repris leur ouvrage.

A quoi auraient ressemblé les quatre disparus ?

Jean et Pierre, qu'elle regardait dormir, étaient des survivants. Ils ne passaient pas leur temps à se battre comme leurs frères aînés. Petits, quand la brutalité du père les effrayait, ils se cachaient dans ses jupes pour être protégés et si c'était elle que Johannes battait, ils se cramponnaient l'un à l'autre pour se rassurer.

C'était aussi pour eux qu'Honorine luttait. Elle les emmènerait avec elle hors de la misère vers l'opulence, la richesse même. Leur contemplation lui donna du courage. Elle se leva, descendit, se lava dans la fraîcheur du jour levant.

Assise au soleil sur la grande pierre plate qui servait de banc devant la maison, elle examina les cartons de Benoît. Les motifs étaient beaux. Elle n'en avait jamais vu de semblables. Pourtant, quelque chose la gênait. Elle fronça les sourcils : ce n'était pas là œuvre de cartonnier. Ils ne tenaient aucun compte des contraintes techniques et il était impossible de les confier en l'état à une dentellière ! Elle se leva, entra dans la maison dont elle revint avec une épingle. Elle en piqua le premier dessin et entreprit d'imaginer les entrelacs du tissage. Il faudrait les reprendre complètement pour en faire des cartons utilisables ! Un contretemps… qui n'était pas si grave car les dessins étaient bons. En tout cas, personne du métier n'avait guidé la main de Benoît. Il n'avait donc pas réussi à s'employer dans une fabrique de dentelle comme prévu. Pourrait-elle lui expliquer la technique ? Ça prendrait du temps, mais c'était faisable. Le plus simple serait de faire travailler devant lui une bonne dentellière et qu'elle lui explique ce qu'elle faisait et pourquoi.

Benoît Chalencon avait incontestablement du talent. Ce talent qu'elle n'avait pas, elle, mais ne serait plus obligée d'avoir. L'espoir était revenu.

Pourquoi n'avait-il pas trouvé d'emploi ? Elle le revit partir sur son alezane. Un chapeau noir enfoncé jusqu'aux yeux, des bottes fauves éculées et griffées, une redingote râpée trop large pour lui. Long, osseux, mal fagoté, il était peu séduisant pour les bourgeois susceptibles de l'employer. Songeuse, elle prit conscience que le jeune homme évoquait une splendeur déchue, une misère montante plutôt que l'opulence. Avait-il eu du mal à faire son trou au Puy ? Avait-il vendu son cheval pour se loger et se nourrir ? Elle devait agir. Il occupait une place trop importante dans son projet pour qu'elle le perde. Il avait sûrement besoin de soutien, d'encouragement. Elle devait à tout prix le voir ou au moins le joindre. Mais pour lui écrire il fallait son adresse.

Comment faire ?

Pensive, elle tournait les cartons dans ses mains. C'étaient en fait des demi-feuilles d'un papier épais à grain fin qu'elle palpait distraitement entre pouce et index. Un relief étrange attira son attention. Elle examina la surface en lumière rasante. L'empreinte d'un timbre sec reproduisait dans un ovale les mots suivants : « Papeterie Lenoir – Porte Pannessac – Le Puy-en-Velay ». Elle allait lui écrire là ! Elle prierait le papetier d'exposer dans sa vitrine une seconde lettre à l'adresse de Benoît en précisant qu'il était un client régulier et qu'elle devait le joindre d'urgence. Si elle la postait aujourd'hui, elle arriverait le lendemain et serait distribuée le jour même. La lettre affichée – à condition que le papetier coopère –, il faudrait que Benoît la voie. Tout ça prendrait quelques jours. C'était aléatoire, mais que faire de mieux ?

Elle rédigea ses deux missives et les rangea soigneusement dans son cabas. Quand elle eut fini, elle alla réveiller Jean.

Il était reposé, et après une toilette de chat et un rapide petit-déjeuner il fut prêt au départ. Ils partirent, la main dans la main, comme deux gosses qu'ils étaient encore.

On avait passé la mi-juillet. Méprisant le « brave » Louis-Philippe, roi des Français, l'engeance des républicains avait fêté, à Craponne, malgré les interdits municipaux et les mises en garde du curé, la prise de la Bastille le 14 juillet. Les paysans, gens de tradition, avaient désapprouvé cette manifestation intempestive, mais sans grande conviction. A vrai dire, tant que patates, cochons et veaux se vendaient bien, tant que la municipalité entretenait les chemins, ils s'en foutaient.

Bref, une quinzaine de jours s'étaient écoulés depuis la lettre d'Honorine au papetier. Pas de réponse. Elle serrait les dents et commençait à imaginer l'avenir sans Benoît.

Pour réussir, sa fabrique devrait se différencier de la concurrence. La solution était de vendre, très cher, des produits de grand luxe. Elle le pressentait depuis toujours. Elle avait hâte d'aller en ville pour voir les boutiques et conforter ses impressions. Elle aurait pu acheter des revues de mode à Craponne, mais son intérêt aurait fait naître des curiosités inopportunes. Honorine avait beaucoup réfléchi depuis son voyage mémorable au Puy. Seules les villes offraient des débouchés, pour les femmes en particulier. Combien y avait-il de belles boutiques au Puy ? Cinq ? Six ? C'était insuffisant. Elle devait prospecter de plus grandes cités : Saint-Etienne bien sûr et probablement Lyon. De véritables expéditions, mais cela l'excitait. Elle irait en diligence de Craponne à Andrézieux. Là, elle prendrait le train pour Saint-Etienne, soit cinq bonnes lieues, puis poursuivrait vers Lyon. Les nouvelles locomotives Seguin emmenaient, en un seul voyage, six « chariots » de voyageurs, l'équivalent d'une douzaine de diligences, et parcouraient les dix-sept lieues entre les deux grandes villes en deux heures et demie, soit vingt-quatre kilomètres à l'heure avec des pointes à la vitesse fulgurante de quarante à l'heure ! On pouvait maintenant aller à Lyon en moins d'une journée ! D'après les cassandres, ce n'était pas sans risque. La fumée rongeait les poumons, la vitesse faisait suffoquer et les escarbilles pouvaient brûler gravement les visages et les yeux. N'empêche que quelques centaines de gens prenaient le train tous les jours.

Monsieur Félix, qui avait beaucoup grossi depuis quelques mois, souffrait de la canicule. En manches de chemise, il passait son temps à éponger sa face rougeaude avec un grand mouchoir de batiste. On sentait dans son sillage une exhalaison de vieille sueur qu'Honorine supportait mal. Pourtant, à Craponne et dans les environs, les odeurs corporelles concernaient tout le monde, du poussin au percheron, en passant par les volailles, les ovins, les bovins et les humains. Danssadoux puait-il plus que les années précédentes ? Non, sans doute, mais Honorine le détestait davantage.

Par ces chaleurs, bouger, voyager pesait au bonhomme. La jeune fille le savait. De fait, on le voyait souvent attablé au café de la place du Fort, à l'ombre, buvant des petits blancs que la cabaretière montait de sa cave fraîche. Or il allait devoir se rendre à Saint-Etienne. Honorine, qui dépouillait le courrier, savait fort bien qu'il lui faudrait voir ses clients et récupérer quelques créances. Elle décida donc de lui faire savoir qu'elle prendrait volontiers sa place.

Ce ne fut pas trop compliqué. Elle guetta son patron après la pause de midi. Sa démarche pesante, ses arrêts essoufflés dénonçaient un repas trop arrosé. Manifestement, les cinq cents mètres entre le centre de Craponne et l'atelier étaient pour lui un Golgotha même si, contrairement à l'itinéraire biblique, le trajet était plat. Comme il entrait, elle fit part d'une voix claire à une de ses compagnes de son vif désir de découvrir la grande ville de Saint-Etienne.

Trois jours plus tard, munie d'un viatique de vingt francs pour un déplacement de trois jours, Honorine prenait la diligence, emportant avec elle deux considérables valises de dentelles plus son propre bagage. Elle avait maintenant quelque expérience des voyages : pour l'accompagner à la diligence, elle soudoya son frère Firmin, qui, après une âpre négociation, porta, pour deux sous, ses valises jusqu'à la voiture et aida même le cocher à les charger. Quant à elle, coiffée d'un large chapeau de paille, elle s'installa sur l'impériale, car, malgré le cagnard, elle préférait le grand air à l'espace confiné des compartiments de la voiture.

A Andrézieux, la diligence s'arrêtait à la gare, une petite bâtisse flanquée d'un hangar. A peine fut-elle descendue qu'un jeune homme se précipita vers elle pour s'offrir comme porteur. Sabots, blouse indigo portée à même la peau, celui-là était un paysan descendu à la ville, ce qui la rassura. Elle marchanda le prix, s'obtenant la considération du campagnard qui l'accompagna au guichet. Elle paya vingt sous le trajet : un franc, c'était deux fois le prix de la diligence sur le même parcours. En compensation elle obtint un titre de transport de belle taille, paré de volutes et de signatures tel un diplôme académique. Puis son guide, chargé comme une mule de ses énormes valises, la mena au premier « chariot ». Le compartiment était fort analogue à ceux d'une malle-poste. Il l'installa dans le coin fenêtre dans le sens de la marche puis l'abandonna à regret. Il la trouvait bien jolie mais tout ce qu'il en tira fut un sourire poli et le sou promis. Elle avait une demi-heure à attendre. Elle était partie à l'aube et l'après-midi s'allongeait. Elle ferma les yeux.

Des soupirs géants la réveillèrent. Elle regarda par la vitre. Venait sur elle une grosse machine de fer noire, sorte de cylindre d'où sortait par-devant un épais tube courbe prolongé d'un large tuyau de poêle de deux toises de haut. Il en montait une fumée noire à l'odeur de charbon. Sur les flancs de l'engin des jets de vapeur blanche s'exhalaient en ces plaintes chuintantes qui l'avaient arrachée à son somme.

Ça avançait à la vitesse d'un piéton. Honorine eut un mouvement de recul quand la machine passa à un mètre d'elle, longue comme un charroi de grumes, noire comme la suie. Elle glissait sans à-coups sur d'énormes roues de fer, dans un bruit de tonnerre. A l'arrière de la locomotive, deux hommes sur une plate-forme en plein vent s'activaient à tirer et pousser de grands leviers avec une sorte de frénésie. Tout cela était passablement inquiétant. A ce moment-là, son train s'ébranla et elle s'enfonça dans la banquette rembourrée, le cœur battant. Les deux convois se croisèrent puis le sien prit de la vitesse avec un bruit tel que les conversations devinrent impossibles. Bientôt la jeune fille osa pointer son nez à la fenêtre. Le paysage s'enfuyait à la vitesse d'un cheval au galop. C'était grisant. Elle était enchantée. Au bout d'un court moment la grande respiration de la locomotive se calma, bien qu'on filât toujours à la même vitesse. En fait le convoi ralentissait. Il s'arrêta bientôt dans un grincement qui perçait les oreilles. Des voyageurs descendirent, d'autres montèrent puis le train repartit.

Enfin on parvint à la grande ville. Elle fut surprise par la noirceur des maisons, des rues. La suie des mines recouvrait tout et l'odeur du charbon était omniprésente. Les passants l'étonnèrent. Bourgeois et élégantes se perdaient au milieu d'une foule de femmes modestement vêtues et d'hommes aux habits de toile rude, différents des blouses paysannes. Une minorité était chaussée de sabots, beaucoup avaient des brodequins. Sur la tête, en guise de chapeaux comme les paysans qui se protégeaient du soleil, ils portaient de larges casquettes, ou de curieux couvre-chefs de cuir à coiffe ronde et à large bord. Elle apprit qu'ils descendaient ainsi coiffés dans les puits pour se protéger des chutes de pierres. Beaucoup d'hommes avaient des traces sombres autour des yeux et sur les joues. Honorine en vit même dont le visage noir n'était éclairé que par les yeux et le pourtour des lèvres, comme s'ils avaient léché la suie autour de leur bouche. A l'évidence, il s'agissait de mineurs, des gens à part qu'elle ne connaissait pas. Est-ce qu'on les payait bien pour passer leurs journées sous la terre ? Elle sursauta au passage de deux garçonnets de l'âge de ses frères, porteurs, eux aussi, des stigmates de la mine. Elle frémit en imaginant Jean et Pierre creusant tout le jour, dans l'obscurité des tunnels.

Elle avait pris un porteur pour ses valises et vit ce soir-là deux clients des établissements Danssadoux. Elle leur livra la marchandise, leur vanta les nouveaux cartons, puis les questionna sur les vêtements ecclésiastiques et les chemisiers pour femme qu'ils fabriquaient, les sondant sur leur goût éventuel pour une dentelle de luxe. Elle leur montra pour cela le chemisier et la coiffe qu'elle avait portés au Puy mais qu'elle s'était gardée de mettre ce jour-là. Déclencher la concupiscence des mâles et les calmer par des caresses précises, outre que cela présentait des risques, ne pouvait être qu'un pis-aller face à des situations cruciales.

Le premier client qu'elle alla voir se montra curieux, le second franchement intéressé. Elle jubilait en sortant. A elles seules, ces deux pièces fines étaient plus explicites que tous les discours de la terre.

Le lendemain matin, après une nuit dans une auberge bon marché où elle partagea sa paillasse avec une florissante colonie de punaises, elle boucla ses visites stéphanoises.

Dans l'esprit de son patron, elle était partie pour trois jours. Elle avait terminé son tour à midi. Même en comptant les temps de déplacement, elle avait vingt-quatre heures pour elle. Confiant ses valises, moyennant rétribution, à un aubergiste près de la gare, elle prit le train pour Lyon avec pour unique bagage son sac en tapisserie. Son propos était de visiter le plus possible de boutiques de luxe, pour renouveler l'expérience faite au Puy, où, sur sa personne, ses dentelles avaient fait sensation. Elle les revêtit donc et les masqua d'un châle.

Le voyage l'étonna moins que la veille. Elle était déjà habituée. La ville la surprit cependant. Une ville propre comme Le Puy mais avec de grands immeubles plus cossus qu'à Saint-Etienne, plus majestueux, et puis des collines verdoyantes et les fleuves ouvrant des perspectives sur cette cité immense ! Elle crut même s'être perdue quand, ayant laissé la Saône dans son dos, elle retrouva l'eau dix minutes plus tard devant elle sans pour autant avoir dévié. Elle finit par comprendre que Lyon était traversée par deux grands fleuves et qu'elle venait d'atteindre le Rhône.

En fin d'après-midi, elle découvrit que les boutiques visitées n'étaient pas les plus chics de Lyon, et de loin. Elle avait manqué la rue Royale où elles se concentraient. Trop tard pour s'y rendre. Il lui fallait rentrer le soir même à Saint-Etienne pour prendre, dès l'aube, le train pour Andrézieux, puis la diligence vers Craponne.

Elle devrait retourner à Lyon pour reprendre ses investigations.

Etait-elle déçue par cette expédition lyonnaise ? Dans le train qui la ramenait à Saint-Etienne, elle se posa la question. Elle avait le temps…

Avait-elle le temps ? Monsieur Félix devenait méfiant. Il la guettait comme si obscurément il souhaitait la prendre en faute et l'écraser. Il la détestait pour un motif inconnu. Avait-il l'intuition qu'elle voulait créer une fabrique en pillant la sienne ? Non ! S'il en était ainsi, il l'aurait déjà chassée. Il n'empêche. Elle devait accélérer le mouvement.

Si elle savait quoi faire, elle ne savait pas encore comment s'y prendre.

Elle était seule. Cette solitude lui pesa. Elle avait espéré en Benoît. Lui aurait pu la seconder, l'aider. Il parlait bien, même s'il était timide, il savait dessiner. Il avait de l'instruction. Tout fauché qu'il soit, il était un bourgeois. Avoir une fabrique vous faisait entrer dans ce monde-là. Il fallait en connaître les usages, parler le bourgeois comme on parle le français ou le patois. Benoît savait tout ça. Elle avait besoin de lui, terriblement. Il lui manquait. Ce constat la laissa interdite.

Elle souhaita de tout cœur, sans vraiment y croire, que sa lettre au papetier Lenoir atteigne son but.

18

Mutation

1er août 1838

Benoît en resta bec béant. Dans la vitrine de la papeterie Lenoir, porte Pannessac – on nommait ainsi la placette sise derrière la tour médiévale qui en fut jadis la redoute –, une lettre était affichée à son nom !

Il entra. Une vendeuse fraîche et charnue qui l'avait déjà servi s'approcha vivement.

— Vous avez déjà mangé toutes vos feuilles ? demanda-t-elle émoustillée par l'échalas dont elle trouvait intéressant le visage taillé à coups de serpe.

— Pas encore, mais, là, en vitrine, il y a une lettre à mon nom.

— Votre bonne amie, dit-elle soudain revêche.

Benoît l'observa avec étonnement. Elle avait de gros traits mais un visage ouvert et des rondeurs intéressantes. Il la rassura.

— Ma bonne amie connaîtrait mon adresse, quand même ! dit-il avec un sourire de biais.

Qui pouvait ainsi lui écrire ? Honorine ? Elle lui aurait écrit à l'auberge d'Adolphine. Qui alors ?

— Ce doit être quelqu'un qui m'a vu entrer ici. Un amateur de portraits sans doute.

— Vous ferez le mien ?

— Pourquoi pas ? Il faudrait qu'on se trouve un coin tranquille pour ça. J'ai besoin de calme et de concentration pour travailler.

La vendeuse rougit. Benoît s'en rendit compte et se sentit troublé : la loi du mâle. Elle le regardait avec des yeux pleins d'une crainte délicieuse. Sincérité ou coquetterie ?

L'intéressant baiser, naguère échangé avec Adolphine, avait été si instructif qu'il provoquait une démangeaison à son arcade sourcilière chaque fois qu'il y songeait. Vis-à-vis de la gent féminine, il avait découvert la méfiance… pas la rancune. L'auberge de la gourgandine était devenue son quartier général. Quant à Coup-de-poing, il avait la rigolade aussi prompte que la colère et manifestait une grande admiration à l'artiste Benoît.

— Alors, vous l'ouvrez, cette lettre ?

De quoi je me mêle ? Il fronça une seconde les sourcils, empocha la missive et répondit :

— C'est sûrement une commande. On verra tout à l'heure.

Il demanda quelques fournitures qu'elle lui apporta puis se dirigea vers la caisse, sorte de cube de bois surélevé, où trônait un maigrichon chenu qui surveillait son bien consciencieusement.

— Grand merci, monsieur Lenoir, pour la lettre affichée dans votre vitrine.

L'honorable commerçant remonta ses besicles sur son nez, et repoussa en arrière, en un geste machinal, la toque de velours qu'il portait malgré la canicule.

— Vous êtes donc monsieur Chalencon, repartit le vieillard d'un air fort civil. Une dame sans doute ? fit-il avec un sourire complice qui dévoila des gencives désertes. Cette missive était incluse dans une autre où elle m'expliquait avoir perdu votre adresse…

Honorine ! C'était bien elle ! Son cœur bondit dans sa poitrine. Il remercia et, soudain pressé, se dirigea vers la porte. La vendeuse le guettait.

— Et mon portrait ?

— Comment vous appelez-vous ?

— Pauline Luchon.

Duplicité. Honorine, l'admiration éthérée, Pauline, le rêve d'une grandiose « fornication », un mot des jèzes porteur d'une abjection animale des plus séduisantes. Il lui donna rendez-vous le soir même au caboulot d'Adolphine.

Dans sa poche, la lettre le brûlait. Il rejoignit le Breuil, chercha un banc à l'ombre et ouvrit le pli. En bas du papier éclatait le nom d'Honorine Feynerolles en un grand paraphe riche en volutes, mais parfaitement lisible. Pas d'en-tête : sans doute n'avait-elle pas su comment l'appeler.

Cette lettre vous atteindra-t-elle ? Monsieur Félix a brûlé la vôtre avant que je n'aie fini de la lire. Elle lui était adressée, comme convenu, alors j'ai dû lui donner quand il a voulu savoir ce que c'était. Il a lu cinq lignes puis a regardé vos dessins. Il les a jugés trop compliqués. « Flambée la carrière d'un jeune prétentieux », a clamé cet imbécile.

Il a froissé vos dessins et les a jetés à la corbeille. Je les ai ramassés après la fin de mon travail et je les ai défroissés. Ils sont très beaux. Avec ça, on peut créer des guipures superbes pour les robes et la lingerie fine des dames de la haute car elles ont des sous. La fabrique travaillera pour elles. Il faudra quand même revoir vos dessins avec une bonne dentellière pour faire les cartons car les ouvrières doivent bien les comprendre sinon le travail ne sera pas bon. C'est vrai que l'ouvrage va être plutôt compliqué. Mais je sais ce qu'il faut faire et je vous montrerai. Continuez dans ce genre. Entraînez-vous. Et si vous travaillez chez un dentellier, ça vous apprendra des trucs de métier.

Répondez vite à cette lettre. Ecrivez à Jean Feynerolles aux bons soins de Huchet, boucher rue Neuve à Craponne. Jeannot, mon petit frère, est apprenti chez lui. Il me donnera votre courrier. De toute façon, même si j'ai commencé à lui apprendre, il sait pas encore bien lire. Je vous répondrai, tout de suite, et il faudra nous voir. Ce serait bien que vous veniez puisque vous avez un cheval. Enfin, si vous n'avez pas été obligé de le vendre pour manger.

En tout cas j'admire beaucoup votre travail. Des dessins comme ça, j'en ai dans la tête mais je ne sais pas comment les faire sortir. Je ne saurai jamais dessiner, mais vous, vous savez ! Il faudra que je vous raconte mes rêves de dentelle.

Encore une fois répondez le plus vite possible, car je suis très inquiète pour vous.

Bien que sans fautes, le style était primaire. Le contenu pas du tout. Il démontrait une belle intuition. D'abord, elle aimait ses dessins, mais avait vu tout de suite qu'ils étaient l'œuvre d'un amateur et non d'un dentellier. Elle avait défini, après réflexion bien évidemment, les gens qui désireraient ses produits et accepteraient de les payer cher. Elle avait compris qu'il vivait peut-être dans la gêne puisqu'elle demandait s'il n'avait pas dû vendre sa monture…

Il se dressa d'un bond. Il avait des devoirs envers Honorine, mais aussi envers Sigismonde ! Il écrirait à la première… dès qu'il aurait vu la seconde ! Les bêtes de louage étaient souvent maltraitées, et s'il en était ainsi, maintenant qu'il avait quelques sous, il l'emmènerait aussitôt hors de la ville dans une ferme où elle serait bien ! Il enfourna la lettre dans sa poche et fila chez le loueur.

La cour du maquignon était grande ouverte. Sigismonde, non dessellée, était attachée à un anneau. Maigre, l'œil atone, elle était l'ombre d'elle-même. Des plaies mal cicatrisées marquaient ses flancs : des coups d'éperon violents et réitérés ! Elle avait été montée par des voyous. Il blêmit, entra furieux dans le bureau du loueur.

— Votre monture vous attend, disait ce dernier à un commis voyageur gras. Cette vieille carne ne craint rien. Vous pourrez atteindre Langogne ce soir sans problème, même avec votre gros sac.

— Non, dit sèchement Benoît. Je reprends ma jument !

— J'ai loué ce cheval ! s'écria le voyageur. Et je pars avec. J'allais payer et…

L'homme se trouvait devant le loueur. Sans même le regarder, Benoît le prit par les épaules et l'écarta du passage.

— Vous, vous disparaissez, et vite !

Le digne représentant de commerce eut un sursaut, puis il croisa le regard du grand jeune homme osseux qui le dominait. Ce qu'il y vit sut le convaincre. Il tourna les talons.

— Vous me faites perdre un client ! Ça ne se passera pas comme ça.

— J'emmène ma jument avant que vous ne l'ayez fait crever, dit Benoît d'une voix froide en se dirigeant vers la porte.

— C'est ce qu'on va voir, vociféra le bonhomme, rouge comme un coq.

Il chercha quelque chose derrière son comptoir et sortit à la suite de Benoît qui se retourna et l'attendit.

Le loueur s'arrêta, puis se remit à avancer en se dandinant. Il tenait un nerf de bœuf dans sa main droite et en frappait sa paume gauche à petits coups. Le jeune homme ne bougea pas. Les éructations du maquignon, grossières et insultantes, allaient crescendo. Il s'encourageait ainsi à la violence. On devait l'entendre à l'autre bout de la ville et les passants s'agglutinaient au portail de la cour. Brusquement le maquignon brandit sa matraque et frappa. Benoît s'écarta de justesse et recula d'un pas, puis attendit. Il s'était mis en garde. Coup-de-poing lui donnait des leçons quand l'auberge était vide et passer aux travaux pratiques était excitant. Le jeune homme eut un sourire de biais : il allait se battre pour le sexe faible. Pas pour une noble dame, pour une jument ! Qu'importe, elle le valait bien. Le loueur leva le bras pour frapper à nouveau. Anticipant le mouvement, Benoît avança d'un pas et décocha à son adversaire un superbe direct à l'œil qu'il doubla aussitôt. Le premier coup fit mal. Percutant l'hématome naissant, le second fut atrocement douloureux. Lâchant son nerf de bœuf, le loueur se plia en gémissant, les deux mains pressées sur son œil.

— La police, qu'on appelle la police, beugla-t-il en se redressant.

— La police est là, dit une voix ferme.

Les combattants se tournèrent vers l'homme qui avait parlé.

— Monsieur le commissaire, bégaya le loueur, cet individu…

— Taisez-vous ! Vous parlerez quand je vous le dirai.

Ebahi, Benoît reconnut le bourgeois dont il avait fait le portrait chez Adolphine !

— Monsieur Chalencon, disait-il, je vois que Coup-de-poing vous a enseigné son art. Vous ne gardez plus les yeux au beurre noir pour vous seul. Vous préférez les transmettre aux autres. Joli progrès. Cette jument est à vous ?

Le jeune homme acquiesça.

— Je l'avais mise en pension chez cet homme qui pouvait la louer à condition qu'elle soit bien traitée. Voyez son état ! Le contrat n'étant pas rempli, je récupère ma monture.

Le commissaire se tourna vers le maquignon.

— Ce qu'a dit monsieur est exact ?

— Oui, répondit l'homme qui tâtait d'un doigt délicat le magnifique coquard qui maquillait son œil droit, mais il a chassé un client…

— Auquel il louait mon cheval avec permission de le crever.

— Alors, tout rentre dans l'ordre.

— Il m'a battu, s'énerva le loueur. Je suis blessé.

Le policier se baissa, ramassa le nerf de bœuf.

— Vous avez tenté de le frapper avec ça, si j'ai bien vu. C'est vous qui avez commencé. Et ça c'est une arme que je vous confisque. Vous voulez porter plainte ? Alors vous aussi, monsieur Chalencon. Quel sera votre motif ? Escroquerie ou agression ?

Benoît regarda son interlocuteur avec étonnement, puis entra dans le jeu.

— Ça mérite réflexion. Mais pour moi, tout peut s'arrêter là moyennant dix francs de dédommagement…

— Alors ? demanda le policier au maquignon.

Le regard furieux, le maquignon murmura :

— Pour moi aussi, ça peut s'arrêter là.

— Les dix francs ? dit le commissaire la main tendue.

L'homme sortit de sa poche une pièce d'or qu'il tendit à regret à Benoît.

— L'incident est donc clos, conclut le représentant de la loi. Dispersez-vous, mesdames et messieurs. Vous ne voudriez pas que je siffle mes agents.

Il avait sorti un sifflet d'argent retenu par une chaînette et le faisait tourner négligemment. Les passants s'en allèrent en grommelant.

— Monsieur Chalencon, prenez votre cheval et venez avec moi, s'il vous plaît.

Benoît détacha sa bête qui frotta son museau contre lui. Il en fut aussi touché que culpabilisé.

— Là, là, c'est fini, ma belle, là, dit-il.

Tenant la bride de Sigismonde, Benoît rejoignit le policier et tous deux s'éloignèrent en silence.

— Je vous remercie, monsieur, dit-il. Vous m'avez tiré d'un mauvais pas. Heureusement que le hasard vous a permis d'intervenir. Mais comment savez-vous mon nom ?

— Les réponses aux deux propositions sont liées, rigola le policier. Pas de hasard dans notre rencontre. Je vous suivais depuis un petit moment. Depuis la papeterie en fait. Quant à votre nom, il était affiché sur une lettre dans la devanture du papetier. Ça m'avait intrigué. Elle était encore en vitrine quand je vous ai vu entrer chez Lenoir. Elle n'y était plus quand vous êtes sorti. Voilà le mystère éclairci. Comme j'avais à vous parler, je vous ai filé, déformation professionnelle sans doute, mais vous m'intéressiez. Vous avez lu la fameuse lettre qui vous a ému. Pas de message politique donc, mais quelque chose de personnel, une femme sans doute, une amoureuse, peut-être. A votre âge, rien d'étonnant.

Benoît, qui avait rougi, opina.

— Me voilà rassuré. Venons-en aux choses sérieuses. J'ai besoin de vous et de votre talent.

— Oui ?

— Vous avez un sacré coup de patte, je vous l'ai déjà dit. Je voudrais que vous fassiez pour moi les portraits de gens suspects.

— Je ne sais qu'en penser, répondit Benoît après une courte réflexion. Vous parliez de Coup-de-poing, monsieur le commissaire. Il a refusé que je le dessine, disant qu'on lui mettrait sur le dos tous les vols et méfaits du Puy si son portrait circulait. Je n'aimerais pas lui nuire. C'est plutôt un bon bougre.

— Il vous a pourtant mis un œil au beurre noir, le soir de notre rencontre, ce qui, en passant, a déclenché votre lyrisme. Je suis encore réjoui de vos citations misogynes. Qu'aviez-vous donc fait ?

Benoît, fort intimidé par ce bel homme sûr de lui, qui plus est policier de haut rang, n'osa pas mentir.

— J'avais embrassé Adolphine. Sur la bouche, je veux dire. Il est arrivé juste à ce moment-là.

Le commissaire éclata de rire.

— Elle est gironde et elle a le feu aux fesses. Ses marivaudages attirent les clients, mais Coup-de-poing veille. Vous n'êtes pas le premier à prendre une raclée !

Vexé, Benoît faisait grise mine.

— Remettez-vous, mon garçon. Vous avez appris quelque chose, ce jour-là. Est-ce trop payé qu'un coquard pour une telle expérience des femmes ?

Benoît balança entre vexation et rire, puis s'esclaffa.

— C'est vrai, dit-il joyeux. Y a rien à regretter, mais Coup-de-poing est un ancien bagnard et…

— N'exagérons rien. Il a pris trois mois de trou pour avoir cassé quelques os à un bourgeois dans le temps. Comme il n'est pas bête il se tient à carreau, sauf quand on embrasse sa régulière… Il travaille comme menuisier et c'est même un bon ouvrier. Il faut croire que ça le flatte de jouer les durs. Si tous mes clients étaient comme lui, ma vie serait paisible.

— En somme, vous me demandez d'être une mouche, un indic comme on dit maintenant, hasarda Benoît.

— Que voilà de grands mots ! Je vous demande simplement de faire votre métier pour nous. Certes, une police dévoyée peut devenir l'ennemi des gens, mais, Dieu merci, la nôtre fait son métier : maintenir la paix, la sécurité et la justice dans la cité et, croyez-moi, c'est non seulement utile mais indispensable.

Le jeune Chalencon hocha la tête. Le policier poursuivit :

— Ah, au fait. Chaque portrait est payé vingt francs.

Ça changeait tout.

Ils prirent rendez-vous à l'hôtel de police pour le lendemain matin. Il lui suffirait de demander le commissaire Auguste Chadouard.

Benoît, immobile, tenant toujours son cheval par la bride, le regarda partir. Il était songeur. Qui allait-il portraiturer ? Probablement les délinquants de droit commun afin que les argousins puissent montrer leurs portraits en cours d'enquête. Les politiques aussi : opposants à la monarchie, républicains, révolutionnaires… Des idéalistes généreux aux idées égalitaires. Il en était gêné, mais vingt francs par portrait et plusieurs par semaine sous condition de secret professionnel ! Avait-il les moyens de refuser ce pactole ? Bien sûr que non. Et puis les opposants au régime ne risquaient pas grand-chose, surtout au Puy. Les révolutions ne naissent pas dans les préfectures de province, endormies au fond des campagnes. Il soupira. Il n'était pas de l'étoffe des « héros de la Liberté » mais un terrien du Velay, ruiné de surcroît, qui avait à survivre, à aider des parents irresponsables, et à assurer une vie décente à une tendre nourrice vieillissante. Il devait aussi « sauver » La Monteillade, la maison de ses pères. Arguties et faux-semblants ! Il savait bien qu'il avait pris sa décision, avec toutes ses conséquences, à l'instant même où son interlocuteur avait annoncé la somme astronomique de vingt francs par portrait. Réaliste, Benoît entreprit immédiatement de restaurer sa bonne conscience : la police était nécessaire à la société et il valait mieux qu'elle soit confiée à des gens bien : Auguste Chadouard était comme lui un ancien des jésuites, venant du même collège ; il avait manifesté une grande sagesse lors de sa bagarre avec ce maquignon mal embouché ; il avait parlé de Coup-de-poing avec humanité. Un homme estimable, en somme. Qui était-il, lui, Benoît, pour mettre en cause la sécurité publique et la moralité de son commissaire au Puy ? Il avait besoin de cet argent, pour Honorine et son rêve, sa fabrique, « leur » fabrique. Elle voulait le prendre avec elle pour ne pas *« être seule attelée au char de l'ambition »*. Il se gargarisa de cette formule pédante surgie du fond de sa mémoire.

Sa conscience ainsi calmée, il se mit en route, heureux de la personne cheval qui marchait sur ses talons et dont il croyait bien ressentir la confiance et le soulagement.

Sans même y penser, il était revenu à l'auberge d'Adolphine.

— Alors, l'artiste, dit-elle, où t'as trouvé cette haridelle ? La pauvre est en bien mauvais état.

— Regarde mieux. Cette jument est élégante même si elle a été maltraitée.

L'aubergiste hocha la tête.

— C'est vrai que ça pourrait être une assez belle bête à condition qu'elle se refasse une santé.

— Oui, mais où ?

Benoît réfléchit puis poursuivit :

— Y a une écurie dans ta cour. Pourquoi ne pas la mettre là ? Tes clients ne sont pas souvent à cheval. Elle est vide les trois quarts du temps.

— Il lui faut de l'air et des prés. J'ai peut-être une idée.

— Oui ?

— A Chadrac, sur la route de Polignac, y a la ferme de mon frère Albert. Il sait parler aux chevaux. Il te la retapera. Quelle heure est-il ?

Il tira de son gousset sa grosse montre d'acier.

— Trois heures cinq.

— Tu as le temps d'aller là-bas et d'être de retour pour la soupe, dit-elle. Je t'indique le chemin.

Il redescendit la rue en pente, tenant sa jument par la bride. Sur le boulevard du Breuil qui contournait la ville, il se mit en selle et laissa les rênes à Sigismonde. Elle alla au pas, avec une sorte de crainte, comme si elle attendait des brutalités qui ne vinrent pas. Alors elle allongea ses enjambées en une allure calme et régulière. Il ne la força pas. A la fin des pavés, quand ils atteignirent la route poudreuse, il la talonna doucement, en écartant loin les jambes pour ne pas heurter ses blessures. Elle se mit au petit trot. Une fois encore, il la laissa choisir son allure. Elle la maintint jusqu'à la ferme qu'il trouva sans mal.

Albert, le frère d'Adolphine, ressemblait à sa sœur. Il était rond avec de belles moustaches barrant une figure mal rasée, mais joviale. Il sortait de son étable, une fourche à l'épaule. Voyant le cavalier, il s'arrêta, sourcils froncés, cherchant à identifier le nouveau venu.

— Bien le bonjour, *moussu*, fit Benoît civilement.

— *Adiu, moussu*, répondit l'homme. Qui que vous êtes ?

— Un ami d'Adolphine, dit-il.

— Un bon ami ? demanda-t-il méfiant.

— Non, non, on est en affaires, elle et moi. Elle me paie la soupe, le soir, et je fais des portraits que je vends à ses clients. Elle a sa commission et tout le monde est content. C'est elle qui m'envoie pour mettre mon cheval en pension chez vous.

Il descendit souplement de sa monture, lui flatta le chanfrein. Albert s'était approché. Il caressa l'encolure de Sigismonde.

— C'est pas Dieu possible de traiter une bête aussi mal, dit-il. Celle-là mérite mieux. C'est une bonne jument et même si elle est plus très jeune, elle peut encore faire. Mais il faut la soigner et bien la nourrir. Elle est maigre à faire peur. Quel est le salaud qui l'a mise dans c't état-là ? C'est pas vous au moins ? fit-il, l'air sévère.

— Non, non, rassurez-vous.

Il lui conta son histoire. Albert serra les poings en entendant le nom du loueur, mais ne dit rien. Il écouta Benoît puis conclut :

— Sûr que je pourrais la retaper. Quelques heures au pré, ses plaies nettoyées et soignées avec un bon onguent, en la montant régulièrement pour qu'elle prenne de l'exercice... En quelques semaines elle serait comme avant. Ça vous coûterait trois francs cinquante la semaine.

— Vous croyez qu'elle pourrait aller au Puy tous les jours et en revenir sans trop souffrir ? demanda Benoît.

— Trotter sans forcer une heure par jour, ça peut pas lui faire de mal.

— Eh bien, si je trouvais une chambre par ici, j'irais en ville avec elle. Je partirais dans l'après-midi pour rentrer dans la nuit. Je travaille assez tard chez Adolphine.

Repoussant en arrière son chapeau cabossé, Albert se gratta la tête.

— Y a ben l'Adèle. Sûr qu'elle cracherait pas sur un petit revenu supplémentaire. Elle a une grande chambre de vide. Pour dix sous, six si vous barguignez, elle pourra vous loger. Elle est seule depuis que son homme est mort et sa maison est bien grande pour elle. Allez la voir de ma part. C'est la bâtisse que vous voyez là à deux cents pas.

— Ce serait une bonne idée. En attendant, je vous laisse la jument. Elle s'appelle Sigismonde. Trois francs par semaine, ça irait ?

Albert rigola.

— Trois vingt et topez là.

Ils topèrent et Benoît versa cent sous d'acompte qu'Albert empocha avec béatitude. Ils se serrèrent la main. Le jeune homme s'en fut à pied rendre visite à sa possible logeuse, tandis que le fermier dessellait la jument.

Adèle, veuve Merlin, avait une petite quarantaine, le visage doux, la silhouette avenante, le geste rond, comme réfléchi. Elle accueillit le jeune homme aimablement. Apprécia son propos courtois et s'émerveilla de le savoir dessinateur. Benoît, flatté et calculateur, lui montra quelques œuvres qui semblèrent la décider. Elle le précéda dans l'escalier craquant qui sentait l'encaustique pour lui montrer la chambre.

— Vous laisserez vos bottes ou vos chaussures en entrant, dit-elle.

Elle vit son regard vers ses souliers poussiéreux.

— Aujourd'hui ça va. C'est que de la poussière, mais à la mauvaise saison, par ces chemins, on a les pieds crottés, vous comprenez.

Il opina.

— Je vous trouverai des pantoufles. Il doit m'en rester de mon Ernest. Qu'il repose en paix. Il chaussait grand lui aussi.

Le plancher ciré brillait dans la pièce donnant sur la campagne. Le lit, la commode, la table et les chaises en fruitiers patinés avaient connu le Roi-Soleil, près de cent cinquante ans plus tôt. Leur rusticité ne manquait pas de charme et leurs teintes chaudes ressortaient sur la blancheur des murs chaulés. Dans un cabinet attenant, une table de toilette, plus récente, supportait une large cuvette de porcelaine et un broc ventru décoré de fleurs bleues.

Une bonne odeur de pomme imprégnait les lieux.

— Vous avez un verger, s'émerveilla Benoît, et vous avez conservé là votre récolte, l'hiver dernier.

— Eh oui. La pièce est bien sèche et les fruits s'y conservent bien. J'ai un potager aussi, mais ni lapins ni poules : les bêtes, c'est sale. Et puis j'ai bien assez de travail comme ça.

— Oui ?

— Je suis couturière. Et y a de l'ouvrage. Je ne me plains pas.

— Et pour mon linge ? demanda le jeune homme. Quelqu'un pourrait le laver ?

— Une femme du pays fait ma lessive. Elle pourrait faire la vôtre aussi. Ses prix sont raisonnables. Alors ? Ça vous plaît ?

Benoît approuva.

— Je me sens déjà chez moi.

Il fut convenu que, pour treize sous, il serait logé, blanchi et aurait un solide petit-déjeuner.

L'affaire faite, Benoît repassa à la ferme. Sigismonde était déjà au pré, ce qui le réjouit. Il salua le fermier, puis se mit en marche. Une petite lieue à pied jusqu'au Puy : pas de quoi l'effrayer malgré la chaleur. Albert le retrouverait le lendemain à l'auberge de sa sœur. Sa charrette serait vide après la vente de ses légumes au marché et il pourrait transporter chez l'Adèle Merlin les maigres effets de l'*artisse*.

Il avait bien quarante minutes de marche devant lui. De quoi méditer. L'argent d'abord. Son pécule, toujours au fond de sa poche, venait d'être rogné de vingt francs, payés à titre d'avance au sieur Albert et à la veuve Merlin. Une belle somme, mais il ne la regrettait pas. La logeuse était soigneuse et avenante, et dormir à la campagne, à une petite demi-heure à cheval de la ville, était un rêve. Quant aux façons du paysan envers sa vieille jument, l'amie de sa jeunesse, elles avaient touché Benoît. Albert l'avait adoptée et il avait bien vu qu'il la rassurait.

Il revint à ses sous. Il lui restait trente-huit francs et quelque monnaie. De quoi voir venir, à condition de rester raisonnable.

Il marchait d'un bon pas. Le ciel s'était couvert et l'air manquait. Même les trembles ne chantaient plus. Pas un souffle pour agiter leur feuillage léger. L'orage casserait cette immobilité lourde, laverait de sa pluie rude la poussière des chemins, puis viendrait la fraîcheur.

A l'aller, Benoît avait gardé sur le dos sa redingote. Question de dignité. Qu'auraient pensé les gens d'un cavalier en chemise ? A pied, il n'était qu'un passant. Il enleva son vêtement, le serra au collet dans son poing et le jeta sur son épaule. Il dévoila ainsi sa dèche : un bouton sur deux manquait à ses bretelles, son pantalon pochait aux genoux, ses souliers éculés se coupaient à la pliure, ses guêtres de cavalier étaient délavées et râpées – il faisait vraiment trop chaud pour porter des bottes. Il était l'image même de la débine. En plus, il puait. La transpiration fraîche de l'instant, mêlée à la sueur aigre des jours précédents, formait un remugle rance qu'une saute de vent, prémices de l'orage, lui avait jeté au visage.

Ça ne pouvait plus durer.

Dès son arrivée au Puy, il passerait chez un fripier qu'il avait repéré, achèterait une ou deux chemises amples, un ou deux pantalons de toile et des chaussures d'été, sans oublier quelques sous-vêtements. Ses achats en main, il irait aux bains municipaux se décrasser, mettrait ses nouveaux habits puis passerait chez le barbier se faire tailler barbe et cheveux. Et tant pis pour l'argent ! Le commissaire ne l'avait pas convoqué pour rien. Il aurait certainement à faire, dès le lendemain, un premier portrait et donc vingt francs à gagner… plus dix ce soir à l'auberge d'Adolphine si tout allait bien. Avec un peu de chance, il rentrerait dans ses frais, y compris ceux de leurs nouveaux logements à Sigismonde et à lui-même, en trois ou quatre jours.

Dès la semaine prochaine, il pourrait entreprendre son programme « bourgeois ». Se vêtir en dandy, aller voir le notaire et explorer la bonne société ponote à partir de la mystérieuse amie de sa mère : « sa chère Elise », dame Gourmon. Le commissaire pourrait certainement le renseigner. L'évocation du policier amena une ombre à son front. Le paierait-il tout de suite ? Rien de moins sûr. En tout cas il continuerait les portraits à cinq francs jusqu'à ce qu'il se sente riche. Il avait deux cordes à son arc et n'avait jamais été si prospère. Il se mit à siffloter, puis s'arrêta : et Honorine ? Il hâta le pas pour lui écrire. Il avait soudain grande envie de lui raconter sa journée par le menu, enfin presque. Le rendez-vous avec la jeune vendeuse et ses mauvaises intentions à son égard appartenaient à son « animalité » et il en avait honte, point assez cependant pour surseoir à ses projets…

Il trouva son bonheur chez le fripier, passa aux bains publics, en ressortit correctement vêtu, et se fit raser et coiffer. De retour à sa mansarde, il en contempla le misérable décor et se réjouit de la quitter. En attendant, il s'assit à sa table bancale afin d'écrire une longue lettre à une certaine petite rousse aux yeux verts, au minois charmant et au corps gracile. Cherchant une plume, son regard accrocha sa grosse montre en acier posée devant lui. Il était très tard, beaucoup plus qu'il ne le pensait. Il était grand temps d'aller « prendre son service » chez Adolphine. Il écrirait demain.

19

Quatre louis d'or

Voyant arriver Benoît, la belle aubergiste siffla d'admiration. Une chemise de lin immaculée flottait sur son corps sec. Ses cheveux volaient au vent, fluides et propres. Son pantalon de toile n'était ni froissé ni taché et il avait aux pieds des sandales bien cirées. Un autre homme. Un « romantique » remplaçait l'*artisse* galeux.

Elle lui servit une assiette de soupe, une large tranche de pain bis et un grand verre de vin, tout en lui jetant des œillades intéressées. Chat échaudé craint l'eau froide. Il lui dédia le sourire franc d'un bon camarade. Une moue aux lèvres, elle se tourna dans un envol de jupe et chercha refuge derrière son bar. Aussitôt les pensées du jeune homme s'égarèrent pour se fixer sur la silhouette bien en chair d'une petite papetière dénommée Pauline. Il souhaitait sa venue un peu plus tard, en fin de soirée ce serait parfait.

Il avait déjà eu un client quand elle arriva. La notoriété de Benoît s'installait et deux portraits par soir étaient maintenant la moyenne.

Elle portait une robe légère en percale brodée, de celles qu'on met pour les fêtes et noces d'été, et s'assit à côté de lui. Il lui sourit sans cesser de croquer sa deuxième victime, un paysan dans la trentaine au visage rond et velu qui jouait les coqs de village. Les yeux emplis d'une formidable admiration, l'arrivante s'intéressa à l'œuvre en cours. Alors Benoît arrondit ses gestes jusqu'à la grandiloquence pour l'impressionner plus encore. Ses fréquents coups d'œil en coin lui montraient une petite paysanne appétissante montée à la ville. Elle ne l'intimidait pas trop. Du coup le sang battait à ses tempes et une forte érection bosselait son pantalon collant, comme le voulait la mode. Heureusement, son ample chemise masquait cette pulsion triviale.

C'était dit. Il la mettrait dans son lit.

A moins qu'ils ne fussent entrés dans les ordres, tous ses condisciples des jèzes avaient fréquenté les bordels et les filles les avaient initiés aux mystères du sexe qui pour lui restaient de pesants fantasmes. Il fut soudain impatient de l'emmener. Etre encore puceau à presque vingt et un ans lui était insupportable.

A l'issue de son second portrait, ce soir-là, Benoît annonça son départ. Adophine tordit un peu le nez mais la soirée avait été plutôt bonne et les amateurs de dessin reviendraient le lendemain. Ainsi, ils consommeraient deux fois. Avec un triomphe discret, le jeune homme observa une ombre de jalousie sur le visage de son hôtesse quand il prit la main de sa voisine pour l'emmener.

Pauline habitait un garni dans le quartier du Martouret. La turne de Benoît en moins misérable. Le ménage était fait et la pièce rangée. On voyait bien qu'il s'agissait d'un logement de fille. Sitôt la porte fermée, il la serra contre lui et la baisa sur les lèvres. La bouche de Pauline s'ouvrit et pour Benoît se renouvela l'expérience du baiser d'Adolphine, sauf que, cette fois, il ne se termina pas par un coup de poing dans la gueule. Il bandait comme un daim. Elle le sentit, joua un court moment à y trouver de l'agrément puis se dégagea d'un coup de cul.

— Mon portrait d'abord, dit-elle, bien campée sur ses jambes. Il est pour mon fiancé !

La douche froide. Benoît faillit prendre la porte. Le baiser approfondi de l'instant précédent le décida à poursuivre. Après tout, le fiancé, certes un peu cocu, aurait une belle image de sa promise. Quant à lui il n'aurait pas, à l'avenir, une fille cramponnée à ses basques.

— Si tu veux, pour lui, je te dessine toute nue, proposa-t-il plein d'espoir.

— Il sera furieux, il dira que je me suis déshabillée devant un homme.

— Tu expliqueras que ce portrait a été fait par une femme, voilà tout. Ici, au Puy, une artiste peintre fait des nus. Une dame Brunelle. Tu la connais pas ? T'auras qu'à raconter à ton homme que c'est une cliente qui, pour te remercier de lui avoir fait une fleur à la boutique, t'a proposé ton portrait. Sachant sa spécialité, tu lui as demandé de te dessiner toute nue, pour lui faire plaisir.

Il mentait sans grande imagination, mais elle avait envie de le croire et se laissa fléchir. En fille soigneuse, elle plia sa belle robe et la rangea, puis elle passa sa chemise par-dessus sa tête, dévoilant d'un coup sa poitrine ferme. Enfin elle ôta ses « pantalons » : une grande culotte blanche semi-bouffante, descendant à mi-cuisse et fendue du nombril aux reins. Par réflexe, elle la renifla brièvement et Benoît s'enchanta de son naturel. Puis ses yeux caressèrent les hanches larges de la fille et son pubis poilu. Il haletait presque, se sentit canin, ce qui l'enchanta. Consciencieux cependant, il installait son chevalet, y plaçait une grande feuille de papier à grain fin et préparait crayons et fusains.

— Assieds-toi sur le lit, dit-il. Un peu en arrière, en appui sur tes bras tendus. Regarde-moi. Ouvre un peu les jambes.

Elle rougit, puis obéit. Il se tut un instant, étranglé par l'émotion. Fendant sa toison sombre, luisait une fine crête incarnate.

— C'est parfait, reprit-il enroué, tu es une belle fille qui attend son amant. Alors tu le regardes dans les yeux et tu souris, un sourire prometteur, tu vois ?

Elle l'observait au bord de l'épouvante, lui se sentait d'une audace extrême : faire se déshabiller une belle fille pour la dessiner nue était une œuvre de chair bien plus grave que la fornication. Les jèzes eussent été scandalisés : le péché en effet allait être réactivé à chaque regard porté sur ce dessin obscène. Non pas obscène, érotique. Les Grecs anciens avaient célébré l'amour charnel et même ses maîtres, bien que réprobateurs, ne les taxaient pas de vicieux et de pécheurs. Tout ça était formidablement excitant.

La gourgandine devait partager ses sentiments extrêmes car, d'angoissé, son regard était devenu superbement équivoque. Benoît en fut incendié. Puis il commença à dessiner et le souci de traduire en image cette sensualité brute l'accapara. Il s'appliqua et rendit fort bien la plénitude de ce corps en pleine santé. Il réussit aussi le regard malin, naïvement salace. On reconnaissait parfaitement la demoiselle Pauline.

Heureux, presque libéré de sa pulsion, Benoît lui montra son œuvre. Elle en fut profondément troublée. Reconnaissante, une fois le dessin posé bien à plat sur la table, elle plaqua son corps nu contre lui.

C'est elle qui força sa bouche. Elle ondulait d'une façon si suggestive qu'il craignit de perdre tout contrôle et de compromettre l'avenir proche. Alors elle se recula, moula sa main sur son sexe triomphant et, paillarde, annonça :

— On va pas te laisser dans cet état, mon gars.

Elle entreprit de le déshabiller. Il l'aida de toute sa maladresse et fut bientôt tout nu. Dans la lumière des chandelles qui les illuminaient, il se vit, la peau blanche comme un ventre de poisson, maigre et musculeux, étreignant une belle fille au teint mat. Les flammes dansantes dans le courant d'air de l'été animaient le contraste de leur carnation. Ils s'effondrèrent sur le lit.

Il voulut se coucher sur elle. Sans effort elle le fit basculer. Deux gisants côte à côte, sinon que la main droite de la fille se fit câline, tandis que la gauche guidait celle de Benoît vers certaine crête de chair et, singulièrement, vers son sommet. Une petite rondeur ferme roula sous les doigts de Benoît. C'était extrêmement excitant. Il s'acharna donc, de toute sa douceur, à torturer ce joyau d'anatomie. Elle se mit à gémir et il s'entendit gronder. Puis leurs mouvements s'accélérèrent. Ils crièrent en même temps. Elle lui inonda les doigts tandis qu'il éjaculait comme un bouc.

Ils restèrent immobiles, leurs mains à la même place.

Bientôt elle reprit ses reptations alternées. C'était agréable, alors il lui rendit la pareille et la fièvre remonta. Soudain elle brisa tout, s'assit, saisit un pot d'onguent, l'ouvrit, en massa la verge de Benoît dont les narines palpitèrent puis se mit à genoux.

— Viens ! ordonna-t-elle.

Comme il hésitait, elle reprit :

— Tu n'as jamais vu les chiens ?

La trivialité de la phrase l'excita terriblement. Non seulement il avait vu des chiens mais il avait vu son père ! Il sut aussitôt quoi faire. Sauf qu'il n'était pas au bout de ses surprises. Comme il s'aventurait vers une douceur lisse que ses doigts avaient longuement explorée, elle l'écarta.

— Plus haut, dit-elle. Je suis vierge, tu comprends. Mon pucelage, il est pour mon fiancé !

Il obtempéra et s'enfonça en elle. Son sexe, serré dans une moiteur infernale, s'affola et il répondit à ses mouvements oscillants. Si Pauline ne l'avait pas préalablement purgé manuellement, il eût immédiatement explosé, mais sachant sans doute à quoi s'attendre, elle avait affaibli la bête avant l'estocade.

Bientôt elle se mit à geindre et il ne put brider l'accélération de son rythme.

Plus tard, quand ils reposèrent, transpirants et repus, Benoît balbutia admiratif :

— Ben toi alors !

— Ben quoi ? répondit-elle. On a rien fait de mal et mon fiancé aura ma fleur !

— Il te plaît plus que moi, ton fiancé ?

— Non, mais il est gentil et c'est un gars solide. Il va avoir trente ans. Et puis il a du bien, beaucoup de terre et une grande ferme, tandis que toi, t'es rien qu'un chat maigre.

Il grimaça. A quoi bon argumenter ? Elle n'avait pas vraiment tort.

Son amertume inquiéta la jeune fille qui se méprit sur sa cause.

— C'était pas assez payé ? Pour ton portrait, je veux dire ?

— Oh si ! répondit-il avec une grande honnêteté.

Alors il la vit sourire, puis s'étirer et bâiller.

— J'vais dormir, dit-elle. Et mon fiancé vient demain à l'aube.

Elle mentait évidemment, mais lui aussi avait sommeil et il était courtois. La quitter ainsi, sans remords ni devoir, était satisfaisant. N'empêche qu'il ressentit une pointe de frustration. Force était de constater qu'à aucun moment de cette soirée aussi gratifiante qu'instructive il n'avait mené le jeu.

Il souffla les deux bougies en sortant.

Il retrouva sa soupente au milieu de la nuit, plia soigneusement ses vêtements et se coucha. Il s'endormit comme une masse et se réveilla fringant.

Il faisait chaud en ce début d'août. Il se contraignit à une toilette totale puis emballa ses affaires : deux fontes de selle, une valise en cuir râpé et un baluchon fait d'un grand bout de tissu récupéré au cours de ses errances. Il partit chargé comme une bourrique vers l'auberge d'Adolphine.

Souriante, elle lui offrit une tasse de café.

— Alors ? questionna-t-elle l'œil luisant, tu as bien dormi ?

Il sourit.

— Après une insomnie délicieuse, fort bien.

— La gamine a cédé à tes charmes ?

— Oui et non, dit Benoît.

— Elle ne t'a pas satisfait ? reprit l'aubergiste avec une curiosité gourmande.

— Oh si, et deux fois ! triompha Benoît.

— Mais comment ? s'exclama Adolphine. Ah, je vois. Une belle rouée ! Elle avait l'air si sage.

— Elle a vraiment manifesté réalisme et sagesse, dit Benoît d'un ton désinvolte, histoire de brouiller les pistes. Au fait, poursuivit-il, j'ai un rendez-vous important. Je peux te laisser mes bagages ? Ton frère doit venir les prendre.

— Je sais, laisse tout ça là dans le coin, répondit-elle d'un ton boudeur.

Il la quitta avec un clin d'œil auquel elle répondit en lui tirant la langue. Il s'éloigna hilare.

Le commissariat du Puy ressemblait à une caserne. Sa mise d'artiste, élégamment négligée – il avait agrémenté son ample chemise d'une cravate rouge nouée en lavallière –, étonna les agents en uniforme. L'un d'eux, plus sagace que les autres, l'interpella :

— Vous venez pour le commissaire Chadouard ? Il vous attend.

Il suivit l'agent dans un couloir verdâtre, haut de plafond, sur lequel s'ouvraient d'un côté des portes et de l'autre des grilles. On eût dit des chenils. En place de chiens, des vagabonds, des ivrognes, et des filles au maquillage outré. Tout un petit monde qu'on mettrait dehors avant midi. Le planton s'arrêta devant une des portes et frappa.

— Benoît, cher ami, ravi de vous voir ! s'exclama le commissaire en invitant son visiteur à s'asseoir.

D'un coup d'œil, le jeune Chalencon embrassa le bureau. Les meubles, vieux de trente ans, étaient à la mode de l'Empire. Des pieds de lion riquiqui chaussaient les fauteuils et de petites têtes de sphinx décoraient les accoudoirs. Un ensemble désuet mais non sans charme dans la lumière de deux hautes fenêtres donnant sur la cathédrale. Le regard du jeune homme revint vers son hôte, il sourit.

— Me voilà à votre disposition, monsieur le commissaire. J'espère simplement que mes portraits pourront œuvrer à la tranquillité de la cité.

C'était un rien pompeux et le commissaire, intrigué, scruta son visiteur.

— Vous avez changé, mon ami. Ce n'est pas seulement votre habit qui vous réussit. Vous me semblez plus à l'aise, plus sûr de vous. Quelque chose, un événement dans votre vie vous a épanoui. Une femme ?

Benoît rougit, rattrapé un instant par sa timidité, puis, regardant en face l'inquisiteur professionnel et bienveillant, déclara :

— En fait, vous m'apportez la fortune et ça me rend heureux. Je suis arrivé famélique au Puy. Mon père, héritier d'une petite gentilhommière sur le canton de Craponne, a dilapidé son bien et vendu peu à peu les trois fermes et les terres du domaine. A mon retour de chez les jésuites, je me suis senti une nuisance pour mes parents qui s'enlisaient peu à peu dans la gêne. J'ai décidé de tenter ma chance en ville. Mon propos était de dessiner des modèles de dentelle, domaine dans lequel j'entrevoyais un avenir. Refus sur toute la ligne des fabricants d'ici.

— Oui ?

— J'étais dépenaillé, hirsute, misérable. J'ai dû les inquiéter. J'étais au bout du rouleau quand la chance m'a souri sous les traits de la belle Adolphine. Elle voulait voir mes œuvres. J'ai dessiné pour elle en échange d'une soupe. De fil en aiguille, je me suis mis à faire des portraits dans son caboulot. Je les vendais – je les vends toujours – pas très cher, mais ça m'a permis de remonter la pente. Vous savez la suite.

— Qui vous a appris à dessiner, Benoît ?

— J'ai toujours aimé ça. Et puis chez les jèzes, le père Malbost m'a pris sous son aile. Il a tout fait pour que je travaille mon dessin et y est parvenu.

— Malbost, hein, je l'ai connu… un drôle de bonhomme.

Benoît le vit venir. Il prit les devants pour désamorcer toute équivoque.

— Oh, sa sollicitude était souvent pesante. Je pense que cet homme est un inverti, mais jamais il n'a eu à mon égard un geste déplacé. Il en mourait d'envie, c'est sûr. Sans doute espérait-il que je fasse le premier pas, mais pour son malheur je ne pensais qu'aux filles. Il a fallu que je quitte la jésuitière pour mesurer tout ce que cet homme m'a apporté. Ses raisons étaient peut-être ambiguës mais les faits sont là : il ne m'a jamais nui et m'a beaucoup appris.

— Je vous crois, répondit Chadouard, pensif. Le bien peut être fait avec les plus mauvaises intentions et le mal avec les meilleures. Ça, mon métier me l'a souvent démontré. Mais Malbost, il n'a jamais su dessiner !

— Mais il sait critiquer. Il mettait le doigt avec une redoutable efficacité sur tous mes défauts d'exécution. C'est ainsi qu'il m'a formé. Maintenant m'a-t-il bien formé ? Je l'espère.

J'en fais un peu trop, songea Benoît. La réponse du policier le rassura.

— J'ai peu d'inquiétude sur le sujet, mon ami. Savez-vous que mon portrait de votre main a convaincu le préfet, mon supérieur, de débloquer un petit budget pour vous ? C'est un homme fort occupé.

Benoît interpréta le propos par « trop occupé pour me gêner ».

— Vos ouvrages nous seront utiles en cas de récidive des délinquants et elles sont fréquentes. J'en ai deux aujourd'hui. J'ai prévu une petite salle où vous serez tranquille. Il convient aussi que vous me fassiez part de vos commentaires et besoins. Ça vous va ?

— J'ai mon matériel, dit Benoît. Je n'ai besoin de rien d'autre, à condition que mes modèles ne bougent pas trop et qu'ils ne me mettent pas, systématiquement, des bâtons dans les roues.

— Venez voir. Je pense que notre dispositif vous conviendra.

Ils sortirent du bureau, longèrent un premier couloir, en prirent un second. Chadouard ouvrit une porte avec précaution. La pénombre de la pièce surprit Benoît. Elle n'avait pas d'ouvertures sur l'extérieur. La lumière atténuée qui l'éclairait venait d'une baie fixe, masquée d'un rideau léger, qui ouvrait sur la salle voisine. Le commissaire s'avança sans bruit, fit signe à Benoît de le suivre. Ils s'approchèrent du voilage. On voyait parfaitement dans la pièce d'à côté. Un homme était assis devant une table vide, les mains entravées de lourdes menottes. Ils le voyaient de trois quarts. En face de lui, un policier en uniforme parlait.

— Cette petite pièce nous sert à observer les interrogatoires sans que le suspect s'en doute. Ça permet d'apprendre beaucoup de choses, à condition, bien sûr, de ne faire aucun bruit et de ne pas allumer de lumière, dit le commissaire.

Il obtint l'approbation du jeune artiste et reprit :

— Vous me faites deux portraits de cet homme. Quand vous avez fini, vous venez me chercher. Vous retrouverez mon bureau ?

Benoît acquiesça.

— Tout va bien, rien ne vous manque ?

— Non, non, c'est parfait.

Le garçon fit plusieurs esquisses avant de saisir son sujet. Ce premier portrait enfin ressemblant, il exécuta le second quatre fois plus vite. Ayant pris le coup, il soupira d'aise : il aurait ses vingt francs. Vingt ou quarante ? Il avait fait deux dessins du même bonhomme : recevrait-il le double de la somme promise ? Il se secoua. Il ne fallait pas rêver. Il sortit, retrouva le bureau du commissaire qui le raccompagna à son antre.

Le commissaire scruta le prévenu derrière la vitre puis les deux portraits. Alors il sourit. Benoît en fut rassuré.

— Pas une fois le gars n'a regardé vers le rideau, dit-il.

— Oh, le système est au point, répondit Chadouard. Vous me traitez un second patient de la même façon ?

— Deux dessins, oui.

L'opération lui prit moins de temps que la première fois. Le commissaire, satisfait, l'invita à repasser au commissariat une semaine plus tard. Au moment de se séparer, Benoît lui posa la question qui lui tournait dans la tête depuis un moment :

— Je recherche une vieille cousine de ma mère, une certaine Elise Gourmon. Vos services pourraient-ils me donner son adresse ?

Le commissaire rit.

— Sans difficulté. C'est la pire des mauvaises langues. Toute la bourgeoisie ponote la connaît et la craint.

Benoît partit heureux. Dans sa poche, l'adresse de la « chère Elise » sur un bout de papier voisinait avec quatre pièces d'or de dix francs. De sa vie il n'avait été aussi riche.

Il en dépensa immédiatement trois pour se vêtir en bourgeois élégant. Son budget ne lui permettait que de la fripe, mais de bonne qualité. Il fut particulièrement fier d'un magnifique haut-de-forme qui lui faisait une silhouette géante. Se contemplant dans le miroir du marchand, il se trouva « bonne façon ». De quoi complaire à Léonie Farges, épouse Chalencon, sa mère. Il remit son pantalon de toile et sa grande chemise de lin tandis que le fripier pliait ses emplettes. Le jeune homme partit, les portant religieusement sur le bras.

Il arriva chez Adolphine à quatre heures passées. Il mourait de faim. Elle lui réchauffa une assiette de fricot à sept sous qu'il dévora avec une chopine de rouge puis se vêtit en bourgeois. L'aubergiste le regarda, les yeux ronds.

— J'ai quelques mondanités à faire, dit-il. Au fait, ton frère est passé prendre mes affaires ?

Il était passé. Il était même déçu de ne pas avoir vu Benoît qui décida de lui apporter le soir même une bouteille de vin bouché en remerciement. Puis il partit affronter la « chère Elise » et ses commérages. Il n'avait pas fait vingt mètres lorsqu'il revint sur ses pas : il avait une lettre urgente à écrire, il l'avait oublié.

Installé à une table de l'estaminet, il sortit de son nécessaire à dessin une feuille de papier, une plume et son encre de Chine – il n'en avait pas d'autre –, et calligraphia une longue épître à Honorine. Il évoqua la misère qui le guettait puis la chance de survivre et enfin la relative aisance offerte par son « nouveau client ». Tout ça allait lui donner accès à la bonne société du Puy et lui permettre de régulariser des histoires de succession chez le notaire. Soudain il songea à la jeune fille nue dans l'Ance et suspendit sa plume. La gaillarde Pauline avait pu satisfaire le hussard, tapi au fond de son ventre, jamais elle n'atteindrait le sublime de la petite sylphide rousse. A cette pensée tout son corps s'émut. Il faut dire que la gent féminine émouvait énormément le corps de Benoît. Avec un soupir il se remit à sa rédaction.

« Jean Feynerolles, boucherie Huchet, rue Neuve à Craponne », écrivit-il enfin sur le pli. Il consulta alors son oignon d'acier : il était trop tard pour une visite à une dame « d'un bon milieu ». Le savoir-vivre, en l'occurrence, ne se discutait pas. Comme il devait absolument éviter de gâter son bel habit, il se changea à nouveau et, revêtu de sa chemise de lin, partit au pas de charge porter sa missive à la malle-poste.

20

Héloïse

Août 1838

— Une lettre pour toi, dit Huchet à Honorine venue chercher Jeannot le lendemain soir.

Il affichait un petit air égrillard auquel elle opposa un visage lisse avant de laisser filtrer un sourire : qu'il crût à une amourette était un moindre mal. Il en parlerait à sa sœur, bien sûr, et la nouvelle se répandrait dans l'atelier. Ça détournerait de ses ambitions l'attention de *moussu* Félix.

Elle empocha la missive en se demandant pourquoi le boucher avait mentionné une lettre pour elle alors qu'elle était adressée à Jean, puis haussa les épaules. C'était aisé à déduire. Le galapiat servait de boîte aux lettres à sa sœur : une vérité simple et vraisemblable. Et qui pouvait écrire à la petite Feynerolles sinon un galant ? Son frère conscrit ? Il ne savait ni lire ni écrire…

En revenant vers Aubissoux, sa lettre serrée sous son jupon, masquant son impatience, elle fit parler son frère de son travail.

Jeannot finissait plus tard qu'elle. Il dormait maintenant, en début d'après-midi, une grande heure, sur une paillasse dans la remise d'Huchet. Ayant découvert lui aussi les vertus de la sieste, le boucher faisait de même ! Tous deux se remettaient vaillamment à la tâche sur le coup de trois heures et turbinaient jusqu'au soir.

Souvent et particulièrement aux heures de pointe, Jeannot servait les clients et se débrouillait fort bien. Ce travail, moins fatigant, libérait l'adulte, même s'il intervenait à la moindre complication. Cette situation stabilisée déchargeait Honorine d'un souci.

Ils rentraient fatigués cependant, mangeaient et allaient se coucher. La Rose demandait moins d'aide à ces deux-là. La soupe avalée, le gamin filait dormir et la jeune fille nettoyait la table. Elle ne participait plus aux travaux de la ferme qu'en période de foins et de moissons. Le surcroît d'argent apporté par Honorine depuis son augmentation et par les gamins avait permis à leur mère d'alléger sa charge. Elle ne faisait plus la lavandière et elle s'en portait bien.

Ce soir-là, la vaisselle faite, Honorine s'autorisa à lire sa lettre. Elle la posa sur la lourde table patinée de la cuisine et, la clarté appauvrie du soir devenant insuffisante, chercha le briquet à amadou pour allumer une chandelle. Dans la pénombre, elle se cogna douloureusement le genou.

— Tu es trop fatiguée, dit sa mère, c'est pour ça que tu t'es ramassé le coin du coffre dans les jambes. Laisse cette paperasse et va te coucher.

Les démonstrations d'affection maternelle étaient rares. La jeune fille fut touchée. Elle mesurait soudain le souci constant dont elle était l'objet. Sa mère lui avait abandonné les décisions graves concernant la famille mais la protégeait sans cesse. Le sourire qu'elles échangèrent contenait une tendresse silencieuse mais forte, si forte. Sentant les larmes lui monter aux yeux, Honorine comprit son épuisement. Il fallait savoir s'arrêter, oublier jusqu'à demain ses soucis, plaisirs et impatiences, y compris la lettre du nommé Benoît Chalencon. Le sommeil n'était-il pas la meilleure des parenthèses ? Elle monta dans son galetas. Les petits dormaient déjà.

A l'aube, dans le soleil levant, en chemise, mais un grand châle sur les épaules, Honorine s'installa sur la pierre devant la ferme pour lire sa lettre.

Aucun croquis n'y était joint. Le jeune homme lui racontait sa débine puis sa chance d'avoir pu faire, pour cinq francs, dans un caboulot de la vieille ville, des portraits ressemblants. D'autres, à vingt francs, venaient de lui être commandés. Il ne donnait aucun détail sur ces derniers. En revanche, il s'étendait sur son nouveau logement à la campagne, sur sa jument qui se remplumait.

Il communiquait sa nouvelle adresse à sa lectrice, lui disait son espoir de la voir bientôt, sans pourtant annoncer la date d'une visite à Craponne.

Aux deux tiers de sa missive, il n'évoquait toujours pas la dentelle. L'amertume montait en elle, mais elle n'avait pas fini sa lecture. Il y vint *in fine* et le cœur d'Honorine s'accéléra. Sorti de sa mauvaise passe, Benoît allait reprendre ses créations de guipures et, si la chance persévérait – et il avait quelques idées pour forcer cette « grande putain » –, il pourrait peut-être toucher une somme importante qu'il investirait dans le projet de sa chère amie Honorine.

Elle suspendit sa lecture. Une forte somme investie ? Sa chère amie ? La joie le disputa à l'inquiétude. Dans l'esprit de la jeune fille, il s'agissait de *sa* fabrique, ça voulait dire qu'elle la posséderait tout entière ! On ne partage pas la terre. Tout le monde sait ça. Si Benoît mettait de l'argent dans le projet, il deviendrait *le sien*. A moins qu'elle n'en apporte plus que lui.

On ne partage pas la terre chez les paysans ! Oui, mais elle n'amène pas la fortune aussi vite que l'industrie ! Pourquoi ?

Elle posa la lettre pour réfléchir. Que savait-elle des industriels ? Les filateurs qui fournissaient le fil en étaient. Certains clients de Danssadoux, ceux pour lesquels les dentelles n'étaient qu'un accessoire, aussi. Elle revoyait leurs papiers à en-tête où était écrit : « *Etablissements Marcel Truc et fils* », « *Truc, Machin et associés* » ou encore « *Durand-Dupont, société anonyme au capital de X* », des centaines de milliers de francs le plus souvent. On trouvait les mêmes indications sur de petites plaques de cuivre fixées aux machines.

Le mot « société », qu'elle connaissait bien sûr, évoquait plusieurs personnes vivant ensemble ou regroupées. Quand on se réunissait en société pour une industrie, quand on le marquait en haut de ses lettres, ça signifiait certainement quelque chose de précis. Bon ! Les gens d'une même société étaient des associés. Elle pourrait prendre Benoît comme associé... Mais avec quels droits, quelles obligations pour chacun ?

De toute façon, il y avait toujours un patron – ou une patronne –, et c'était sans doute celui – ou celle – qui avait le plus de compétences. Mais en cas de bagarre entre les associés, qui tranchait ? Est-ce que chacun repartait avec ses sous ? Sauf que récupérer sa mise nécessitait de vendre l'entreprise et ça n'était certainement pas facile.

Comment marchaient les sociétés ?

Elle se souvint du texte de la « loi Soult » qu'elle avait étudié pour se débarrasser de son frère Gaston : *« loi du 21 mars 1832 portant organisation du recrutement... »*. Existait-il une loi « portant organisation » des sociétés industrielles ? Sûrement ! Une chose de plus à apprendre ! Honorine décida d'acheter un livre où tout serait dit sur la question. Elle ne le trouverait pas à la librairie de Craponne. Si par hasard il y était, on s'étonnerait de son achat. Elle le chercherait donc au Puy, à Saint-Etienne ou même à Lyon.

L'argent de Benoît l'intéressait à condition qu'elle mît plus que lui dans l'affaire. S'ils s'associaient, elle devrait partager, mais quoi ?

Les revenus d'abord. A son propre étonnement, ce partage lui parut de moindre importance. Mettre des sous dans une affaire amenait leur rémunération, c'était normal. Alors qu'est-ce qui la contrariait dans le fait d'avoir un associé ?

Le pouvoir ! Elle avait toujours pensé qu'elle contrôlerait tout dans *sa* fabrique. Elle n'avait pas la moindre envie de remettre ça en question. Sauf qu'elle ne savait pas dessiner. Donc elle voulait Benoît comme associé. Un associé obéissant.

Mais l'accepterait-il ? Diriger la fabrique ne l'intéresserait peut-être pas. Mais que voudrait-il d'elle ? Beaucoup plus, sans doute, que de simples rapports d'associés !

Et elle, qu'espérait-elle vraiment de ce garçon ? Elle aimait son admiration et l'idée qu'il ne l'admire plus la consterna. Il était différent. Etait-il vraiment différent ?

Elle perdait pied, se raisonna.

Courtois et respectueux, le jeune monsieur Chalencon était aux antipodes de la rusticité, voire de la bestialité, d'un Gaston, et pourtant elle avait constaté son trouble quand il l'avait vue toute nue au bord de l'Ance. Heureusement, il semblait plus émerveillé que conquérant, plus admiratif que possessif. Elle avait été l'esclave de son aîné, esclave manipulatrice et révoltée certes mais esclave cependant. Avec Benoît, elle s'était sentie odalisque, même si son ravissement n'était pas exempt d'une certaine convoitise… qui ne l'avait pas laissée indifférente. Elle avait éprouvé un sentiment de puissance, sans mépris cette fois, qui avait fait palpiter ses narines. Etait-ce là l'« attirance normale » d'une femme envers un homme ? Et d'abord, en quoi consistait cette « attirance normale » ? Qui pourrait lui en parler ? Parmi les femmes qu'elle connaissait, les privilégiées subissaient le mâle avec béatitude, les autres avec passivité, si ce n'est répulsion. Benoît lui répugnait-il ? Il semblait doux. Ce qu'elle refuserait, il n'y passerait pas outre.

Et s'il passait outre quand même ? S'il la forçait ?

Il ne le ferait pas. Elle en était sûre. Elle ne pensait pas se tromper.

Elle se ressaisit : les sentiments, Honorine avait appris à les dépasser, à les mépriser, sinon sa vie eût été trop dure et elle se serait « détruite ». Elle revint aux seuls sujets vraiment sérieux concernant Benoît : ses dessins et son argent. S'il mettait une forte somme dans la fabrique, il fallait qu'elle en mît au moins autant.

Elle devait gagner beaucoup d'argent. Elle savait comment. Il lui fallait maintenant passer à l'action et, une nouvelle fois, suborner Danssadoux. Chose qu'elle sous-estimait moins que jamais, le sachant retors. C'était une opération à long terme, un ouvrage d'araignée. Il fallait lentement filer sa toile et y prendre le bourdon gras.

En attendant le travail ne manquait pas et la paresse de son patron la mettait de plus en plus souvent sur les routes.

— J'ai vu un mien cousin, hier, à La Souchère. Il est venu y prendre les eaux. Vous connaissez, Honorine, c'est une petite station thermale à quinze kilomètres d'ici, dit *moussu* Félix.

Elle posa sa plume, attentive et respectueuse.

— Oui, monsieur, répondit-elle.

— Il m'a donné l'adresse d'un de ses amis, un certain Commarin, soyeux à Lyon. Il paraît qu'il voudrait savoir si on peut faire des guipures avec de la soie. Vous irez le voir en même temps que les clients de Saint-Etienne et de Lyon. Vous emporterez nos meilleurs cartons et des échantillons de dentelle. Vous reviendrez avec une commande si possible. En tout cas, débrouillez-vous pour l'accrocher. Vous m'avez compris ?

— Oui, monsieur.

— Il vous faudra trois jours. Vous aurez trente francs pour votre déplacement et m'en rendrez compte.

— Oui, monsieur. Mais suivant les heures des trains et les libertés de ce monsieur Commarin, je serai peut-être absente trois nuits.

— Trente francs et pas un sou de plus. Si vous débordez, c'est votre affaire, mais revenez avec des résultats !

— Oui, monsieur, dit Honorine, l'air modeste.

Danssadoux fils se cambra en arrière. Pontifiant, il porta la main à son gousset, en sortit trois pièces d'or qu'il tendit négligemment à la jeune fille. Cette nouvelle marque de mépris s'ajouta au passif de *moussu* Félix dans la rancune d'Honorine. Elle sourit avec méchanceté. Un déplacement à Lyon cadrait parfaitement avec ses projets.

Le voyage sembla familier à la jeune fille. Initiée aux trajets en train, elle trouva la patache vers Andrézieux archaïque et lente. Cette fois, elle fit tout le trajet à côté du père Thuaire le postillon et l'écouta raconter sa vie et ses conquêtes : une armée de chopines et un régiment de gueuses. Lourdeur, gourmandise, vantardise et finalement naïveté : elle retrouva dans le cocher tous les défauts qu'elle prêtait à la gent masculine.

Son admiration du bonhomme, aussi formidable qu'insincère, en fit un ami indéfectible : une bienveillance assurée pour ses futurs déplacements. Celui-là serait aux petits soins pour elle.

La rapidité du train qui l'avait émerveillée la fois précédente lui parut simplement normale. On s'habituait à ces vitesses pourtant incroyables : vingt-cinq, trente et même quarante à l'heure !

A Saint-Etienne puis à Lyon, elle visita les clients de « Danssadoux et fils » sans perdre de temps. Elle se garda ainsi une grande journée pour aller voir *l'ami-du-cousin-de-moussu-Félix-intéressé-par-les-guipures-de-soie*, et surtout explorer les beaux magasins de mode.

Pour cette journée « spéciale », elle revêtit sa coiffe et son chemisier de dentelle fine. D'abord, ça la mettait en valeur, ensuite un soyeux, fabricant de produits de luxe, aurait sans doute un goût plus sûr qu'un quelconque bonnetier du Puy. Elle quitta tôt l'auberge modeste mais propre où elle avait déjà ses habitudes et se fit indiquer l'itinéraire.

Deux omnibus à chevaux successifs la conduisirent à l'usine du soyeux Commarin.

Son minois, sa jeunesse, sa mise aussi magnifique qu'anachronique intriguèrent suffisamment le concierge pour qu'il file alerter son patron. Elle attendit, étonnée par une grande rumeur de chocs métalliques saccadés. Une porte était entrebâillée. Le bruit venait de là. Elle jeta un œil. Une armée de métiers Jacquard rangés comme à la parade cliquetaient sauvagement. Elle n'avait jamais vu d'atelier industriel. Le spectacle ne lui plut pas. Les hommes et les femmes derrière les machines avaient l'air de pantins mécaniques. Faire toujours les mêmes mouvements devait les rendre fous !

— Vous voulez me voir, mademoiselle ?

Petit homme sec, presque chétif, l'industriel de la soie avait le geste vif. Son regard, pourtant caché par des besicles, la détailla avec acuité sans toutefois exprimer cette convoitise latente des fats devant une jeune femme. Elle lui en fut reconnaissante. En revanche, il s'extasia sur la finesse et l'élégance de ses dentelles, et l'invita dans son bureau, une pièce austère et bien rangée, aux murs en boiseries sombres. Ça sentait agréablement la cire. La fenêtre était ouverte et on entendait bruire l'atelier comme une grande fourmilière.

Elle expliqua l'origine de sa démarche, cita le nom du cousin de Danssadoux, exposa sa requête.

Il l'écouta, observa avec attention ses cartons et échantillons. Ses yeux revenaient, avec une insistance toute professionnelle, sur les vêtements d'Honorine. Alors elle joua son va-tout.

— La coiffe et le corsage, là, c'est une tentative des filles. On est quatre. On travaille ensemble. Il y a deux dentellières, une aponceuse, et moi…

— Qu'est-ce qu'une aponceuse ?

— Eh ben, le tambour d'un carreau ne peut pas faire plus de quinze centimètres de large. C'est le maximum pour les guipures. Alors les grandes pièces sont des bandes assemblées par une ouvrière très adroite. C'est l'aponceuse. On ne peut pas voir ses coutures.

Elle parlait comme une campagnarde, mais elle avait l'esprit clair et Commarin ne la jugea pas sur la forme de ses propos.

— Toutes les quatre, reprit la jeune fille, on est sûres d'une chose. L'avenir de la mode est dans les très belles dentelles et il faut les vendre très cher. Alors mes amies ont fabriqué ces pièces très fines et l'aponceuse, justement, elle a eu l'idée de me les faire porter. Pour les mettre en valeur, qu'elle a dit. Moi j'essaie de vendre des dentelles très fines, comme celles-là. Imaginez-les en soie ! Je vois que ça vous intéresse.

Le soyeux acquiesça.

— Monsieur Danssadoux est au courant ? demanda-t-il.

— Il a refusé le projet. Mais nous, on n'a pas abandonné. Tout ça c'est confidentiel, quoi !

Il leva les yeux sur elle. Le visage juvénile s'était tendu et une grande détermination faisait luire son regard vert. Il en fut émerveillé : la beauté fraîche de sa visiteuse masquait une femme intuitive, réfléchie et dotée d'une volonté de fer.

Ils discutèrent un long moment et l'industriel découvrit la compétence de ce petit bout de femme à l'air angélique qui comprenait fort vite et discutait âprement. Il fut convenu que « Danssadoux et fils » réaliserait en soie des longueurs d'une aune à partir de cinq dessins qu'ils sélectionnèrent ensemble.

Commarin souhaita aussi des longueurs analogues à partir de cartons beaucoup plus élaborés, dans l'esprit des guipures de la coiffe et du corsage d'Honorine. Il lui proposa de les définir, de les mettre en fabrication et de les livrer elle-même dans un délai de trois mois. Le prix convenu fut élevé. Ce serait un marché-test. On verrait si ces dentelles plaisaient vraiment aux femmes, si on pouvait espérer en vendre beaucoup.

Après réflexion et non sans inquiétude, Honorine accepta l'idée du soyeux.

Une première commande à Danssadoux de cent cinquante francs fut donc couchée sur le papier et un acompte de trente francs immédiatement versé. Une seconde, du double, occulte mais pour moitié payée d'avance, fut confiée verbalement à la jeune fille.

Par réflexe, pour ce marché-ci, Honorine tendit la main. Avec deux secondes de retard, le soyeux topa. Sceller ainsi un accord l'enchanta. Commarin, comme Honorine, rêvait de robes de grand luxe et ce goût commun garantissait la discrétion de leur tentative partagée.

Tous deux s'étaient levés. L'entretien était clos. Le soyeux attendait qu'elle parte. Elle ne bougeait pas.

— J'ai oublié quelque chose ? demanda-t-il d'un ton un peu sec.

— Ben, oui, dit Honorine. Les écheveaux de fil pour faire les dentelles. C'est votre soie qu'on doit utiliser, non ?

Il éclata de rire.

— Je vais en faire apporter. Combien en voulez-vous ?

Elle annonça sans hésiter le poids et la qualité souhaitables.

— A l'avenir, je vous vendrai la soie, et je vous achèterai les guipures, dit-il.

— A l'avenir, naturellement, répondit Honorine avec un sourire merveilleux.

Ils se séparèrent enchantés l'un de l'autre.

Dehors, elle s'éloigna gonflée d'une jubilation extraordinaire. Elle avait raison ! Les guipures fines étaient l'avenir !

Honorine revint au cœur de la Presqu'Ile. La chance la fit passer devant un bâtiment moderne dont le fronton à volutes s'ornait de l'inscription « *Faculté de Droit* ». Elle y entra, fit quelques pas dans un vaste hall solennel avant de se heurter à un concierge vociférant. Sans se démonter, elle lui demanda avec un grand sourire où trouver un livre sur les sociétés anonymes. Interloqué par son indifférence à sa hargne, il lui indiqua, presque courtoisement, une librairie spécialisée dans la rue voisine. Elle s'y rendit. Un jeune vendeur, portant redingote étranglée et cravate excessivement bouffante, s'enquit de sa requête.

— Je cherche un livre simple, causant des sociétés, dit-elle.

Le jeune prétentieux la contempla d'un œil hautain – l'autre était masqué par une longue mèche en forme de vague – puis répondit goguenard :

— Tu veux sans doute fonder une soierie à Lyon, ma cocotte.

— Exactement ! rétorqua Honorine.

Le godelureau, que cette paysanne mignonne avait émoustillé, se vit fusillé par un regard vert d'un incroyable mépris tandis que dans son oreille sonnait encore son ton cinglant. Dompté, il fila dans les rayons, revint chargé de quatre bouquins.

Elle les feuilleta gravement, lut avec attention, mais à une belle vitesse, leur introduction avant de sélectionner l'ouvrage adéquat. Le prix la fit grimacer. Regardant autour d'elle, elle aperçut sur une étagère un volume identique, mais défraîchi. Tranquillement, elle s'en saisit sous les yeux éberlués du vendeur, le compara au livre neuf, constata leur similitude et remarqua son prix écrit au crayon sur le revers de la couverture.

— Çui-là me suffit, dit-elle. Voilà vos deux francs.

— Mais il est réservé ! s'écria le jeune homme.

— Il ne l'est plus, répondit Honorine avec un sourire carnassier.

Elle sortit sous l'œil courroucé du gommeux. Dehors, serrant le bouquin sur son cœur, elle se mit en marche, heureuse d'avoir mouché l'agaçant prétentieux.

Les boutiques chics se situaient rue Royale, un peu plus loin.

Le troisième magasin de mode qu'elle visita lui parut gigantesque. Jamais elle n'avait vu un luxe pareil. Les tissus étaient somptueux, les coupes élégantes, les tombés saisissants. Une vendeuse s'approcha.

— Je regarde, fit Honorine.

L'autre ne dit rien. Le propos sec de cette gamine, ses traits réguliers, ses boucles rousses et ses yeux très verts, mais surtout sa mise paysanne renforcée ou contredite par ses dentelles d'une extraordinaire finesse, en faisaient une personne si étonnante que la vendeuse, inquiète, s'en alla trouver sa chef de rayon.

— Vous désirez ? demanda cette femme mince au visage dur que ne déglaçait pas un sourire figé.

— J'admire vos robes, dit-elle. Elles sont bien belles.

Regardant droit dans les yeux la femme revêche, elle poursuivit :

— Elles seraient beaucoup plus belles si elles avaient des dentelles fines comme les miennes.

La pointue en demeura bouche bée puis devint rouge. Cette pécore osait critiquer leurs magnifiques collections ! Elle s'apprêtait sans doute à chasser l'impertinente quand une voix claire confirma la proposition d'Honorine :

— Vous avez parfaitement raison, mademoiselle. Vos dentelles magnifiques feraient merveille sur des robes du soir. Où les avez-vous trouvées ?

— On les a fabriquées avec mes amies, dit Honorine en se retournant. Elles vous plaisent ?

— Beaucoup.

La femme devant elle était d'une grande beauté. Un teint pâle, d'épais cheveux blond clair, des yeux turquoise, soulignés d'un maquillage subtil. Sa robe de soie légère suggérait un corps parfait. Ses gestes harmonieux glorifiaient son élégance. Quel âge avait-elle ? Vingt-cinq, trente ans ? Une bague à son doigt s'ornait d'une pierre transparente qui jetait des éclairs de couleurs, une merveille sur sa main longue.

Au-delà de sa grâce, ce qui fascina Honorine fut son admiration : cette belle dame l'admirait, elle ! A cause de ses dentelles ? Pas seulement. Cette soudaine découverte troubla la jeune paysanne.

— Comment vous appelez-vous ? demanda la femme en lui prenant le bras.

— Honorine. Et vous ?

Son regard aigu transformait la question en défi.

— Héloïse, répondit son interlocutrice décontenancée.

Elle se reprit en un instant :

— Venez, Honorine. Vos bottines, passe encore, mais votre jupe de fête villageoise ne va pas du tout avec votre superbe corsage, pas plus que votre coiffe malgré sa dentelle. On va vous trouver quelque chose de plus seyant.

La jeune Feynerolles la suivit. Une jupe à la mode lui était nécessaire. Cela lui paraissait maintenant évident. Elle avait dans son sac de tapisserie quinze louis d'or d'avance sur la première commande de sa fabrique. Trois cents francs ! Une fortune. Elle pourrait mettre dix francs, peut-être quinze, dans une tenue plus adaptée à la ville et surtout à son corsage.

Héloïse évoluait avec aisance au milieu des portants et s'arrêta soudain, décrocha de son cintre une jupe d'un vert doux.

— La couleur de vos yeux, dit-elle à Honorine.

— Trente francs, dit la vendeuse. C'est de la soie.

Il était hors de question qu'Honorine payât un tel prix. Elle accepta cependant de la passer et se laissa guider par la vendeuse vers un salon d'essayage où sa nouvelle amie entra avec elle. Elle lui enleva sa coiffe, s'extasia devant son abondante chevelure auburn, puis l'aida à dégrafer sa lourde jupe paysanne. A cause de la chaleur, la jeune fille ne portait pas de jupon. Sa culotte était usée mais propre. Des muscles longs bougeaient sous la peau nacrée de ses cuisses tandis qu'elle enjambait le tissu. L'aidant à passer le vêtement, Héloïse les effleura et Honorine tressaillit. Elles se regardèrent mutuellement, étonnées. L'aînée avait-elle rougi ?

Dans le miroir du petit salon, la belle jeune femme contemplait une superbe adolescente rousse au visage de madone, aux petits seins pointant sous son léger corsage, aux hanches fines qu'épousait le taffetas clair de sa jupe neuve.

— Quel âge avez-vous, Honorine ? demanda-t-elle doucement.

— Dix-huit ans.

Elle anticipait de quelques semaines.

— Vous en paraissez seize.

— On grandit tard quand on mange pas assez, répondit Honorine d'un ton dur.

— Vous avez eu faim ! s'alarma Héloïse.

— Comme la moitié des gens, rétorqua la jeune fille d'un ton ombrageux.

La belle bourgeoise la dévisagea avec consternation.

— Depuis que je travaille, je mange à ma faim, corrigea la jeune fille. On a ce qu'on mérite.

Pour son interlocutrice, cela n'allait pas de soi. Décontenancée à nouveau, elle demanda :

— Et vous travaillez depuis longtemps ? Quel est votre métier ?

Honorine l'observa, calcula. Il fallait qu'elle lui parle de la dentelle, pour en faire une cliente de *sa* fabrique.

— Ça fait cinq ans. Je fais l'administration d'un atelier de dentelle, à Craponne-en-Velay et ce matin j'ai passé un joli marché avec un industriel d'ici. Un soyeux comme on dit.

— Votre patron sera content.

— Mon patron est un âne. Les dentelles de mon chemisier, mes amies les ont fabriquées et il les a refusées. Moi, je vais en faire faire d'aussi fines et les vendre. J'ai déjà des commandes.

— Vous êtes sérieuse ?

Le regard méprisant d'Honorine fit mal à la belle bourgeoise qui détourna les yeux. Ils tombèrent sur le précis de droit des sociétés que tenait Honorine.

— C'est à vous ? demanda-t-elle.

— Je viens de l'acheter.

— Alors, c'est vrai ? Vous voulez créer une société ?

— D'abord, j'vais étudier ce livre. Alors je saurai quoi faire, répondit la jeune fille.

— Je pourrais vous aider.

Nouveau regard aigu de la petite qui ne répondit pas. Héloïse, intimidée – elle en fut la première surprise –, se tut elle aussi. Elle ramassa la jupe paysanne et la coiffe abandonnées, les mit sur son bras et sortit.

— Mais, mais… s'exclama Honorine qui, empoignant son sac, courut après elle.

Elle était déjà à la caisse, la vendeuse et sa chef de rayon dans son sillage.

— Mettez la jupe que porte cette demoiselle sur mon compte, dit-elle.

— Bien, madame, répondirent, déférentes, trois voix simultanées.

— Venez, Honorine, reprit la grande bourgeoise qui s'était retournée, il vous faut un chapeau. J'en ai un sur lequel nous adapterons la dentelle de votre coiffe. Ce sera magnifique.

Cet argument convainquit la jeune fille. Se promettant de reparler à Héloïse du prix de sa jupe, elle la suivit. Elle ne pouvait laisser passer l'occasion de se voir, au moins une fois, vêtue à la dernière mode.

A la sortie du magasin, Héloïse regarda autour d'elle, guettant quelque chose ou quelqu'un, puis leva le bras. Elle appelle un fiacre, songea Honorine. Mais en place d'une voiture de louage déboîta de la file d'attelages garés le long du trottoir une calèche tirée par deux magnifiques chevaux qui vint s'arrêter devant elles. Le cocher accrochait ses rênes à la manivelle du frein quand Héloïse l'interpella.

— Ne descendez pas, Lauzun, nous nous installerons bien toutes seules.

— Comme il plaira à Madame, répondit le cocher. J'aime autant. Ça m'évite de lâcher les brides. Par ces chaleurs les chevaux sont nerveux.

Héloïse ouvrit la portière basse, grimpa dans la voiture, déposa ses achats sur la banquette en face et s'installa dans le sens de la route.

— Montez, Honorine, dit-elle. Venez à côté de moi.

Après hésitation, la jeune fille obéit. L'attelage partit au trot. Contrairement à l'habitude, les roues ne faisaient qu'un grondement léger sur le pavé.

— Pourquoi la voiture ne fait pas de bruit ? s'étonna Honorine.

— A cause du caoutchouc.

— C'est quoi, du caoutchouc ?

Héloïse rit.

— La sève d'un arbre américain. On le saigne et elle coule dans des godets. Quand elle sèche, elle devient élastique. On la chauffe, *pof*, elle redevient liquide, alors on peut mouler toutes sortes de choses avec. Des bandages pour les roues de calèche par exemple. Vous êtes avide de savoir, ma bonne amie.

La jeune Feynerolles ne répondit pas tout de suite. Que savait-elle du monde ? De ce qu'on y faisait ? Rien ! Il fallait tout regarder, tout découvrir, profiter de l'instant. Pensant à ses trente francs de frais, elle avait songé quitter sa compagne à la sortie du magasin pour rejoindre la gare et tâcher d'attraper la diligence du soir, à Andrézieux. Elle se serait efforcée d'oublier cette femme trop belle, l'aurait réduite à un rêve plutôt agréable. Pourquoi l'avait-elle suivie ?

Par curiosité ! Elle voulait voir les choses : la ville, la maison d'une femme riche, son existence. Etre riche, qu'est-ce que ça voulait dire ? Est-ce qu'on pouvait apprendre ça aussi ?

— Oui. Je suis curieuse, répondit-elle enfin. Je ne connais rien de la vie ici. Alors j'observe. Vous voulez bien tout m'expliquer ?

Héloïse s'émerveilla du visage attentif, quasi offert, d'Honorine. Cette gravité, cette sincérité brutale la troublaient. Elle eut envie de serrer la jeune paysanne sur son cœur. Elle n'était pas vraiment dupe, pourtant. Ayant saisi la détermination d'Honorine, elle subodorait sa rouerie. Elle voulut savoir son histoire.

— Je répondrai à vos questions si vous répondez aux miennes, dit-elle avec un superbe sourire.

— Dites toujours, repartit Honorine.

— Racontez-moi votre enfance.

La jeune fille réfléchit. Elle avait remarqué leur différence de langage. Elle savait qu'elle n'appartenait pas au monde de cette femme magnifique. Elle, la petite paysanne aux dentelles, devait lui paraître étrange, exotique même pour qu'elle s'entiche d'elle ainsi.

Décidée à la mettre dans sa poche, Honorine accentua leur différence. C'était tout simple. Il lui suffisait d'être elle-même. Elle allait raconter sa vie de pauvre de la campagne. Elle raconterait même son ambition et ses rêves d'avenir. D'instinct, elle avait compris que la vérité était, à ce moment précis, la meilleure diplomatie.

Elle parla longuement, tut son rôle ambigu dans la mort de son père, cacha l'assiduité incestueuse de son frère… ou crut les cacher. Elle ne se rendit pas compte que ses frustrations, ses luttes, ses roueries la montraient comme une lutteuse, durcie par les avanies. Elle narra avec passion tout le drame de sa jeunesse et constata soudain qu'Héloïse pleurait. La conteuse en fut bouleversée. Le sort d'une fillette prénommée Honorine avait été terrible et l'adulte Honorine en prenait brusquement la mesure.

Emues, les deux femmes se regardèrent et se retrouvèrent enlacées. La plus jeune ferma les yeux. Héloïse sentait bon et personne ne l'avait ainsi serrée dans ses bras depuis longtemps. Benoît en mourait sûrement d'envie, mais ce ne serait pas pareil. Elle chercha dans sa mémoire. Une seule fois elle avait connu une tendresse aussi forte : le jour de ses premières règles, la Rose l'avait pressée sur son cœur et s'était déclarée fière d'elle. Elle ne l'avait jamais oublié.

La tendresse, qu'en connaissait-elle ? L'affection de ses deux jeunes frères et leurs câlins fréquents. Mais, alors, elle était la force et non l'enfant perdue.

Elles restèrent ainsi une courte éternité.

La calèche avait remonté la Saône puis filé vers les collines de l'ouest. La ville s'était diluée. De grands arbres dépassaient les hauts murs bordant la route empierrée. La voiture vira soudain et franchit un portail. Une grande allée courbe montait vers un bâtiment élégant aux nombreuses fenêtres. Celle du centre, surmontée d'un fronton, prenait sur le toit. Un large perron en demi-cercle menait à une double porte vitrée qui s'ouvrit à leur approche. Une servante descendit leur ouvrir la calèche et s'empara de leurs achats. Honorine la regarda avec curiosité. Cette domestique, ç'aurait pu être elle. Se sentant observée, la fille se retourna, l'œil peu amène. Aussitôt tigresse, Honorine la foudroya. L'autre hâta le pas. Une simple histoire de bête dominante dont Héloïse ne vit rien.

Honorine suivit sa nouvelle amie dans sa chambre.

Pendant tout le trajet, la calèche au trot, la capote relevée ombrant les passagères, le vent avait atténué l'ardeur du soleil d'août.

Là, dans cette grande pièce, malgré les volets tirés, la touffeur et les stridulations des insectes vous engourdissaient. Héloïse se dévêtit. Son chapeau de paille légère, sa robe gonflée d'un jupon, sa cotte lacée sous la poitrine, elle posa le tout en vrac sur une chaise. Deux coups de pied expédièrent les chaussures à hauts talons contre la porte. Vêtue en tout et pour tout d'une fine chemise, elle se tourna vers Honorine qui, immobile, contemplait la perfection de sa plénitude découpée en contre-jour sur les lames de lumière tombant des persiennes entrebâillées. Honorine songea à l'émotion de Benoît la découvrant toute nue dans l'Ance, puis la dessinant. Elle eût voulu pouvoir, comme lui, faire le portrait d'Héloïse. Elle avait subitement très chaud.

— Voyons, Honorine, mettez-vous à l'aise. Nous nous étendrons un moment. Il fait si lourd ! Nous verrons vos dentelles plus tard. Rien ne presse. C'est l'été.

Elle s'approcha, déboutonna lentement le chemisier de dentelle, dégrafa la belle jupe de taffetas et, prenant sur son lit une camisole de nuit, la passa par-dessus la tête de sa nouvelle amie puis la fit descendre sur son corps moite, profitant de son mouvement pour la libérer de ses pantalons collés à sa peau par une transpiration fraîche. Alors, elle l'entraîna vers le lit. Où elles se blottirent l'une contre l'autre.

Tendresse, bien-être, tranquillité sereine. Le temps s'effaça.

Le lendemain, dans la diligence montant vers la fraîcheur de l'altitude, l'image d'Héloïse en contre-jour amena sur la bouche d'Honorine un sourire nostalgique.

Quelqu'un qui vous admire, qui se soucie de vous... Les parfums d'une belle femme, les jolies robes, la calèche, l'été d'une grande maison paisible... Le luxe avait plu à Honorine comme un plat délicieux. Un plat rare dont on ne mangerait pas tous les jours sans écœurement...

Sur le siège du cocher dans le soleil couchant, tandis qu'arrivaient par bouffées le vent frais et l'odeur des sapins, elle se sentit rassurée de retrouver les vastes horizons et les montagnes douces du Velay puis, enfin, Craponne et la grande maison du Faubourg qu'elle habiterait un jour.

Elle savait peu de chose de sa nouvelle amie. Héloïse Buisse de la Cueuillée était mariée à un riche barbon qui lui demandait simplement d'être belle lors de ses mondanités. Elle aussi avait de l'argent, venant de sa famille, beaucoup d'argent.

Elle voulait en investir dans *sa* fabrique, à elle, Honorine.

La jeune fille avait éludé. Moins elle en demanderait, plus la belle Lyonnaise insisterait pour lui en donner. Pour l'instant, elle serait son joker… et l'ambassadrice de ses dentelles dans le beau monde de la grande ville.

Héloïse son amie, une amie comme elle n'en avait jamais eu. De nouveau elle la revit dans le soleil…

21

L'héritage de Benoît

Bien habillé, Benoît n'eût pas déparé dans le monde d'Héloïse. Bien que terrienne plus qu'industrielle, la bourgeoisie ponote savait « tenir son rang » et eût été à l'aise dans les grands appartements de la Presqu'Ile ou les villas d'Ecully, à quelques encablures de la Saône, où les soyeux prenaient leurs quartiers d'été.

Grand et osseux, Benoît mettait en valeur les habits cintrés à la mode. La bonne d'Elise Gourmon, une épaisse fille de la campagne, fut favorablement impressionnée par l'élégance et les manières du visiteur. Elle le fit entrer et l'installa dans le petit salon avant d'aller prévenir sa maîtresse.

Il regarda autour de lui. La petite pièce vieillotte s'ornait de rideaux passés et de fauteuils en tapisserie usée, le tout datant du siècle précédent. Il resta debout, jeta un coup d'œil par la fenêtre et entendit des pas en même temps qu'une voix pointue disait :

— Voyons, ma fille, vous auriez dû lui demander son nom. Qui nous prouve qu'il ne s'agit pas de quelque gandin venu reluquer mes bibelots de famille avec de mauvaises intentions ?

— Oh, non, Madame ! C'est un vrai monsieur. Quelqu'un qu'on reçoit.

La porte s'ouvrit sur une femme grassouillette et courtaude, dont le visage s'ornait d'un nez étroit et de petits yeux de fouine qui aussitôt faisaient oublier cette bonhomie rassurante et superficielle des gros.

— Monsieur ? dit-elle.

— Mes hommages, ma tante, fit Benoît avec un profond salut.

Elle répondit d'un mouvement de tête dont il se contenta.

Elle n'était pas sa parente mais il l'avait reconnue même s'il ne l'avait pas revue depuis plusieurs années. A l'époque où elle était l'amie chérie de sa mère, on avait imposé à Benoît cette parentèle artificielle pour flatter cette pointue d'Elise. Elle connaissait tout le monde, c'est-à-dire la bourgeoisie aisée du Puy, et jugeait chacun sans appel.

Manifestement, elle ne le reconnaissait pas. La laisser dans l'ignorance amusa le visiteur.

— Eh bien, asseyez-vous et causons, dit-elle, sa curiosité éveillée.

— Tout d'abord, je vous prie d'accepter ces quelques chocolats dont je vous sais friande.

Il lui tendit un ballotin orné de fanfreluches de papier dont elle défit aussitôt le cordon. Benoît sourit. Il songeait à sa conversation avec la pâtissière du bas de la rue quelques minutes plus tôt.

« Et vous servez madame Gourmon ? Qu'aime-t-elle ? Je dois lui rendre visite et je voudrais lui faire plaisir.

— Ah ça ! Pour elle, pas mieux que des chocolats. Elle adore ça et tant qu'elle en mange, m'a raconté une de ses amies, elle ne dit pas trop de mal des autres. »

La dame Gourmon croqua une friandise, puis, consciente de son manque de courtoisie, en offrit une à son visiteur.

— Servez-vous, mon neveu, dit-elle.

— Ils sont pour vous, répondit Benoît, aussi hypocrite qu'un chat sur le point de voler un bout de viande.

— Alors ? demanda la grosse femme en se collant dans les joues un nouveau chocolat. Dites-moi tout.

— La vie et ses vicissitudes ont éloigné ma mère de vous, commença-t-il d'un ton respectueux, et je le regrette. Venu m'installer ici, j'ai jugé impossible de ne pas vous saluer. Heureusement mon cousin Larmuse, Gaétan Larmuse, m'a donné votre adresse.

— Votre cousin ?

— L'époux de la demi-sœur de ma mère. Il a succédé à mon grand-père Farges.

Une lueur s'alluma dans les yeux d'Elise Gourmon. Elle venait d'identifier son visiteur et en sembla à la fois rassurée et intriguée.

— Et vous venez me voir ?

— Je ne connais personne ici, à part vous. Je ne sais même pas qui était mon grand-père. Je l'ai vu si peu dans mon enfance. Il y a si longtemps que nous ne sommes venus au Puy.

— Vous savez pourquoi ?

— Parce que ma mère était la fille naturelle de l'huissier Farges.

— Elle vous a avoué ça ?

— Je l'ai compris. Sa bâtardise est devenue publique. Sans doute n'a-t-elle plus osé venir ?

Il plaidait le faux pour savoir le vrai.

— Non. Tout le monde est au courant de ce genre de chose, mais on n'en parle jamais. Certains refusent de recevoir les bâtards, d'autres se satisfont d'un rien de condescendance à leur égard. Que voulez-vous, Benoît, c'est le savoir-vivre qui veut ça. On ne fréquente certaines gens qu'avec précaution. Qu'y pouvons-nous ?

Une soudaine envie de gifler la malveillante effleura le jeune homme.

— Je comprends, dit-il, mais alors pourquoi ma mère a-t-elle abandonné ses visites ? Vous étiez, vous êtes toujours sa meilleure amie.

— Cela va sans dire, répondit-elle. Non, c'est à cause du scandale !

Elle se tut, guettant du coin de l'œil l'effet de cette déclaration. Il ouvrit de grands yeux, hocha la tête, dans une expectative inquiète. Pas trop de mines, songea-t-il, ou cette vieille bique va comprendre que je suis venu lui tirer les vers du nez.

— Le scandale de la dot, reprit la peste, heureuse d'avoir obtenu son petit effet. L'huissier Farges ne voulait plus payer les mensualités promises. Il accusait votre père de les dilapider. Ils en sont venus aux mains et tout a été fini. Il aurait donné une forte somme d'argent à votre mère à condition qu'elle ne vienne plus jamais avec son mari. Je ne l'ai revue qu'une fois à un bal où j'avais pu vous faire inviter. Vous vous en souvenez ?

Il acquiesça.

— Mais ce jour-là, les gens d'ici lui ont battu froid, sa demi-sœur Elodie en particulier.

— Elodie ?

— L'épouse de votre cher cousin Larmuse, qui ne vous a certainement pas donné mon adresse, soit dit en passant.

— Non, à vrai dire. Je l'ai trouvée sans grand mal car vous êtes fort connue et appréciée, ma tante. Alors, comme ça, ma cousine médit de ma mère et vous maltraite ?

— J'ai défendu ma chère Léonie qu'Elodie, sa sœur – vous remarquez la similitude des prénoms, elle n'est pas innocente –, et son Larmuse de mari dénigraient à qui mieux mieux auprès de toute la bonne société. Alors ils s'en sont pris à moi, mais croyez-moi, Benoît, je ne suis pas comme votre douce maman qui bat des cils mais n'ose rien dire. Ils ont eu affaire à forte partie.

— Deux demi-sœurs qui se déchirent ! Quelle tristesse ! s'exclama le visiteur navré. Et pourquoi donc cette brouille ?

Elise Gourmon plissa le nez.

— Allons, mon garçon, pourquoi deux sœurs se chipotent-elles quand elles ont pour père un homme riche ? Surtout quand l'une est, comment dire, une fille de la main gauche !

— Vous voulez dire… que ce serait pour de l'argent. C'est lamentable !

L'air scandalisé de Benoît fut apprécié. Un grand couillon plutôt gentil. Lui jubilait. Jouer les imbéciles était aussi efficace que réjouissant car on se confie sans mal à un doux crétin. Il la regarda, bonasse comme jamais. Elle piochait dans les chocolats et s'en goinfrait. Il sut que tant que le ballotin contiendrait une seule truffe, elle lui raconterait tout ce qu'il voulait. Après, comme un cheval qui ayant reçu son avoine renâcle à travailler, elle cesserait ses confidences.

— Votre grigou de grand-père, disait-elle, souhaitait, à sa mort, léguer des biens sinon à sa fille naturelle du moins à son petit-fils, son unique petit-fils. Les Larmuse, parents de trois filles, ont tout fait pour éviter ça. Y compris graisser la patte au notaire pour qu'il ne vous recherche pas.

— Eh bien, dit Benoît, j'apprends de bien tristes choses.

— Allons, mon garçon, rétorqua-t-elle, au contraire ! Un magot vous attend chez maître Gavial. Quel superbe défi pour vous ! Mais soyez sur vos gardes, ce notaire est une fripouille !

Les chocolats finis, elle se leva. Il fit de même. Elle lui tendit une main dont les doigts ressemblaient à de courtes saucisses roses. Il les baisa avec dévotion. Elle en sembla ravie.

— Vous reviendrez, Benoît, et me raconterez comment vous avez fait rendre gorge à votre cousin rapiat et à ce tabellion malhonnête ! Je compte sur vous.

— Je n'y manquerai pas, ma tante, répondit-il d'un ton conquérant.

Il s'en fut satisfait. La première partie de son plan, l'enquête, s'était bien passée. Il lui faudrait de l'aide pour la seconde partie : l'action.

Il pleuvait.

Après le 15 août, le temps se gâtait souvent et la température chutait, rappelant qu'après l'été vient l'automne.

Benoît n'osa pas attendre la fin de l'averse pour seller Sigismonde et se mettre en route. Il se rendait au commissariat central du Puy pour y faire son travail d'auxiliaire de police.

Son hôtesse, la veuve Merlin qu'il appelait depuis peu Adèle, lui trouva alors une capote de toile huilée décolorée par les intempéries qu'il enfila sur une veste de velours venue depuis peu compléter sa garde-robe d'artiste, puis, chaussé de ses chères vieilles bottes et coiffé de son feutre informe à large bord, il enfourcha sa jument et partit au petit galop.

Tandis qu'il traversait la campagne attristée par la pluie, Benoît songeait.

Depuis plusieurs semaines maintenant, il exécutait des portraits pour le commissaire. La plupart de ses sujets n'étaient pas menottés. Il ne s'agissait donc pas de délinquants mais d'agitateurs potentiels, républicains ou nostalgiques de l'Empire, que la police de Louis-Philippe fichait de façon préventive. Il n'était pas très fier de son travail, mais les louis régulièrement payés calmaient ses réticences sans doute infondées : il avait de la sympathie pour le commissaire Chadouard, mais cet homme affable se livrait peu. Tout au plus lui avait-il dit lors de leur première rencontre qu'il avait été élève des jésuites.

Un musicien repère la moindre nuance dans un morceau. De façon analogue, Benoît, dessinateur pointilleux, remarquait tout et singulièrement les détails des choses et les travers des gens. Il avait donc beaucoup observé le commissaire et son opinion était claire. Doué d'une mémoire prodigieuse et d'une curiosité insatiable, Chadouard était perspicace et sans illusions sur la nature humaine. Il savait tout sur tout le monde. Le renseignement était non seulement son métier mais sa passion. Gourmand des secrets d'autrui, il était toujours friand d'apprendre les imperfections de chacun. Il en tirait un pouvoir feutré dont il n'abusait pas. Tenir des gens d'influence lui permettait de garder sa préfecture et son département hors de l'agitation politique des grandes villes. A l'évidence donc, les vilenies de Gavial, notaire véreux, et de Larmuse, huissier rapace, ne pouvaient que l'intéresser. Benoît décida de se confier à lui et de le laisser venir. Il serait de bon conseil. Peut-être même agirait-il.

Au commissariat, il mena sa jument à l'écurie, la dessella et la bouchonna pour qu'elle ne prenne pas froid. Une mesure d'avoine la récompensa de son effort. Rassuré sur le bien-être de sa bête, il partit « prendre son service ».

Il eut trois portraits à faire ce matin-là. Une aubaine. Avec l'habitude, il travaillait beaucoup plus vite que les premiers jours et il eut fini pour midi.

Tandis qu'au sortir de la petite pièce d'observation le commissaire le payait, Benoît lui fit sa requête.

— Cher ami, lui déclara-t-il pompeusement, il convient de fêter dignement la fortune que vous venez de me faire gagner. Que diriez-vous d'être mon hôte à déjeuner ?

Chadouard le regarda d'un air ironique.

— Quelle solennité, Benoît ! Vous devez avoir quelque chose à me demander.

— En fait oui. On ne peut rien vous cacher. Les comportements pour le moins ambigus de notables d'ici me concernant. Il apparaît qu'ils se sont entendus pour me nuire, sans même me connaître, d'ailleurs. Je ne sais comment agir et requiers votre aide.

Le jeune homme vit une lueur briller dans l'œil de son vis-à-vis. Le commissaire était ferré.

Ils se retrouvèrent dans un restaurant de bon aloi, près de l'hôtel de police où Chadouard avait ses habitudes. Benoît lui fit part des confidences d'Elise Gourmon. Il en fut prodigieusement intéressé.

Il en sortit un plan d'action…

Ce plan nécessitait des preuves de l'identité de Benoît, de celle de sa mère, et de sa filiation. Il fallait remonter légalement à l'huissier Farges. Le commissaire s'en chargea. Il obtint tous les documents en trois jours ainsi qu'une foule de renseignements dont Benoît ignorait tout.

Le 25 août, Benoît se rendit, dans ses beaux habits bourgeois, à l'étude de maître Gavial, notaire. Il avait demandé rendez-vous quelques jours plus tôt et fut immédiatement reçu.

L'homme, massif et ventru, l'attendait debout derrière son bureau, l'air revêche.

— Soyez bref, monsieur, mon emploi du temps est chargé et vous avez fait état d'un degré d'urgence à me voir dont je saisis mal la teneur.

Benoît, un instant mal à l'aise, se rassura. Le tabellion cherchait à l'impressionner. Son attitude hautaine allait faciliter le rôle qui lui était dévolu.

— Maître, vous avez assuré la succession de l'huissier Farges, dit-il.

— Oui, certainement, mais je ne vois pas en quoi cela vous concerne, monsieur… monsieur ?

— Benoît Chalencon. Monsieur Farges était mon grand-père.

— Monsieur Farges n'avait qu'une fille, Elodie.

— Ma tante, madame Larmuse, oui. Mais mon grand-père avait une première fille Léonie, ma mère.

Le notaire, les yeux à demi fermés, jaugeait l'échalas qui se tenait devant lui un peu voûté. Son nez important, ses grandes oreilles, sa lippe et son regard éteint lui donnaient l'air parfaitement niais.

— Ah oui, fit-il, Léonie. Votre mère étant une fille illégitime n'a malheureusement droit à aucune part de la succession, cher monsieur.

— Ma mère était reconnue pourtant, dit Benoît d'un ton lamentable. Elle portait le nom de son père, Farges. Je croyais qu'on ne pouvait jamais déshériter ses enfants.

— Voyons, monsieur Chalencon, vous n'imaginez quand même pas m'apprendre le droit des successions, n'est-ce pas ?

— Non, bien sûr que non. Mais mon grand-père m'avait promis, à moi son unique petit-fils, qu'il me ferait un legs. Il a dû me coucher sur son testament.

— Monsieur Farges n'avait pas fait de testament !

— Ah bon, répondit Benoît, ce n'est pas ce que m'a dit l'huissier Larmuse. Il m'a même dit que vous déteniez ce document.

L'air plus sot que jamais, il regardait sous le nez le notaire qui, sans doute pour imposer un entretien bref, ne s'était pas assis. A ce moment-là, on entendit le heurtoir de la porte d'entrée, puis un bruit de voix.

— Voyez-vous, maître, poursuivit le visiteur étrangement souriant, quand mon cousin Larmuse prétend que le testament de mon grand-père ne contient aucune clause me concernant, je ne le crois pas. Mais quand il dit que ce testament est entre vos mains je le crois.

Le notaire était devenu rouge.

— Vous me traitez de menteur ! rugit-il.

— Oui, dit Benoît *sotto voce*, avant de reprendre à voix haute et geignarde : Vous vous êtes sans doute trompé, monsieur le notaire, la succession de maître Farges est maintenant vieille de plusieurs années. La mémoire nous trahit parfois. Puis-je vous demander de rechercher ce testament ?

— Je ne vais pas obéir à un godelureau de votre espèce, et d'abord rien ne me prouve que vous soyez ce Benoît Chalencon que vous prétendez être, ni le petit-fils de feu l'huissier Farges.

— Mais si, dit Benoît de sa voix lamentable. J'ai ici tous les papiers qui établissent mon identité et ma filiation et…

— Sortez, beugla le notaire, ou je vous jette dehors.

La porte s'ouvrit sur le commissaire Chadouard.

— Qu'est-ce qui se passe ici ? demanda-t-il d'un ton sec.

— Ce garçon cherche manifestement à perpétrer une escroquerie à l'héritage ! s'exclama le notaire encore hors de lui.

— Mais non, dit humblement Benoît au commissaire. Maître Gavial a assuré la succession de mon grand-père, l'huissier Farges, et refuse de me montrer le testament que, d'après mon cousin l'huissier Larmuse, il possède…

— L'huissier Larmuse, dit le commissaire, tiens. Deux opinions contraires émanant de deux auxiliaires de justice l'un et l'autre assermentés. C'est intéressant.

Le notaire s'assit, blême soudain : il venait de comprendre. La visite du commissaire n'était pas innocente. Elle ne concernait pas un comparse ayant un quelconque rapport avec ses dossiers mais lui-même. Et ce jeune homme à l'air bête était un leurre pour le piéger ! Il fallait d'abord se débarrasser de lui pour avoir les mains libres et calmer le policier. Il y avait des moyens pour cela, mais les témoins étaient importuns dans ce genre de négociation.

— Ce jeune homme est venu m'agresser dans mon bureau en se prétendant parent de l'huissier Farges. C'est un imposteur. L'huissier Farges n'avait pas de petit-fils !

Le notaire se mordit les lèvres : encore surpris par les événements, il venait de proclamer une contre-vérité, ce qui ne pouvait qu'avoir un effet déplorable.

— Ce que dit maître Gavial est grave, intervint le commissaire. Qui êtes-vous, monsieur ?

— Benoît Chalencon, petit-fils de feu Léon Farges.

— Et bien entendu vous pouvez le prouver, ironisa Chadouard.

— Mais certainement.

Il tendit ses papiers au commissaire qui les examina.

— Ils sont parfaitement authentiques, constata-t-il avant de s'adresser au notaire : Cela demande quelques explications.

Se tournant, le commissaire interpella le clerc chafouin qui, par l'entrebâillement de la porte, suivait la scène avec passion :

— Monsieur, apportez-moi immédiatement le dossier de la succession Farges !

— Impossible, monsieur le commissaire, balbutia le clerc indiscret.

— Ah, pourquoi ?

— Maître Gavial le garde par-devers lui.

— Où ?

Le ton sec ne laissait au clerc terrorisé aucune échappatoire.

— Dans le tiroir gauche de son bureau, dit-il d'une voix mourante.

D'un mouvement vif, le commissaire passa derrière le notaire qui s'immobilisa, une main déjà dans le tiroir. Il la retira lentement et tenta un dernier plaidoyer :

— Voyons, monsieur le commissaire, vous n'allez pas vous laisser manipuler par ce jeune voyou !

Sans répondre, Chadouard se baissa, fouilla dans le tiroir suspect et en sortit des dossiers.

— Vous n'avez pas le droit de perquisitionner ! glapit le notaire.

— Je crains, maître, que votre étude n'ait couvert d'importants mouvements de fonds républicains clandestins. Un de nos informateurs nous l'a indiqué. Il reste possible que vous ayez été dupé... Me laisserez-vous consulter vos dossiers confidentiels ou préférez-vous que je prie monsieur Chalencon de filer au commissariat requérir, sur mon ordre écrit bien entendu, une escouade de policiers, tandis que mon adjoint saisira monsieur le procureur du roi ?

Le notaire sembla se dégonfler. Il se tassa sur son siège et porta les mains à ses tempes. Une soudaine migraine lui broyait le cerveau. Il eut un geste de vague acquiescement vers le policier et ferma les yeux. Benoît avait avancé une chaise à Chadouard qui s'installa. Avec l'expérience de la pratique, il feuilleta quatre dossiers, dont celui de la succession Farges, puis passa quelques minutes à sélectionner une douzaine de feuillets qu'il serra dans son portefeuille de cuir.

— Mon cher maître, dit-il, je vais faire certifier des copies de ces documents que je conserverai. Je vous ferai tenir ces copies dans la journée. Bien entendu, je garde les originaux. En ce qui concerne le jeune monsieur Chalencon, j'emporte le testament de son grand-père, une passionnante lettre que vous adresse Larmuse ainsi que votre constat établissant que les héritiers Chalencon de monsieur Farges sont introuvables.

Il sembla se souvenir de quelque chose et compléta :

— Ah, oui, pour votre gouverne, maître Gavial, si à l'avenir vous cherchez des héritiers en vain, passez donc me voir. Ce serait bien le diable si mes services ne les trouvaient pas. J'oubliais. Monsieur Chalencon va fournir, à son notaire de Craponne, la copie des pièces que j'emporte. Vous vous arrangerez avec lui pour corriger dans les règles votre malheureux… retard dans l'héritage des Chalencon, sans oublier, naturellement, les inévitables intérêts moratoires. Je compte sur vous pour toute cette affaire et naturellement votre collaboration avec les services de police m'est acquise désormais. N'est-ce pas, mon cher Gavial ?

— Oui, bredouilla l'homme effondré.

— Une dernière chose. J'ai un homme devant votre porte. Je ne vous l'avais pas dit ? Il a ordre de ne laisser sortir personne de votre étude avant une heure.

Se tournant vers l'héritier retrouvé, il poursuivit :

— Venez, monsieur Chalencon, nous avons une visite de famille à faire.

Benoît retrouva le cabinet de l'huissier Larmuse avec amusement. Le commissaire et lui traversèrent la salle des copistes, se dirigeant, sans y avoir été invités vers le bureau de l'huissier. Ils toquèrent à la porte.

— Qu'est-ce que c'est ?

— Je dois vous voir d'urgence, maître, dit Chadouard en entrant.

— Excusez-moi, monsieur le commissaire, je ne vous attendais pas et, comme vous voyez, je suis en rendez-vous...

— Je vous laisse, dit le visiteur qui avait reconnu le policier. Je vous verrai plus tard. Tout ça n'est pas urgent.

Il sortit avec un petit salut. Benoît entra.

— Bonjour, mon cher cousin, fit-il d'un air profondément niais.

Le commissaire dut se retourner pour ne pas éclater de rire. Quand il regarda à nouveau l'huissier, son sérieux était sans faille.

— Votre cousin, maître, s'est vu remettre en ma présence par maître Gavial le notaire une lettre de votre main ma foi fort compromettante.

Il tendit la lettre à l'huissier qui voulut s'en saisir.

— Jetez-y un coup d'œil si vous en avez oublié la teneur, mais ne la touchez pas !

L'huissier retira la main comme s'il s'était brûlé.

— Je vois que vous la reconnaissez, reprit le commissaire. Vous concevrez avec moi que votre cousin monsieur Chalencon est parfaitement fondé à porter plainte contre vous pour corruption, escroquerie et captation d'héritage. A moins que...

— Oui ? balbutia Larmuse.

— A moins que vous ne le payiez de toutes les sommes qui lui revenaient et que vous avez détournées.

— Mais une fois les choses rétablies, monsieur Chalencon touchera son héritage, cracha Larmuse en foudroyant Benoît du regard.

— Ne me prenez pas pour un imbécile, dit doucement Chadouard en se dirigeant vers la porte.

Il l'ouvrit.

— Monsieur le premier clerc ! appela-t-il.

Un gratte-papier à manchettes de lustrine et lorgnon entra timidement.

— Je veux les derniers comptes de monsieur Farges et les premiers comptes de monsieur Larmuse quand il a repris les affaires. Je veux aussi un état détaillé des espèces détenues par monsieur Farges et qu'on ne retrouve plus dans la comptabilité de monsieur Larmuse. Elles doivent dépasser les quinze mille francs, n'est-ce pas ?

— Seize mille six cents, monsieur le commissaire.

— Merci, monsieur Lantier, répondit le policier.

— Vous me connaissez ? demanda l'homme d'une petite voix.

— Fort bien, fort bien. N'est-ce pas mon métier ? remarqua jovialement Chadouard avant de poursuivre d'un ton brusquement sévère : Préparez ces documents et attendez-moi. Vous me raccompagnerez au commissariat. Merci.

L'autre s'esquiva comme un rat. Le commissaire se tourna vers Larmuse.

— Soyez aimable de compter huit mille trois cents francs à monsieur Chalencon. La part qui, en liquide, revient à sa mère dans la succession de feu votre beau-père et prédécesseur l'huissier Léon Farges.

— Maintenant ?

— Mais oui.

— Mais je n'ai pas une somme pareille !

— Mais si, mais si, dans ce meuble.

Le commissaire désignait un semainier Empire. Larmuse se leva lourdement et en palpa le flanc. Les quatre tiroirs du bas, factices, formaient une porte qui s'ouvrit, dévoilant un coffre-fort.

L'argent compté fut rangé dans le maroquin du policier qu'il gonfla considérablement. Le commissaire, appuyant les deux poings sur le bureau de l'huissier, dit d'une voix sourde sous le nez du lézard terrifié :

— Maître Larmuse, vous informerez mes services chaque fois que vous remarquerez une irrégularité de vos clients ou que vous apprendrez une information qui puisse m'être utile. Par ailleurs, toute nouvelle escroquerie de votre part vous mènera au bagne de Toulon, j'y veillerai. Je garde bien entendu les preuves de vos malversations actuelles. Puis-je compter sur vous ?

— Bien entendu, balbutia l'huissier.

— Bien le bonjour, maître, conclut le policier.

Chadouard et Benoît sortirent de conserve.

— Comment saviez-vous le montant des fonds secrets de mon grand-père ? demanda le jeune homme.

— Je connais les pratiques de cette sorte de gens et j'ai estimé la somme à huit mille francs, puis je me suis souvenu que votre grand-père, pardonnez-moi, était une redoutable crapule. Alors j'ai doublé la somme.

— Et la somme dans le coffre ? Là encore vous m'avez ébloui.

— J'avais déjà vu ces semainiers coffres-forts. Dans un métier d'argent comme celui d'huissier, si l'on a ce genre de meuble c'est pour y garder de fortes sommes. J'ai fait un tout petit pari et j'ai gagné.

Plus tard, dans son bureau, le commissaire vida son porte-documents. Une cascade brillante se répandit sur la table. Benoît n'avait jamais vu autant d'or. Chadouard le poussa vers lui. Il en fut décontenancé.

— Mais c'est de l'argent occulte, je ne sais pas si je peux le prendre…

— Benoît, mon ami, je ne suis pas vénal.

Le garçon rougit. Le commissaire rit.

— Vous y avez pensé et je n'en attendais pas moins de vous. Vous êtes un garçon intelligent et vous savez merveilleusement utiliser la rudesse de votre physique pour jouer les nigauds. Vous m'avez fait mourir de rire. Bon, soyons sérieux. Prenez cet argent et filez à Craponne chez le notaire Buchon qui est honnête, l'autre, Bobœuf, est une crapule, mais ça vous le savez. Dès ce soir, remboursez les dettes de votre père sinon, demain matin, La Monteillade sera vendue aux enchères.

— Mais comment savez-vous tout cela ?

— Vous voulez connaître mes petits secrets, hein ! Je vais vous le dire. Pour obtenir votre extrait de naissance et celui de votre mère, je me suis appuyé sur les gendarmes de Craponne. Leur capitaine, ici au Puy, est un ami. Ils ont élargi mon enquête à un aperçu des gens concernés et m'ont fait part de cette vente imminente. Je ne vous en aurais pas prévenu si cet argent, appartenant à votre mère, n'avait pas permis de l'éviter. Maintenant, sautez sur votre jument et chevauchez à bride abattue. Vous n'avez pas de temps à perdre.

Benoît vida l'or dans son chapeau et, après un bref salut, sortit en hâte.

Chadouard le regarda partir avec sympathie. Celui-là, à l'avenir, lui serait fidèle non par pression, mais simplement par amitié. Il ignorerait toujours le service qu'il venait de rendre au policier. Depuis des mois Chadouard cherchait à coincer les deux crapules qu'étaient Gavial et Larmuse. L'un et l'autre détenaient de nombreux secrets sur la vie des gens. Grâce à Benoît, ils étaient maintenant à sa botte.

Réveillant le notaire Buchon à deux heures du matin, Benoît lui paya le montant des dettes de son père puis alla dormir chez son ami, le fermier voisin de La Monteillade.

Le matin, tôt, il quitta son gîte pour se rendre à Craponne. La raison de ce déplacement matinal avait des boucles rousses et des yeux verts. Il passa par Aubissoux mais ne vit pas Honorine sur le chemin. Il était sans doute trop tôt. Il s'embusqua donc dans le bosquet à proximité de la fabrique Danssadoux, où il avait rencontré clandestinement la jeune fille naguère, et attendit. Les ouvrières arrivèrent les unes après les autres, mais pas la demoiselle Feynerolles.

Benoît se rendit alors à la boucherie Huchet. Jean y était seul, son patron étant parti chercher une vache. Intrigué par ce monsieur qu'il savait du pays mais ne connaissait pas bien, méfiant par principe, le gamin expliqua avec réticence que sa sœur aînée était partie à Lyon pour affaires et ne rentrerait que samedi ou dimanche. Dépité, Benoît rédigea un court billet pour Honorine et le lui confia. Comme le petit hésitait à le prendre, il y joignit une pièce de cinq sous en précisant que les lettres qu'il recevait pour sa sœur, à la boucherie, étaient de sa main et qu'il s'agissait d'un secret.

Ayant accepté de l'argent, Jeannot était moralement obligé de transmettre le courrier. Il hocha la tête, mit la petite pièce dans sa poche et, suivant du regard Benoît qui remontait sur sa belle alezane crins lavés, se demanda si un cheval se découpait comme une vache.

Benoît repartit pour Saint-Georges-Lagricol et La Monteillade. L'ayant reconnu, les chiens n'aboyèrent pas, et il se glissa au-dessus de l'écurie dans une cachette secrète de son enfance. Ainsi, il assista à la déconvenue des acheteurs frustrés d'une bonne affaire et constata le soulagement de ses parents devant ce miracle imprévu.

Quand la petite foule se dispersa, et que Philippe et Léonie Chalencon furent rentrés dans une maison qui était encore la leur, il se sauva. Il ne voulait pas les voir. L'attitude de son père au sujet de sa jument était encore trop présente à son esprit et il craignait une confrontation physique avec lui qui eût été déplorable ! Quant à sa mère il s'avouait enfin qu'il l'aimait peu et que c'était réciproque. Il lui en voulait de ne pas avoir obtenu de haute lutte son légitime héritage.

Son seul regret concernait Fernande, sa nourrice adorée qu'il eût aimé rassurer sur son sort et serrer dans ses bras, mais il craignait aussi qu'elle lui assène des vérités sur la déchéance de ses parents qu'il n'était pas prêt à entendre.

Il n'était pas dix heures du matin quand Chalencon junior enfourcha Sigismonde et la mit au petit trot pour quitter la ville. Ciel gris, vent frais, temps d'automne : des conditions idéales pour voyager. Il allait ménager Sigismonde, prendre la journée entière pour rentrer au Puy à petite allure. Un rayon de soleil, après Bellevue-la-Montagne, lui permit une sieste réparatrice, tandis que sa jument broutait placidement l'herbe reverdie au bord du chemin.

Le soir, il reprenait ses portraits dans l'auberge d'Adolphine.

22

La fortune de la leveuse

Dès son retour de Lyon, Honorine reçut de son frère le petit mot de Benoît. Il y confirmait la rentrée d'argent annoncée dans sa précédente lettre. Et c'était vrai : tout le pays connaissait la déconfiture des Chalencon, or la vente de La Monteillade avait été annulée le jour même du passage éclair du jeune homme ! Il avait donc payé les dettes de son père. N'était-ce pas une erreur ? Philippe Chalencon recommencerait à dilapider l'argent qu'il n'avait pas et le renflouer n'était que reculer pour mieux sauter. Honorine se fustigea de cette mauvaise pensée : elle n'eût pas payé pour son père, ça non, mais pour sa mère elle n'eût pas hésité.

Donc Benoît avait trouvé de l'argent. Combien ? Beaucoup en tout cas. Il était temps pour Honorine d'en gagner au moins autant ! Elle allait mettre en œuvre le plan qu'elle fignolait de longue date.

Pour l'instant, l'urgence était de voir Benoît, et pas seulement pour savoir combien d'argent il investirait dans sa fabrique ! Il devait créer très rapidement les modèles des guipures vendues à Commarin.

A midi, ce premier lundi de septembre, elle attendit avec une impatience discrète le départ de *moussu* Félix. Sitôt qu'il eut tourné le dos elle rédigea une lettre pour Benoît. Puis s'adressant à Mélanie Pentier, l'aponceuse taciturne avec laquelle elle partageait ses repas, elle dit :

— J'ai quelque chose à te montrer. Tourne-toi.

La quadragénaire aux yeux bleus obéit. Elle entendit des froissements d'étoffe et sourit.

— Regarde !

Mélanie faillit laisser choir sa gamelle. Devant elle une jeune dame, superbement vêtue, la regardait, interrogative.

— C'est magnifique ! s'écria-t-elle. Tu as dépensé tous tes sous à Lyon ?

Honorine rit.

— Non, pas de danger. Je sais encore compter. Tiens, la preuve ! dit-elle en lui tendant dix pièces d'or.

Elle avait gardé cinq louis par-devers elle. Mélanie n'avait pas besoin de savoir le montant de la vente.

— Qu'est-ce que c'est ?

— L'acompte sur la première commande de ma future fabrique. De la dentelle aussi belle que celle-là. J'aurai de nouveaux cartons la semaine prochaine et il faudra commencer tout de suite la fabrication. Et si tu veux bien, c'est toi qui t'en occuperas.

De l'or ! L'aventure débutait ! Mélanie balbutia :

— Y a beaucoup à faire ?

— Vingt aunes que je livrerai fin novembre ou début décembre, à Lyon.

— Et les fils, tu les as, c'est quoi ? Du coton ?

— De la soie. J'ai les écheveaux à Aubissoux.

— Faudra pas traîner, conclut Mélanie.

Les yeux brillants, elle regardait Honorine se déshabiller puis ranger sa belle jupe de soie verte, son chemiser, son chapeau.

— Tu réussiras, dit la jeune fille.

Honorine n'avait pas questionné, elle avait affirmé. L'aponceuse en fut émerveillée : la petite Feynerolles, la fille de l'ivrogne, avait fait du chemin depuis qu'elle l'avait amenée, minuscule et effarouchée, à *moussu* Félix. Elle avait treize ans à l'époque. Elle en avait dix-huit maintenant, elle était encore toute jeunette et pourtant son autorité calme était indiscutable. On avait envie de la suivre.

— A combien on va leur compter l'aune, aux dentellières ? demanda-t-elle.

— Entre cent et cent cinquante sous suivant les difficultés.

— On n'a jamais payé autant !

— Elles n'auront jamais fait un si beau travail. En plus des vingt aunes, il faudra que tu fasses un autre corsage comme le mien.

Elle maquignonna sa compagne.

— C'est pour une dame qui nous fera vendre plein de dentelle à Lyon, une dame de la haute, très belle. Elle a de la poitrine comme toi, mais elle est un peu plus grande.

— Et tu le vendras combien ce chemisier, à cette belle dame ?

— Je lui donnerai parce qu'en le portant, en le montrant partout, elle fera venir vers nous toutes les richardes qu'elle connaît. Combien on pourrait le vendre ? J'sais pas encore. Mais des très beaux chemisiers, dans la boutique où je l'ai rencontrée, valaient cinquante francs, plus même !

Mélanie siffla. Honorine sourit.

— A toi, je le paierai quinze francs. Avec ça, tu feras la leveuse pour les dentellières qui travailleront sur cette commande et l'aponceuse pour le chemisier. Tout ça est secret. Tu dis rien à personne et à tes dentellières non plus. Elles doivent pas même savoir pour qui elles travaillent.

— Tope là, fit Mélanie Pentier.

En frappant sa main, Honorine découvrit qu'elle était maintenant la patronne et que Mélanie l'avait bien compris. Une bouffée de fierté la souleva.

— Au fait, dit-elle, en retournant à Jullianges, tout à l'heure, tu pourrais laisser cette lettre au relais de poste ?

Mélanie lut l'adresse et rigola.

— Benoît Chalencon, le gars de La Monteillade ? C'est ton bon ami ?

Mélanie savait lire ! Honorine ne lui aurait jamais confié sa lettre si elle l'avait su. On n'est jamais assez circonspect. Elle sourit cependant et répondit :

— Mon bon ami ? Je suis pas très sûre, mais le créateur des guipures, ça oui. C'est lui qui fera les cartons pour les filles !

Regardant partir l'aponceuse ce soir-là, Honorine se sentit triste. Mélanie avait compris avant elle l'intérêt de la dentelle de luxe : la preuve, le chemisier qu'elle avait fabriqué. Et voilà que cette femme qu'elle aimait bien, qu'elle admirait même, était devenue son employée ! Elle la traiterait bien, paierait cher sa grande maîtrise du métier, s'appuierait sur elle, mais jamais plus elle ne pourrait lui avouer ses faiblesses ou demander son affection.

Benoît répondit très vite à la lettre d'Honorine et lui donna rendez-vous le dimanche suivant, à l'église de Saint-Paulien, à l'arrivée de la diligence de onze heures.

Désireux de surprendre la jeune fille, il s'était caché à trente mètres du relais de poste, derrière une absidiole de la collégiale. Il vit la patache arriver, les voyageurs descendre puis monter. Pas d'Honorine ! Seule une élégante attendait. Benoît déçu vint vers elle, pensant lui demander si elle n'avait pas vu une petite paysanne rousse. Sentant un regard sur sa nuque, ladite femme se retourna. Une beauté rousse. Il en demeura interdit.

Elle aussi ouvrit de grands yeux en découvrant ce dandy en redingote ajustée, à cravate blanche bouffante et haut-de-forme soyeux qui allongeait sa silhouette.

— Benoît, dit-elle, la voix enrouée, c'est vous ?

Mimétisme ? Il ne parvenait pas non plus à parler.

— Je... je vais... je veux vous dessiner, dit-il. Comme ça, je vous emporterai avec moi.

Ils demeuraient face à face, ébahis, hésitants. En réaction à son embarras, Benoît osa l'enlever dans ses bras. Il la fit tourner en riant puis, en la posant, effleura brièvement sa bouche de ses lèvres.

— Oh, Honorine, dit-il, vous êtes à croquer.

Etourdie, ne sachant pas si elle était heureuse, troublée ou choquée, elle resta muette puis songea à la tendresse d'Héloïse. Ça n'était pas pareil. Benoît, c'était la fête. Elle sourit. Comme s'il répondait à un signal, le jeune homme lui prit les deux mains et sans la lâcher écarta les bras pour l'admirer à loisir. Elle en fut intimidée, mais à nouveau il fut sans pesanteur.

— Cette jupe verte illumine vos yeux. Ce corsage est… émouvant et les dentelles de votre chapeau vous transforment en dame espiègle. Donnez-moi le bras !

Ils s'éloignèrent bras dessus bras dessous. Benoît ressentait le besoin d'un répit pour que chacun retrouve ses esprits et que toute gêne soit évitée. Il la conduisit vers le porche de la collégiale.

— Pourquoi me menez-vous à l'église ? demanda-t-elle.

— Pour vous épouser, Honorine.

Le regard grave de la jeune fille figea son sourire. Lui avait-il déplu ? Il reprit très vite :

— Cette église est une merveille de sérénité. Je voulais que vous la voyiez.

— Nous nous marierons là, répondit-elle avec un sourire en coin.

Il s'alarma.

— Vous êtes sérieuse ?

— Si je réponds non, vous serez inquiet. Si je dis oui, vous vous affolerez.

— Je plaisantais, balbutia-t-il.

— Vraiment ? dit-elle les yeux pétillants.

Il rougit de confusion. Il avait voulu marivauder et elle avait retourné la situation. Il était pris à son propre piège. Une fois de plus, l'esprit de la jeune fille l'émerveillait.

— Venez, dit-il en l'entraînant à l'intérieur de la collégiale.

Impressionnée par la spiritualité du lieu, la jeune fille se serra contre lui. Il se vit monter solennellement vers le chœur avec elle. Cette vision s'imposait sans pourtant les concerner, sa compagne et lui. Simplement ils étaient beaux au seuil de cette majestueuse salle de pierre dont le plafond se perdait dans la pénombre, dans l'insolite lumière tombant de trois fenêtres hautes, surplombant absides et absidioles, au bord de l'infini noir de la voûte.

Ils ne disaient rien, ne bougeaient pas, partageaient la même fascination, la même sensation d'étrangeté, d'harmonie.

Un nuage dut passer devant le soleil car les hautes fenêtres se ternirent, éteignant la magie. L'église redevint un joyau roman familier. Ils en firent le tour et sortirent.

— Avez-vous faim, Honorine ?

— Ma foi. La soupe de ce matin est bien loin.

Il l'emmena au relais de poste, la meilleure table du bourg, et, dehors sous les arbres, ils dégustèrent un cochon de lait agrémenté de rattes sautées.

Honorine sauça vigoureusement son assiette avec son pain, puis se lécha les doigts. Benoît, surpris, trouva le geste charmant, tandis que la jeune fille disait, la bouche pleine :

— C'est bien bon, mais manger un cochon tout bébé, c'est quand même le *déprofiter*.

Ce parler rude, ce comportement fruste décontenancèrent Benoît. Il n'allait pas sombrer dans les préjugés de sa mère ! La terre avait ses valeurs. La bonne santé paysanne, la truculence, la paillardise en faisaient partie. Songeant à sa nuit crapuleuse dans les bras de Pauline, il se demanda si, malgré sa beauté gracile, Honorine pouvait être gaillarde, elle aussi. Réveillant sa concupiscence pour cette charmante petite femelle rousse, cette pensée le scandalisa. Malgré sa rusticité apparente, Honorine était la femme la plus forte et la plus perspicace qu'il eût jamais rencontrée. Il en eut très vite la démonstration.

Grave soudain, elle planta son regard vert dans ses yeux. Il se sentit sondé et la timidité le saisit. Pour se donner une contenance, il empoigna le broc de terre cuite sur la table et leur servit à tous deux une rasade de vin frais. Elle en but une petite gorgée et il l'imita.

— Benoît, dit-elle. Notre fabrique a commencé.

— Je n'ai pas encore touché tout l'héritage de mon grand-père, s'alarma le jeune homme. Je n'ai pas encore d'argent à vous confier.

« A vous confier ! » Le propos fut un baume pour la petite Feynerolles. Benoît n'avait pas d'autre ambition que l'assister, la soutenir. Il ne rivaliserait pas avec elle, ne chercherait pas même à être son égal dans leur future fabrique.

— L'argent ? Y en a pas besoin tout de suite. Pas avant deux ou trois ans, en tout cas. La vraie question, c'est les clients. J'ai vendu des guipures de soie, très cher, Benoît. Elles devront être très belles. On les fera à partir de vos dessins, de vos cartons. C'est vous qui allez les inventer.

Il s'affola.

— Mais je n'ai fait que quelques esquisses et je ne sais pas piquer les cartons ! Vous... vous aviez dit que vous m'apprendriez.

Cajoleuse, elle sourit pour le rassurer.

— Je vous aiderai, dit-elle, mais ça s'ra pas suffisant. J'ai juste mon dimanche après-midi de libre. Tout le reste du temps, je travaille. Je contrôle presque tout chez Danssadoux, même s'il n'en sait encore rien. Vous devrez utiliser les services d'un cartonnier professionnel. J'ai quelques noms dont voici la liste.

Elle tira de son sac en tapisserie un papier plié en quatre qu'elle lui tendit. Il l'empocha sans le lire.

— Il faudra les rencontrer et leur demander de vous apprendre le métier. Mais attention. Faut pas qu'ils volent vos dessins !

Benoît réfléchit.

— J'ai un peu de temps. Je pourrais sans doute inventer des motifs. Vos cartonniers ? Je me débrouillerai pour les tester. Je leur montrerai des échantillons de mes dessins. Ils pourront les reprendre et faire les piquages sans voir en fait le dessin dans son ensemble. Je leur offrirai à boire, à dîner, pour les remercier.

— Vous ferez mieux. Vous les paierez. Quand vous aurez trouvé le meilleur, pas pour inventer les modèles mais pour piquer les cartons, vous le paierez cher, jusqu'à cinq francs pour des cartons exceptionnels. Et dans cinq ans, quand nous aurons besoin de lui à plein temps dans notre fabrique, il sera ravi de venir chez nous.

Benoît fit grise mine.

— Eh bien, je gagne ma vie maintenant, dit-il, mais je ne peux pas faire de folies, ni payer très cher un cartonnier. Ce n'est peut-être pas une bonne idée...

— Benoît, j'ai vendu des guipures de soie. Je vous l'ai dit. J'ai reçu cent cinquante francs d'acompte. Ils suffiront pour tout fabriquer. Il y a vingt aunes de guipure à faire en trois mois. Deux aunes par modèle. Le profit sera lui aussi de cent cinquante francs que j'aurai à la livraison. Il servira à développer la fabrique. Une dentelle difficile nécessite plusieurs semaines de travail. Il faut que les dentellières commencent maintenant. Je vais vous laisser l'argent nécessaire, mais il me faut les cartons dans une semaine. Vous y arriverez ?

Elle leva sur lui un regard empli d'une vraie inquiétude. Il fondit.

— J'y arriverai, dit-il. J'y arriverai !

Ils se promenèrent en attendant la diligence du soir qui ramènerait Honorine à Craponne. Il la tenait par la main. Ils marchaient en silence, noyés dans leurs pensées. Elle regardait à la dérobée ce grand garçon osseux, consciente que leurs sorts se liaient. Elle en était à la fois exaltée et inquiète. Lui, dans le présent comme dans l'avenir, ne voyait qu'elle et se demandait quel sortilège elle lui avait jeté.

Ils se quittèrent sur des adieux timides, conscients tous deux qu'ils étaient bien autre chose que des amis, mais sans savoir exactement quoi. Benoît réussit quand même à la serrer contre lui quelques brève secondes puis s'écarta de peur qu'elle ne le repousse. Elle en fut soulagée et malheureuse. Comment arriverait-elle à lui apprendre la tendresse ? Pourquoi n'avait-elle aucune timidité avec Héloïse ?

Dès le lendemain, Benoît consacra quatre grandes heures par jour à inventer des motifs de dentelle. Simultanément, il fit part à son ami Chadouard de sa recherche des meilleurs piqueurs cartonniers de la ville. Il lui communiqua les noms choisis par Honorine et lui demanda conseil. Le policier détestait ne pas tout savoir sur tout le monde et lui remettre cette liste, c'était agiter un chiffon rouge sous le nez d'un taureau hargneux. Le lendemain, grâce à son talent et à ses rabatteurs en particulier, une foule de concierges et de crieurs de rue, le policier fut en mesure de sélectionner pour Benoît un nommé Auguste Allard, qui travaillait pour un certain Capripède, grossiste en passementerie pour qui il dessinait des cartons de dentelle. Son patron en confiait la fabrication à des sous-traitants, dont Danssadoux à Craponne.

Le reste fut simple. Benoît aborda le bonhomme à la sortie de son travail, lui demanda son aide rémunérée et l'emmena au caboulot voisin où il lui confia un de ses dessins. Le lendemain, il eut cinq exemplaires de son carton, prêts à garnir cinq carreaux de dentellière. Il le paya un louis, ce qui incluait un acompte pour un nouveau dessin.

Ce fut une semaine chargée pour Benoît, plus encore pour Allard… dont la bourse s'alourdit en une semaine de trois belles pièces d'or. De quoi mettre du beurre dans les épinards de ce père de famille méritant.

Honorine eut ses modèles en temps et en heure. Quant à Benoît, il s'attacha à ce chauve effacé, bon créateur de dentelle et de marmaille qui lui apprit le b.a.-ba du métier.

Ses premières fabrications mises en route, Honorine décida de passer à la vitesse supérieure dans son exploitation de Danssadoux. Il était temps qu'elle s'enrichît : son plan était prêt.

Dans un premier temps, elle souligna auprès de monsieur Félix le coût élevé de Mireille Bourdon, la leveuse : trois pour cent du revenu des ouvrières, c'était énorme. Elle, Honorine, pouvait mieux faire pour moins cher. Sa première augmentation importante, ne l'avait-elle pas justifiée en voyant les clients ? Si elle remplaçait l'actuelle leveuse, les tournées, au lieu de coûter le prix de cinq ouvrières, reviendraient au plus au prix de trois. Elle ne demanderait une augmentation raisonnable que lorsqu'elle aurait prouvé son efficacité.

Bien entendu, ces idées, *moussu* Félix devait les avoir lui-même sans se douter qu'Honorine les lui avait suggérées. Elle agit donc par petites touches, remarqua que la leveuse coûtait cher, qu'elle vieillissait, que quelqu'un de jeune serait moins cher, plus efficace…

Elle fit découvrir à son patron une seule de ces propositions par mois.

Pour être crédibles, ces suggestions se fondaient sur des constats. La dame Bourdon grossissait, se fatiguait plus vite, était percluse de rhumatismes. Elle était de plus en plus lente et devenait une charge accrue pour une rentabilité moindre.

L'étape suivante fut de démontrer par l'exemple que, malgré sa charge de travail, elle, Honorine, avait du temps disponible. Pourquoi dès lors ne pas utiliser ce temps à assister la leveuse, à lui servir de cocher et de secrétaire ? Ainsi, on gagnerait au moins un jour par tournée, ce qui paierait largement les frais d'une personne supplémentaire.

Misant sur sa rapacité, elle convertit *moussu* Félix à ses vues en moins d'une année et, dès le printemps 1839, elle accompagna la Bourdon dans ses tournées.

La brave dame vit arriver la gamine avec un plaisir mitigé.

Honorine joua moins les niaises que les folâtres. Elle se plut à démontrer son insouciance tout en étant aux petits soins pour son aînée. Souffrant d'arthrose aux mains, Mireille Bourdon détestait écrire. Elle confia donc quelques travaux anodins à sa jeune compagne dont l'écriture était régulière. Se trompant souvent de colonne, demandant et faisant répéter les explications les plus simples, inversant les chiffres, Honorine parvint à la convaincre de sa parfaite nullité concernant les nombres. La grosse dame fut bientôt si persuadée de l'incurie d'Honorine qu'elle lui expliqua comment tenir ses deux registres, celui de Danssadoux et le sien propre. C'est ainsi qu'Honorine prit scrupuleusement note de toutes les malversations de la leveuse et recensa, à travers elles, ses combines frauduleuses.

Les dentellières recevaient du travail pour un trimestre et touchaient d'un coup trois mois de salaire. Il y avait six tournées qui concernaient près de mille dentellières dans un espace d'une dizaine de lieues autour de Craponne. Les tournées prenaient trois jours toutes les deux semaines. Son temps de travail amputé de sept jours ouvrables par mois, Honorine peina à remplir ses autres tâches. Danssadoux n'en vit rien. Il ignora qu'elle passait souvent ses soirées à la fabrique et la moitié de ses dimanches.

Devenue indispensable à la dame Bourdon, la jeune fille l'accompagna quatre fois sur l'ensemble des tournées, soit une année entière. Elle les connut ainsi parfaitement. Alors elle décida de frapper le grand coup.

Fin mars 1840

La leveuse et son assistante revenaient vers Craponne à l'issue d'une tournée qui les avait menées jusqu'à Beauzac, Retournac et Bas-en-Basset. Le temps était morne, en cette fin d'hiver. Les dernières gelées décourageaient les bourgeons de pointer leurs petits nez verts et le paysage, bien installé dans sa nudité hivernale, narguait un soleil encore trop pâle pour lui chercher noise. Sur la banquette rembourrée du cabriolet, bien emmitouflées dans des couvertures, les deux femmes se taisaient. Honorine gara soudain l'attelage à l'entrée d'un chemin.

— Vous êtes leveuse de Danssadoux depuis combien de temps ? demanda-t-elle d'une voix sourde.

— Depuis la fin de l'Empire, à peu près. Ça fait vingt-trois ans. Pourquoi ?

— Si j'en crois vos gains des dernières tournées et si l'on considère que vous avez mis trois ans à mettre au point l'exploitation des dentellières à votre profit, vous avez gagné environ quatre-vingt mille francs. Une fortune. Il est temps de prendre discrètement votre retraite.

Cette rhétorique n'était pas familière à Honorine. Cette phrase, depuis des mois elle la peaufinait et la répétait. Elle l'avait récitée en proie à une angoisse diffuse. Elle était une jeune louve défiant la vieille femelle dominante de la meute, pour un duel à mort, bien entendu. Savoir ses crocs plus durs, plus pointus que ceux de l'ennemie ne suffisait pas à calmer sa légitime appréhension.

— Qu'est-ce que tu racontes ? s'emporta la grosse femme soudain rouge de colère.

— La vérité, vous le savez bien. Evidemment, j'ai le double de votre comptabilité parallèle. Vous pensez prélever sur l'actuelle tournée deux cent cinquante-quatre francs, y compris vos marges sur le fil. J'ai bien entendu déduit les commissions à vos rabatteuses, si bien formées à calmer les revendications de leurs compagnes. J'ai le compte exact des vingt-quatre tournées faites avec vous. En plus, j'ai été votre cocher quand vous vous êtes cassé le bras, il y a trois ans. J'ai aussi ce compte-là.

— Qu'est-ce que tu veux ? aboya la leveuse qui avait ouvert son sac.

— Aujourd'hui, la moitié des deux cent cinquante-quatre francs grugés aux dentellières, soit cent vingt-sept francs. A l'avenir, la fonction de leveuse de « Alphonse Danssadoux et fils, fabrique de dentelle au fuseau ».

— Je ne vois pas les choses comme ça, dit la leveuse qui avait brutalement pâli.

Elle sortit brusquement de son sac un revolver de petit calibre, un six-coups à barillet système Lefaucheux, et le colla dans les côtes d'Honorine.

— Si vous tirez, monsieur Danssadoux recevra une belle lettre avec toutes les informations concernant les tournées précédentes.

— De ta main, petite futée ? Je dirai que tu as tout manigancé pour me prendre ma place !

— Sauf que si *moussu* Félix ou les gendarmes interrogent les dentellières sur les paies que vous leur avez effectivement données, vous serez découverte et finirez au bagne.

— Et toi, tu seras morte !

Elle leva l'arme et la pointa sur le front d'Honorine.

— Tirez, dit celle-ci calmement.

Elle tira. Il y eut un déclic ridicule. Honorine ricana.

— Vous êtes tellement prévisible, ma pauvre Mireille ! Le laudanum pour dormir, c'est une mauvaise manie. On s'habitue et on peut plus s'en passer. Et puis ça donne un sommeil si lourd que j'ai pu fouiller toutes vos affaires pendant que vous ronfliez. C'est très commode pour enlever les balles d'un revolver. Oh, ça n'a pas été si facile ! Le trouver n'était rien, mais en comprendre la mécanique m'a pris un bon moment.

— Petit serpent, glapit la leveuse saisissant Honorine à la gorge.

Malgré son arthrose, elle la serrait avec une force suffisante pour l'étrangler. Elle la lâcha pourtant. Le couteau à désosser qu'Honorine venait de faire glisser sur son cou gras y avait tracé une ligne rouge presque invisible mais fort sensible.

— J'ai déjà saigné des poules, des lapins et même des chevreaux, chère madame Bourdon. Pas besoin de cartouche avec une lame bien tranchante. Pas de panne à craindre, voyez-vous. Alors maintenant vous allez continuer à pied. Craponne est à deux lieues. Deux heures de marche, ça vous aidera à réfléchir. Maintenant descendez ou je vous égorge !

La dernière phrase avait claqué tandis qu'Honorine, d'un geste, avait déplacé sa lame d'un demi-centimètre et tracé une nouvelle ligne sanglante.

— C'est toi qui auras affaire aux gendarmes ! dit la Bourdon d'une voix blanche en ultime argument.

— Oh, il me suffira de leur expliquer que vous voliez monsieur Danssadoux et que je vous le reprochais. Alors vous avez sorti votre revolver et vous avez tiré, trouant mes habits. Par miracle, la balle ne m'a pas touchée. Alors j'ai sorti mon couteau. Tout le monde en a un dans la poche chez nous, et quand on a un petit frère boucher quoi de plus normal qu'il vous fasse cadeau d'une lame très tranchante. Recharger le revolver, j'sais faire, j'me suis exercée. Et tirer un coup de feu, j'y arriverai bien, allez.

— Si tu me tues, tu n'auras plus rien, dit, amère, la grosse femme.

— Vous encore moins, répondit Honorine d'un ton léger. Vous êtes vieille, vous avez tout à perdre. Moi, je vais avoir vingt ans et je trouverai autre chose pour faire fortune. Descendez, reprit-elle sèchement.

La grosse femme obéit.

Honorine fit claquer son fouet et la jument prit le trot, laissant en arrière Mireille Bourdon désemparée. Au bout de deux cents pas, la jeune fille ramena délibérément l'attelage à la vitesse d'un bon marcheur, ce que voyant, la leveuse se hâta. Quand, après vingt bonnes minutes, la grosse femme, le visage inondé de mauvaise sueur, les membres tremblants de fatigue, arriva à sa hauteur, hors d'haleine, la jeune fille tira sur les rênes et tendit le bras pour l'aider à monter.

Assise à côté de son ennemie, Mireille Bourdon mit longtemps à reprendre son souffle. La leçon avait porté. Elle avait compris que la petite la tenait. Elle en avait profité vingt ans et elle était fatiguée, très fatiguée. Elle avait de quoi prendre sa retraite et vivre de ses rentes de façon confortable. La lorgnant en coin, Honorine vit son amertume, lut sa résignation et comprit qu'elle avait gagné. Elle avait brisé la Bourdon qui avait maintenant peur de perdre son acquis. Elle la vit ouvrir son sac, en tirer un mouchoir puis des pièces d'or. Ses mouvements étaient lents pour contrer les cahots du chemin. Enfin elle noua le mouchoir qu'elle tendit à Honorine qui l'empocha sans prendre la peine de recompter. Elles n'échangèrent pas un mot dans l'heure qui suivit.

Devant la maison de la leveuse, Honorine, comme d'habitude, descendit les bagages de sa passagère et, d'une voix autoritaire, lui dit :

— Demain, quand vous rendrez vos comptes à Danssadoux, vous lui annoncerez que vous arrêtez, que vous prenez votre retraite et que je suis prête à vous succéder. N'en faites pas trop. Il n'est pas idiot. Rappelez-vous : si l'affaire échoue, je vous dénonce. Je n'y perdrai absolument rien.

Elles étaient toutes deux dans la rue, proches l'une de l'autre, et la jeune fille avait parlé à voix haute. Les passants, les voisins auraient pu entendre, du moins Mireille Bourdon le crut-elle et en fut angoissée. Honorine, en revanche, savait très bien que sa voix, quand elle l'assourdissait, ne portait pas loin. La leveuse découvrit soudain – elle fut en cela la première – la dureté sans faille, la redoutable intelligence et les talents d'organisatrice de cette petite paysanne de rien, de cette petite rousse, charmante en apparence, à laquelle on aurait donné le bon Dieu sans confession.

La démarche pesante, la silhouette avachie, mais surtout le visage sombre de sa leveuse surprirent Félix Danssadoux, le lendemain matin. Avant ce jour-là, il n'avait pas remarqué qu'elle fût aussi usée. Aussitôt sa propre perspicacité le flatta. Il lui avait adjoint Honorine à temps ! Après une année de tournées, elle prendrait sans difficulté la suite de cette rosse à bout de souffle. Car, tout bien considéré, il n'avait plus besoin de Mireille Bourdon.

Comment le lui dire ?

Elle avait travaillé avec son père avant lui. Elle allait fondre en larmes et ce serait pénible. Il songeait à tout cela tandis qu'elle approchait. Lâchement, il décida d'attendre un moment plus opportun. De toute façon, il fallait qu'elle lui rende les comptes et déballe les produits de sa collecte.

Après les saluts d'usage, la leveuse tira à elle les lourdes valises de dentelles rapportées de la tournée. Comme de coutume, elle s'apprêta à les poser sur le large plateau couvrant un meuble à tiroirs. Ainsi les pièces pourraient-elles être examinées à bonne hauteur et rangées en piles. Elle souleva la première, puis la reposa en soufflant. Elle allait la lever à nouveau quand Danssadoux, d'autant plus galant envers la grosse Mireille qu'il méditait une saloperie à son égard et pour démontrer sa force, saisit la poignée du bagage et l'arracha d'un geste pour le mettre en place. Il termina son mouvement la bouche grande ouverte, oscilla, s'effondra sur la chaise qu'Honorine lui avait hâtivement avancée, les mains crispées sur la poitrine. Il haleta deux grandes minutes puis son visage passa du blême au pâle et il perdit son air tragique.

— Ça va pas, monsieur ? demanda Honorine. J'vais aller chercher le docteur Naud !

Elle était vraiment inquiète : elle avait encore besoin de lui.

— C'est rien, c'est rien, dit-il d'une voix hachée. Un petit malaise. Ça se calme.

La leveuse s'acquitta de ses tâches comme d'habitude. Sa voix atone l'étonna vaguement. A la fin de son rapport, un silence gêné s'installa. Danssadoux se demandait s'il la chassait maintenant ou plus tard. La dame Bourdon quant à elle réfléchissait au message d'Honorine. Enfin elle parla, exprimant son désir de prendre sa retraite. *Moussu* Félix se sentit comblé. Il était libéré d'une corvée. Il eut alors des paroles fort aimables pour la bonne femme, la louant pour ses services et sa grande probité. Il oublia, bien sûr, de parler de prime ou de gratification de départ. Bon apôtre, fesse-mathieu, songeait la grosse Mireille, heureuse de l'avoir berné deux décennies durant.

Honorine n'avait rien perdu du discours. Elle attendait, le cœur battant, que la Bourdon la propose pour lui succéder. Son angoisse était qu'elle en fasse trop… ou pas assez.

— Croyez-vous que la petite Feynerolles pourra vous remplacer ? murmura discrètement Danssadoux.

— Cher Félix, chuchota la grosse dame que son départ rendait familière, vous l'avez mise un an à mes côtés. Douteriez-vous de ma capacité à la former ?

Elle s'en tint là.

Honorine jugea le propos parfait puis s'en inquiéta. Mireille Bourdon avait-elle été dupe des vraies raisons de sa présence ? Si, au lieu de jouer les évaporées, elle avait montré immédiatement son sérieux et sa puissance de travail, la grosse Mireille lui aurait peut-être transmis son savoir-faire, combines comprises, histoire de prélever, par la suite, une rente sur sa nouvelle complice. La scène violente de la veille eût été inutile... Non, certainement pas, réfléchit-elle. La Bourdon n'aurait strictement rien fait pour lui expliquer sa fonction ou lui transmettre ses contacts. Vingt années de détournement, sans jamais se faire prendre, nécessitaient roublardise et vigilance dont la première manifestation était le secret. La jeune fille avait bien fait d'agir comme elle l'avait fait, fût-ce au prix d'une ennemie mortelle car, bien entendu, l'autre ne la raterait pas si l'occasion s'en présentait.

La dame Bourdon partit en fin de matinée, gratifiée d'une chaleureuse poignée de main patronale. Elle n'eut pas un regard pour Honorine qui la surveillait du coin de l'œil. Après ce départ, *moussu* Félix se remit à son ouvrage sans, lui non plus, s'intéresser à son employée. Allait-il lui confier la succession de la grosse Mireille ? Sauf à partir lui-même en tournée, il ne pouvait faire autrement. La jeune fille avait grande confiance en sa paresse. N'empêche, elle était sur des charbons ardents.

Dans l'après-midi, Honorine enregistra les comptes de la tournée. Prise d'un doute, elle questionna *moussu* Félix :

— Je prépare la commission de madame Bourdon ?

— Rien ne presse maintenant qu'elle ne travaille plus pour moi ! Laissons-la venir. Elle réclamera son argent. Il est toujours temps pour payer les gens. Surtout quand on n'en a plus besoin, ajouta-t-il *mezza voce*.

La jeune fille avait l'oreille fine. Elle apprécia. C'est bien ce qu'elle avait ressenti : plus encore qu'un simple égoïste Danssadoux était un authentique salaud. Ne pas payer la dernière commission de sa leveuse, après vingt-trois ans de bons et loyaux services – du moins le pensait-il –, était une attitude de voyou. Il avait bien mérité d'être grugé. Elle allait reprendre le flambeau et ce serait bien fait.

Mais les dentellières ! C'étaient elles que volait la Bourdon ! C'étaient elles qu'elle-même allait voler ! Elle eut un instant de remords puis se jura que lorsqu'elle aurait sa fabrique, elle les paierait bien, plus que les autres, de façon à s'attacher les meilleures. Elle pourrait le faire : elle vendrait très cher ses produits car les acheteurs appréciaient la très haute qualité. Et puis, ces femmes, elles n'avaient qu'à se battre ! Elle, qui l'avait aidée pour devenir ce qu'elle était ? Personne ! Si, Danssadoux ! Pas pour la soutenir, ça non, pour fainéanter… pour se vanter aussi. Un paon. C'était étonnant ce besoin d'être admiré par les paysannes qu'il exploitait. Il était matois, malhonnête, prétentieux…

Il ne pouvait plus rien lui apprendre. Du coup, rien ne venait tempérer le mépris qu'elle lui portait. Il fallait pourtant qu'elle patiente encore deux ou trois ans. Le temps de développer sa fabrication de dentelles de luxe, le temps surtout de le spolier sérieusement. Encore fallait-il qu'il lui confie la mission de leveuse. Rationnellement il ne pouvait faire autrement. Mais était-il rationnel ?

Il l’était.

Ce soir-là, au moment où il enfilait son gros pardessus à col de fourrure et coiffait son haut-de-forme pour rentrer chez lui, Danssadoux l’interpella :

— Madame Bourdon prend sa retraite, lui annonça-t-il comme si elle n’avait rien entendu le matin. Vous la remplacerez.

Sans souci d’un quelconque acquiescement, il se détourna avec une grâce de dindon et quitta l’atelier. Il s’était bien gardé d’évoquer une augmentation pour cette nouvelle charge. Elle eût été dérisoire comparée aux centaines de francs mensuels qu’Honorine allait lui prendre. Elle eut un sourire rentré : avec sa suffisance, Danssadoux venait de perdre son ultime pouvoir sur sa fabrique, mais il ne le saurait que dans quelques années. Le temps pour Honorine de faire sa pelote. Ayant entrevu en effet plusieurs améliorations à la combine de l’ex-leveuse, elle passerait sans trop de peine de trois mille à trois mille cinq cents francs par an et peut-être plus.

Elle souriait en se dirigeant vers la boucherie Huchet pour y prendre son jeune frère. A bientôt quatorze ans, Jeannot avait dépassé sa sœur en taille et devenait un beau gars. Leur complicité demeurait et leur rituel du retour ensemble vers Aubissoux aussi. Ce soir-là, Honorine eut le plus grand mal à ne pas lui raconter sa victoire.

23

Veillée d'armes

Janvier 1843

Depuis près de trente mois, Honorine œuvrait en fourmi opiniâtre. Elle n'allait à Aubissoux que pour le déjeuner du dimanche et encore rentrait-elle tôt. La Rose avait maintenant un rythme de vie presque calme. Elle tenait la ferme avec Pierre qui, à dix-sept ans, était un adulte efficace. Pour compenser leur manque de terre, il avait mis sur pied un élevage de poulets où les gens d'alentour avaient pris l'habitude de se fournir. Il vendait aussi ses volailles à Huchet, le patron de Jeannot qui était devenu un boucher compétent. Quant à Firmin, ayant échappé à la conscription, il s'était installé comme compagnon tonnelier à Usson, à douze kilomètres de Craponne. Autant dire à l'autre bout du monde. On n'avait aucune nouvelle de Gaston. La seule chose sûre c'est qu'il n'était pas mort car, alors, on prévenait les familles. En tout cas, il n'était pas revenu, pas même en permission comme l'avaient fait certains. Honorine était débarrassée de ses deux frères aînés et s'en portait bien. De toute façon, elle n'avait plus peur d'eux.

Elle ne pensait qu'à son travail. Un travail harassant. Non seulement elle tenait tout chez Danssadoux mais ses fabrications personnelles s'étaient considérablement développées. Mélanie Pentier, l'aponceuse dont l'autorité était reconnue des dentellières, lui servait de courroie de transmission. Aucune d'entre elles ne soupçonnait son véritable rôle, d'ailleurs elles s'en foutaient du moment qu'on les payait et Honorine payait bien. Elles étaient maintenant plus de deux cents à travailler sur les dessins de Benoît.

Le plus souvent souriante, elle était cependant particulièrement dure en affaires. Malheur à la dentellière en retard, malheur au client qui tardait à payer. La belle petite rousse devenait une furie et savait mordre.

Il n'en restait qu'un en travers de son chemin, le plus important : Danssadoux. Elle avait compris le gain de temps que serait la reprise de son affaire. Elle s'attendait à tout moment à ce qu'il découvrît son rôle dans la société Chalencon qui commençait à exister sur le marché. Il finirait nécessairement par l'apprendre et, à ce moment-là, la chasserait avec pour conséquence la disparition de son revenu occulte de leveuse…

Elle avait vingt-deux ans…

Les choses se précipitèrent le samedi 14 janvier 1843.

Le teint plombé, frappé de plus en plus souvent par de cruelles crises de goutte qui le retenaient chez lui geignard et le pied en extension, Danssadoux frisait l'obésité.

Depuis plusieurs années, *moussu* Félix avait découvert les vertus apaisantes de l'absinthe qu'il dégustait quotidiennement, à midi dix, au café de la place. Ce samedi de janvier, jour de marché où toute la campagne montait à la ville, il sirotait béatement sa « fée verte » en rêvassant, quand des propos ahurissants lui firent dresser l'oreille. Attablés à côté de lui, deux paysans parlaient fort.

— Et ta femme ? demandait le premier.

— Oh, elle fait toujours son carreau, répondit le second, mais plus pour trente sous le bout, ça non. Elle travaille la soie et la Mélanie la paie en or, jusqu'à un franc cinquante l'aune, mais alors, tu verrais cette finesse !

Cent cinquante sous l'aune ! Une dentelle extraordinairement fine ! Mélanie !

Il revit son aponceuse, presque dix ans plus tôt lui présentant un chemisier et une coiffe dans une dentelle arachnéenne et tarabiscotée qu'il avait jugée sans avenir. Cette rouée avait donc persévéré et travaillait dans son dos !

Matois, il attendit le lundi et observa son employée. Plusieurs fois, leurs regards se croisèrent et il la vit se piquer avec son aiguille, ce qui ne lui arrivait jamais. Alors il sut. Le soir, il la retint. Tout de suite, Honorine comprit. Il avait appris que Mélanie faisait fabriquer des guipures de luxe.

Depuis le temps il fallait bien que ça arrive ; elle était prête. Il pouvait cependant s'agir d'autre chose, mais elle n'y croyait guère. Danssadoux allait chasser Mélanie.

La jeune Feynerolles se mit à classer des cartons d'un air affairé, avec le vague espoir de se faire oublier et d'entendre.

— Vous, rentrez chez vous, lui intima son patron d'un ton sévère. Ce que j'ai à dire à madame Pentier ne vous regarde pas.

— Bien, monsieur, répondit-elle humblement.

Elle rangea ses affaires, mit son manteau.

— Au revoir, *moussu* Félix, dit-elle.

Arrivée à la porte, elle se retourna :

— Ah, Mélanie, j'te rappelle que demain c'est la fête, j'apporte des victuailles et t'auras ta part. Mais tu dis rien à personne, hein !

Une lueur brilla dans les yeux de l'aponceuse tandis que Danssadoux objectait :

— Pas demain, Honorine. Vous partez pour Lyon.

— C'est vrai, j'oubliais ! Mélanie, on fera ça la semaine prochaine.

Sur ces mots, elle sortit dans la nuit, fit le tour du bâtiment et vint furtivement épier par une fenêtre. Si elle n'entendit que des éclats de voix indistincts, elle comprit cependant fort bien. Grandiloquent, théâtral, Danssadoux, la trogne rouge, les bajoues tremblotantes, sa silhouette massive cambrée et le bras tendu en une malédiction sublime, vociférait en désignant la porte.

Hautaine, les lèvres serrées, Mélanie ouvrit son tiroir, vida ses affaires personnelles dans son cabas.

Elle enfila alors son manteau, enfonça son bonnet de grosse laine sur sa tête et se dirigea vers la porte, l'ouvrit, sortit et la referma doucement.

— Psitt !

Honorine lui faisait signe. Elle la rejoignit en hâte.

— J'ai tout vu. Dorénavant tu travailles à plein temps pour moi et crois-moi, t'y perdras pas.

— Je sais, ton message était clair : « Demain, t'auras ta part, tu dis rien. » Faut pas t'faire de souci.

— Oh si ! Lui, ou bien il a compris que je suis derrière tout ça ou bien il va comprendre. Je le connais. On va savoir ça tout de suite. Viens !

Sous l'œil attentif des deux espionnes, Danssadoux fureta dans les tiroirs des ouvrières, puis s'installa au poste de travail d'Honorine. Il sortait les registres, les lisait soigneusement, tournait les pages. Une fouille en règle.

— Il en a pour la moitié de la nuit, allons-nous-en, dit la jeune femme.

Elles entrèrent dans la vieille ville de Craponne. Dans la rue du Donjon, Honorine s'arrêta devant une petite porte, l'ouvrit, s'avança à tâtons dans un couloir obscur. Mélanie entendit un cliquetis de serrure puis un craquement d'allumette et la lumière chaude d'une bougie éclaira une grande cuisine blanchie à la chaux, très propre, avec un lit et un coffre dans un coin.

Honorine referma la porte et conduisit sa visiteuse vers une seconde pièce. Avec surprise, elle vit un bureau ressemblant à celui d'Honorine à la fabrique.

— C'est là qu'on travaillera ensemble maintenant.

— Mais toi, tu vas rester chez Danssadoux ?

Honorine eut un ricanement.

— Tu l'as vu fouiller mon bureau. Il n'y trouvera rien, mais il me soupçonne. Alors il va parler à des clients et il apprendra que j'vends pas que sa marchandise. Ça me laisse deux jours, trois au plus, avant qu'il ait tout compris. Ça va être intéressant. C'est déjà bien d'avoir pu tenir si longtemps !

— Tu t'y attendais ?

— Si je m'y attendais ! Depuis qu'on a commencé, tous les jours ! répondit-elle. Maintenant, je suis prête et il va avoir des surprises !

Mélanie ouvrait des yeux ronds. Honorine rit. Elle semblait toute jeunette dans sa gaieté, mais sa compagne était émerveillée par sa... patronne !

— Et tu vas partir à Lyon, demain ?

— Plus que jamais !

Honorine ouvrit un placard, en sortit un flacon de kirsch et deux petits verres.

— A ma fabrique ! s'exclama-t-elle. Et à Mélanie Pentier, son chef d'atelier !

Elles trinquèrent puis se séparèrent. Honorine raccompagna sa visiteuse jusqu'à la rue et revint chez elle. Sa charge de travail, écrasante avec sa double vie professionnelle, avait rendu ses allers-retours à Aubissoux trop pesants.

Assise immobile devant la chandelle, encore troublée par les émotions du jour, elle songea au chemin parcouru depuis neuf ans : elle avait même fondé « Chalencon et compagnie », une société dont, malgré sa dénomination, elle était majoritaire. Deux raisons à ce nom : elle était mineure lors de l'enregistrement des statuts, par ailleurs la publicité de son nom, Feynerolles, aurait grandement facilité son identification comme concurrente de Danssadoux.

Par ailleurs, seuls ses deux jeunes frères, qui avaient remis en état ce logement vétuste, savaient que, le lendemain même de sa majorité, elle avait acheté une misère un petit logement dans le vieux Craponne, après une âpre négociation.

En quelque trois ans, Honorine avait gagné presque onze mille francs grâce aux tournées de Danssadoux et plus de dix avec ses dentelles de luxe. Elle sourit. Elle avait un nouveau défi à emporter. Une fois de plus son adversaire imaginerait avoir les cartes en main. Il allait tomber de haut.

Benoît ne recevait pas un sou pour ses dessins de dentelles. Honorine notait dans ses comptes les montants dus, étant convenu que la somme lui serait payée d'un bloc pour être immédiatement investie dans la société. Fidèle à lui-même, il travaillait pour le commissaire Chadouard et complétait son revenu chez Adolphine.

Petit à petit, ses portraits avaient attiré la bourgeoisie chez cette dernière. Benoît avait doublé son prix pour les riches, justifiant ce surcoût par un papier plus épais et des effets supplémentaires de pastel blanc. Le portraitiste de la ville s'en était ému et lui avait cherché noise. Une aimable intervention de Coup-de-poing calma sa colère et, s'il évita les coups, il eut la trouille de sa vie.

Benoît consacrait en moyenne trois heures par jour à inventer des motifs de dentelles. En trois ans, il en avait créé des centaines et déchiré plus encore. Il lui arrivait de faire les piquages, mais Auguste Allard les exécutait mieux que lui. Ce petit homme modeste était devenu son ami.

Honorine habitait toujours ses rêves. Elle lui tenait la dragée haute. Devenue sa fiancée officielle, elle avait subordonné leur mariage à l'établissement de leur fabrique. Stoïque, il se consolait dans le lit d'Adèle, sa logeuse, qui ne lui demandait rien sinon quelques exultations périodiques et partagées. L'un dans l'autre, le jeune homme, qui allait sur ses vingt-six ans et cultivait favoris et moustache fine, y trouvait son compte.

Côté familial, les fiançailles de Benoît avec Honorine avaient fort déplu à Léonie. La fille d'un cantonnier ivrogne ! Une famille illettrée et misérable alors qu'il aurait pu prétendre aux meilleurs partis du Puy ! Ses mines scandalisées avaient profondément agacé son fils qui avait fini par lui dire d'un ton caustique :

« Maman, mon cher oncle Larmuse m'a fait des commentaires fort clairs sur sa belle-sœur : vous ! Il en ressort une filiation quelque peu ambiguë…

— Taisez-vous, Benoît ! avait-elle glapi. Epousez votre souillon de ferme ! Après tout, ça vous regarde ! Ne comptez pas sur moi le jour du mariage.

— Ni sur moi, avait enchéri Philippe son père. Tu me dois toujours une jument ! »

Benoît avait explosé :

« Et toi, tu me dois La Monteillade, pour avoir payé tes dettes et ainsi fait annuler la vente. »

Son père en était demeuré bec béant.

Il y avait eu aussi l'héritage du grand-père Farges. Jean Buchon, le notaire « honnête » de Craponne – l'autre, crapule notoire était le grand ami de Danssadoux –, proposa à Benoît, à l'issue d'une longue discussion, de faire signer à Léonie un placement de son héritage qui la ferait titulaire d'un revenu mensuel fixe modeste mais suffisant pour vivre. Elle signa sans lire et ainsi crut avoir hérité d'une rente et non d'une somme d'argent. Le couple Chalencon accusa d'ailleurs, avec aigreur, le vieux Farges de méfiance à son égard et Benoît, le vrai responsable, fut persuadé que du profond de sa tombe son grand-père l'approuvait.

En ce mois de janvier 1843, Chalencon junior pouvait offrir un verre ou même un déjeuner à ses amis. Les bras accueillants d'Adèle, veuve Merlin, le délassaient. Sa jument, son aînée de quatre ans, un vieux cheval maintenant, restait vaillante et lui rendait encore de bons services. Bref, une vie agréable qui satisfaisait ce flegmatique.

Un matin, au commissariat, son ami Chadouard l'accueillit, l'air ennuyé :

— Mon cher Benoît, vos portraits d'aujourd'hui seront les derniers.

Le jeune homme s'alarma.

— Vous n'êtes pas content de mon travail ?

— Si, mais la préfecture vient de nous équiper d'une chambre photographique et un de mes agents a appris, à Clermont, à utiliser cet engin du diable.

— Je vois, dit Benoît. Je vais me concentrer un peu plus sur la dentelle, voilà tout... et continuer chez Adolphine, évidemment. Ça durera ce que ça durera. Les particuliers finiront bien par découvrir, eux aussi, ces foutus daguerréotypes. Enfin, j'ai quelques économies.

— J'oubliais que vous êtes de ce pays rude, de ce Velay de paysans matois et radins.

— Et j'en suis fier, rigola Benoît. Bon, j'ai une idée pour dépenser les derniers sous que vous me donnerez. Je vous invite ce soir à dîner. Que diriez-vous d'une potée bien grasse ? C'est un plat de saison.

— Et de salaisons, répondit le commissaire en riant. Très bonne idée.

Le lendemain, 20 janvier, il trouva en rentrant à Chadrac où il logeait une courte lettre d'Honorine :

Je pars à Lyon. Quand je reviendrai, moussu Félix va me demander des comptes sur la dentelle de luxe. Il va me mettre à la porte, et plus s'il peut, mais moi et vous, on va lui acheter sa fabrique pour pas cher. Ce sera difficile, mais tout est prêt. Ce serait bien que vous soyez à côté de moi, à ce moment-là, je veux dire lundi après-midi, à partir de quatre heures.

C'était signé *Votre Honorine*

Il baissa la main tenant la lettre et resta un moment désemparé. Après de longs mois de calme, les événements se précipitaient. Il connaissait Danssadoux. Tout le monde connaît tout le monde dans les petites villes. Il le savait retors. Pourquoi Honorine voulait-elle sa présence ? Craignait-elle qu'il la batte ? L'idée l'enragea. Si elle prévoyait un affrontement lundi, c'est qu'elle rentrerait de Lyon dimanche soir. Il décida qu'il irait l'accueillir à l'arrivée à Craponne de la diligence d'Andrézieux.

En attendant, vaquant à ses occupations dentellières, ce vendredi en fin d'après-midi, il alla guetter Auguste Allard dans un café près de son travail. A sa grande stupeur, au lieu de son ami, il vit sortir monsieur Félix des établissements Capripède. Il le regarda s'éloigner avec une sourde inquiétude. La visite de ce poussah fainéant avait-elle un rapport avec les événements qu'annonçait Honorine dans sa lettre ?

Il partit aux premières lueurs de l'aube pour Craponne, ce dimanche-là. Il gelait à moins cinq, moins six. Une température banale pour la saison. Il mit Sigismonde au trot pour qu'elle s'échauffe mais ne la poussa pas. A Bellevue, il fit étape au relais de poste, s'offrit une soupe au lard, tandis qu'à l'écurie un valet de ferme bouchonnait sa bête et lui donnait une mesure d'avoine. Puis il repartit pour sa dernière étape : la route de Vorey vers Saint-Georges-Lagricol. Il saluerait sans vrai plaisir ses parents plus que jamais incrustés dans leurs préjugés, mais il verrait Fernande à laquelle il apportait un beau dessin de Saint-Michel d'Aiguilhe, cette merveille romane perchée sur son rocher abrupt.

En fin d'après midi, il accueillerait Honorine au relais de poste.

A Saint-Etienne, puis à Lyon, Honorine avait vu ses pratiques habituelles, qu'elles fussent clientes de Danssadoux, de Chalencon, ou des deux. Elle les informa tranquillement d'un rapprochement probable entre les deux établissements, précisant qu'en cas d'échec des pourparlers la seconde compagnie, à laquelle elle resterait attachée, élargirait sa gamme à la dentelle au mètre, domaine traditionnel de la première.

Sa dernière visite commerciale fut pour Commarin. L'ayant écoutée, le gringalet binoclard lui demanda, ironique :

— Ça y est, votre patron a découvert votre double jeu ?

Elle le regarda avec gravité.

— Non, pas encore, mais ça devrait être pour aujourd'hui.

— Je vous connais bien, mademoiselle Feynerolles. Ça fait maintenant cinq ans que nous travaillons ensemble. Vous vous y attendiez.

Elle acquiesça.

— Vous êtes le premier à m'avoir fait confiance et c'est pas rien. Oui je m'y attendais.

— Et il n'a rien vu pendant tout ce temps. Est-il donc stupide !

— Non, simplement paresseux et routinier. Il n'a pas voulu comprendre que les choses changeaient, que la belle dentelle était l'avenir.

Il sourit.

— « Chalencon et compagnie », c'est vous, n'est-ce pas ? Vous seule ?

— Benoît Chalencon est mon fiancé. C'est lui qui dessine les dentelles.

Commarin siffla.

— Un vrai talent ! Et vous allez acheter Danssadoux ?

— S'il comprend que je peux le ruiner très vite, il baissera ses prix.

Honorine la dissimulée ne se reconnaissait plus. Trop en dire n'était pas dans son intérêt, mais Commarin aurait pu la trahir depuis des années et tuer son projet dans l'œuf. Au contraire, il lui avait mis le pied à l'étrier. Il était son plus gros client et leur relation était fondée sur l'intérêt partagé, la franchise, la parole donnée. Une situation confortable et reposante. Elle avait pris un risque avec lui et tous deux s'en louaient. Il lui avait fait confiance, lui payant même ses produits à la commande. Ainsi, elle avait pu financer ses fabrications sans emprunter. Qui d'ailleurs lui aurait prêté ne fût-ce que trois cents francs ? Personne ! Cet homme était son partenaire, son ami même.

Il n'empêche qu'il avait une idée derrière la tête.

— Et s'il ne veut pas brader sa fabrique ? S'il se cramponne ? Vous entrerez en bagarre. Il perdra peut-être, mais vous y laisserez des plumes. Si votre dentelle de luxe n'en meurt pas, vous perdrez cinq ans.

— Vous pensez donc qu'il faut acheter Danssadoux, même au prix fort ?

— Au prix que vaut sa fabrique.

— Et s'il ne veut pas vendre ?

— Vous le tenez. Si, comme vous le dites, il n'est pas idiot, il va le comprendre et il acceptera une offre raisonnable.

— D'après vous, monsieur Commarin, combien vaut Danssadoux ?

— L'affaire a des dettes ?

— Non, aucune. Il n'y a pas de machines dans ce métier, simplement des femmes qui savent travailler. Tout se fait à la main.

— Je vois. Et il fait du bénéfice, chaque année ?

— Pas beaucoup mais il se paie très bien.

— Alors cette fabrique vaut trois à cinq ans de chiffre d'affaires.

— Le chiffre d'affaires ?

Il la regarda. Cette renarde rousse ne connaissait pas un terme technique aussi simple ! Où avait-elle appris la gestion ? Il lui posa la question.

— En observant Danssadoux et en réfléchissant. Et puis, pour les questions de droit, j'achète des livres et je les lis. En général, je comprends bien, sinon je demande à Benoît. Il a été chez les jésuites. Il sait beaucoup de choses. Il m'explique même si je suis pas sûre que lui-même ait compris. En fait, tout ça, il s'en fout. C'est un homme doux, un artiste. Il aime la nature, le grand air, la chasse et prend la vie comme elle vient.

Commarin la regardait, ébahi. Cette gamine l'étonnait de nouveau. D'où venait-elle ?

— Mon père était un cantonnier alcoolique et ma mère a eu douze enfants dont cinq seulement ont survécu, répondit-elle avec hargne à une question trop directe. Ni l'un ni l'autre ne savaient lire et on mangeait pas tous les jours avant que j'aide financièrement ma mère, veuve à quarante ans.

Il acquiesça.

— Revenons à Dassandoux, dit-il. A combien se montent ses ventes annuelles ?

— Trente mille francs.

— Vous trouveriez cent vingt mille francs pour acheter sa fabrique ?

Elle hocha la tête sans répondre. Sa moue involontaire était un aveu.

— A combien arriverez-vous ?

— Avec Benoît Chalencon qui dessine les cartons, un peu plus de quarante mille francs, répondit-elle après hésitation.

Il l'observa : elle avait le regard lointain, comme si son grand rêve s'éloignait. Le bourgeois lyonnais, le soyeux bien assis, en fut troublé. Cette fille indomptable allait-elle se briser ? Le regard d'Honorine revint sur lui, direct.

— Vous, vous avez une idée derrière la tête, dit-elle.

— Avez-vous songé à prendre des associés ?

— Je suis une paysanne. Chez nous, on partage pas.

Il sursauta, il réfléchissait.

— Je ne veux pas vous manger, dit-il enfin. Sans vous, pas de guipure de luxe pour moi, sauf à trouver un autre fournisseur. Vos concurrents commencent à comprendre eux aussi, mais ils sont en retard sur vous. Je ne sais pas faire votre métier et je ne suis pas sur place. Réfléchissez, je peux vous aider. Vous consentir un prêt.

La colère rentrée d'Honorine s'estompait. Commarin le vit à son visage à nouveau détendu.

— Vous avez raison. Je vais réfléchir, fit-elle. C'est vrai, nos intérêts sont liés. C'est bien.

A nouveau, l'industriel se sentit désarçonné. Il s'attendait à des remerciements. Elle sortait du ruisseau, n'était pas de son milieu, n'était pas même un homme ! Il dut refouler une foule de préjugés pour admettre qu'à sa place il n'eût pas raisonné autrement, qu'ils devaient coopérer en partenaires, presque en égaux ! C'était ahurissant.

— Faites-moi savoir de combien vous avez besoin, dit-il. Vingt mille, trente mille francs. Je suis prêt à les miser sur vous.

Il aurait pu mettre beaucoup plus, mais alors il aurait pris la majorité. Elle comprit qu'en citant ce chiffre il renonçait à tout pouvoir sur sa fabrique. La somme annoncée, sous une forme ou une autre, ne lui permettait pas une prise de contrôle. Tout au plus pouvait-il espérer une régularité de son approvisionnement en dentelles et, compte tenu du risque, un revenu supérieur à la rente d'Etat. Il se fiait à elle. Lui, un soyeux de Lyon, était prêt à confier une fortune à la fille de Johannes Feynerolles, l'ivrogne. Elle le regarda, bouleversée. Elle-même ne faisait totalement confiance à personne, pas même à Mélanie, pas même à Benoît. Et voilà que cet homme puissant lui proposait, en se fondant sur son savoir-faire et sur leurs échanges passés, une somme équivalant à trois cents mois du salaire d'une bonne aponceuse ! C'était d'autant plus extraordinaire que, confusément, elle pressentait que ni lui ni elle n'étaient sortis du domaine « normal » des affaires : une révélation !

Commarin réalisa soudain que les yeux de la jeune fille ne luisaient pas d'ambition mais de larmes. Alors il s'avança vers elle, lui serra les deux mains en silence. Puis il se racla la gorge et reprit :

— J'ai peut-être une idée. Dites-moi, mademoiselle Feynerolles, « Danssadoux et fils », c'est une société ?

— Non, pas à ma connaissance. C'est une affaire personnelle.

— Et à combien s'élève le bénéfice annuel, y compris la rémunération du dirigeant ?

— Environ dix mille francs.

— Alors il y a une solution. Vous allez acheter sa fabrique à Danssadoux au prix de cent vingt mille francs, payables à raison de trente mille francs au comptant, plus une rente viagère de quatre-vingt mille francs payables à raison de dix mille francs par an.

— Mais ça mangera tout le bénéfice !

— Non, car d'une part vous avez déjà votre salaire qui, compte tenu de tout ce que vous faites, devrait être de deux ou trois cents francs par mois, d'autre part vous gagnez déjà de l'argent avec les guipures de luxe et vous multiplierez vos ventes quand vous pourrez vous appuyer sur l'infrastructure des établissements Danssadoux. Je vous prédis qu'en moins de trois ans vous aurez doublé et le chiffre d'affaires et le bénéfice de votre société.

Honorine réfléchissait intensément. Cette solution était séduisante. Elle lui permettrait d'acheter la fabrique à un prix normal qui donc n'étonnerait ni le fisc ni les officiels tels que notaires et fonctionnaires. Quant à Danssadoux, elle le tenait si bien qu'il serait bien obligé d'accepter.

Son sourire lumineux enchanta Commarin. Cette petite rousse qui avait l'air d'avoir vingt ans était jolie comme un cœur. Mais au fait, quel âge avait-elle ? Il ne posa pas la question mais reprit :

— Ah oui ! Attendez-vous à ce que Danssadoux demande la moitié comptant. S'il ne cède pas, il vous faudra emprunter. N'oubliez pas que je peux vous prêter la somme nécessaire.

Elle opina du chef, le visage grave.

— Vous saurez négocier, j'en suis sûr, dit-il avec douceur. Un dernier point. Pour aller au bout des choses, mademoiselle Feynerolles, prévoyez un acte de cession en bonne et due forme. Ayez-le sous la main. Si vous le faites signer à chaud, tout sera réglé. Il ne pourra plus revenir en arrière. Vous connaissez mon conseiller juridique ? Oui, bien sûr, vous l'avez déjà consulté. Je vous écris un mot pour lui. Allez le voir immédiatement. Il vous fera les papiers séance tenante.

Il rédigea une courte lettre et la lui donna avant de la mener vers la porte. De nouveau l'émotion les saisit. Ils se séparèrent en silence. Il est des moments où les mots sont inutiles.

Tout se passa bien chez l'homme de loi. Elle en sortit serrant dans son sac les précieux documents. Quelques gribouillis de Danssadoux lui transféreraient la propriété de la fabrique. C'était fou ! Ça allait peut-être arriver ! Son rêve allait se concrétiser ! Le souffle coupé, les jambes molles, le cœur battant, elle dut s'appuyer au mur. Elle avait besoin de réconfort. Elle arrêta un fiacre et donna une adresse place Bellecour.

Une soubrette répondit à son coup de sonnette et s'effaça pour la laisser passer.

— Madame Buisse de la Cueuillée n'est pas rentrée, dit-elle. Voulez-vous l'attendre ? Elle ne devrait pas tarder.

Honorine acquiesça, déçue. Elle fut conduite dans un salon de grande taille. Une immense marine en occupait tout un mur. Un combat naval devant lequel elle se planta. Un voilier plus léger attaquait un mastodonte des mers, un trois-mâts à quatre rangs de canons. La mer bouillonnait, couverte d'épaves et de noyés. Toute une population de diables brandissait des sabres dans la fumée et les flammes. Elle découvrait un monde de violence inconnue et en fut désarçonnée. Elle n'était jamais montée sur un bateau et l'idée de se battre sur la mer la terrifia. Le tableau tout à coup lui sembla insupportable. Elle lui tourna le dos. Les lourdes tentures, les meubles contournés au vernis miroitant, les porcelaines tarabiscotées et les portraits solennels lui parurent étouffants. Elle eut du mal à s'imaginer chez Héloïse.

La nostalgie de leur première rencontre la submergea. En chemises fines qui tramaient leur nudité en une douceur floue, blotties l'une contre l'autre pour se protéger d'un danger indistinct, peut-être le temps, cette meule broyeuse que la vie fuit sans cesse, elles s'étaient abandonnées à la moiteur de l'été. Pourquoi en ce jour d'hiver venait-elle la voir ? Pour retrouver cette tendresse ou pour lui demander de l'argent ? Son amie prêterait-elle une grosse somme, comme Commarin ?

Elle s'était assise dans une bergère confortable, avait fermé les yeux. Le présent s'éloigna, elle se sentit légère.

On la regardait.

Elle ouvrit les yeux, se redressa brusquement.

Debout devant elle, Héloïse la dévorait de ses grands yeux bleus. D'un geste gracieux, elle détacha le ruban qui maintenait son chapeau, l'enleva, secoua la tête, libérant la vague de ses cheveux de soleil. Elle souriait. Elle déboutonna son manteau doublé de fourrure qui lui donnait des formes pleines, s'en dégagea d'une torsion pour apparaître longue et fine dans une robe de lainage sobre. Honorine avait oublié ses ambitions. Elle avait ouvert sa pèlerine avant de s'asseoir, sans pourtant l'enlever. Quand elle se dressa, Héloïse la saisit aux revers et l'écarta doucement. Elle glissa par terre. Honorine se sentit soudain vulnérable. Ni l'une ni l'autre n'avaient dit un mot.

— Venez, dit Héloïse, la prenant par la main.

Elle l'entraîna vers sa chambre.

La tendresse, la douceur, un temps suspendu, les senteurs de la mer puis, après un long moment de langueur, un sentiment de satiété, presque de malaise, comme lorsqu'on est gavé de loukoums.

Héloïse commanda un bain. Femme de chambre et servante s'échinèrent à monter de la cuisine des seaux qu'elles versaient à grand bruit dans la baignoire de cuivre du cabinet voisin.

Elles se baignèrent, face à face. L'eau chaude doucement tiédissait.

— Vous semblez lointaine, Honorine. Auriez-vous des soucis ?

La jeune fille hésita à répondre puis jeta tout à trac :

— Danssadoux va tenter de me chasser lundi prochain.

— Après-demain ?

— Oui.

— Venez à Lyon. Toutes mes amies raffolent de vos guipures. Elles impressionnent tout le monde dans les réceptions, même à Paris. Je créerai une boutique pour vous.

— Et qui s'occupera de la fabrication des dentelles ? Qui apportera les cartons et les écheveaux de fil pour les ouvrières ? Qui les paiera ? Qui commandera les modèles aux dessinateurs ?

— C'est terrible ! répondit la belle Lyonnaise décontenancée par ce discours. Qu'allez-vous faire ?

— J'vais acheter ou détruire Danssadoux.

— Le détruire ?

— S'il ne veut pas vendre, oui, je l'écraserai !

Les yeux d'Honorine luisaient d'une inquiétante lueur verte.

— Je dirai aux filles de ne plus travailler pour lui, poursuivit-elle. Je leur paierai un mois de salaire pour qu'elles ne viennent pas travailler pendant toute cette durée et j'en recruterai la moitié le mois suivant.

— Pourquoi la moitié ?

— J'garderai que les bonnes.

— Et vous aurez du travail pour celles qui resteront ?

— Toutes mes commandes, celles de ces derniers jours, sont pour « Chalencon et compagnie » uniquement, même la dentelle au mètre. Comme, depuis trois ans, je fais les tournées de Danssadoux, c'est moi qui paie les dentellières. Elles ne verront pas de différence. Danssadoux va découvrir son impuissance. Il s'affolera, il vendra. A mon prix.

— Et s'il recrute d'autres ouvrières, d'autres dentellières…

— Ça prendra des mois avant qu'il puisse fournir. Ses anciens clients, je les livrerai avant lui. Beaucoup ont compris que l'avenir est aux dentelles de luxe. Danssadoux a toujours refusé d'en faire. Il n'a ni dessins, ni cartons, ni ouvrières spécialisées. Il ne pourra pas suivre.

— Alors, qu'il vende ou qu'il ne vende pas, vous avez gagné !

— Non, si je dois acheter l'affaire au comptant, il me manquera quatre-vingt mille francs. Si je dois payer trois mois de fabrication à mille dentellières, j'aurai besoin de la moitié et jamais les banques ne me feront l'avance nécessaire.

Délibérément, elle ne parla pas du possible viager. Elle voulait tester sa belle – et riche – amie.

— Je ne peux pas vous donner une somme pareille. C'est impossible.

— J'vous la demande pas, Héloïse. Je vous explique simplement que je dois rester à Craponne, que mon combat se situe là-bas. Il faut que j'terrorise Danssadoux et qu'il accepte de me vendre sa fabrique à mes conditions. Dans ce cas, je pourrai payer et développer très vite l'affaire.

— Comment réussirez-vous à l'effrayer ?

— En dénonçant ses prêts usuraires, ou en menaçant de le faire… des choses comme ça. Lundi sera décisif.

— Je vais essayer de trouver de l'argent, dit Héloïse. Je ne sais pas bien comment faire mais je vais essayer. Ça peut prendre du temps. Peut-être qu'en vendant des bijoux…

— J'espère ne pas en avoir besoin. J'vous écris lundi soir, pour vous dire, répondit Honorine d'un ton un peu vif.

Elle sortit de l'eau, s'épongea avec un grand drap de bain posé à cet effet près de la baignoire et s'habilla en hâte.

— Vous ne dormez pas ici ? Je vais vous faire préparer une chambre et nous dînerons.

— Non, dit Honorine. Très tôt demain matin, j'dois prendre le premier train pour Saint-Etienne. Mes collections, mes bagages m'attendent à l'auberge, et j'ai encore des comptes et des détails à régler pour lundi.

Elles se quittèrent dans la tristesse et l'inquiétude. Héloïse se sentait abandonnée, Honorine supputait l'avenir pour éviter de s'en affoler. Le ciel gris, le froid brumeux sur la ville aux deux fleuves confluents n'arrangeaient rien.

24

Coup de sang

Héloïse avait hanté le mauvais sommeil d'Honorine. Sa fascination pour l'aisance de cette belle femme riche s'était voilée. Elle s'était tout à coup sentie l'adulte, la lutteuse confrontée à une charmante petite fille sans soucis. Devant l'urgence, cette jeune femme riche avait été désemparée. Agir, pourtant, eût été simple. Son barbon de mari était fortuné, elle aussi. Son mariage avait été précédé d'un contrat et elle possédait un patrimoine considérable – elle le lui avait dit – mais en ignorait l'accès. Belle enfant gâtée, elle puisait l'argent de ses futilités dans une bourse de conte de fées, éternellement garnie. Face à l'imprévu, elle s'était affolée, proposant la moins réaliste et la moins rentable des solutions : vendre des bijoux. Sa générosité était-elle en cause ? Le doute vint soutenir la déception.

Honorine se vit comme la poupée d'une femme futile, à la sensualité vive. Un jouet, une marionnette.

La marionnette, en fait, c'était Héloïse. Toute sa magie s'était envolée et Honorine, déçue, l'avait quittée abruptement.

Au réveil, elle se sentit amère. Entrebâillé un moment, le monde des riches s'était refermé puis éloigné, tel un beau navire de plaisance. Ce yacht somptueux aurait aisément pu remorquer sa barcasse trop petite pour affronter seule la grande houle de l'océan. Son seul choix était de prendre à l'abordage, par traîtrise bien entendu, un vieux bateau ventru, bien assis sur la vague, dont elle était le timonier depuis trois ans, mais pas le capitaine.

Réveillée avant l'aube dans cette petite chambre d'auberge encombrée de ses valises dégorgeant de dentelles et écheveaux, elle revit le tableau de combat naval, trônant dans le salon d'Héloïse. C'était à l'évidence l'origine de cette guerre sur mer obsédante qu'elle avait menée toute la nuit.

Après une toilette rapide, elle fit descendre ses bagages, appela un fiacre et partit pour la gare où un porteur installa ses deux énormes malles dans son compartiment. Changement à Saint-Etienne puis à Andrézieux. Dans la diligence, elle s'installa dans le compartiment avant, le plus confortable. Il n'était plus temps d'économiser : elle devait réfléchir, relire ses papiers, repasser dans sa tête toutes les situations possibles.

Elle s'efforça de travailler, mais quand, en terrain plus sableux, les cahots de la route s'estompaient, elle fermait les yeux pour grappiller quelques minutes de sommeil.

Benoît l'attendait à l'arrivée de la diligence. Le visage grave, l'air fatigué de la jeune fille s'ajoutant à l'urgence de sa courte lettre l'inquiétèrent. Il voulut la mener dans le relais de poste pour dîner. Elle refusa, lui demanda d'arrimer ses valises sur Sigismonde et l'entraîna rue du Donjon.

— Attendez-moi là, dit-elle devant la porte.

Elle revint bientôt, masquant de la main la flamme d'une bougie.

— S'il vous plaît, Benoît, apportez-moi les valises.

Il la suivit, chargé comme une mule, jusqu'à son logement où il n'était jamais entré. Elle habitait là depuis deux ans.

Il faisait froid et Honorine alluma vivement le fourneau de fonte et de tôle, une nouveauté stéphanoise que les mines offraient, à bas prix, aux ouvriers pour qu'ils consomment du charbon. Comment se l'était-elle procuré ? Mystère. Une certitude : elle ne l'avait pas payé cher. Elle y brûlait des bûchettes de fayard et bientôt la pièce froide se réchauffa.

— Vous avez faim ? demanda-t-elle.

Il avait toujours faim. Du garde-manger en fin grillage elle sortit du fromage et de la huche, du pain bis. D'une grande jarre en terre à couvercle elle tira une cruche d'eau. Elle mangea peu. Benoît ne l'interrogeait pas.

— J'ai apporté mes sous, dit-il soudain. Tout. Tenez.

Il mit sur la table ses fontes de selle et en tira de petits sacs pesants qu'il posa devant elle.

— Tout ce que je possède, reprit-il, mon héritage et mes économies. Vingt-deux mille francs. Ils sont à vous.

Elle le regarda, les larmes aux yeux.

— A nous, Benoît. C'est notre fabrique. Sans vos dessins, rien. Pas de guipures de soie, pas de société Chalencon. Vous le savez bien. J'ai moi aussi mon or ici. A peu près la même somme.

Il hocha la tête. Il ne se demanda pas d'où la fille du cantonnier ivrogne tenait cet argent. Il avait deviné qu'elle grugeait son patron depuis des années. Seul le montant l'étonna. Si elle avait pu récupérer une somme pareille sans que le poussah s'en rendît compte, cela signifiait deux choses : l'affaire Danssadoux était rentable et Honorine fort adroite, mais ça il le savait depuis longtemps.

— Quarante-cinq mille francs, c'est pas assez. Pourquoi monsieur Félix vendrait-il à ce prix ? Sa fabrique vaut plus du double, observa-t-il.

Une fois de plus, il étonnait la jeune fille. Elle n'avait rien dit et il avait tout compris. Pauvre Héloïse, elle ne faisait pas le poids !

— Demain, je serai avec vous toute la journée à portée de voix. Une chasse à l'affût comme une autre, continua-t-il. Comment allez-vous faire ?

Elle hocha la tête, songeuse.

— Je vais le laisser venir. Je l'écouterai. J'ai des documents prêts, des arguments aussi.

— Mais s'il vous chasse tout simplement ?

— Aucun risque. Il voudra plus, m'humilier, me menacer, peut-être même accaparer ce que nous avons fait avec la guipure de luxe.

— Il ne pourra pas sans vous. Vous n'allez pas faire alliance avec lui, quand même !

— Certainement pas. Comment va-t-il attaquer ? Mesure-t-il réellement l'ampleur de notre action ? murmura Honorine.

S'adressait-elle à lui ou pensait-elle tout haut ? Benoît réfléchit.

— Il doit s'en douter, répondit-il. Avant-hier, je suis allé attendre Allard, notre cartonnier, devant l'atelier de Capripède, et devinez qui en est sorti.

— Danssadoux !

— Exactement.

— Alors il sait à peu près tout de notre activité. Je suis prête, Benoît. Mais j'ai peur.

— Je reste avec vous, ce soir.

— Je n'ai qu'un lit, ici.

— Vous dormirez dans mes bras, et je ne vous toucherai pas.

Ni l'un ni l'autre ne releva la contradiction du propos. Ils s'étaient compris. Elle acquiesça en silence.

Il demeura longtemps éveillé tandis qu'elle s'endormait, blottie contre lui. Puis la fatigue s'appesantit et il sombra lui aussi.

Elle arriva à l'heure habituelle, précédant d'une demi-heure Danssadoux. Il avait l'œil torve et le visage plombé. A son entrée, les filles saluèrent du bout des lèvres. Le renvoi de Mélanie Pentier, encore récent, les effrayait. Il répondit par un vague salut collectif. Quand le courrier arriva, Honorine s'en saisit comme d'habitude pour l'ouvrir et le dépouiller.

— Laissez ça ! aboya-t-il.

— Bien, monsieur, dit-elle modeste et elle le lui apporta.

Il le prit d'un geste brusque.

— Rangez les stocks, ordonna-t-il. Leur désordre est épouvantable. J'y ai jeté un coup d'œil, on ne retrouve rien.

Une bonne raison pour éloigner la jeune fille de tout document administratif. Elle obtempéra, pas dupe pour autant. Il donnait le change aux filles qui cousaient le nez dans leur ouvrage. Bien entendu, les plus malignes se doutaient de quelque chose, mais elles se gardaient bien de déclencher la colère qui couvait.

A midi, *moussu* Félix partit déjeuner. Les ouvrières s'égaillèrent et Honorine resta seule. Alors elle sortit sur le seuil. Benoît apparut aussitôt. Toute la matinée, il s'était tenu en embuscade.

— Ç'a pas été trop dur ? s'enquit-elle.

D'un geste, il balaya sa question.

— C'est à vous qu'il faut le demander.

— Le calme avant la tempête. Il est allé manger. Quand il reviendra, les filles seront là. Faux jeton comme il est, il dira rien avant leur départ. Tout se passera à ce moment-là.

— Allons déjeuner, dit-il.

De retour rue du Donjon, Honorine fit une omelette qu'elle grignota du bout des dents, puis ils revinrent vers l'atelier. Elle entra tandis que Benoît reprenait sa surveillance, caché dans le bosquet voisin.

Il faisait nuit quand la première ouvrière sortit. Benoît, à l'abri dans l'obscurité, s'était approché des fenêtres et observait. Honorine fit mine de se préparer. Danssadoux la retint d'un geste et replongea dans ses papiers. Elle le guettait et leurs regards s'accrochaient sans cesse. C'est lui qui détournait les yeux. Ainsi fortifiait-elle sa détermination. Une négociation difficile. Elle aimait ça d'ordinaire. Là, elle craignait le début de l'affrontement tout en le souhaitant. Dans l'action, d'habitude, elle était d'un grand sang-froid, elle le savait, mais aujourd'hui elle doutait.

La dernière ouvrière s'en alla en hâte, effrayée sans bien savoir pourquoi.

— Vous ne m'avez pas rapporté les dentelles ni les commandes de votre dernier déplacement, commença Dassandoux. Je les voudrais maintenant.

— Je n'ai pas pris de commandes au nom de « Alphonse Danssadoux et fils, fabrique de dentelle au fuseau », s'entendit répondre Honorine, prenant l'initiative du combat.

L'appréhension avait fait place à la joie sauvage de l'attaque. Ce gibier malveillant qu'elle guettait depuis dix ans, elle allait enfin l'abattre. Une joie terrible la submergea, amenant sur son visage un sourire triomphant. Son adversaire la dévisagea puis dit d'une voix hésitante :

— Vous n'avez pas eu de commandes ?

— Si, et pour un bon chiffre. Elles ont été enregistrées au nom de la société « Chalencon et compagnie, dentelle fine et de luxe ».

— Vous n'avez pas le droit. Vous travaillez pour moi. C'est de l'escroquerie. Je vais vous faire arrêter.

— Vous avez un contrat écrit d'exclusivité avec moi ? Non, alors rien ne m'empêche de vendre les dentelles d'un autre fabricant.

Il la regarda, bouche bée. Pâlit, puis devint écarlate.

— C'est ce que nous verrons au tribunal.

Sa colère explosait, suffisante pour occulter toute réflexion. *Moussu* Félix n'était plus qu'un paquet de haine tendu vers la jeune Feynerolles : il n'entendit pas la porte s'entrebâiller sur la nuit. Ayant vu le mouvement du coin de l'œil, Honorine fut rassurée : Benoît était là, entendait tout et pouvait intervenir à la seconde.

— Au tribunal, sourit la jeune fille, vous perdrez. Comment oserez-vous affirmer que vous avez l'exclusivité des services d'une personne qui voit tous vos clients pour cinquante-cinq francs par mois et cela depuis cinq ans !

— Je vais vous chasser ! Je... je vais reprendre l'argent que vous m'avez volé.

Honorine eut peur. Elle fit face crânement.

— Quel argent ?

— Vos ventes au nom de Chalencon.

Elle leva un sourcil ironique. Il vibrait de fureur. Le pousser à bout ! Oui ! Une excellente idée. Il perdrait son sang-froid, dirait des choses qu'il regretterait, livrerait des informations dont elle ferait son miel.

— La société Chalencon n'a jamais vendu de dentelles vous appartenant. Elle les a fait fabriquer séparément.

— Je vais moi aussi vendre des guipures de luxe et je ruinerai Chalencon, éructa-t-il.

— Trop tard. Vous n'avez ni les cartons ni les dentellières nécessaires. Ils ont déjà les meilleures. Ils les paient cher ! Elles ne le lâcheront pas. Depuis quand n'avez-vous pas fait une tournée ? Cinq ans ? Sans moi, vous ne pouvez plus rien faire ! Vous ne contrôlez ni les ventes ni la fabrication de vos dentelles. Pourquoi croyez-vous que j'accepte depuis toutes ces années un salaire de misère alors que je fais tourner votre fabrique !

— Nul n'est irremplaçable, pas même vous.

— Si, moi. En fait vous ne dirigez plus rien, Danssadoux, rien.

De nouveau il pâlit. Sa haine pour cette fille de rien au regard diabolique et au propos calme l'étouffait.

— Vous m'appelez par mon nom, sans dire « monsieur » ! Comment osez-vous ! Nous n'avons pas gardé les cochons ensemble. Restez à votre place, dans la rigole à purin. Jamais les gens bien ne respecteront une souillon de ferme. Vous n'êtes pas de notre milieu !

Sous l'affront, Honorine faillit se jeter sur son adversaire pour lui crever les yeux. Une illumination la retint : l'incompréhensible mépris de son patron à son égard qui durait depuis des années malgré sa compétence était un orgueil de caste ! Cette compétence justement en était la cause ! Que la fille de Feynerolles l'ivrogne soit intelligente et efficace était une insulte à la bourgeoisie, à ses privilèges et à ses certitudes. Danssadoux l'avait tolérée uniquement parce qu'il pouvait exploiter ses talents pour un maigre salaire ! Cette vérité lumineuse la calma d'un coup. Il n'était qu'un salopard ordinaire qu'elle écraserait comme une blatte.

Les yeux de la jeune femme se réduisirent à une fente, un sourire cruel naquit sur ses traits pâlis. Elle était effrayante de détermination glacée. Tout à coup la colère de Danssadoux se mua en une peur animale. Elle voulait sa peau ! Il frémit et bredouilla :

— Que voulez-vous à la fin ?

— « Chalencon et compagnie » est prêt à acheter votre fabrique à son prix. Trente mille francs comptant plus une rente viagère de six mille francs par an. A prendre ou à laisser.

— Mais ça vaut deux fois ça !

— Non ! Les évaluations financières que j'ai fait faire donnent cent à cent vingt mille francs avec moi. Sans moi qui tiens les clients et la fabrication de votre entreprise, cher *moussu* Félix, ça vaut la moitié. Pour vous, c'est la meilleure affaire possible. Ou la société Chalencon vous rachète ou elle vous coule. J'ai ici un compromis de vente en bonne et due forme et en triple exemplaire. Vous allez les signer.

Il la regarda, les yeux exorbités, et s'écria :

— « Chalencon et compagnie », c'est vous !

Il venait de comprendre. Il était tellement loin de la vérité jusqu'alors ! Jusqu'à cet instant, Honorine avait simplement eu le tort de se révolter alors qu'elle n'était, pour lui, qu'une exécutante. Depuis toujours elle faisait ce qu'il demandait, y compris des ventes impossibles, mais cela il l'avait oublié. Il se découvrait face à une tueuse.

Il la fusillait des yeux, la vue brouillée d'une rage irrépressible.

Il sembla se tasser sur lui-même puis se redressa. Un rictus déforma son visage. Il se cramponna à son pupitre, ouvrit d'une main maladroite son tiroir et en sortit le revolver de la fabrique qu'il braqua sur Honorine.

Se souvenant de la leveuse dans une situation analogue, Honorine jeta à Félix Danssadoux un regard méprisant. Il tressaillit, sa main se serra sur l'arme.

La porte s'ouvrit avec fracas. Benoît se jetait sur le fabricant de dentelles qui détourna la main. La déflagration fit un bruit de tonnerre. Déjà le jeune homme avait arraché le revolver des mains du tireur.

— Vous êtes mort ! hurla-t-il.

Cette menace, la détonation eurent un effet inattendu : le gros homme crut-il avoir reçu la balle ? Il se raidit, ouvrit grande la bouche, crispa les mains sur sa poitrine et tomba comme un arbre.

— Ça va ?

Honorine s'était précipitée vers Benoît qu'elle avait vu sursauter au moment du coup de feu.

Il avait été touché. Elle en tremblait d'émotion. Elle avait cru l'arme vide. On la déchargeait toujours en dehors des tournées.

— C'est rien, fit-il.

Il enleva son manteau et sa veste, et remonta sa manche de chemise. Honorine était allée fermer la porte.

— Une éraflure au bras gauche, dit Benoît.

La plaie, longue, pas très belle, saignait. La balle avait labouré tout l'avant-bras. Honorine s'affolait.

— Ne vous inquiétez pas, poursuivit-il. J'avais raconté au collège qu'un louvard m'avait mordu au cours d'une partie de chasse. J'avais tout inventé et aujourd'hui, ça se réalise. Mais ça n'est rien. Regardez, je peux bouger dans tous les sens.

Vivement, il remua le bras, la main, les doigts et grimaça de douleur.

— Vous voyez bien, haleta-t-il. Ce ne sera pas grand-chose. En attendant, il me faudrait de la gnôle et du linge

— De la gnôle, répéta-t-elle hébétée.

Puis elle se reprit.

— Dans le casier du patron, du kirsch.

Enjambant Danssadoux qui respirait avec un bruit bizarre, elle apporta la bouteille. Benoît s'en saisit, la déboucha, but une rasade et claqua de la langue avec satisfaction. Il avait repris des couleurs.

— C'est du bon. Des linges maintenant, Honorine, pour faire une compresse et bander mon bras.

Elle chercha autour d'elle, ouvrit un tiroir : des guipures fines. Elle le referma : on n'allait pas les *déprofiter* bêtement. Ce réalisme paysan lui avait redonné du sang-froid. Elle chercha de la dentelle au mètre, la moins chère.

— Donnez, dit Benoît.

Il imbiba une première bande tissée. Dents serrées, grognant comme un chien, il nettoya soigneusement sa blessure avant de l'arroser copieusement, puis la couvrit d'un second linge.

— Honorine, faites-moi un bandage, serré, mais pas trop.

Elle obéit avec efficacité.

Sur le sol, masse immobile, Danssadoux balbutiait des appels à l'aide.

— Vous, taisez-vous ! ordonna Benoît. Attendez votre tour.

Honorine le regarda.

— Il ne viendra peut-être pas, votre tour, dit-elle venimeuse.

Benoît sourit avec méchanceté.

— Un gibier qui attaque, on l'achève au couteau de chasse, dit-il.

— Non, non, murmura Danssadoux.

Ils se penchèrent sur lui, se regardèrent.

— J'ai mal, dit-il.

— Vous pouvez bouger ?

— J'ai très mal dans la poitrine. Vite, allez chercher le docteur Naud... Et puis, dans mon tiroir, ma trinitrine, vite, vite.

— Dès que vous aurez signé les papiers d'Honorine, dit Benoît.

— Jamais, fit-il d'une voix mourante. Jamais.

— Bon, ben, vous allez crever, rétorqua la jeune fille. Vos héritiers seront moins regardants. Y signeront, eux, mais pas aux mêmes conditions.

Danssadoux gémit, commença à tourner de l'œil. Elle le gifla avec la dentelle mouillée d'alcool. Il rouvrit les yeux.

— Signez !

Il acquiesça. Benoît lui prit un bras, Honorine l'autre. Ils l'assirent contre son bureau puis lui présentèrent une écritoire et une plume.

Il signa les trois exemplaires.

Les deux associés éclatèrent de rire et s'embrassèrent avant de danser une gigue joyeuse, sous l'œil affolé du malade qui geignit plus fort. Ils s'arrêtèrent.

— Occupons-nous de celui-là, dit Honorine. On serait bien embarrassés avec un mort sur les bras. Je lui donne son remède. Allez chercher le médecin.

— Je file, obtempéra Benoît.

Elle trouva le flacon. L'apporta avec un verre d'eau.

— Combien de gouttes ? demanda-t-elle.

— Cinquante, dit faiblement le malade. En cas de crise, cinquante.

Honorine compta jusqu'à cinquante mais ne versa que vingt gouttes. Il convenait que Danssadoux restât hors circuit un bon moment et s'il ne se remettait pas, ce serait pain bénit.

Quand le médecin arriva. Danssadoux était à peine conscient. Il l'examina.

— Heureusement que mon fiancé était venu me prendre au travail, dit Honorine d'une voix inquiète. J'ai pu rester avec lui pendant qu'il allait vous chercher. Je lui ai donné ses cinquante gouttes de trinitrine, comme il me l'avait demandé.

Levant un instant le regard, le docteur Naud croisa deux yeux candides, puis se pencha à nouveau sur l'homme effondré.

— C'est parfait. Plus ce serait dangereux. Dites-moi ce qu'il s'est passé.

— *Moussu* Félix a fait un drôle de bruit, reprit Honorine. Quand j'me suis tournée vers lui, il avait la bouche grande ouverte. Il s'étouffait. Il respirait comme une truite hors de l'eau. Il a mis les mains sur sa poitrine et il est tombé. Il a rebondi sur le plancher. Alors Benoît est parti vous chercher, lui, y m'a demandé ses gouttes, et voilà.

Elle était belle, la fille du cantonnier ivrogne, avec ses grands yeux verts, ses boucles rousses et ses taches de son, peut-être un peu niaise, mais bien jolie.

— Vous avez fait ce qu'il fallait, mademoiselle, dit le médecin. Maintenant on doit faire vite. Monsieur Chalencon, aidez-moi à porter monsieur Danssadoux dans mon cabriolet. Il avait de l'angine de poitrine, il fait un infarctus. Il faut le mener à l'hospice des sœurs tout de suite.

Il s'occupait du blessé, le soutenait. Il continua :

— Il a eu une émotion violente pour provoquer cette crise ?

— Une déception en affaires, je crois, dit Honorine candide. Vous croyez que c'est ça ?

— Voulez-vous que je vous accompagne ? la coupa Benoît.

— Oui, vous mènerez le cheval. Je resterai avec lui.

La lanterne de la voiture s'éloigna. Honorine rentra dans l'atelier, éteignit la majorité des lampes, tira le bureau, souleva la latte du parquet et vida la cache de sa paperasse et de ses louis d'or. Puis elle remit tout en place. En attendant Benoît, elle lut les papiers : des reconnaissances de dettes à des taux usuraires. Elle eut un sourire torve. De quoi calmer Danssadoux en cas de contestation. Benoît arrivait. Elle rangea ses trouvailles dans son sac et vint lui ouvrir la porte qu'elle avait cadenassée pour fouiller tranquillement la cache au trésor de *moussu* Félix.

— On a gagné, dit Honorine. Il a signé.

Avec un grand sourire, Benoît la prit dans ses bras et la fit virevolter, puis la reposa au sol. Il se rembrunit alors.

— Les gens de loi, le fisc, ils vont s'étonner de la date de cette cession, remarqua-t-il soucieux.

— Quelle date de cession ? Pour le moment, elle est en blanc. On mettra celle qu'on voudra. On verra la suite des événements. En fait, s'il signait dans huit jours, sachant qu'il ne peut plus reprendre son travail, ce serait parfait.

De nouveau, Honorine supputait l'avenir. Il en fut émerveillé.

— On fait la fête ce soir, décida-t-il.

— Clandestinement, répondit-elle.

Cette nuit-là, après un bon dîner dont Benoît avait acheté les victuailles et le vin, elle s'abandonna dans ses bras. Elle avait réalisé son rêve, condition préalable à tout changement de vie. Elle pouvait maintenant avoir un enfant ou du moins en prendre le risque. De toute façon, il leur faudrait bien se marier pour avoir un héritier qui continuerait la fabrique après eux !

Benoît aimait la vie. Sa logeuse lui avait fait faire de grands progrès. Il avait découvert la volupté des femmes qu'il aimait plus que la sienne propre. Il fut un amant attentif et tendre, et sut éveiller chez Honorine d'étranges sensations.

Reposant moite et essoufflée dans les bras de son échalas osseux, elle songea à la douceur d'Héloïse. Elle était fort différente de celle de Benoît et n'entraînait pas de risque de grossesse. Pourquoi y renoncerait-elle ? Elle varierait ainsi ses plaisirs.

Honorine Feynerolles s'endormit comblée, ce 23 janvier 1843. Pour elle, une vie nouvelle commençait.

Epilogue

A l'hôpital depuis dix jours, Danssadoux remontait lentement la pente. Il se levait une demi-heure par jour. S'il flottait encore dans une demi-conscience de longs moments, ceux-ci se raréfiaient. Quant à ses élancements dans la poitrine, ils avaient cessé d'être constants.

Dans la salle commune à l'odeur de camphre, de pot de chambre et de crésyl, la « fée verte » lui manquait. Il s'était fait apporter de l'argent par sa gouvernante, mais elle avait refusé de lui acheter son absinthe au motif que la sœur infirmière l'avait interdit. Trop épuisé pour se révolter, il s'était résigné, sachant bien qu'avec ce dragon en bure il eût été impossible qu'on lui préparât sa boisson.

Moussu Félix avait fait savoir qu'il désirait voir son notaire. Ce dernier, complice de ses opérations occultes, ne se manifesta pas : la mort de Danssadoux, annoncée comme imminente par la rumeur, lui permettrait de détourner à son profit un joli paquet. L'ayant appris, le malade ricana. Celui-là connaîtrait sa vengeance. Il ne serait pas le seul. Dès qu'il serait rentré chez lui, il convoquerait le meilleur avocat du Puy et ferait annuler le compromis de vente signé avec cette petite pute de Feynerolles. Oui, pute : Capripède lui avait fait des allusions sur ses merveilleuses méthodes de vente. Il la coincerait. Trente mille francs, sa fabrique ! C'était du vol ! Quant à la rente viagère, elle était certainement illégale : on n'achète pas une affaire avec ses futurs bénéfices. De toute façon, toute officialisation du torchon qu'on l'avait forcé à signer se traduirait par sa nullité ! Il la tenait ! Il en était persuadé.

Le docteur Naud passait tous les jours. Homme soucieux du serment d'Hippocrate, il définissait ses honoraires en fonction des revenus, réels ou supposés, de ses patients : les riches payaient pour les pauvres. Ses visites à Félix Danssadoux étaient donc fort rentables car, outre sa fabrique, le dentellier possédait plusieurs maisons dans la petite ville et quelques fermes dans la campagne, sans compter rentes et actions dans les nouvelles compagnies de chemin de fer.

Le médecin jugeait malcommode de prendre son cabriolet dans les ruelles de la vieille ville. Il faisait donc ses visites urbaines à pied. Le hasard voulut qu'il rencontrât Honorine.

La jeune employée lui demanda avec sa naturelle candeur des nouvelles de *moussu* Félix. Il l'informa de la lente restauration de sa santé. Elle en sembla enchantée.

— Et vous le verrez quand ? demanda-t-elle.

— En fin de journée.

— Alors j'vais apporter, chez vous, une enveloppe pour lui. Des papiers officiels qu'il doit garder. C'est ce qu'ils ont dit. Faudra lui remettre. Paraît que c'est urgent.

Il acquiesça.

— L'atelier tourne mieux que jamais, ajouta-t-elle. Les commandes affluent et Mélanie, l'aponceuse-chef, a repris avec enthousiasme son travail. Dites-le-lui bien, ça lui fera plaisir.

La compassion de la petite toucha le praticien.

Naud se dirigea jovial vers son patient qui semblait un peu mieux. Il sortit de son grand sac de cuir son beau stéthoscope en chêne tourné à bout d'ivoire, le colla sur la poitrine blême de Danssadoux, écouta longuement des souffles inquiétants, devenus habituels. Le bonhomme risquait un second infarctus, mais quand ? Dans trois jours, trois mois, trois ans ?

Décidé à remonter le moral de son patient, il lui dit :

— Cher ami, votre atelier tourne comme une horloge et les commandes affluent.

Il s'arrêta pour observer son interlocuteur. Il avait repris des couleurs. Tirant sa montre de son gousset pour mesurer le pouls de son patient, il poursuivit :

— Je transmets mot à mot le message : « Mélanie l'aponceuse-chef a repris avec enthousiasme son travail. »

Occupé à compter, il ne vit pas Danssadoux s'agiter, constata seulement que son cœur s'accélérait. Une crise. Dans la minute, le médecin lui administra une dose de trinitrine qui le calma. Alors il continua :

— C'est la petite rousse qui me l'a dit, vous savez, la petite Feynerolles. De vous à moi, elle vous a sauvé la vie, avec vos gouttes, lors de votre crise cardiaque. Elle m'a remis cette lettre pour vous.

Sous l'effet brutal du médicament, Danssadoux ne réagit pas à la provocation d'Honorine. Il prit l'enveloppe, en brisa les cachets.

C'était une copie de la vente de sa fabrique à « Chalencon et compagnie ». Elle portait en travers le cachet de l'Administration. Elle était enregistrée ! Les droits de cession avaient été payés ! Tout retour en arrière était maintenant impossible !

Naud s'en allait quand un grand cri le fit se retourner : Danssadoux, vibrant de tout son corps, s'était assis dans son lit. Horrifié, le médecin le vit ouvrir grande la bouche. Il se précipita. Le visage de son patient se crispa, son corps se raidit tandis que sa peau exsudait une sueur aigre. Puis le gros homme retomba, mou comme une poupée de chiffon. Son visage se détendit, tout au moins le côté droit. Le gauche conserva un demi-rictus tandis que l'œil restait écarquillé. L'autre, le droit, s'était fermé.

Une attaque ! Manquait plus que ça ! Sa dernière chance : une saignée. Naud se baissa vivement pour fouiller dans sa sacoche. Un petit sursaut de son malade l'alerta. Il prit son pouls. Rien. Il lui appliqua son stéthoscope sur sa poitrine grasse : les tumultes de vieille chaudière s'étaient tus.

Le médecin se leva, voûté tout à coup. Il fit signe à la bonne sœur, lui abandonna le cadavre et s'en alla d'une démarche lourde.

Dehors, il songea à la petite Feynerolles, à son chagrin prévisible et soupira.

Il gelait : une vilaine nuit d'hiver.

Composition et mise en pages : FACOMPO, LISIEUX

Achevé d'imprimer
en septembre 2011
par Rotocayfo
pour le compte de France Loisirs, Paris

Numéro d'éditeur : 65200
Dépôt légal : septembre 2011

Imprimé en Espagne